Josef Haltrich

Sächsische Volksmärchen aus Siebenbürgen

Salzwasser

Josef Haltrich

Sächsische Volksmärchen aus Siebenbürgen

1. Auflage | ISBN: 978-3-84608-461-8

Erscheinungsort: Paderborn, Deutschland

Erscheinungsjahr: 2015

Salzwasser Verlag GmbH, Paderborn.

Inhalt

98. Der Fuchs überredet den Wolf, ins verlassene Räuberhaus zu gehen
99. Der Fuchs betrügt den Bauern um die Fische, der Wolf frisst sie
100. Der Fuchs und der Wolf im Dorfbrunnen
101. Der Fuchs lehrt den Wolf fischen
102. Der Fuchs macht dem Wolf einen Zagel aus Hanf und Pech
103. Der Fuchs und der Wolf gehen durchs Feuer
104. Der Fuchs und der Wolf auf der Bauernhochzeit
105. Der Wolf und die zwei Bauern
106. Der Wolf und die Stute
107. Der Wolf und die beiden Böcke
108. Der Wolf und die Sau mit den zwölf Ferkeln
109. Der Wolf und die Geiß mit ihren zehn Zicklein
110. Der Wolf kehrt heim in sein Waldhaus und wird ein Büßer
111. Der Fuchs heilt des Raben Kinder von der Krätze
112. Der Fuchs und die Schnecke
113. Der Fuchs überlistet den Haushahn
114. Der Fuchs wird von den Gänsen überlistet
115. Der Fuchs macht den Hasen zu seinem Leibeigenen
116. Der Fuchs und der Igel
117. Der Fuchs verliert seinen Pelz und bereut dabei seine Sünden
118. Der Fuchs hangt geschunden am Baum und wird vom Hasen geneckt
119. Der Fuchs wird durch einen Sturmwind vom Baume los

1. Die beiden Goldkinder

Vor vielen, vielen Jahren geschah es einmal, dass zwei Mägde im Feld nicht weit von der Landstraße arbeiteten; die eine rupfte Hanf, die andere schnitt Korn; sie sprachen aber miteinander von mancherlei und waren lustig und guter Dinge. Nur einmal kam auf einem stattlichen Ross der junge König herangeritten. Die Mägde ließen von ihrer Arbeit, standen und staunten. Als der König ganz nahe war, grüßte er die Jungfern freundlich, und da rief die jüngere gleich der altem: »Wenn mich der König zum Weibe nähme, würde ich ihn und seinen ganzen Hof mit meinem Hanf bekleiden!« – »Und ich«, sagte die ältere, »würde, wenn er mich zu seiner Köchin machte, ihn und sein ganzes Haus mit meinem Korn ernähren!«

Diese Reden hatte der hohe Herrscher gehört, und da sie ihm wohl gefielen, schickte er am folgenden Tage nach den beiden Mägden und wählte sich die jüngere zu seiner Gemahlin, die ältere aber machte er zu seiner Oberköchin und gab ihr die Aufsicht über alle Bäcker und Köche des Reiches. Anfangs fühlten sich beide Mägde sehr glücklich, bald aber erwachte in der älteren der gelbe Neid: Sie wäre selbst gerne in der Stelle ihrer jungem Freundin gewesen. Darum erdachte sie bei sich einen Plan, wie sie dieselbe verderben sollte. Sie stellte sich gegen die junge Königin sehr untertänig und treu, und diese in ihrem arglosen Herzen liebte sie wie zuvor, als sie noch Gespielinnen waren. Nun kam aber die Zeit, dass die junge Königin gebären sollte; die Köchin hatte unter gutem Vorwande alle Leute aus der Nähe entfernt; die Königin gebar zwei wunderliebliche Kinder, einen Knaben und ein Mädchen mit goldenen Haaren. Die arge Köchin nahm nun diese schnell, ohne dass es die kranke Königin merken konnte, eilte mit ihnen in den Hof und begrub sie in den Mist, lief dann wieder hinein und legte ein Hündchen und ein Kätzchen an die Stelle der Kinder und setzte sich neben das Bett.

Bald darauf bat die Königin ihre Freundin, sie möchte ihr die Kinder zeigen. Da fing diese an zu jammern und zu klagen: »O Gott, wünsche dir das nicht; es ist ein großes Unglück geschehen.« Damit stand sie auf und lief wehklagend hinaus und erzählte es den Hofleuten, und diese erzählten es weiter, und bald kam es an den König. Als dieser hörte, dass sein Weib einen Hund und eine Katze geboren hätte, ward er sehr zornig und ließ gleich die beiden Tiere ersäufen und sein Weib lebendig begraben. Nicht lange darnach heiratete er die Köchin. Aus dem Mist aber, worin die beiden Kinder begraben worden, wuchsen zwei goldne Tannenbäumchen hervor, so schön, dass es eine Lust war, sie anzuschauen, und der König besonders hatte große Freude daran. Doch der Königin pochte immer das Herz, wenn sie die Bäumchen sah, und am Ende konnte sie ihren Anblick nicht mehr ertragen; sie stellte sich daher krank und sprach zum König: Sie könne nicht eher genesen, bis sie nicht auf Brettern ruhe, die aus den beiden Tannenbäumchen gemacht worden. So leid es dem König um die Bäumchen tat, so ließ er es doch geschehen, dass man sie fällte und daraus zwei Bretter für das königliche Ehebett machte. In der Nacht aber, als der König und die Königin zuerst darauf ruhten, fingen beide Bretter nur einmal an zu reden: »Brüderchen«, sprach das eine, »wie drückt es mich so schwer, auf mir liegt die böse Stiefmutter?« – »Schwesterchen«, sagte das andere, »wie ist mir so leicht, auf mir liegt der gute Vater!« Der König schlief fest und hörte nichts; die Königin jedoch hatte alles wohl vernommen und war voller Unruhe die ganze Nacht.

Als es Tag wurde und der König erwachte, sprach sie: »Ach lieber Mann, die Bretter taugen gar nichts, mein Übel ist nur ärger geworden, lass uns sie verbrennen!« Der König widerredete nicht, denn er wünschte ja, sein Weib solle gesund werden. Alsbald wurde der Ofen geheizt, und als die Glut groß genug war, ließ die Königin die zwei Bretter hineinwerfen, und sie sah zu, wie sie verbrannten. Zwei kleine Funken aber waren herausgesprungen und in die Gerste gefallen, das hatte die Königin nicht bemerkt. Bald darauf trug die Magd die Gerste den Schafen, und ein Mutterschaf aß die beiden Funken mit und nach einiger Zeit brachte es zwei Lämmlein mit goldner Wolle zur Welt. Der König hatte große Freude darüber, aber die Königin stach der erste Anblick derselben so ins Herz, dass sie gleich krank wurde. Man verordnete ihr allerlei, allein sie konnte nicht gesund werden; da sagte sie endlich, wenn sie die Herzen der beiden Lämmlein äße, müsste ihr das wohl helfen. Was sollte der König tun; er musste zulassen, dass sie geschlachtet wurden. Die Herzen briet man und brachte sie der Königin; die Gedärme aber wurden in den Fluss geworfen; zwei Stücke nun wurden weithin vom Wasser fortgeführt und endlich ans Ufer ausgeworfen. Hier wurden daraus wieder die zwei Kinder mit den goldnen Haaren und waren gleich so groß, als wären sie seit ihrer Geburt immer gewachsen; nur blieben sie nackt, denn noch keine Mutter hatte ihnen ja ein Hemdchen angelegt. Sie waren aber so lieblich und schön, dass die Sonne auf ihrem Tagesgange stehen blieb, sich nicht sattsehen konnte und sieben Tage lang nicht unterging.

Da es nun so lange nicht Nacht werden wollte, so wunderte sich des unser Herrgott und dachte: »Das hast du doch nicht also geordnet!« Er kam daher zur Sonne und fragte sie, warum sie so lange am Himmel verweile und nicht untergehe. Da zeigte sie ihm unten auf der Erde die beiden schönen Kinder, wie sie an dem Flusse spielten. Unser Herrgott war entzückt und gerührt bei dem Anblick der Kleinen, welche so mutterseelenallein und nackt waren, und sprach: »Ich will mich ihrer annehmen.« Da stieg er auf die Erde als ein alter guter Mann, und die Kinder liefen, sobald sie ihn sahen, gleich zu ihm und waren froh. Da gab er jedem ein Hemdchen und ein goldnes Hämmerchen und sprach: »Gehet nur immer auf der Straße fort, da werdet ihr in die große Stadt kommen; klopfet an die Türen an, und wo man euch aufmacht, da tretet ein. Wenn nun ein freundlicher Mann euch fragt, wer ihr seid, so erzählt ihm dieses Märchen.« Nun erzählte ihnen unser Herrgott ihre ganze Lebensgeschichte, entfernte sich dann und stieg wieder in seinen Himmel hinauf. Die Kleinen aber wandelten fort und kamen endlich in die große Stadt; sie klopften an viele Türen, aber keine wurden ihnen aufgetan; zuletzt kamen sie auch an den Palast des Königs. Sowie sie hier anklopften, öffneten sich gleich von selbst die großen Flügeltüren. Sie traten ein, und es saß der König gerade in tiefem Nachdenken und härmte sich, dass er keine Kinder hatte; indem fiel sein Blick auf die kleinen himmlischschönen Kinder mit den goldnen Haaren. »Kommt her«, rief er, »was für ein Engel hat euch zu mir gesendet? Erzählet mir's!« Die Kleinen gingen hin, setzten sich ihm vertraulich auf die beiden Knie und liebkosten ihn; der Knabe fing darauf an zu erzählen, wie ihn unser Herrgott gelehrt hatte, und wenn er etwas ausließ oder nicht gut erzählte, verbesserte ihn sein Schwesterchen.

»Gott, o Gott!«, seufzte der König, als die Erzählung zu Ende war, und in dem Augenblicke trat auch die Königin ein. Als sie die Kinder erblickte, erfasste sie ein grausiges Entsetzen; sie kehrte um, schlug die Türe hinter sich zu und lief wie wahnsinnig fort. Die Kinder aber saßen dem König auf dem Schoße ruhig und voller Unschuld und wussten nicht, warum er so schwer geseufzt und die Frau so entsetzlich sie angesehen hatte.

Endlich sagte er: »Oh ihr meine lieben Kinder, das ist kein Märchen, das euch der alte Mann erzählt hat, sondern eure und meine wahrhaftige Geschichte. Der alte gute Mann aber ist der liebe Gott, der alles so wunderbarlich geleitet und nun offenbart hat. Wehe, wehe der bösen Königin!« Damit ging er hinaus und gab Befehl, dass man sein Weib sogleich lebendig begraben solle. Aber man konnte sie lange nicht finden; endlich traf man sie am Ufer des Flusses, wie sie sich die Haare zerraufte. Sie hatte sich erhängen wollen, allein der Strick war zerrissen, darauf hatte sie sich ins Wasser gestürzt, allein der Fluss hatte sie wieder herausgeworfen; nun wurde sie ergriffen und lebendig verscharrt; die Erde behielt sie nun und bedeckte ihre große Sünde mit.

Der König aber schickte nun sogleich in das Land der sieben Zwerge um Wasser des Lebens, ließ seine echte Gemahlin ausgraben und machte sie lebendig. Beide lebten nun froh und vergnügt und hatten große Freude an ihren Kindern. Der Knabe wurde ein stattlicher Jüngling und Nachfolger im Reiche seines Vaters, das Mädchen eine wunderschöne Prinzessin. Ach, die war so schön, so schön, dass es nicht zu beschreiben ist; ich will nur dieses sagen: Wenn sie ausging, neigten sich alle Blumen vor ihr demütig, und alle jungen Kaiser und Könige warben um ihre Hand. Da sie aber gelobt hatte, nur den zu heiraten, der das beste Herz habe, so nahm sie zuletzt einen armen Kohlenbrenner, denn damals hatte der das beste Herz in der Christenheit.

Auch du hättest sie wahrlich gerne bekommen;
Allein dich hätte sie nicht genommen!

2. Die drei Rotbärte

Ein armer Mann rief eines Tages seine drei Söhne vor sich und sprach: »Ihr seht, dass ich nicht mehr imstande bin, euch zu erhalten; zieht in die Fremde und sucht euch das tägliche Brot zu verdienen!« – »Ja, lieber Vater«, sagten sie, »wir wollen Euch nicht länger zur Last fallen; wir wollen dienen gehen und so auch für Euch sorgen!« Damit nahmen sie ihre Sachen zusammen und machten sich des andern Tages auf den Weg. Da traf es sich, dass sie durch einen Wald gingen, und es begegnete ihnen ein alter Mann in einem grauen Mantel, der fragte sie freundlich: »Wohin zieht ihr, meine Kinder?« – »Wir wollen dienen gehen, guter Mann, denn unser Vater ist nicht mehr imstande, uns zu ernähren, und so können wir auch für ihn sorgen!« – »Das ist ja recht schön, hütet euch nur vor den Rotbärtigen; denn mit denen ist es nicht ganz richtig!« – »Wir wollen's behalten!« sprachen sie und gingen weiter. Es währte nicht lange, so begegneten ihnen drei Rotbärte, und diese fragten die drei Burschen, wohin sie es denn gestellt hätten. »Wir suchen einen Dienst!«, sagten die Brüder. »Und wir brauchen gerade Diener!«, erwiderten die Rotbarte, »wollt ihr bei uns eintreten?« – »Wir möchten ja gerne«, sprachen sie, »allein ein alter Mann sagte uns, mit Rotbärten sollten wir uns nicht einlassen, denn mit denen sei es nicht ganz richtig!« – »Ha, ha!« lachten diese, »und auf den alten Mann wollt ihr hören? Ihr Narren! Wir geben euch auf ein Jahr einen so hohen Lohn, wie ihr sonst in zehn Jahren nicht verdienen könntet!« Die Brüder dachten nur an ihren armen Vater, wie gut es für den sein würde, wenn sie bald mit reichem Lohn heimkehrten, und verdingten sich. Einer wie der andere sollte nach einem Jahre einen Beutel voll Dukaten bekommen und dafür die ganze Zeit nichts anders tun, als immer um einen Turm gehen und einen Spruch hersagen, den man ihm aufgeben würde. Jeder von den Rotbärten nahm nun einen mit. Der Älteste sollte beim Herumgehen um den Turm immer sprechen: »Wir drei Brüder«, der Mittlere: »Um einen Käs«, der dritte: »Das ist recht!« Und so geschah es auch. Nach einem Jahr bekam ein jeder den bedungenen Lohn.

Als sie nun miteinander heimkehrten, konnten sie nichts anders sprechen, als was sie das Jahr hindurch immer und allein gesprochen hatten; sonst hatten sie alles vergessen. Da begegnete ihnen ein Mann, der grüßte, und fragte sie: »Wohin?« Der Älteste antwortete: »Wir drei Brüder!« – »Aber wohin? Frage ich.« – »Um einen Käs´« sagte der zweite. »Hol euch der Henker!« – »Das ist recht« fiel der dritte ein. Der Mann glaubte nun, er habe es mit Narren zu tun, fragte nicht mehr und ging seiner Wege. Als sie nun weiter wanderten, sahen sie nur einmal, wie ein Reisender von einem Räuber überfallen und blutig geschlagen wurde. Sie liefen schnell hinzu, um dem Armen zu helfen; allein es war zu spät; der Räuber entwischte ihnen, und der Geschlagene starb bald unter ihren Händen. Da trafen die Gerichtsdiener zu ihnen, wie sie gerade mit dem Sterbenden beschäftigt waren; die hielten sie für die Räuber und Mörder, ergriffen und banden sie und führten sie ohne Weiteres vor Gericht. Als sie vorgestellt und gefragt wurden, wer den Fremden totgeschlagen, sprach der Älteste: »Wir drei Brüder!« – »Warum?« fragte der Richter weiter. »Um einen Käs´« sagte der zweite. »Man wird euch jetzt hängen!« sprach der Richter. »Das ist recht!«, sagte der dritte. »Was brauchen wir mehr?« sprach der Richter; »ihre Schuld haben sie selbst ein-gestanden und erkennen die Strafe für gerecht: wohlan, so hänge man sie!«

Da wurden sie zum Galgen geführt, und schon hatten sie die Leiter erstiegen, und die drei Rotbärte standen nahe und passten; siehe, da kam der alte Mann im grauen Mantel herzu und sprach, aber so, dass niemand ihn sah und hörte als die drei Brüder: »Ihr hättet es zwar verdient, dass ich euch zappeln ließe, weil ihr nicht folgtet, aber da ihr ein gutes Herz habt, will ich euch retten; sprechet!« Da riefen die drei Brüder zugleich mit lauter Stimme: »Die drei Rotbärte greift!« Wie die das hörten, machten sie sich sogleich aus dem Staub und waren verschwunden, noch ehe sie jemand gewahr wurde. Nun erzählten die drei Brüder, wie alles sich zugetragen habe, und das Volk erkannte daraus, dass die Rotbärte drei Teufel und der Mann im grauen Mantel unser Herrgott gewesen. Der rechte Mörder wurde von ihnen genau bezeichnet, und bald stellte er sich selbst vor Gericht und bereute seine Sünde, aber um der Gerechtigkeit willen wurde er dennoch gehängt.

Die drei Brüder zogen nun mit dem vielen Gelde heim und blieben jetzt bei ihrem armen Vater und hatten weiter keine Not ihr Leben lang.

3. Der gerechte Lohn

Ein Vater hatte drei Söhne; von denen waren die beiden älteren faul, aber dabei stolz und hochfahrig und böse von Herzen, der jüngste aber treu und fleißig und dabei bescheiden und die Geduld und Gottseligkeit selbst; doch weil er klein und schwächlich war von Körper, blieb er meist daheim, und seine Brüder nannten ihn spottweise nur Aschenputtel, und auch Vater und Mutter hatten ihn leider nicht so lieb als die beiden andern. Eines Tages sagte der älteste Sohn: »Vater, ich will in die Fremde ziehen und mir Schätze und Ruhm erwerben!« – »Lasse das gut sein«, sprach der Alte, »du kennst die Fremde nicht und könntest mir leicht nur Spott und Schande machen!« Allein der Sohn bestand fest darauf und gab keinen Frieden, bis sein Vater einwilligte. Da buk ihm seine Mutter einen Kuchen aus Semmelmehl, und am andern Morgen zog er fort.

Als nach einiger Zeit der Hunger sich bei ihm einstellte, setzte er sich auf einen Berg nieder, holte aus seinem Reisesack den Kuchen hervor und aß. Da kam ein armer Bettler hinzu und sprach: »Gott gesegn' es!« und bat um einen Bissen. »Gehst du mir gleich aus den Augen, du alter Lump!« tobte der Junge und nahm seinen Stock und drohte. Der Bettler schleppte sich mühsam fort und rief: »Wehe dir, das wird dir vergolten werden!« Nun flogen kleine Vöglein herbei und wollten die Brosamen, die zur Erde gefallen waren, auflesen. Der Junge aber schlug mit dem Stock und warf mit Steinen nach ihnen; die Vöglein flogen fort und riefen: »Der liebe Gott wird dir's vergelten!« Endlich brach er wieder auf, und wie er schon weit, weit gegangen war, begegnete ihm ein alter Mann, der fragte ihn, wohin er es gestellt habe. »Ich will dienen gehen und mir Schätze und Ruhm erwerben!« – »Das kannst du bei mir beides gewinnen, wenn du mir dienen willst. Du sollst nur meine Schafe weiden und besorgen, und wenn du dies treu und unverdrossen tust, so wirst du nach einem Jahre einen Sack voll Geld dafür haben.« Das gefiel dem Jungen, und er schlug ein.

Nun zog er mit den Schafen in eine Berggegend, die ihm der Alte zeigte, wo gute Weide war, aber er war faul und schlecht; er schlief fast den ganzen Tag, rührte die Schafe nicht zur gehörigen Zeit zur Tränke und nie auf frische Weideplätze, und wenn eins von der Herde sich zu weit entfernte und verirrte, ging er ihm nicht nach, sondern ließ es zugrunde gehen. Alle wurden mager, und viele starben; er schlug auch die Hunde und - was noch schlimmer war - er warf auch die kleinen unschuldigen Vöglein, die aus den Dornsträuchen zu ihren Nestern Wolle holten, mit Steinen tot. Das Jahr währte ihm zu lange, und als endlich das Ende da war, ging er keck vor seinen Herrn und forderte den bedungenen Lohn. »Den sollst du haben, wie du ihn verdient hast!« Damit führte er ihn in eine Kammer, und da standen drei Säcke, einer mit Gold-, der andere mit Silber-, der dritte mit Kupferstücken gefüllt: »Nimm dir einen von diesen, aber hast du unredlich gedient, so wird es dir nichts nützen!« Der Bursche griff gleich nach dem Goldsack, nahm ihn auf seinen Rücken und zog fröhlich nach Hause. Als er hier ankam, rief er: »Jetzt, Vater und Mutter, brauchen wir nicht mehr zu arbeiten; mit dem, was ich verdient habe, können wir immer lustig leben; ich bringe lauter Gold!« Da setzte er seinen Sack nieder und band ihn schnell auf, um ihnen die funkelnden Goldstücke zu zeigen; allein da war alles im Sack purer Sand. »Sagte ich's doch«, sprach sein Vater, »dass du mir und dir nur Schande und Spott zuziehen würdest!« Der stolze Prahler wagte nichts zu sprechen, denn er dachte jetzt der letzten Worte des alten Mannes, des misshandelten Bettlers, der Vöglein und seines unredlichen Dienstes.

Nicht lange, so kam der zweite Sohn und sprach: »Vater, ich will jetzt auch dienen gehen und mein Glück versuchen!« Der Alte suchte ihn umsonst abzuhalten; er blieb hartnäckig bei seinem Vorsatz. Da buk ihm seine Mutter einen Reisekuchen aus Brotmehl, und am andern Morgen machte er sich auf den Weg. Es ging ihm aber fast ganz wie seinem Bruder; denn er war ja auch nicht viel anders und besser. Wie er auf dem Wege aß und der alte Bettler ihn um einen Bissen ansprach, hob er den Stock; er schlug und warf auch nach den Vöglein, und in seinem Dienst war er ebenso faul und bösartig. Kaum war das Jahr zu Ende, so lief er auch schnell zu seinem Herrn und verlangte den bedungenen Lohn. Der führte ihn auch in die Kammer, wo die drei Säcke mit Gold-, Silber- und Kupferstücken standen. »Nimm dir einen!« sprach der Alte, »warst du aber unredlich im Dienste, so wird es dir nichts nützen!« Er war etwas bescheidener als sein Bruder und nahm nur den Sack mit den Silberstücken; denn er wusste wohl, dass er auch den nicht verdient hatte. Als er nun heimkam, rief er schon aus der Ferne seinen Eltern entgegen: »Jetzt brauchen wir nichts mehr zu arbeiten, denn ich bringe in diesem Sack lauter Silber!« Wie er aber den Sack niedersetzte und öffnete - siehe, da war alles purer Sand. »Sagte ich's doch, dass es so kommen würde!« sprach seufzend sein Vater. Der Sohn aber wagte wie sein Bruder nichts zu sagen; denn er gedachte auch sogleich an die letzten Worte des alten Mannes, an den Bettler, die Vöglein und an seinen unredlichen Dienst.

Bald darauf trat der jüngste Sohn zum Vater und sprach: »Lieber Vater, ich will auch dienen gehen und mein Glück versuchen!« Ihn wollte der Alte nun durchaus nicht fortlassen. »Wo denkst du hin? Deine Brüder haben mir nur Spott und Schande gebracht, was würde ich von dir erst erleben!« Der Kleine bat aber so lange, bis sein Vater sprach: »Nun, so gehe in Gottes Namen!« Wer konnte froher sein als der Aschenputtel! Seine Mutter buk ihm einen Reisekuchen aus Asche, und am andern Morgen, ganz früh, trat er seine Wanderung an. Da kam er an den nämlichen Berg, wo seine Brüder gespeist hatten, und weil ihn der Hunger quälte, setzte er sich nieder und packte aus. Bald kam auch der alte Bettler und sprach: »Gott gesegn' es!« und bat um einen Bissen. »Setzet Euch her, armer Mann, neben mich!« und er teilte den Aschenkuchen mit ihm, und sie aßen und sahen um sich in die schöne Landschaft, die im Sonnenschein glänzte. Da hüpften auch die Vöglein hinzu und pickten die Brotsamen auf, und des freute sich der Junge, und er zerbröckelte den ganzen Rest von seinem Kuchen und streute ihn den hungrigen Vöglein vor. Darauf nahm er seinen Tornister an die Seite, um fortzugehen, und sagte zum Alten: »Behuf dich Gott!« Dieser aber nahm ein Pfeifchen aus seinem Sack und schenkte es dem Jungen, weil er so freundlich gewesen und ihn gespeist hatte, und die Vöglein sangen ihm nach: »Der liebe Gott wird dir's vergelten!«

Als er jetzt ein gutes Stück weitergegangen war, begegnete ihm der nämliche alte Mann, der auch seine Brüder in den Dienst genommen hatte. »Wo gehst du hin, lieber Junge?« - »Ich möchte gerne dienen und etwas erwerben, um meinen armen Eltern zu vergelten, was sie an mir getan haben.« - »Das kannst du bei mir in einem Jahr verdienen, wenn du treu und unverdrossen bist.« Der Junge versprach dieses, und so nahm ihn der Alte an und führte ihn zu seiner Herde und sprach: »Weide meine Schafe und besorge sie, dass es ihnen wohl geht und kein Schade geschieht.«

Der Junge war, so wie er's versprochen hatte, willig und unverdrossen in seinem Dienst; er trieb die Herde immer auf die besten Weideplätze und zur gehörigen Zeit zur Tränke, und wenn sich eines zu sehr entfernte und verirrte, so ging er ihm nach und brachte es mit seinen Hunden wieder zur Herde. Wenn nun alle Schafe satt waren und im Sonnenschein dalagen, so setzte er sich auch nieder, und die treuen Hunde lagerten sich neben ihm. Dann nahm er sein Pfeifchen und spielte darauf so lieblich, dass die Vöglein, die von den Dornsträuchen Wolle zu ihren Nestern sammelten, ihre Arbeit ließen, eine Zeit lang horchten und zuletzt selbst drein sangen. Das gefiel dem Jungen so gut, dass er nun oft und oft spielte, und auch die Schafe waren ruhig, und die Hunde sahen ihn mit ihren treuen Augen an und bellten nicht, wie andere Hunde bei der Musik tun, sondern lagen ruhig und horchten. Wenn nun ein Weideplatz keine Nahrung mehr bot, so zog er weiter und durchstreifte so fast das ganze Gebirge.

Eines Tages erblickte er nur einmal auf einer Anhöhe zwischen schattigem Gebüsch eine große Kirche, die hatte er noch nie gesehen. Er trat näher und sah, dass alle Türen offen standen. Die Kirche war drinnen so rein gekehrt und so schön, dass er in Verwunderung lange vor der Tür stehen blieb; er ging dann langsam und leise hinein; aber in der Kirche war kein Priester und sonst keine irdische Seele; still war alles ganz und gar. Wie er vor den Altar trat, sah er über dem Kreuz des Erlösers ein Vöglein schweben. Das flog jetzt herunter, ließ sich auf seine rechte Schulter und sang: »Gott ist mit dir!« Darauf flog es wieder hinauf an seine Stelle; der liebliche Sang aber tönte fort in seinem Herzen. Er kehrte darauf zur Herde zurück und weidete die Schafe. Da kam sein Herr zu ihm und sprach mit freundlicher Stimme: »Das Jahr ist um; du hast mir treu gedient, das sehe ich an meiner Herde; komme nun und empfange den verdienten Lohn!« Es war dem Jungen sehr leid, dass er sich von der lieben Herde und der schönen Gegend trennen sollte, und es schien ihm fast unmöglich, dass schon ein Jahr vergangen. Er hätte gern ein zweites Jahr und noch länger dem guten Manne gedient; allein da dachte er an seine armen Eltern, und so wünschte er, diese bald zu sehen und zu erfreuen. Sein Herr führte ihn nun auch in die Kammer, wo die Geldsäcke standen, und hieß ihn einen Sack sich auswählen. Das Gold und Silber blendete den Jungen nicht; er sagte gleich: »Den Sack mit dem Kupfergeld möcht' ich wohl nehmen, obgleich ich ihn auch nicht verdient habe, nur um meinen armen Eltern helfen zu können!« – »Du sollst ihn haben, mein lieber Junge, und obendrein auch die beiden andern Säcke; kehre nur heim; ich schicke dir bald einen Wagen mit den Schätzen nach!« Da nahm der Junge seinen Wanderstab und zog heimwärts. Als er auf dem Berge angelangt war, wo er mit dem alten Bettler und den Vöglein seinen Aschenkuchen verzehrt hatte, ruhte er wieder ein wenig aus; aber jetzt hatte er keinen Hunger. Er nahm sein Pfeifchen und spielte so lieblich, dass die Vöglein, die er früher gespeist hatte, herbeiflogen, horchten und laut mit darein sangen.

Darauf zog er weiter und war in kurzem zu Hause und erzählte nun seinen Eltern von den Wunderdingen, die er gesehen und erlebt, und von den Schätzen, die ihm der alte Mann bald nachschicken werde. Seine beiden Brüder, die in der letzten Zeit ihren armen Vater durch ihre Faulheit und Bosheit in große Not gebracht hatten, hörten das alles mit an, fingen darauf an zu lachen und zu spotten: »Wir haben wenigstens jeder nur einen Sack voll Sand heimgebracht; du aber wirst nun gewiss eine ganze Fuhre Asche erhalten; es ist auch ganz recht, warum wärest du sonst der Aschenputtel!« Er aber kehrte sich nicht an den Spott und war in seinem Herzen überzeugt, dass sein Glück wahr sei. Nur einmal hörte man, dass ein Wagen vor dem Hause halte; sie gingen gleich alle hinaus; kein Mensch war beim Wagen; an der Seite des Wagens stand aber mit großen Goldbuchstaben: »Wagen und Gespann und die drei Säcke mit dem Gold, Silber und Kupfer schickt der alte Mann seinem treuen Hirten, der ihn zuerst als Bettler so freundlich gespeist, der ihm dann seine Schafe wohl geweidet und besorgt und auch seiner lieben Vöglein sich erbarmt hat!« Der Junge trieb nun den Wagen in den Hof und lud die Säcke ab; da war die Freude des Aschenputtels und seines Vaters und seiner Mutter unermesslich. Diese bereuten es nun und schämten sich, dass sie ihren Jüngsten nicht so wie die altern Söhne geliebt hatten und baten ihn um Verzeihung. Er aber sprach: »Höret auf; ich habe ja doch alles Euch zu verdanken!« Aber die beiden älteren Brüder konnten das große Glück ihres jüngern Bruders nicht ertragen, sie liefen fort wie wahnsinnig, und kein Mensch hat sie weiter gesehen noch gehört, was aus ihnen geworden.

Der Aschenputtel aber war nun ein reicher Mann und lebte noch viele Jahre mit seinen Eltern glücklich und zufrieden und stiftete mit seinem Reichtum viel Gutes. An schönen Tagen nahm er oft sein Pfeifchen und ging auf einen Berg und spielte und horchte auf den Gesang der Vögel. Da zogen die alten Erinnerungen aus seinem Hirtenjahr vor seiner Seele vorüber, und wenn er am seligsten war, so schien es ihm, als wäre er in jener großen Kirche und sehe die stille Pracht um sich und das Goldvöglein flöge hernieder auf seine Schulter und singe den wunderlieblichen Gesang: »Mit dir ist Gott!«

4. Das wohlfeile Holz

Es war einmal ein armer Bauer, der führte immer Holz zum Verkaufe in die Stadt. Als er nun wieder einmal so durch den Wald fuhr, trat ein alter Mann mit langem Bart und grauem Mantel zu ihm und fragte: »Wohin mit dem Holz?« - »In die Stadt!«, sagte der Bauer. »Nun so rate ich dir, wenn du glücklich sein willst, es nicht teurer als um einen Kreuzer zu verkaufen!« - »Das will ich tun«, sprach der Bauer und fuhr weiter. Als er in der Stadt anlangte und die Leute zu ihm hinkamen und fragten, wie er sein Holz verkaufen wolle, antwortete er: »Um einen Kreuzer!« Da lachten sie und glaubten, er sei nicht recht bei Troste (bei Sinnen) und gingen weiter. Endlich ließ sich ein armer Bürger in den Handel ein und kaufte das Holz um einen Kreuzer; er ließ es sich gleich heimfahren und ging selbst voraus und erzählte seiner Frau von dem glücklichen Handel. Diese aber wollte es natürlich nicht glauben, lief zum Bauern hinaus und fragte ihn insgeheim um den Kaufpreis. Als der Bauer die Worte ihres Mannes bestätigte, eilte sie hinein und sagte: »Mann, dem Bauer [n] können wir zum Danke wohl auch einen Trunk Wein geben!« - »Ganz gewiss, hole gleich eine Kanne voll neben dem ›Kampestboding‹ her.« Die Frau ging in den Keller und brachte; aber der Wein zeigte sich ganz trüb. Da sagte der Mann: »Was ist das, hast du aus dem rechten Fass gebracht? Der Wein ist doch nicht trüb, oder war die Kanne nicht rein? Nimm eine andere Kanne und hole nochmals!« Die Frau ging und holte gleich wieder; da war aber der Wein blutig rot. »So weiß ich doch nicht, was das ist; ich muss am Ende selbst gehen!« Er wusch sich eine Kanne und ging. Diesmal aber zeigte sich der Wein goldgelb, aber er war so dick, dass er kaum aus dem Heber floss. Der Mann kam herauf und erzählte dem Bauern das Wunder und entschuldigte sich. Der Bauer sagte: »Das macht ja nichts!« Und weil er gerade für den Augenblick nicht durstig war, bat er den Bürger, er solle ihm den Wein in seinen Tornister gießen, bis nach Hause werde er sich schon klopfen und dünn werden. Das tat jener.

Als der Bauer durch den Wald nach Hause zog, trat wieder der Mann im langen Bart und im grauen Mantel zu ihm und fragte, wie es ihm ergangen. Der Bauer erzählte ihm alles. Da sprach der Mann: »Merke dir nun, was ich dir sage; der trübe Wein bedeutet sieben Hungerjahre; der blutig rote sieben blutige Kriegsjahre; der goldgelbe wird samt dem Kreuzer dein Glück begründen!« Damit verschwand der Alte. Als der Bauer zu Hause ankam und seine Frau hörte, dass er das Holz um einen Kreuzer verkauft habe, so schalt sie ihn durch, dass kein ehrlicher Faden an ihm blieb, und wie er sie beschwichtigen wollte und ihr erzählte, er habe auch Wein bekommen und habe ihn in den Tornister gegossen, war sie nun gar nicht mehr zu bändigen; sie tobte und fluchte: »0 du Dummbart, was muss ich an dir erleben! Hat je ein Mensch gehört, dass man den Wein in den Tornister gießt?« Der Bauer aber wollte den Wein ausschütten, doch siehe, da fielen eitel Goldstücke und zuletzt auch der Kreuzer für das Holz heraus. Schnell zog das Donnerwetter vorüber, und der Himmel heiterte sich im Antlitz seiner Frau auf, sodass es eine Lust war, es zu sehen. »Du lieber guter Mann, verzeihe; aber wie kann man seine Frau auch so grob foppen wollen!« - »Gott bewahre mich!« sprach der Mann, »ich sagte die lautere Wahrheit; allein nun sehe ich, dass unser Herrgott dies Wunder getan hat, um meinen Glauben zu belohnen!« Da erzählte er die Geschichte mit dem Mann im langen Bart und grauen Mantel. Die sieben trüben Hungerjahre und die sieben blutigen Kriegsjahre kamen, aber wie hart auch der Bauer hergenommen wurde, der himmlische Segen half ihm sie glücklich überstehen.

5. Die Schwanenfrau

Eine arme Frau hatte einen Sohn, der war nun groß und stark und wollte in die Fremde gehen, um etwas zu verdienen. Er verdingte sich bei einem Herrn auf ein Jahr und sollte dessen Schafe hüten. Als er einmal zur Zeit der Ernte auf dem Felde war, sah er einen schönen weißen Vogel im Kornfelde; er lief hin, um ihn zu fangen; der Vogel aber erhob sich langsam und flog in einen Wald; der Junge lief ihm immer nach, doch es war umsonst, er konnte ihn nicht erreichen. Er wollte umkehren; aber er wusste sich aus dem Wald nicht mehr herauszufinden. Schon fing es an dunkel zu werden, da sah er in der Ferne ein Licht; er ging darauf los und kam in ein Schloss; da saß ein alter Mann am Feuer und kochte sich eine Suppe. Der Junge bat um Herberge und erzählte dem Alten, wie er in den Wald gekommen sei. »Wenn du mir ein Jahr treu dienst, so will ich dir zu dem Vogel verhelfen!« Der Junge willigte gern ein, um den Vogel zu bekommen.

Am folgenden Morgen sprach der Alte: »Jetzt gehe ich aus und kehre nur spät abends heim; sorge du hier; da hast du alle Schlüssel, in jedes Zimmer darfst du gehen, nur in das letzte nicht!« Der Junge folgte genau dem Gebot, und als der alte Mann abends heimkehrte, war er mit ihm zufrieden; so geschah es auch den andern und alle folgenden Tage, dass der Alte ausging und dem Jungen den nämlichen Auftrag machte. Lange Zeit dachte der Junge nicht einmal an das verbotene Zimmer; aber in der letzten Woche des Jahres kam ihn doch die Neugierde an: »Du bist ein ganzes Jahr hier gewesen und ziehst nun bald von dannen und sollst nicht wissen, was für Schätze dort sind«, sprach er bei sich, und es ließ ihm keine Ruhe. Am letzten Tage ging er bis zur Türe und wollte auch nicht. Endlich steckte er den Schlüssel ein und öffnete.

Da war ein großer Saal und in der Mitte ein blauer Teich und darüber der freie Himmel; im Teiche aber waren drei wunderschöne Schwanenjungfrauen, die badeten. Kaum hatten sie den Jungen erblickt, husch, flogen sie alle drei als weiße Schwäne auf und fort. Voll Angst kehrte der Junge zurück und hatte keine Ruhe. Als der alte Mann heimkam, fiel er gleich vor ihm nieder und sprach: »Herr, strafe mich, ich habe dein Gebot übertreten!« Der Alte sagte freundlich: »Weil du deinen Fehler gestanden hast und bereuest, will ich dir verzeihen; aber du musst jetzt noch ein Jahr treu dienen, willst du den Vogel haben.« Da fiel es dem Jungen wie ein Stein vom Herzen; gern willigte er ein, und | von nun an hatte die Neugierde keine Gewalt mehr über ihn.

Als das Jahr vergangen war, trat der Alte zu ihm und sprach: »Jetzt folge mir!« Er führte ihn in das verbotene Zimmer, da waren die drei wunderschönen Jungfrauen und badeten. Alsbald aber verwandelten sie sich in weiße Schwäne, hoben sich aufwärts und flogen fort. Der alte Mann fragte den Jungen, welche ihm am besten gefallen habe. »Die Jüngste!« sprach er. »Wohlan, so gehe heute abends in jenes Zimmer; da findest du unter dem Bett drei Schachteln; bringe die, welche in der Ecke liegt, dann zu mir.« Der Junge konnte den Abend kaum erwarten, eilte dann hin und brachte sie. »So nimm jetzt diese Schachtel und gehe damit nach Hause, die auserwählte Jungfrau wird dir auf dem Fuße folgen; aber siehe ja nicht hinter dich, bis du zu Hause angelangt bist; dann magst du mit der Jungfrau bei deiner Mutter Hochzeit halten; aber besorge die Schachtel wie deinen Augapfel, und nicht unterstehe dich und gib sie deiner Braut in die Hand, wie sehr sie dich auch bittet, sonst verlierst du sie auf immer!« Der Junge versprach, alles so zu machen. Das erste wurde ihm leicht; er sah nicht zurück, obgleich er gern gewollt hätte; denn er hatte ja für die Neugierde hart gebüßt, und daran dachte er jetzt.

Als er endlich daheim war bei seiner Mutter, wandte er sich rasch um und sah die Jungfrau, fiel ihr um den Hals und küsste sie. Sie aber hatte ein schneeweißes Kleid an und war schön wie der heitere Tag, und der Junge konnte sich nicht sattsehen an ihr. Da wurde die Verlobung gehalten, und der Junge war ganz selig; aber die Jungfrau war traurig und niedergeschlagen. Der Junge gab sich alle erdenkliche Mühe, sie zu erheitern, doch umsonst. »0 was gäbe ich nicht dafür, wenn ich dich jetzt fröhlich sähe!« sprach er zuletzt. »So gib mir meine schönen Kleider, die in der Schachtel sind!«

Da wurde der Junge bleich vor Schrecken; wie hatte er so unbesonnen und töricht versprochen, was zu seinem Unglück führen sollte. Er zögerte lange, lange; endlich siegte die Treue und übergroße Liebe zu seiner Braut. Er überredete und tröstete sich auch: »Das wird doch nicht gleich ihr Tod sein!« sprach er bei sich, »und fort soll sie mir auch nicht können«, denn er verschloss vorsichtig alle Türen und Fenster. Kaum hatte er die Schachtel geöffnet und sie das Kleid hastig ergriffen und umgeworfen, so war sie sogleich ein Schwan und flog durch den Ofen zum Schornstein hinaus. Da ergriff den Jungen ein unendlicher Schmerz; er lief hinaus, sah dem Vogel nach und eilte in einem fort bis in den Wald zu dem alten Manne und klagte ihm seinen Jammer. »Ist sie nicht hier«, sprach er zuletzt, »so sage mir, wo ich sie finden kann; ich will sie suchen bis ans Weltende, denn ich habe sie gar zu lieb!« Da sagte der Alte; »Sie ist weit weg auf einer Insel über dem Meer und wird von einem siebenhäuptigen Drachen bewacht, und dahin ist schwer hinzukommen; wenn du aber auch hingelangen solltest, wird dich der Drache umbringen!« Aber der Junge ließ sich nicht abschrecken; er nahm alle seine Kleider und Schuhe mit und wanderte sieben Jahre lang in einem fort und hatte schon alle Kleider und Schuhe zerrissen und konnte vor Müdigkeit nicht weiter; aber noch war weit und breit kein Meer zu sehen. Er fiel an einem Hügel nieder und gedachte schon da zu sterben. Da hörte er nur einmal in der Ferne einen Lärm, der kam immer näher und näher; endlich sah er drei mächtige Hünen, welche einander hin und herzerrten. Er fragte sie alsbald, was Ursache ihr Streit hätte. »0h«, sagten sie, »es handelt sich um das Kostbarste in der Welt, um einen Mantel, der unsichtbar macht den, der ihn trägt, um einen Hut, der überall hinführt den, der ihn aufsetzt, und um ein Schwert, womit der alles besiegen kann, der es schwingt. Wer diese drei Stücke besitzt, kann die schönste Jungfrau, die auf der Insel über dem Meer gefangen liegt, erretten und mit ihr das größte Königreich erwerben.« Der Junge freute sich auf diese Nachricht wieder in seinem Herzen und hegte Hoffnung. »Wenn es euch recht ist, so will ich den Streit entscheiden; bringt her jene Stücke und kämpfet ihr dann miteinander.« Die einfältigen Hünen brachten sogleich Mantel, Hut und Schwert zu ihm hin und fielen nun einander in die Haare. Der Junge ergriff schnell das Schwert, warf den Mantel um und setzte den Hut auf und sprach: »Wäre ich doch nur gleich auf der Insel!« Husch! War er fort, und die dummen Hünen hatten das Nachsehen.

Als der Junge auf der Insel ankam, legte er Hut und Mantel ab, nahm nur das Schwert und ging auf die Burg los. Der Drache sonnte sich eben vor derselben, und die schöne Jungfrau musste ihn lausen. Nur einmal roch der Drache Menschenfleisch, da brauste er auf und ringelte sich vor Wut. Aber der Junge kam unerschrocken heran und hieb ihm auf einmal alle Häupter ab. Er hüllte sich darauf schnell wieder in seinen Mantel, eilte ins Schloss, nahm die Schachtel mit den Kleidern und warf sie ins Meer, dann legte er den Mantel ab und zeigte sich der Jungfrau, seiner Braut, und die erkannte ihn auch gleich und war nun über die Maßen froh. Der Junge zog mittelst des Wunschhutes schnell zu seiner Mutter und brachte sie auch nach der fernen Insel in die Drachenburg; dann feierte er mit seiner Braut in Lust die Hochzeit und war König und Herr über alles Land und alle Schätze, welche der Drache besessen hatte.

6. Der seltsame Vogel

Ein Mann und eine Frau hatten zwei Kinder und nichts zu essen; da sprach die Frau zu ihrem Manne: »Gehe zu einem Zigeuner und lasse eine Axt machen und gehe damit in den Wald und haue Starnester aus!« Das tat der Mann, und wie er in den Wald kam, sah er einen wunderschönen Vogel; er nahm seine Axt und warf nach ihm, traf aber nicht, und der Vogel flog weiter; er verfolgte ihn nun in einem fort den ganzen Tag; der Vogel ward endlich so müde, dass er die Flügel senkte und zur Erde fiel. Der Mann fing ihn jetzt und trug ihn nach Hause und legte ihn in einen Korb. Da sang er so wunderschön, dass alle Leute aus der Nachbarschaft und die vorübergingen hinkamen, standen und zuhörten. Der Mann aber und seine Frau und seine Kinder waren hungrig, und er wollte ihn töten. Da sprachen die Leute, das wäre doch jammerschade, er solle es nicht tun. Die Armen verschmerzten noch eine Zeit lang den Hunger und ließen ihn leben.

In der Nacht aber hatte der Vogel ein Ei gelegt, das war ein Karfunkelstein, und alles wurde licht und hell im Zimmer, als schien[e] die Sonne. Da wunderten sich die Leute noch mehr und kamen in das Haus und sahen den glänzenden Stein und den schönen Vogel. Nun kam auch ein Jude des Weges, und als er hörte, was es gebe, ging er neugierig hinein und bekam gleich Lust nach dem schönen Stein. Der Mann aber wollte ihn nicht verkaufen; weil ihm aber der Jude zuletzt eine sehr große Summe anbot und er so [be]dürftig war und nicht wusste, wie er sonst seine Not stillen sollte, so gab er ihn hin. »Vielleicht«, dachte er, »wird der Vogel wieder einen legen.« Und er täuschte sich nicht; am folgenden Morgen lag auf der nämlichen Stelle wieder ein Karfunkelstein. »Weh dir!« sprach der Jude bei sich, »du bist ein armer ruinierter Mensch, wenn du den Vogel nicht bekommst«, und lief gleich zu dem Manne und sprach: »Was soll ich dir geben für den Vogel? Verlange!« Der Mann aber sagte, der Vogel wäre ihm um keinen Preis feil. Da bot ihm der Jude eine unendlich große Summe; doch war der Mann jetzt nicht zu erweichen. »Lasse mich ihn doch wenigstens einmal näher betrachten«, sprach der Jude. Der Mann reichte den Korb dar, und der Jude erfasste vom Vogel den linken Flügel und hob ihn auf und las für sich mit Erstaunen, was darunter geschrieben stand: »Wer das Herz isst, wird jeden Morgen drei Goldstücke unterm Polster finden!« Er hob den rechten Flügel, und darunter stand geschrieben: »Wer die Leber isst, wird König in Rom!«

Da fragte ihn der Mann, der nicht lesen konnte: »Was steht denn da geschrieben?« – »Sehr Schlechtes!« antwortete der Jude, »in zwei Tagen wird der Vogel sterben; wenn Ihr ihn aber jetzt schlachtet und mir ganz zurichtet, so will ich noch den Preis dafür geben, den ich Euch zuletzt geboten.« Der Mann dachte: »Besser ein kleiner Gewinn als ein großer Verlust« tötete den Vogel und ließ ihn für den Juden zurichten. Wie man ihn nun am Spieße briet, fielen Herz und Leberchen in die Bratpfanne, und die beiden Knaben des Mannes, die am Herde zusahen, aßen dieselben gleich, der ältere Knabe das Herz und der jüngere die Leber. Als der Vogel dem Juden vorgesetzt wurde und er sah, dass Herz und Leber fehlten, rief er: »So haben wir nicht gehandelt; ich sollte den ganzen Vogel haben, und nun fehlt Herz und Leber, das Beste.« Da nahm er sein Geld schnell wieder zurück und zog mit seinem Karfunkelstein in die Welt. Der Mann aber war sehr zornig, dass er um den Vogel und den schönen Gewinn gekommen, und als er erfuhr, dass seine Knaben Herz und Leber gegessen hatten, so schlug er sie unbarmherzig und jagte sie fort. Da kam ein alter Soldat des Weges, der erbarmte sich der Kinder, und der Mann sprach: »Wenn du dich ihrer so annimmst, so führe sie mit dir fort aus meinen Augen; doch warte, ich will sie zuvor noch zeichnen.« Er schnitt jedem den kleinen Finger der linken Hand ab.

Der Soldat nahm die Kinder mit, machte eine Salbe und heilte ihnen die Finger an. Sie schliefen über Nacht in einem Wald, und als sie morgens erwachten, lagen unter dem Haupte des Knaben, der das Herz gegessen hatte, drei Goldstücke. Der Soldat nähte sie dem Jungen in einen Rockzipfel und führte sie dann in die Stadt, wo der König wohnte, und setzte sie auf einen Stein und ging seiner Wege. Der König lag gerade im Fenster, erblickte die Knaben, ließ sie jedoch sitzen. Die Königstochter kam aber auch bald in das Fenster, und als sie die armen Knaben auf dem Steine sah, schickte sie eine Magd hin und ließ sie ins Schloss bringen. Sie wurden mit an den Tisch gesetzt, und während des Essens erzählten sie, wie ihr Vater sie so sehr geschlagen und ihnen den Finger abgehauen habe, weil sie das Herzchen und Leberchen vom Vogel gegessen hätten, wie aber ein guter Soldat sich ihrer erbarmt, sie geheilt und in die große Stadt gebracht hätte. Der König und die Königstochter fühlten Mitleid mit den Armen und behielten sie bei sich. Jeder bekam eine Büchse, und damit gingen sie täglich auf die Jagd. Der König hatte eine treue Dienstmagd.

Als diese nach einiger Zeit aus dem Dienst gehen sollte, kam sie vor ihren Herrn und sprach: »An jedem Morgen, seit die beiden Knaben im Hause sind, fand ich unter dem Polster des älteren drei Goldstücke; hier sind alle, und es fehlt auch nicht ein einziges!« Da kam es dem König etwas unheimlich vor; er sprach zu seiner Tochter: »Es ist mit den Jungen nicht ganz richtig, schicken wir sie fort!« Man nahm alle Goldstücke und nähte sie dem älteren Knaben in einen Kleidzipfel ein, dann führte man beide in einen Wald und ließ sie da allein; sie aber gingen miteinander weiter. Da kamen sie auf einen Kreuzweg; hier warfen sie das Los, welchen Weg jeder gehen sollte. Da traf es sich, dass der Ältere nach Morgen zog, der Jüngere gegen Mittag, der Stadt Rom zu. Als dieser spät abends vor der Stadt anlangte, waren die Tore verschlossen; er musste nun vor dem Tore bleiben. Die Römer aber hatten in dem Jahre schon sieben Könige gehabt, alle waren gestorben und niemand wollte jetzt König sein; da hatte der Rat ausgemacht, frühmorgens, wenn das Tor geöffnet würde, den ersten, der dadurch einziehe, zum König zu nehmen. Der erste war aber der Junge; er wurde gleich von dem ganzen Rate als König begrüßt, und er hatte nichts dawider, setzte sich die Krone auf und fing an zu regieren und große Paläste, Schlösser und Türme zu bauen.

Der ältere Bruder war auf seinem Wege bald in eine kleine Stadt gekommen; da blieb er und nahm sich eine Frau und lebte einige Zeit mit ihr ganz gut; denn dass ihr Mann so viele Dukaten hatte, gefiel ihr; und sie wusste sie alle hinzubringen. Eines Tages fragte sie ihn aber, woher er die vielen Goldstücke bekomme. Und er erzählte ihr arglos, wie ja ein Mann seinem Weib erzählt, wie das vom Vogelherzen, das er in sich habe, herrühre. Die Frau lief sogleich in die Apotheke, braute einen Schlaftrunk und ein Brechmittel und gab ihrem Mann beides ein; da gab er das Herz von sich; sie verschluckte es gleich, und von da an waren unter ihrem Haupte die drei Dukaten. Jetzt jagte sie ihren Mann aus dem Hause und nahm sich einen andern. Der nun zog traurig fort ins Elend. Ein Jahr lang brachte er sich noch gut durch; denn er nahm die Dukaten, die in seinem Kleidzipfel eingenäht waren, hervor. Als die aber aufgezehrt waren, wusste er nichts anzufangen und litt nun große Not.

Eines Tages ging er missmutig in den Wald. Da sah er ein altes Weib im Kot liegen; das war aber eine Hexe. »Hilf mir«, rief diese ihm zu, »ich will dir auch helfen!« Da hob er sie aus der Kotlache heraus. Die Hexe gab ihm einen Zaum und sprach: »Über was du diesen Zaum immer schüttelst, es sei Stein, Baum, Tier oder Mensch, das wird ein Pferd!« – »Das ist was Gutes!« dachte er bei sich, »du willst gleich versuchen!« Da schüttelte er ihn über einem Stein, sogleich stand ein Pferd vor ihm; er schwang sich auf und ritt geradeaus zu der Stadt, wo seine Frau wohnte. Vor dem Stadttore nahm er den Zaum ab. Da lag ein Stein an der Stelle, wo das Pferd gestanden. Er ging nun hinein und kam insgeheim in das Haus zu seiner Frau, ohne dass sie es merkte; sie ging gerade im Hof herum. Er schüttelte den Zaum über ihr, und gleich war sie ein Pferd. Da setzte er sich auf und ritt in einem fort bis in die Nähe der Stadt Rom, also dass sein Pferd fast zusammensank. »Warte, es ist noch nicht genug!« sprach er. Da sah er viele Leute mächtige Bausteine führen. »Das ist eine gute Arbeit für dein Pferd!« sprach er und führte nun in einem fort so viele Steine, dass dieses immer magerer wurde und zuletzt nur die Knochen an sich hatte. Da klagten ihn die Leute, welche durch ihn in ihrem Erwerb verkürzt wurden, aus Neid und Bosheit vor dem höchsten Gerichte als einen Tierquäler an, und er wurde zum Tode verurteilt. Wie er gehängt werden sollte, war der König auch zugegen.

Da erkannte der Verurteilte seinen Bruder und rief; »Bruder, finde ich denn bei dir keine Gnade?« Der König sah ihn lange verwundert an; endlich erkannte er ihn auch, fiel ihm um den Hals und sprach: »O Bruder, wie gerne täte ich das, aber wohin käme es mit der Gerechtigkeit, wenn ich sie nicht üben sollte!« – »So übe denn nicht Gnade, sondern Gerechtigkeit, aber höre mich erst!«

Nun erzählte er dem König seine ganze Geschichte seit ihrer Trennung. »Wohlan«, sprach dieser, »zeige, dass dieses Pferd dein Weib ist!« Da nahm jener den Zaum ab, und alsbald stand seine Frau da. Gleich musste sie durch ein Brechmittel das Herz herausgeben; ihr Mann verschluckte es sogleich, und die Dukaten fanden sich sofort wieder unter seinem Haupte, und er blieb nun bei seinem Bruder und wurde dessen Schatzmeister. Der König aber sprach: »Untreue muss mit dem Tode bestraft werden«, und ließ die Frau hinrichten, wie sie es verdient hatte.

Beide Brüder lebten nun zusammen glücklich; sie suchten auch ihren alten Vater auf; der aber wollte sie lange nicht erkennen. Da sprachen sie: »Ihr erinnert Euch doch, wie Ihr uns einem alten Soldaten gabt und zuvor jedem von uns den kleinen Finger von der linken Hand abhiebet; der gute Soldat heilte uns die Finger an; aber da seht Ihr noch die Narben!« und damit zeigten sie ihm die Finger. Er musste nun freilich alles für wahr halten, und da er es schon lange schwer bereut hatte, dass er seine Kinder des Geldes wegen verstoßen hatte, sprach er: »Strafet mich jetzt nur gut, ich habe es verdient!« Die Söhne aber sagten: »Lasset das nur sein, Vater; gerade dadurch, dass Ihr uns fortjagtet, sind wir zu Glück und Ehren gekommen!« Der Jude aber hörte und sah auch, dass in Erfüllung gegangen wäre, was unter den Flügeln des seltsamen Vogels gestanden; er ging in seinem Neid und Verdruss in den Wald und erhängte sich.

7. Der goldne Vogel

Es war einmal ein König, der baute eine so schöne Kirche, dass weit und breit keine schönere zu finden war. Da kam eines Tages ein Wandersmann aus weiter Ferne, der staunte lange über die schöne Kirche; der König ging zu ihm und fragte, wie sie ihm gefalle. Der Wandersmann sprach: »Es ist die schönste Kirche, die ich gesehen habe, und es fehlt auch nichts darin außer eins, das ist der goldne Vogel, dem Perlen aus dem Munde fallen, wenn er singt!« Da fragte der König, wo der zu finden wäre. »Das weiß ich nicht«, sprach der Wandersmann, »ich habe aber von ihm gehört!« Der König hatte nun keine Ruhe und dachte immer nur daran, wie er den goldnen Vogel bekommen könnte. Da kam der älteste von seinen drei Söhnen eines Tages zu ihm und sagte: »Vater, ich will ausziehen und den goldnen Vogel suchen.« Der König war froh, gab ihm das beste Pferd und ließ ihn ziehen; er kam bald in ein Gehölz und machte sich ein Feuer an. Da lief ein Fuchs herzu und jammerte: »Ach, wie friere ich!« »So mache dir Feuer und wärme dich!« sprach der Königssohn und nahm sein Essen hervor. Der Fuchs rief wieder: »Ach, wie hungert mich!« »So suche dir was und sättige dich!« sprach der Königssohn, und der Fuchs lief fort. Der Königssohn stand auf, ging weiter, verzehrte all sein Reisegut, geriet in schlechte Gesellschaft, verkaufte sein Ross, machte Schulden und verdingte sich als Knecht in ein Wirtshaus. Nach einiger Zeit machte sich auch der zweite Königssohn auf den Weg, den goldnen Vogel zu suchen. Sein Vater gab ihm auch ein stattliches Ross und sackte ihm wohl ein; es ging ihm aber grade so wie seinem älteren Bruder. Als er sich im Walde Feuer machte, kam der Fuchs auch und jammerte; »Ach, wie friere ich; ach, wie hungert mich!« »So mache dir Feuer und wärme dich; so suche dir was und sättige dich!«, sagte der Königssohn. Dann zog er weiter, geriet in schlechte Gesellschaft, brachte sich um sein Geld, verkaufte sein Ross, machte Schulden und musste sich als Kellner in ein Wirtshaus verdingen.

Da kam auch der Jüngste vor den König und sprach: »Vater, ich will ausziehen und den Vogel suchen!« – »Wo denkst du hin; wenn deine Brüder nichts ausgerichtet haben, wirst du am wenigsten etwas ausrichten.« Der Sohn ließ aber nicht nach zu bitten, und so ließ ihn der König endlich ziehen; er gab ihm aber ein schlechtes Ross und nur wenig Geld, denn er dachte: »Das ist ja doch alles verloren!« Der Knabe ritt fort; allein sein Pferd sank schon außerhalb der Stadt zusammen. Er ging jetzt zu Fuß, kam in den Wald und machte sich Feuer. Da erschien der Fuchs und rief: »Ach, wie friere ich!« »So komm und wärme dich?« Als der Junge sein Essen hervor nahm, jammerte der Fuchs: »Ach, wie hungert mich!« »So komme her und sättige dich!« sprach der Junge mitleidig. Der Fuchs kam zum Feuer, aß mit und schlief dann bis zum Morgen neben dem Jungen. Als dieser erwachte und fortgehen wollte, sagte der Fuchs: »Deine Brüder haben sich meiner nicht erbarmt und so haben sie auch den goldnen Vogel nicht erwerben können; weil du aber gegen mich so mitleidig warst, will ich dir guten Rat geben und beistehen. Gehe nur fort durch diesen Wald, der ist noch sieben Tage lang, dann kommst du auf eine große Wiese; am Ende der Wiese ist ein großes Schloss, dort gehe hinein, und du wirst sehen, was du zu tun hast.« Zuletzt gab er ihm noch eine silberne Flöte und sprach: »Wenn du in der höchsten Not bist und dir nicht helfen kannst, so blase darauf, und ich will kommen und dir beistehen!« Damit lief der Fuchs fort in den Wald; der Knabe aber ging weiter des Weges.

Nach sieben Tagen kam er auf die Wiese und sah das Schloss; er eilte nun dahin und ging getrost hinein; da war eine schöne Jungfrau, sie weinte, als sie ihn sah, und sprach: »Wie kommst du hierher, mein Herr ist ein sechshäuptiger Drache, er wird dich umbringen!« – »Ich fürchte mich nicht und will mit ihm kämpfen!« Es hing aber ein großes Schwert an der Wand, das nahm er gleich und übte sich damit. Nur einmal kam der Drache und schnaubte Feuer; der Junge schwang rasch das Schwert und hieb ihm alle sechs Häupter auf einmal ab. Nun war die Jungfrau sehr froh, brachte gleich zu essen und wünschte, er solle bei ihr bleiben; er aber sagte, das könne nicht geschehen, er müsse den goldnen Vogel suchen; ob sie nicht Bescheid wisse? »Davon weiß ich nichts«, sprach sie, »gehe aber nur zu jenem Schlosse hinüber, da wohnt meine jüngere Schwester, vielleicht kann die etwas sagen.« Sie gab ihm noch einen kupfernen Apfel und sprach: »Wenn du daran drehst, so fliege ich zu dir!«

Als der junge Königssohn zum zweiten Schlosse kam, war hier wieder eine schöne Jungfrau, und sie weinte, als sie den Jungen sah. »Wehe dir, mein Herr ist ein neunhäuptiger Drache, wenn er heimkehrt, wird er dich umbringen!« – »Ich fürchte mich nicht und will mit ihm kämpfen!« Da nahm er das Schwert, das an der Wand hing, schwang es in der Luft und übte sich; nur einmal kam der Drache wie ein Gewitter herbeigefahren und schnaubte Feuer. Der Junge hob sein Schwert und schlug ihm auf einmal alle neun Häupter ab. Die Jungfrau war sehr froh, brachte gleich Essen und wünschte, der junge Königssohn solle immer bei ihr bleiben. Er aber sprach: »Das geht nicht, ich muss den goldnen Vogel suchen, kannst du mir sagen, wo er zu finden?« – »So gehe zu meiner jüngsten Schwester, die wohnt dort in jenem Schlosse, die wird dir dazu verhelfen!« Sie gab ihm eine silberne Birne und sprach: »Wenn du sie drehst, so fliege ich zu dir!«

Als der Junge in das dritte Schloss kam, war da eine wunderschöne Jungfrau; sie weinte, wie sie ihn sah, und sprach: »Wie kommst du hierher, mein Herr ist ein zwölfhäuptiger Drache, er wird dich umbringen, wenn er heimkehrt.« – »Ich fürchte mich nicht«, sprach der Junge, »zwei Drachen habe ich schon umgebracht, mit diesem werde ich wohl auch fertig werden.« Er nahm das Schwert, das an der Wand hing, schwang es in der Luft und übte sich; nur einmal kam der Drache wie Donner und Sturm hereingefahren. Der Junge schwang das Schwert und schlug ihm elf Häupter auf einmal ab, bis er aber das zwölfte abschlug, waren die elf andern wieder gewachsen, und bis er die elf zum zweiten Male abhieb, hatte der Drache das zwölfte wieder. Erst als die Sonne unterging, gelang es ihm die zwölf Häupter auf einmal abzuschlagen. Nun, wer sich am meisten freute, war die Jungfrau; sie brachte gleich zu essen und wünschte, der junge Königssohn solle immer bei ihr bleiben. »Das will ich gerne tun, aber zuvor muss ich den goldnen Vogel haben und meinem Vater nach Hause führen; weißt du, wo der zu finden ist?« – »Das weiß ich freilich wohl, alle Jahre kommt er einmal auf diesen Baum vor dem Fenster und singt, aber nur einmal, am Neujahrsmorgen, ehe die Sonne aufgeht; ich gebe dir ihn, denn er ist mein, warte nur, bis er kommt.« Das ließ sich der Königssohn gerne gefallen; aber die Jungfrau hatte den Knaben so lieb, dass sie ihn nicht gerne von sich lassen wollte.

Als daher der Neujahrsmorgen da war, stopfte sie ihm die Ohren zu, und als der goldne Vogel kam und sang, hörte er nichts; die Sonne ging auf, und der Vogel war fort. »Wo ist der Vogel? Er kommt nicht«, rief der Junge traurig, wie er erwachte. »Er war schon da und hat gesungen, siehe da das Wahrzeichen, die Perlen unter dem Baume; jetzt, da du verschlafen hast, musst du noch ein Jahr warten.« Was sollte er tun, er musste bleiben, aber er war gar nicht mehr fröhlich wie zuvor. Als nun die Jungfrau sah, wie sehr er sich grämte, dass er nicht heimkehren konnte, so wollte sie ihn nicht länger zurückhalten. Am Neujahrsmorgen weckte sie selbst ihn auf. Der Vogel kam, setzte sich auf den Baum und sang, und ringsum lag alles voll Perlen. Darauf lockte sie den Vogel auf ihre Hand sperrte ihn in einen goldnen Käfig und überreichte ihn dem Königssohn.

Damit er aber schnell nach Hause komme, gab sie ihm ein Pferd, das hatte sechs Füße, und darauf sollte niemand reiten können als er; zuletzt schenkte sie ihm noch eine goldne Pflaume und sprach: »Wenn du sie drehst, so fliege ich zu dir.« Er zog nun auf seinem Pferde wie im Fluge heimwärts. Abends gelangte er zu einem Wirtshaus, und da war gerade sein älterer Bruder Kellner und sah schlecht aus. Er erkannte ihn gleich und erzählte ihm, wie er den goldnen Vogel erworben habe und jetzt heimführe; und er solle auch mit ihm nach Hause gehen. »Das möchte ich gern«, sprach sein Bruder, »aber ich bin viel schuldig.« – »Ich will für dich zahlen,« sagte der Junge und kaufte ihm auch ein Pferd, und sie ritten nun miteinander weiter, und am nächsten Abend kehrten sie auch in ein Wirtshaus. Hier war der älteste der Brüder Stallknecht und empfing gerade eine Tracht Schläge, als sie einzogen. Da erkannten sie ihren Bruder, und der Jüngste sprach: »Komme mit uns nach Hause; ich führe den goldnen Vogel heim.« – »Das möchte ich gerne, aber mein Herr will, dass ich ihm drei Pferde, die ich ihm zugrunde gerichtet habe, noch abdiene.« – »Lasse das auf mich; ich will sie bezahlen!« sagte der Jüngste. Am andern Morgen bezahlte dieser den Herrn seines Bruders aus, kaufte ihm auch ein Pferd, und jetzt ritten die drei zusammen fort.

Als sie so ritten, sprach der Jüngste: »Unser Vater hat auf euch so große Stücke gehalten, und nun wird er doch sehen, dass ich den goldnen Vogel bringe!« Da wurden jene zornig und beredeten sich untereinander, ihren Bruder zu töten. Wie er in der Nacht schlief, stachen sie ihm die Augen aus, hieben ihm Arme und Füße ab und warfen ihn in einen tiefen Brunnen. Sie nahmen dann sein schönes Ross und den Käfig mit dem goldnen Vogel, eilten zu ihrem Vater, hielten einen großen Aufzug und sprachen: »Siehe, mit vieler Arbeit und Gefahr ist es uns gelungen, ihn zu bekommen!« Da freute sich der Vater und ließ den Käfig gleich in die Kirche auf den Altar stellen.

Aber der Vogel ließ die Flügel traurig hängen und sang nicht, und das schöne sechsfüßige Ross ließ niemanden in seine Nähe und noch weniger auf seinen Rücken kommen.

Der Verstümmelte aber lag im Brunnen und wusste sich nicht zu helfen. Da kam ihm zufällig der kupferne Apfel, der aus seiner Tasche gefallen war, an den Mund und drehte sich. Gleich flog die älteste der geretteten Jungfrauen in einem kupfernen Mantel herbei und fragte, was er schaffe: »Sieh mich an!«, sprach er. »Morgentau ist gut für abgehauene Füße«, rief sie und flog fort, brachte davon und bestrich ihn; gleich waren seine Füße frisch und gesund. Die Jungfrau war wieder fort. Nun trat er auf die silberne Birne, die war auch aus seiner Tasche herausgefallen und drehte sich. Gleich flog die zweite gerettete Jungfrau in einem silbernen Mantel herzu und fragte, was es gebe. »Sieh mich an!« sprach er. »Morgentau ist gut für abgehauene Arme«, flog fort, brachte davon, bestrich ihn, und alsbald hatte er frische und gesunde Arme und Hände. Die Jungfrau war aber sogleich fort. Nun griff er in seine Tasche und nähme die goldne Pflaume hervor und drehte sie. Sogleich flog die jüngste der erretteten Jungfrauen im goldnen Mantel herbei und fragte, was es gebe. »Du siehst es!« – »Morgentau ist gut für fehlende Augen«, sprach sie und flog fort, brachte davon, bestrich die Augenhöhlen, und gleich hatte er frische und gesunde Augen und sah die Jungfrau in ihrer vollen Schönheit vor sich. Ehe er sich aber bedachte, sie zu fassen, war sie fort. Nun sah er erst, wo er war. Wie sollte er aus dem tiefen Brunnen herauskommen? Da gewann er aus seiner Tasche die silberne Flöte, die ihm der Fuchs gegeben, und blies darauf. Sogleich war der Fuchs da und fragte, was es gebe. »Du siehst es«, sprach der Knabe; »ich kann nicht hinaus!« Da sprang der Fuchs in den Brunnen und sagte: »Fasse nur die Spitze von meinem Zagel!« Wie das geschehen war, sprang der Fuchs hinaus, zog ihn mit und sprach: »Jetzt kannst du dir wieder selbst helfen!« und lief fort in den Wald.

Da wanderte der Junge zu Fuße fort und gelangte am Abend nach Hause. Sein Vater freute sich nicht sehr über seine Ankunft, weil er nichts brachte. Er aber erzählte nun alles, was er erlebt, wie er den goldnen Vogel und das sechsfüßige Ross erworben, wie er seine Brüder ausgelöst habe und wie sie dann so untreu und sündlich an ihm gehandelt hätten, wie er endlich wieder errettet worden. Der alte König aber wollte das nicht glauben. Da sagte der Junge: »Ich will es beweisen. Das ist doch gewiss der rechte Erwerber, der das schöne Ross besteigen und darauf reiten kann und bei dessen Eintritt in die Kirche der goldne Vogel die Flügel hebt und singt.« – »Ja, das ist er gewiss«, sprach der Alte. Nun versuchten's zuerst die beiden älteren Brüder. Das Ross aber ließ sie nicht in die Nähe kommen, und der goldne Vogel hielt seine Flügel gesenkt und sang nicht, wie sie in die Kirche traten. Jetzt versuchte auch der Jüngste. Als das Ross ihn nur erblickte, wieherte es laut vor Freude und stand wie ein Lamm, bis er aufstieg; dann ritt er eine Zeit lang hin und her. Darauf stieg er ab und ging zur Kirche; kaum hatte er die Schwelle betreten, so hob der Vogel seine Flügel und sang auf einmal so wunderschön, dass dem König die Augen vor Freude und Leid übergingen.

Er fiel seinen Jüngsten um den Hals und sprach: »Verzeihe mir, dass ich dich weniger als deine Brüder geachtet habe; da nimm sie aber jetzt, die Falschen und Boshaften, und mache mit ihnen, was du willst.« – »So will ich mich gleich an ihnen rächen, dass sie mir's mit Freuden gedenken sollen!« Er nahm den kupfernen Apfel hervor und drehte ihn; sogleich flog die älteste der Jungfrauen herbei und hatte einen kupfernen Mantel an. Sie war aber sehr schön, und die alte Königin, die Mutter des Jungen, rief: »Ei du, mein Sohn, weißt gut zu wählen.« Er aber fasste sie gleich bei der Hand, führte sie zu seinem ältesten Bruder und sprach: »Das soll deine Frau sein, willst du?« Wer konnte froher sein als der. Jetzt drehte er die silberne Birne, und es kam die Jungfrau im silbernen Mantel herbeigeflogen und war noch schöner. »Nun nimm du jetzt die, denn es kann keine Schönere geben«, sagte seine Mutter wieder. Der Junge aber nahm sie bei der Hand, führte sie zu seinem mittleren Bruder und fragte: »Willst du sie zum Weibe?« Er konnte nicht Nein sagen. Nun drehte er die goldne Pflaume. Da kam die jüngste Jungfrau herbeigeflogen; sie trug einen goldnen Mantel, der war geschmückt mit Karfunkelsteinen und Perlen vom goldnen Vogel, dass er glänzte und glitzerte wie der Sternenhimmel. Die alte Königin verwunderte sich sehr über die große Schönheit und fing die Jungfrau in ihrer Schürze auf; ihr zartes Wesen sollte nur ja nicht an dem harten Boden sich anstoßen. »Du weißt freilich besser als ich, wie man wählen soll!« sprach sie zu ihrem Jüngsten, »eine Schönere kann es aber jetzt unter der Sonne nicht geben!« Die nahm der Jüngste nun selbst zu seinem Weibe, und sie lebten viele Jahre glücklich und zufrieden. Als aber nach langen Jahren die schöne Königin starb, verschwand auch das sechsfüßige Ross und der goldne Vogel aus der Kirche, und seitdem hat beide niemand mehr gesehen.

8. Das Hirsekorn

Es war einmal ein armer, armer Junge, der hatte von seiner Mutter, als sie starb, ein kleinwinziges Hirsekorn geerbt, und das war all sein Reichtum. Da er nun weder Vater noch Mutter zu verlassen hatte, so meinte er, die Welt sei groß und schön, er wolle sich ein wenig darin umschauen. Also nahm er sein Hirsekorn und wanderte fort. Nicht lange, so begegnete er einem alten Manne mit breitem Hut und einem grauen Mantel, der sah so freundlich aus. »Gott grüß Euch, alter Großvater!« sprach der Junge. »Schönen Dank!«, erwiderte der Mann, »wo gehst du denn hin?« – »Auf Reisen!« sprach der Junge, »und ich trage all mein Gut mit mir, das ist ein Hirsekorn; wird es mir nicht gestohlen werden?« Da jammerte den Mann des armen Knaben, und er sprach: »Besorge nichts, mein Kind; du wirst es zwar verlieren, aber dadurch gewinnen!« Abends kehrte der Junge in einem Dorfe ein, klopfte bei einem Bauer[n] an und bat um Herberge. Als er schlafen ging, legte er sein Hirsekorn aufs Fenster und sprach zum Wirte: »Das ist all mein Reichtum, wird es mir nicht gestohlen werden?« – »Schlafe ruhig, mein Sohn, es soll dir in meinem Hause kein Schaden geschehen!« Am Morgen, als die Sonne ins Fenster schien, glänzte das Hirsekorn, und der Haushahn, der im Hofe herumstieg und Körner suchte, sah es, flog hin und pickte es auf. Eben war der Knabe erwacht und erblickte den Hahn auf dem Fenster, wie er sein Hirsekorn verschluckte. Da fing er an zu weinen und zu klagen. Der Bauer tröstete ihn und sprach:

»Der Hahn ist dein,
Hat er gefressen das Hirselein.«

Nun war der Knabe froh, nahm den Hahn und wanderte weiter. Abends kam er wieder in einem andern Dorfe zu einem Bauer[n] und bat um Herberge; er sprach: »Der Hahn ist all mein Reichtum, wird er mir nicht gestohlen werden?« – »Schlafe ruhig, mein Sohn«, sprach der Wirt, »auf meinem Hof darf dir kein Schaden geschehen.« Frühmorgens aber ging der Hahn im Hofe herum und suchte sich Körner, und wie er einige gefunden hatte, sah dieses das Schwein des Bauern, packte den Hahn und erbiss ihn, die Körner aber fraß es selbst. Als der Knabe am Morgen nach seinem Hahn sah, so lag [d]er tot, und er fing nun an zu jammern und zu klagen: »O weh mir, das Schwein hat meinen Hahn erbissen!« Da tröstete ihn der Bauer und sprach:

»Nimm hin das Schwein,
Es sei nun dein,
Hat's den Hahn dir erbissen.«

Da band der Wirt ihm ein Seil an den Fuß, und der Junge zog weiter. Abends gelangte er wieder in ein Dorf und sprach abermals bei einem Bauer[n] an, und da nahm man ihn freundlich auf. Er sagte aber zum Wirt[en]: »Mein ganzer Reichtum ist dies Schwein, wird es mir nicht gestohlen werden?« – »Schlafe ruhig, mein Sohn, auf meinem Hof darf dir kein Schaden geschehen.« Als aber am Morgen eine mutige Kuh des Bauern das fremde Schwein im Hof sah, lief sie auf dasselbe los und erstieß es mit ihren Hörnern. Der Knabe erwachte bald, ging hinaus und sah sein Unglück; da fing er an zu jammern; doch der Bauer tröstete ihn und sprach:

»Die Kuh ist dein,
Hat sie das Schwein Dir erstoßen!«

band ihr ein Seil um den Hals und übergab sie dem Knaben; der wanderte jetzt fröhlich weiter und gelangte abends auf einen Edelhof und bat um Herberge; die wurde ihm auch gerne gewährt. Der Knabe aber sprach ganz untertänig zum Herrn des Hofes, als er schlafen ging: »All mein Reichtum ist diese Kuh, wird sie mir nicht gestohlen werden?« – »Schlafe ruhig, armer Junge, auf meinem Hofe soll dir kein Schaden geschehen!« Als am Morgen die Pferde zur Tränke geführt wurden, sprang ein mutwilliger Hengst im Hof herum. Sowie er die fremde Kuh erblickte, lief er auf sie zu und schlug sie tot. Da fing der Junge an zu klagen und zu jammern, als er seine Kuh tot sah; der Edelmann aber tröstete ihn und sprach:

»Nimm den Hengst für die Kuh
Und den Zaum dazu!«

Da setzte sich der Junge auf das stattliche Ross und ritt fort in die weite, weite Welt und verrichtete viele Heldentaten; zuletzt ist er noch auf den Glasberg geritten, hat die Königstochter erlöst und ist König geworden. Seht ihr's, was aus einem armen Jungen werden kann, wenn er's Glück hat!

9. Die Hälfte von allem

Ein Kaufmann hatte drei Söhne; als diese groß waren, sprach der Vater: »Jetzt will ich sehen, wie ihr zum Geschäfte euch anstellt; hier hat jeder hundert Gulden, ziehet in die große Stadt und kaufet ein!« Die beiden ältern Brüder zogen miteinander voraus, den Jüngsten ließen sie allein und wollten nichts mit ihm zu tun haben; denn sie meinten, er sei ein Dümmling und sie müssten sich seiner nur schämen. In der Stadt kaufte jeder der beiden so viele Waren, als man für hundert Gulden nur immer kaufen konnte, und wie sie heimkamen, lobte sie der Vater und war mit ihnen zufrieden. Als aber der Jüngste zur Stadt zog, sah er am Wege einen toten Menschen liegen, von dem fraßen die Vögel. Da jammerte es ihn, und er lief gleich zum nächsten Städtchen und fragte, warum man den Menschen am Wege liegen lasse. Es sei niemand, sprachen die Leute, der für die Beerdigung zahlen wolle. »Ich will zahlen!«, sagte der Dümmling und ließ den Toten gleich ehrlich begraben, und das kostete fünfzig Gulden. Froh eilte er jetzt weiter, kam in die große Stadt und kaufte für die andern fünfzig Gulden auch Waren.

Als er daheim ankam, erzählte er seinem Vater, was er getan habe; allein dieser war zornig und rief: »Du bist ein schlechter Kaufmann, wenn du mir's noch einmal so machst, so jage ich dich fort!« Nach einiger Zeit schickte der Vater die drei Söhne wieder aus und gab jedem zweihundert Gulden und sprach: »Ich will sehen, wer am besten kauft!« Die beiden ältern Brüder waren wieder schnell in der Stadt und eifrig am Geschäft und kauften so billig, dass ihr Vater mit ihnen ganz zufrieden war. Als der Jüngste in die Stadt kam und durch die Straßen ging, sah er an dem Gitter eines Kerkerfensters ein wunderschönes Mädchen; er blieb stehen und fragte das Mädchen, wie es dahin gekommen sei. Da erzählte es weinend: Man habe in der Stadt hundert Gulden gestohlen; man halte es nun für die Diebin; es sei aber nicht wahr; nur dürfe es nicht sagen, warum und wie. Der Junge erbarmte sich ihrer, ging hin vors Gericht und sprach: »Das Mädchen ist unschuldig, gebt es frei; hier sind aber hundert Gulden, bis man den rechten Dieb findet.« Da ließ man das Mädchen frei, und es war gerade die Königstochter. Sie ging nämlich jeden Tag verkleidet in die Häuser der Armen, tat im Stillen Gutes und war jetzt eben auf der Straße, als man die Spur des Diebes verfolgte. Sie fiel den Häschern, die sie nicht kannten, in die Hände, und diese schleppten sie sofort ins Gefängnis. Als sie nun frei war, gab sie dem Jungen einen goldnen Ring und sprach: »Daran will ich dich erkennen!« eilte dann in die Königsburg und freute sich, dass man sie hier noch nicht vermisst hatte.

Der Junge kaufte für die andern hundert Gulden Ware und zog fröhlich, wie es nach einem guten Werke zu geschehen pflegt, nach Hause und erzählte seinem Vater, wie er das arme Mädchen aus dem Gefängnis befreit habe. »Aus dir wird nichts!«, rief sein Vater zornig, »packe dich fort aus meinen Augen, dass ich dich nie mehr sehe!« Der arme Junge musste fort; sein Vater gab ihm noch einige Gulden, damit solle er sich durch die Welt helfen und niemandem sagen, wessen Sohn er sei. Lange wanderte er herum, aber kein Haus wollte ihn aufnehmen. Wie er nun einmal in trüben Gedanken an der Straße saß, kam ein alter Mann[*)]In einigen Erzählungen wird hier statt des alten Mannes merkwürdig eine alte Steingeiß genannt. in einem grauen Mantel zu ihm und fragte: »Warum bist du so traurig?« Da erzählte ihm der Junge sein Schicksal. Der Alte tröstete ihn und sprach: »Wenn du mir versprichst, nach sieben Jahren die Hälfte zu geben von allem, was du hast, so will ich dir ein großes Glück verschaffen.« – »Das verspreche ich von Herzen gerne!« erwiderte der Junge. »So eile in die Hauptstadt, denn die Königstochter wartet auf dich!« Damit entfernte sich der Alte, und der Junge zog schnell nach der Stadt.

Der König hatte gewünscht, dass seine Tochter heirate; er liebte sie aber so sehr, dass er sagte: »Ich will nicht zuwider sein, ihr Herz soll frei wählen, und träfe es den Ärmsten im Reich, so wird es mich freuen!« Schon viele Grafen und Ritter, ja auch Fürsten und Könige hatten um ihre Gunst geworben, allein vergebens. Da erschien auch der Junge, und kaum hatte die Königstochter den Ring an seinem Finger erblickt, so rief sie freudig: »Das ist der Rechte!«, fasste seine Hand, führte ihn zum König und sprach: »Vater, segne uns!« Wer war froher als dieser, wie er sein Kind so überaus selig und seinen Wunsch erfüllt sah. Da wurde die Hochzeit mit großer Pracht gefeiert, und der Junge ward nach dem Tode seines Schwiegervaters König und lebte in Friede und Freude. Nach sieben Jahren erschien aber nur einmal der alte Mann und verlangte nach dem Versprechen die Hälfte von allem, was er habe. Der Junge war gleich bereit und teilte alles rechtschaffen genau auf zwei Hälften und gab ihm die eine. Nun wollte der Alte auch von den Kindern den gebührenden Teil. Mit schwerem Herzen gab der Junge ihm eins, denn er hatte zwei; zuletzt aber blieb noch die Frau, und der alte Mann verlangte auch von der die Hälfte. »Wie ist das möglich?«, rief der Junge bestürzt. »Die musst du zerschneiden!«, sagte der Alte. Da entsetzte sich der Junge und sprach nach kurzem Bedenken: »Die habe ich viel zu lieb, als dass ich ihr ein Leid zufügen oder auch nur ein Haar krümmen könnte; aber was ich versprochen habe, will ich getreu halten; so nimm sie ganz.« – »Behalte alles!« rief der Alte, »ich habe dich treu erfunden!« und verschwand vor den Augen des Königs.

10. Das Zauberross

Der Vater war gestorben und hatte seinem Jungen nichts hinterlassen als ein Schwert; damit zog er fort und wollte dienen gehen. Nur einmal begegnete ihm ein alter Mann, der war auf einem Auge blind und sah auch mit dem andern nicht recht, der fragte ihn: »Wo gehst du hin, Junge?« -- »Dienen!« sprach der Junge. »Ich brauche gerade so einen; willst du meine Schafe weiden?« Es war dem Jungen recht, und der Alte nahm ihn mit sich. Als er ihm die Herde übergeben, sprach er: »Hüte dich nur, in jenen Wald zu gehen, denn keiner meiner Knechte ist lebendig herausgekommen.« Der Junge hielt sich einige Zeit daran; aber bald dachte er bei sich: »Du musst doch einmal sehen, was dort ist; was könnte dir schaden, du hast ja dein gutes Schwert!« Kaum hatte er den Wald betreten und die große Herrlichkeit darin angesehen, so kam ein dreihäuptiger Drache auf ihn [zu] und schrie: »Menschenkind, wie kommst du herein; kein Vöglein wagt es, meinen Wald zu verunreinigen, willst du ihn mit deinen Schafen verätzen? Du musst mit mir schlagen oder ringen, was willst du lieber?« – »Ringen!« sprach der Junge. Da fasste ihn der Drache und schlug ihn bis zu den Knien in den Erdboden. Der Junge fasste darauf sein Schwert und hieb dem Drachen die drei Häupter ab und trug sie nach Hause und hing sie auf die Zaunpfähle. »Was hast du da?«, fragte der Alte, denn er konnte es nicht sehen. »Drei Häupter von einem Bock, den ich im Walde erschlagen!« – »Du Junge, das mag dir schlecht frommen; gehe nicht mehr in den Wald!« Aber am anderen Tage trieb die Lust den Knaben noch tiefer hinein; da war es noch stiller und herrlicher; nur einmal kam ein sechshäuptiger Drache: »Ha, Menschenkind, kein Vöglein kommt in unsern Wald, du hast ihn mit deinen Schafen verunreinigt und mir meinen Bruder umgebracht; du musst mit mir schlagen oder ringen; was willst du lieber?« – »Ringen!« Da fasste ihn der Drache und schlug ihn bis an den Nabel in den Erdboden. Der Junge ergriff sein Schwert und hieb dem Drachen alle Häupter ab und trug sie nach Hause und steckte sie auf die Zaunpfähle. »Was hast du da?«, fragte der Alte. »Sechs Häupter von einem Bock, den ich im Wald erschlagen!« – »Das mag dir schlecht frommen, gehe nicht mehr in den Wald!« Tags darauf hatte der Knabe noch viel größere Lust und ging tiefer in den Wald, und es war da noch stiller und herrlicher. Nur einmal kam ein neunhäuptiger Drache: »Ha, Menschenkind, kein Vöglein kommt in unsern Wald, du hast ihn verunreinigt und meine Brüder umgebracht; du musst mit mir schlagen oder ringen; was willst du lieber?« – »Ringen!« Da fasste ihn der Drache und schlug ihn bis unter die Achseln in den Erdboden. Der Knabe konnte sein Schwert noch schwingen und hieb dem Drachen alle Häupter ab, trug sie nach Hause und steckte sie zu den andern auf die Zaunpfähle. »Was hast du da wieder?«, fragte der Alte. »Neun Häupter von einem Bock, den ich im Wald erschlagen!« – »Das mag dir schlecht frommen, gehe nicht mehr in den Wald!« Aber am folgenden Tag drang der Junge noch tiefer hinein, und es war da noch viel stiller und herrlicher. Nur einmal kam ein zwölfhäuptiger Drache herangefahren: »Ha, Menschenkind, kein Vöglein kommt in unsern Wald, du hast ihn verunreinigt und meine Brüder umgebracht; du musst mit mir schlagen oder ringen; was willst du lieber?« – »Schlagen!« sprach der Junge; denn er fürchtete, der Drache werde ihn bis über den Kopf in den Erdboden stoßen, und dann könne er sein Schwert nicht brauchen.

Da schlug der Drache ihn mit seinem Schweif, dass er zwölf Klaftern weit fortflog. Jetzt kam aber der Junge mit seinem Schwert herbeigelaufen und hieb dem Drachen elf Häupter auf einmal ab; bis er das zwölfte abschlug, waren die elf andern wieder gewachsen, und wenn er die elf abschlug, wuchs das zwölfte wieder. So ging es bis gegen Abend.

Als aber die Sonne unterging, verlor der Drache alle Kraft, und die des Knaben wuchs, und so schlug er die zwölf Häupter auf einmal ab. Als er nach Hause kam, steckte er sie zu den ändern auf die Zaunpfähle, und alle Pfähle um den Hof waren jetzt besetzt. Da fragte der Alte: »Was hast du da?« - »Zwölf Häupter von einem Bock, den ich im Wald erschlagen!« - »Das wird dir schlecht frommen, gehe nicht mehr in den Wald!« Allein jetzt war die Lust und Begierde des Knaben gerade auf das Höchste gestiegen: »Was wird noch da sein!« dachte er und ging am folgenden Tage noch tiefer hinein. Da war es viel stiller und schöner. Nur einmal sah er in der Ferne ein Häuschen und davor stand eine steinalte Frau, das war die Buschmutter. Er ging zu ihr und grüßte sie freundlich. »Komm herein!« sprach die Alte. Da rührte sie ihn in ein Zimmer, darin lag ein Toter. »Das ist mein jüngster Sohn, den du mir zuerst erschlagen hast!« Dann kamen sie in ein anders Zimmer: »Hier liegt sein älterer Bruder, den du zum zweiten Mal erschlugst!« Sie gingen in das folgende Zimmer: »Hier liegt dessen älterer Bruder, den du zum dritten Mal erschlugst!« Sie kamen in ein anders: »Hier liegt mein ältester Sohn, den du zuletzt erschlugst!« Sie öffnete eine andere Türe und rief: »Und dahin kommst du!« Da wollte sie ihn packen, aber der Knabe erhob sein Schwert und schlug sie gleich zu Boden; doch konnte er sie, wie sehr er auch schlug, nicht verwunden, und die Alte verlachte und verhöhnte ihn. Wie aber seine rechte Hand ermüdet war, nahm er das Schwert in die Linke: »O weh! O weh!« schrie sogleich die Alte, »haue nicht; ich will dir was Heilsames sagen!« - »So sprichst du gleich!« rief der Junge und hielt das Schwert gezückt über ihr. Die alte Hexe zitterte und sprach: »Hinter diesem Hause steht ein Baum, unter dessen Wurzel ist ein mächtiger Stein, und darauf liegt eine Kröte; nimm diese und bestreiche damit dreimal dem Alten die Augen und schleudre sie ihm zuletzt wider die Stirne, dass sie zerplatzt; so wird er wieder sehen!« - »Ist das alles?« sprach der Junge. »Ja!« sprach die Hexe. Kaum hatte sie es gesagt, so ließ er das Schwert auf sie niederfahren, und ihr Kopf lag gleich auf dem Boden.

Nun grub er unter dem Baum bis auf den mächtigen Stein and die Kröte, nahm sie und eilte nach Hause, bestrich dem Alten dreimal die Augen und schleuderte sie ihm dann an die Stirne, dass sie in tausend Stücke zerschmettert wurde, und alsbald waren seine Augen heil, und er sah wie die Sonne. Aus der zerschmetterten Kröte war aber auch eine kleine Gestalt hervorgesprungen; diese rief: »Ich danke dir, dass du mich erlöst hast; die alte Hexe hat nicht alles gesagt; ich musste, in die garstige Kröte verschlossen, auf dem Schatz der Drachenbrüder liegen und ihn bewachen!« Damit schlüpfte sie in eine Bergspalte. Nun sah der Junge gleich nach und fand richtig unter dem mächtigen Stein den unermesslichen Schatz. »Lasse den Schatz da«, sprach der Alte, »den kannst du jederzeit heben; allein ich gebe dir eine köstlichere Gabe dafür, dass du mir das Licht der Augen zurückgegeben, das mir die alte Hexe genommen hatte! Nimm das Ross aus meinem Stall, damit reite in die Welt, denn du bist noch jung.«

Das Ross aber war kein gewöhnliches; es hatte acht Füße und war wunderschön, aber das Beste an ihm war, dass es sprechen konnte und große Weisheit besaß. Der Junge war sehr froh, setzte sich gleich auf und ritt in die Welt. Wie er ein Stück geritten war, sah er auf der Erde eine kupferne Feder liegen. »Die musst du aufheben!« sprach das Ross; der Junge tat es; ein wenig weiter lag eine silberne Feder und noch ein wenig weiter eine goldne. Auch diese hob er auf, wie ihn das Ross geheißen hatte.

Nun gelangte er bald in die große Stadt, wo der König wohnte; er ging an den Hof und fragte, ob man keinen Knecht brauche, er wolle gerne dienen mit seinem Ross. Der König nahm ihn an. Nach einiger Zeit machte man eine große Jagd; da erjagte der Junge eine Menge Wild, denn mit seinem Ross konnte er alles ereilen. Das gefiel nun dem König so sehr, dass er den Jungen lieb gewann vor den ändern Knechten; diese aber überkam der Neid, und sie dachten darauf, wie sie ihren Kameraden verderben könnten. Der Junge hatte dem König die kupferne, silberne und goldene Feder geschenkt. Da gingen eines Tages die ändern Knechte zu ihrem Herrn und sagten: »Der Jungknecht hat sich gerühmt: Ja es wäre ihm ein Leichtes, auch die drei Vögel zu bekommen, von denen die Federn wären.« Den König überkam sogleich die Lust und Begierde, die Vögel zu besitzen; er ließ den Jungen rufen und sagte: »Wenn du mir in drei Tagen die Vögel nicht zur Stelle schaffst, so ist es aus mit deinem Leben!« Da war der Junge traurig und wusste sich nicht zu helfen. Wie er in den Stall trat, fragte ihn sein Ross: »Warum bist du so traurig?« Da erzählte es der Junge. »Gehe zum König«, sprach das Ross, »und verlange von ihm einen kupfernen, silbernen und goldnen Vogelkorb.«

Als er die drei Käfige hatte, sprach das Ross weiter: »Jetzt setze dich auf mich und reite ins Feld«, und wie sie dort angelangt waren, sprach es wieder. »Nun rufe einmal nach allen vier Weltgegenden: ›Vögel her!‹«Kaum war das geschehen, so kamen eine Menge Vögel von allen Seiten herbei und auch der Vogelkönig erschien und fragte den Jungen, was er befehle. »Kannst du mir nicht sagen, wo die drei Vögel zu finden, von denen diese Federn sind?« – »Die gehören nicht meinem Reiche an« sprach der Vogelkönig, »gleich will ich aber bei meinem Volke fragen, ob niemand Bescheid weiß.« Aber kein Vogel konnte Auskunft geben. »Fehlt niemand?«, fragte der König. Als man jetzt nachzählte, so fehlten drei Vögel, die kamen eben herbeigeflogen und waren sehr müde. »Wir hörten wohl den Ruf, aber wir konnten nicht so leicht kommen; denn wir waren am Weitende!« sprachen sie und erzählten nun von den Wunderdingen, die sie gesehen, der eine vom kupfernen Drachen und kupfernen Vogel, der andere vom silbernen Drachen und silbernen Vogel und der dritte vom goldnen Drachen und vom goldnen Vogel, wie die Drachen sich gesonnt und wie die drei Vögel sie in den Schlummer gesungen hätten.

Das war dem Jungen sehr angenehm zu hören, und der Vogelkönig befahl, dass die drei ihm den Weg zeigen sollten. Auf seinem schnellen Ross war er bald an Ort und Stelle, und mit seinem Schwert erschlug er die Drachen alsbald, und der kupferne und silberne und goldne Vogel ließen sich leicht fangen. Der König freute sich sehr, als der Junge ihm nur einmal die Vögel brachte, und von da an liebte er ihn noch viel mehr; aber die anderen Knechte wurden um so neidischer und falscher und suchten immer, wie sie ihn verderben könnten. Da sprachen sie eines Tages wieder zum König: »Der Jungknecht hat sich gerühmt, es sei ihm ein Leichtes, die schöne Meerjungfrau seinem Herrn zu verschaffen.« Den König ergriff sogleich ein unendliches Verlangen, das schöne Weib zu besitzen; er ließ den Knaben vor sich kommen und sprach: »Wenn du in drei Tagen mir nicht die schöne Meerjungfrau bringst, so hat dein Leben ein Ende; bringst du sie aber, so sollst du mein halbes Königreich und meine Schwester zum Weibe bekommen!« Der Junge freute sich über das letzte, wie er aber an das erste, an den schweren Auftrag dachte, ward er sehr betrübt. Da fragte ihn wieder sein Ross, warum er so traurig sei. Er erzählte ihm's. »Gehe hin zum König und verlange von ihm ein ganz weißes Brot und eine Flasche vom besten Wein.«

Als der Junge das Brot und den Wein brachte, sprach das Ross wieder: »Nun setze dich auf mich und reite zum Meere!« Als sie da anlangten, sagte es weiter: »Jetzt lege Brot und Wein ans Ufer, sobald das Meer dann anfängt zu steigen, wird die Meeresjungfrau kommen und vom Brot essen und vom Wein trinken. Sobald das geschehen, rufe gleich aus dem Versteck: ›Gesehen, gefangen!‹, aber ja nicht eher, als bis sie gegessen und getrunken, denn es wäre dann umsonst und sie verschwände schnell in der Flut, aber ja früher, als bis ihren Fuß wieder die Welle genetzt hat. Dann ist sie gebannt und muss uns zu Hofe nachfolgen.«

Also tat der Knabe, wie ihn das weise Ross gelehrt hatte. Die Jungfrau kam langsam, sah zuerst genau um sich, horchte, endlich trat sie aus dem Wasser ans Ufer, nahm von dem Brot und trank von dem Wein, und schon wollte sie zurück; nun erscholl der Ruf: »Gesehen, gefangen!« Da stand sie bleich und festgebannt, und der Junge mit dem Ross sprang schnell hervor, grüßte sie schön und bat sie zu folgen, denn sie solle die Gemahlin seines Königs werden. Die Jungfrau folgte, weil sie musste, aber sie trug mit sich großen Zorn. Als der König sie sah, grüßte er sie fein und freute sich sehr und hätte gerne bald Hochzeit gehalten; allein die Meerjungfrau blickte finster und sprach: »Zuerst musst du mir noch meinen Fohlenhengst und mein Gestüte hieher schaffen.« Da ging der König wieder zum Knaben und sagte: »Hast du mir die Meerjungfrau gebracht, so musst du mir auch ihren Fohlenhengst und ihr Gestüte hieher rühren, sonst hat dein Leben ein Ende; ist das aber vollbracht, so will ich nichts mehr von dir verlangen, und dann sollst du den versprochenen Lohn haben!«

Der Knabe ward wieder ganz betrübt, und wie er so in den Stall kam, fragte ihn wieder sein Ross, was ihm fehle. Er erzählte ihm von dem neuen Auftrag, »Gehe zum König und verlange von ihm zwölf Büffelhäute und zwölf Pfund Harz, dann klebe diese zusammen und überziehe mich damit.« Als das geschehen war, sprach das Ross weiter: »Jetzt sitze auf mich und ziehe ans Meer!« Als sie da angekommen waren, sprach das Ross wieder: »Jetzt nimm meinen Halfter und verkrieche dich; dann will ich den Hengst herbeilocken und mit ihm kämpfen; wenn du siehst, dass er zur Erde fällt, so komme und lege ihm den Halfter an.« Kaum hatte sich der Junge versteckt, so stampfte das Ross und wieherte. Nur einmal kam der Fohlenhengst herbeigerannt und schnaubte Feuer und Flammen; da fing der Kampf an; er durchbiss ein Büffelfell nach dem andern, als er aber das zwölfte durchbissen hatte, sank er vor Ermattung nieder; jetzt lief der Junge hinzu und legte ihm den Halfter an. »Nun schnell auf und davon!«, flüsterte ihm sein Ross zu. Der Junge schwang sich auf, und der Fohlenhengst musste aufstehen und nachfolgen. Da stampfte er einmal gewaltig und wieherte so laut, dass es dem

Jungen durch Mark und Bein ging. Nach einiger Zeit sprach das Ross: »Sieh zurück, merkst du nichts?« – »Ich sehe eine Wolke aufsteigen.« – »Das ist das Gestüt, wenn das uns erreicht, so sind wir verloren, denn wir werden von ihm zertreten!« Da stampfte der Fohlenhengst noch einmal und wieherte. »Siehe zurück!« sprach das Ross. »Ich sehe schon die vielen Pferdehäupter!« Da rannten sie aus allen Kräften, und als sie durchs Schlosstor zogen, so stampfte der Fohlenhengst zum dritten Mal und wieherte. Alsbald waren auch die Stuten da und kamen in den Schlosshof.

Der Junge aber hatte sein Ross schnell in den Stall gebunden und hatte dem König die Nachricht gebracht, der Auftrag sei vollführt; der freute sich sehr; die Meerjungfrau jedoch sah noch viel wilder und entsetzlicher aus als früher. »Bis du nicht alle Stuten gemolken und in der siedenden Milch dich gebadet hast, werde ich dein Weib nicht!« Da kam der König wieder zum Knaben und sprach: »Melke die Stuten sogleich in einen großen Kessel, und wenn du es nicht tust, so ist dein Leben am Ende.« – »O König«, sprach der Junge, »hältst du so dein Versprechen?« Er ward traurig, ging in den Stall und klagte seinem Ross. »Was gibt es denn wieder?«, fragte dieses. Er sagte ihm vom neuen Auftrag. »Führe mich in den Hof, so wirst du gleich melken können!« Kaum war das geschehen, blies das Ross aus seinem linken Nasenflügel solche Kälte heraus, dass die Füße der Stuten an die Erde anfroren; so molk der Knabe leicht, denn die Stuten standen ruhig wie Lämmer.

Als der Kessel voll war, machte man Feuer darunter, und als die Milch siedete, zitterte der König, denn er merkte, es könne sein Leben kosten. Da rief die Meerjungfrau: »Der Knecht soll zuerst baden, der mich und meinen Fohlenhengst und mein Gestüt hieher gebracht hat!« Denn sie hasste ihn deshalb und wollte ihn zuerst verderben. »Ja«, rief der König, »nur schnell, steige hinein.« Der Junge dachte: »Nun ist es aus mit dir«, und war ganz niedergeschlagen; »lasse mich nur einmal noch mein Ross sehen!« Das wurde ihm gestattet. Als er hinkam, sagte ihm das Ross: »Führe mich nur zum Rande des Kessels und fürchte dich dann nicht.« Also tat der Knabe, und sowie er in den Kessel stieg, blies das Ross auf einmal so viel Kälte hinein, dass die Milch lauwarm wurde; es dünkte ihn sehr gut, und er rief: »Wie tut das so wohl!« Als der König sah, dass sein Knecht unversehrt blieb, bekam er Mut und sprach: »Heraus mit dir, dass ich jetzt einsteige.« Kaum war der Junge heraus, so war auch der König schon drinnen, und das Bad schien ihm angenehm. Aber nun blies das Ross aus dem rechten Nasenflügel auf einmal so viel Glut in den Kessel, dass die Milch gleich hoch aufsiedete und der König verbrannte.

Da lächelte die Meerjungfrau und dachte, der Junge werde nun ihr Gemahl werden, doch er ging hin und nahm die Schwester des Königs; die stolze Meerjungfrau aber, die ihn hatte verderben wollen, machte er zu ihrer Dienstmagd. Als er nun Herr und König war, sagte das Ross zum Jungen: »Noch einen Dienst kann ich dir tun, setze dich auf mich und nimm den Fohlenhengst und alle Stuten und bringe dir den Schatz her.« Da zog der Knabe hin und brachte den unermesslichen Schatz, der unter dem Baum lag. Als das geschehen war, sprach das Ross; »Von nun an bedarfst du meiner nicht«, und verschwand vor den Augen des Jungen. Wahrscheinlich zog es wieder zu jenem alten Mann, seinem Herrn; die Meerjungfrau aber, ihren Fohlenhengst und ihre Stuten behielt der neue König immerfort in seinem Dienst und war reich und mächtig, glücklich und zufrieden.

11. Goldhaar

Es war einmal ein armer, armer Mann, der hatte einen Knaben und wusste nicht, wie er ihn länger erhalten sollte; er führte ihn eines Tages in einen dichten Wald, und als er mit dem Jungen das letzte Stückchen Brot gegessen hatte, schlief dieser ein. Da stand der Vater auf und ging nach Hause, denn er dachte, wenn der Kleine erwacht, wird er sich verirren und nicht nach Hause finden; und so geschah es auch. Als der Knabe die Augen aufschlug und sah, dass sein Vater fort war, machte er sich auf und wollte nach Hause, aber er geriet nur immer tiefer in den Wald, und es wurde schon Abend; er ging und lief voll Angst hin und her; endlich sah er ein kleines Häuschen; hier wollte er Nachtherberge nehmen. Als er eintrat, saß an dem Tisch ein alter blinder Mann und aß Hühnersuppe. Der Knabe war so hungrig, dass er zum Tisch ging, einen Löffel nahm und mit aß. Der blinde Mann aber merkte es und fragte: »Wer isst von meiner Hühnersuppe?« – »Ich bin's, lieber Großvater«, rief der Knabe, »denn ich habe gar großen Hunger!« Da freute sich der Alte und sprach: »Ich habe lange auf dich gewartet, du sollst es gut haben bei mir!«

Nach dem Essen machte er ihm ein weiches Bettchen, und der Knabe schlief so gut, als wäre er im Himmel. Am folgenden Morgen, als er aufgestanden war, sagte der Alte: »Nun sollst du meine Geiß [en] hüten!« Dazu war der Knabe willig und bereit, und als er abends nach Hause kam, aß er mit dem blinden Großvater wieder Hühnersuppe, und die schmeckte sehr gut. Nun hütete er zwölf Jahre lang, einen Tag wie den andern, die Geiß[en], und der Alte war mit dem Jungen wohl zufrieden. Da gab er ihm eines Tages ein Schwert und sprach: »Damit kannst du alles erhauen!«

Als er die Geiß[en] wieder auf die Weide trieb und sehr weit ziehen musste, denn sie hatten ringsherum alles abgefressen, kam er in einen Wald, wo die Bäume und Blätter von blinkendem Kupfer waren. Indem er darüber staunte, fuhr der Kupferdrachen herbei und rief: »Heda, du Menschenkind, willst du mit deinen Geiß[en] meinen Wald verätzen?«, und wollte ihn gleich verschlingen; aber der Knabe nahm sein Schwert und hieb dem Drachen alle Häupter herunter. Darauf ging er in das Schloss, und da war alles von Kupfer, aber nichts Lebendes zu sehen und zu hören; an der Wand hing ein kupferner Zaum, den nahm er mit sich. Abends trieb er die Geiß[en] heim, und sie gaben viel mehr Milch als vorher. Er erzählte darauf dem Alten, wie er den Drachen erschlagen und sich einen kupfernen Zaum aus dessen Schlosse gebracht habe. »Und das ist das Beste aus dem Schlosse«, sprach der Alte, »denn, wenn du den Zaum schüttelst, so erscheint gleich ein Heer Soldaten in kupferner Rüstung, so groß, als du es wünschest!« Am andern Tag trieb er seine Geiß[en] noch weiter, und er kam in einen Wald, da waren die Bäume und Blätter aus blankem Silber, und das glänzte und glitzerte sehr. Indem er dastand und sich verwunderte, kam der Silberdrache herbei und rief: »Heda, du Menschenkind, willst du mit deinen Geiß[en] meinen Wald verätzen?«, und wollte ihn sogleich verschlingen; aber der Knabe schwang sein Schwert und hieb ihm alle Häupter ab. Nun ging er in das Schloss, und darin war alles von blankem Silber; aber keine lebendige Seele war drinnen; an der Wand hing ein silberner Zaum, den nahm er mit. Als er am Abend die Geiß[en] heimtrieb, gaben sie dreimal so viel Milch als am vorigen Abend, und er erzählte dem Alten wieder, wie er den Silberdrachen erschlagen und sich den silbernen Zaum mitgebracht habe. »Und das ist das Beste aus dem Schlosse«, sprach der Alte, »denn, wenn du den Zaum schüttelst, so erscheint gleich ein Heer Soldaten in silberner Rüstung, so groß, als du es wünschest.« Am dritten Tage trieb er die Geiß[en] noch weiter und gelangte in einen Wald, wo die Bäume und Blätter von purem Gold waren. Das war eine Herrlichkeit! Wie das glitzerte und glänzte! Indem er das alles so ansah, kam nur einmal der Golddrache und rief: »Heda, du Menschenkind, willst du mit deinen Geiß[en] meinen Wald verätzen?«, und wollte ihn verschlingen; aber der Knabe schwang sein Schwert und schlug dem Drachen auf einmal alle Häupter ab. Dann ging er in das Schloss, und da war alles von purem

Gold und ach so schön, so schön! Aber nichts Lebendiges sah und hörte man; an der Wand hing ein goldner Zaum, den nahm er mit. Als er die Geiß[en] am Abend heimtrieb und melkte, so gaben sie neunmal so viel Milch als am vorigen Abend. Nun erzählte er dem Alten, wie er den Golddrachen getötet und den goldnen Zaum aus dem Schlosse sich mitgebracht habe. »Und das ist das Beste!« sprach der Alte, »denn, wenn du den Zaum schüttelst, so erscheint gleich ein ganzes Heer Soldaten in goldner Rüstung.«

Am folgenden Tage sprach der Alte: »Gib mir zurück das Schwert; es hat jetzt seinen Dienst getan und seine Kraft bewährt; mit den drei Zäumen kannst du jetzt ausziehen und die jüngste und schönste von den Königstöchtern dir erwerben!« Das war dem Knaben ganz recht, und er schickte sich zur Reise. Bevor er aber abzog, führte ihn der Alte in einen dunklen Felsen; darin sprang ein Brunnen hoch auf: »Noch muss ich dein Haupt waschen!« und benetzte seine Haare mit der springenden Flut, und als der Junge hinaus in die Sonne trat, so waren sie lauter Gold und glänzten, dass es eine Freude war. »Jetzt kannst du ziehen; aber halte dein Haupt immerfort bedeckt, dass niemand deine Haare sieht!«

Der Junge gelangte bald in die Königsstadt, versteckte seine drei Zäume unter einem Baum und fragte am Hof, ob der König keinen Diener brauche. Nun fehlte gerade ein Küchenjunge, und so wurde er als solcher in den Dienst genommen; doch machte er die Bedingung, er solle seine Mütze nie abnehmen dürfen, denn er habe einen bösen Grind. Er zeigte sich aber so geschickt, dass der Koch ihn sehr lieb gewann und zu allerlei anstellte.

Der König hatte drei wunderschöne Töchter; von diesen war aber die jüngste am allerschönsten. Da trug es sich zu, dass diese einmal erkrankte und im Bette lag. Während der König und seine ältern Töchter in der Kirche waren, schickte der Koch den Jungen mit Suppe zur kranken Königstochter. Da sah ihn diese genau an, sprach mit ihm, und es wurde ihr auf einmal so wohl, als sei sie gesund. Da nahte die Zeit, wo viele junge Grafen und Fürsten an den Hof kamen und um die Königstöchter warben; um die jüngste aber drehten sich die meisten, sie aber sah keinen mit geneigtem Blicke an. Ihre Schwestern reichten ihre Hand bald zwei Fürsten, und da drängte und beschwor sie ihr Vater, sie solle nun auch einen Fürsten nehmen, und als sie nicht mehr ausweichen konnte, sagte sie: »Den Küchenjungen will ich nehmen, aber nie und nimmer einen andern!«

Als das der König hörte, erschrak er so sehr, dass ihm eine Zeit lang die Sprache verging; dann aber fing er in seinem Zorne so heftig an zu wüten, dass er seine Tochter in Banden schlagen und in einen Turm sperren ließ. Nicht lange darauf ward der König in einen Krieg verwickelt; die beiden Fürsten, seine Eidame, mussten ihm auch helfen und mit in den Kampf ziehen. Der Küchenjunge bat den Koch, er möge ihm erlauben, in die Nähe zu gehen, dass er sehe, wie es im Kriege sei.

Der Koch gewährte ihm's, denn er hatte ihn sehr lieb. Nun ging der Knabe hin zu der Stelle, wo die Zäume waren, nahm den kupfernen hervor und schüttelte ihn. Da kamen eine Menge Krieger hervor, so viele als Blätter sind im Wald, und alle glänzten in kupferner Rüstung, und vor dem Jungen stand gleich ein gesatteltes Ross mit der Rüstung für ihn; die legte er schnell an, und im Hui ging es zur Schlacht. Der König und seine Schwiegersöhne waren aber geschlagen worden und wandten sich schon zur Flucht; da stellte der Junge den Kampf wieder her, und bald war der Feind gänzlich besiegt. Nun aber eilte der Junge, noch ehe der König ihm danken konnte, mit seiner Schar von dannen, kam zum Baum geritten, legte den Zaum in seine Stelle, und das ganze Heer war sogleich verschwunden.

Als der König und seine Leute heimkehrten, so erzählten sie Wunder von dem Heere, das ihnen in der höchsten Not zu Hilfe geeilt, und von dessen Führer, und es war ihnen nur leid, dass er dann sogleich verschwunden wäre. Der König musste bald wieder in einen Krieg. Da zog der Küchenjunge abermals hin, nachdem er dem Koch gesagt hatte, er wolle aus der Ferne zusehen. Er ging aber zu der Stelle, wo die Zäume lagen und holte jetzt den silbernen hervor und schüttelte ihn. Da kamen Soldaten hervor, unzählige, der Erden schwer, und alle glänzten in silberner Rüstung, und vor dem Jungen stand ein gesatteltes Pferd mit der Rüstung für ihn; die legte er schnell an, und im Hui ging es zur Schlacht; der König war jetzt schon geschlagen und floh; da kehrte der Junge ihn und die Fliehenden um, fing den Kampf von neuem an, und der Feind wurde niedergeschmettert. Der König wollte schnell zum jungen Heldenanführer hinanreiten, um ihm zu danken; allein der war nach vollbrachter Tat mit seinen Scharen gleich fort; er ritt zu der Stelle, wo die Zäume waren, legte den silbernen hin, und sogleich war das Heer verschwunden. Als der König und seine Leute heimkehrten, erzählten sie abermals Wunder von dem stattlichen Helden und seinen Scharen in silberner Rüstung, und es war ihnen nur leid, dass sie ihm nicht nachgeeilt, um ihm zu danken und ihn kennenzulernen.

Nach einiger Zeit erhob sich abermals ein Feind, und das war der gewaltigste von allen; der König zog mit allen seinen Scharen ihm entgegen. Der Küchenjunge bat sich vom Koch wieder aus, hinzugehen, damit er sehe, wie es im Kriege sei; er kam aber zu der Stelle, wo die Zäume lagen, nahm jetzt den goldnen hervor, schüttelte ihn, und alsbald drängten sich unzählige Soldaten hervor und wimmelten wie Scharen von Heuschrecken, da wo sie sich niederlassen, und alle erglänzten in der goldnen Rüstung, und vor dem Jungen stand ein gesatteltes Ross mit der Rüstung für ihn; die legte er an und ließ jetzt auch sein goldnes Haar unter dem Hut herabwallen, und im Hui ging es zur Schlacht. Schon war der König aufs Haupt geschlagen und sein Heer zersprengt in alle Winde; da rückten die Hilfsscharen ein, griffen den Feind an und vernichteten ihn ganz und gar. Der König wollte seinem Retter danken, aber bis er sich recht umsah, war der auch schon wieder mit all seinen Scharen fort. Daheim nun ließ er ein großes Siegesfest veranstalten, weil nun alle seine Feinde besiegt lagen. Es waren aber so viele Gäste, dass die Diener nicht hinreichten, ihnen aufzuwarten; da musste der Koch den Küchenjungen auch anstellen. Der König dachte eben an seine liebste Tochter im Turm, und sein Herz war in der Freude versöhnlich gestimmt; er ließ ihr sagen, wenn sie sich jetzt entschließe, einen Fürsten oder Grafen zum Gemahl zu nehmen, so wolle er sie wieder als sein liebes Kind aufnehmen; allein wie sehr auch die Arme im Turm Not litt, schon ein Jahr hatte sie so einsam gelebt und nur Wasser und Brot genossen, sie blieb dem treu, den sie in ihrem Herzen trug, und sprach: »Nie und nimmer einen andern als den Küchenjungen!«

Da fuhr der König in großem Zorn auf, und gerade jetzt trat der Küchenjunge mit einer Schüssel Wildbret zum König und hatte die Mütze auf. »Du Unverschämter wagst es, und dazu mit unentblößtem Haupte, vor meinem Angesicht zu erscheinen!« Damit erhob er seine Hand und schlug ihm die Mütze vom Haupte, dass sie weithin in eine Ecke flog. Der Junge aber stand auf einmal da in aller Herrlichkeit, und die Goldflocken fielen ihm um das Haupt, und er glänzte wie die Sonne. Da erkannte der König gleich seinen Retter, fiel vor ihm nieder und sprach: »Verzeihung!« Der Junge hob ihn auf, und nun wurde die jüngste Königstochter mit Jubel aus dem dunkeln Turme in den Festsaal gebracht, und das Siegesfest wurde auch zum Hochzeitsfest, und es war große Freude.

Nach der Hochzeit zog der Junge mit der schönen Königstochter in den goldnen Wald und nahm Besitz vom goldnen Schloss; den kupfernen und silbernen Wald mit dem kupfernen und silbernen Schlosse schenkte er seinen Schwägern. Den alten blinden Mann aber suchte er vergebens, der war samt dem Häuschen verschwunden, und er konnte sein Lebtag nichts mehr von ihm erfahren.

12. Unser Herrgott und der Kirchenvater

Ein Kirchenvater hatte, wie das ja hie und da noch zu geschehen pflegt, seiner Kirche ein Opfer gebracht, und zwar einen prachtvollen Leuchter samt einer großen Wachskerze. Unser Herrgott erschien ihm in der Gestalt eines alten Mannes und versprach ihm zum Danke für sein Geschenk: Er wolle ihn dreimal an den Tod mahnen, bevor er ihn von dieser Erde abrufe. Froh darüber, lebte der Kirchenvater nun herrlich und in Freuden, aß und trank, und der Kirchenkeller musste herhalten, und bei solchem Leben dachte er gar nicht an das Sterben.

Aber nach einigen Jahren konnte sein Körper es nicht mehr aushalten; seine Knie sanken ein, sein Rücken krümmte sich, und er war genötigt, die Krücke in die Hand zu nehmen; nicht lange, so verlor er auch das Gesicht, zuletzt auch das Gehör. Krumm, blind und taub, wie er war, lebte er dennoch immerfort toll und voll wie ehemals. Endlich kam unser Herrgott, um ihn abzuholen. Der Kirchenvater war bestürzt und verzagt und machte ihm Vorwürfe, warum er ihn denn nicht dreimal gemahnt, wie er gesagt habe. Da sprach unser Herrgott in gerechtem Zorn: »Wie, hätte ich dich nicht gemahnt? Klopfte ich dir nicht zuerst auf die Achsel und an die Knie, dass du krumm gehen musstest? Legte ich dir dann nicht meinen Finger aufs Auge, dass du nicht sehen konntest, und zupfte ich dir zuletzt nicht am Ohr, dass du taub wurdest? Also ist erfüllt, was ich dir verheißen hatte, wohlan, folge mir!« Der Kirchenvater bat nun demütig um Verzeihung, er habe wahrlich die Mahnung nicht verstanden und habe sich jetzt zum Tode noch gar nicht vorbereitet. Milde blickte unser Herrgott auf den reuigen Kirchenvater und sprach: »Komme nur, komme; ich will dir nicht gerechter als gnädig sein!«

Ihr aber merkt euch das: Gerade also mahnt auch euch alle unser Herrgott; sehet zu, dass ihr nicht auch so unvorbereitet seid, wenn er euch abruft!

13. Der Federkönig

Es war einmal ein Paar arme Leute auf dem Feld und hatten auch ihr kleines Kind mit, das lag in einer Schaukel, die war aus Windeln und hing an vier Stecken. Nur einmal kam eine wilde Katze aus dem Wald, nahm das Kind und trug es fort in ihre Höhle; sie tat ihm aber nicht zuleide, sondern pflegte es vielmehr, brachte ihm Kräuter, Wurzeln und Erdbeeren, sodass es keine Not litt.

Also wuchs es da auf in der Höhle; es war aber ein Knabe, und wie der groß war, sprach die Katze zu ihm: »Nun sollst du die Königstochter heiraten!« – »Aber ich bin ja nackt«, sprach der Knabe, »wie soll ich vor den König gehen!« – »Mache dir keine Sorgen, ich will dir gleich ein Kleid schaffen.« Da lief die Katze in den Wald und hatte ein silbernes Pfeifchen, sie blies einmal und zischte und raschelte dann, und alsbald kamen viele Vögel und wilde Tiere zusammen. Sie nahm von jedem Vogel eine Feder, machte daraus ein Kleid und brachte es dem Knaben; dann führte sie ihn zu den Tieren und sprach: »Jetzt gehe zum König, diese Tiere müssen dir nachfolgen, dann sage beim Eintritt: ›Herr König, der Federkönig schickt Euch dies Geschenk!‹«Also ging der Knabe in die Burg und sagte so, wie ihn die Katze gelehrt hatte.

Als der König die vielen Tiere sah, freute er sich und sprach: »Das muss ein reicher König sein!« Den folgenden Tag schickte die Katze den Knaben wieder mit vielen Tieren hin, und er solle sagen: »Das ist wieder ein Geschenk vom Federkönig«, und wenn der König sich verwundere und sage: »Wie lieb wäre es mir, wenn ein so reicher König meine Tochter zur Frau nähme«, da solle er nur sprechen: Ja, das werde der Federkönig gerne tun und nach drei Tagen werde er kommen und Hochzeit halten. Also geschah es, wie der Knabe in die Burg kam. Der König freute sich über das neue Geschenk und verwunderte sich sehr und sagte, wie er so sehr wünsche, dass ein so reicher König seine Tochter zur Frau nähme. Da antwortete der Knabe, wie ihn die Katze gelehrt hatte, der Federkönig werde das gerne tun und nach drei Tagen kommen und Hochzeit halten. Als die Zeit um war, lief die Katze wieder in den Wald und blies auf dem silbernen Pfeifchen dreimal und zischelte und raschelte dreimal nach Katzenart. Da kamen alle Vögel und wilden Tiere zusammen, und die Katze wählte jetzt die schönsten und farbigsten Federn und machte daraus einen Mantel, der glitzerte und glänzte wie der Sternenhimmel, und gab ihn dem Knaben. Diesmal ging auch die Katze mit nach Hofe. Als sie nicht weit vom Schlosse waren, sprach sie zum Knaben: »Jetzt wirf dein altes Federkleid fort, ich bringe dir gleich schöne Kleider aus dem Schlosse; denn den Federmantel sollst du nur zum Schmuck gebrauchen.« Damit lief sie schnell ins Schloss und rief: »Nur schnell königliche Kleider her, der Federkönig kommt und ist in einen Sumpf gefallen, er braucht frische Kleider!« Da gab der König seine besten Kleider hin, und die Katze lief damit und brachte sie dem Knaben und kleidete ihn an.

Also kam er jetzt in die Burg, und ihm folgten alle Tiere nach. Wie er aber eintrat ins Schloss, legte er den Federmantel um, der glitzerte und glänzte, dass man es kaum aushalten konnte. Da freuten sich der König und die Königstochter über den reichen Bräutigam. Als aber die Hochzeit vorüber war, sprach der König: »Ich möchte doch gerne dein Land und deinen Palast sehen, ich fahre mit!« Wie nun der Federkönig mit seiner jungen Frau im Wagen saß, sah er immer auf seine schönen Kleider und nicht auf seine Frau. Das merkte die Katze, sprang ihm in den Nacken, und tschack! Kratzte sie ihn einmal. »Siehe doch auf deine Frau!«, flüsterte sie, »wenn du aber dich wieder vergissest und man dich fragt, warum du immer auf deine schönen Kleider schauest, so sage, du habest daheim viel schönere.« Damit lief die Katze fort und war immer voraus. Der Federkönig sah bald wieder auf seine schönen Kleider. Da fragte ihn die junge Frau: »Warum das?« Er antwortete: »Ich habe daheim viel schönere.«

Nun kam die Katze zu einer großen Schafherde; sie lief zum Hirten, sprang ihm in den Nacken, und tschack! Kratzte sie ihn einmal, dass ihm das Blut floss. »Wenn man dich fragt, wem diese Herde gehöre, so sprich: ›Dem Federkönig!‹ sonst komme ich wieder und zerkratze dich ganz.« Als nun der König und das junge Paar hinkamen, fragte der König den Hirten: »Wem gehört denn diese schöne Herde?« Der Hirt sprach: »Die gehört dem Federkönig«, denn er wollte nicht noch einmal so gekratzt werden. »Ja, die ist mein«, sagte gleich der Knabe, denn er merkte, das habe die Katze so angestellt.

Bald darauf kamen sie zu einer großen Büffelherde; die Katze war aber schon da gewesen und hatte den Hirten auch einmal gekratzt und ihm gesagt, wenn er nicht spreche, die Herde gehöre dem Federkönig, so werde sie ihn ganz zerkratzen. Als nun der König fragte: »Wem gehört denn die schöne Herde?« so sprach der Hirte: »Na, die gehört dem Federkönig«, denn er wollte nicht noch einmal zerkratzt werden. »Ja, die ist mein«, sagte der Junge im Wagen, und der König wunderte sich sehr und sprach: »Ich hätte doch nie geglaubt, dass du so reich wärest!« Also kamen sie auch zu einer Rossherde; auch da war die Katze schon gewesen und hatte den Hirten gekratzt und ihm gesagt, wie er sprechen müsse, und als der König fragte: »Wem gehört denn die große Rossherde?« so sprach er: »Na, dem Federkönig!«, denn er wollte nicht noch einmal gekratzt werden. »Ja, die ist auch mein!«, sagte der Junge im Wagen. »Jetzt glaube ich, dass du viel reicher bist und auch daheim alles viel schöner haben wirst als ich!« sprach der König.

Endlich gelangten sie in das Schloss des Zauberers; da war alles von Gold und Silber, Kristall und Edelsteinen, auf das Schönste geordnet, und der Tisch stand gedeckt; sie setzten sich gleich und aßen. Die Katze aber blieb vor der Türe und hielt Wache. Nur einmal kam der Zauberer und polterte und lärmte: »Räuber in meinem Schloss, an meinem Tisch! Aha! Wehe euch!« Die Katze aber stand in der Türe und ließ ihn nicht ein und sprach: »So sage mir nur erst, bist du wirklich der große Zauberer, für den man dich hält? Man erzählt, du könntest dich in was immer, in große und kleine Tiere verwandeln!« – »Ja, das ist mir eine Kleinigkeit!« sprach er und verwandelte sich gleich in einen Löwen. Da fürchtete sich die Katze und sprang aufs Dach. »Das ist wohl gegangen!«, rief die Katze; »nun aber möchte ich sehen, ob du dich in ein kleines Tier, in eine Maus verwandeln kannst, das ist gewiss schwer und dir nicht möglich!« Sogleich verwandelte sich der Zauberer in eine Maus, und im Nu sprang die Katze vom Dache herunter auf die Maus und zerriss sie.

Nun rief sie den Jungen aus dem Saal heraus und sprach: »Meiner Hilfe bedarfst du nicht weiter, das Schloss und alles, was darin und darum ist, und die großen Herden, die du gesehen, sind nun wirklich dein, denn ich habe den Zauberer, dem das alles gehörte, umgebracht! Jetzt aber verlange ich von dir einen Dienst; nimm dein Schwert und schlage mir das Haupt ab.« Aber der Junge wollte nicht und sprach: »Wie könnte ich so undankbar sein!« – »Wenn du es nicht gleich tust, so kratze ich dir die Augen aus!« Da nahm er ein Schwert, und auf einen Hieb flog das Haupt fort; aber siehe, da stand nur einmal eine wunderschöne Frau. Der Junge nahm sie gleich an den Arm und führte sie hinein an die Tafel und sprach: »Das ist meine Mutter!« Die Frau aber gefiel dem alten König sehr, und weil seine erste Gemahlin gestorben war, so nahm er ihre Hand und sprach: »Sollen wir nicht auch die Hochzeit feiern?« Sie war nicht dawider, und so dauerte das Fest noch acht Tage. Darauf zog der alte König mit seiner neuen Frau heim; der Junge aber mit der Königstochter blieb im Zauberschloss und war reicher als sieben Könige.

14. Der Erzzauberer und sein Diener

Tief in einem Walde war ein verwünschtes Schloss; in diesem wohnte niemand als ein Zauberer, der durch seine Zauberei ungeheuere Schätze zusammengebracht hatte und täglich noch zusammenbrachte. Dieser Zauberer hatte einen Diener, der nichts anderes zu tun hatte, als am Tage, wo sein Herr auswärts war, die Zimmer zu kehren und den Staub von den Büchern abzuwischen. Einst hatte er einen Diener, welcher schon sechs Jahre seinem Herrn gedient, ohne darüber nachzudenken, warum sein Herr am Tage immer fortziehe, abends dann heimkehre und in der Nacht in den Büchern studiere. Im siebenten Jahre aber erwachte bei ihm die Neugierde, mehr zu wissen und zu erforschen, wodurch sein Herr so reich geworden. Wenn er darum die Zimmer gekehrt und den Staub von den Büchern abgewischt hatte, las er stets auch in den Büchern, und als das Jahr um war, hatte er die ganze Zauberei gelernt. Er nahm nun seinen Abschied und zog heim. »Freut euch mit mir!« sprach er zu Vater und Mutter und zu seinem Bruder, den er hatte, »nun werden wir bald reich werden. Ich verwandle mich in ein schönes Pferd, dann verkauft mich der Bruder, aber ohne den Zügel; denn dann kann ich mich wieder zurückverwandeln und heimkehren!« So geschah es auch; er verwandelte sich sofort in ein Pferd, sein Bruder verkaufte ihn, hielt aber den Zügel zurück, und so kehrte er bald wieder in Menschengestalt heim, und der Käufer hatte das Nachsehen.

Das dauerte nun eine lange Zeit, und sie hatten schon viel Geld erworben. Da geschah es, als sie wieder zu Markte kamen, erschien ein Käufer, der bot seinem Bruder den vierfachen Preis, wenn er ihm den Zügel mitverkaufe. Lange wollte dieser nicht; endlich ließ er sich überreden, da er dachte, es werde ja ein so großer Schade nicht sein. Der Käufer war aber kein anderer als der Erzzauberer, der seinen Diener erkannt hatte. Er setzte sich nun sogleich auf das Pferd und ritt vor eine Schmiede und wollte hier dem Pferde glühende Hufeisen aufschlagen lassen. Wie er aber abgestiegen war, sein Pferd angebunden hatte und in die Schmiede ging, um mit dem Schmied die Arbeit zu bestellen, kamen Schulknaben aus der Schule, sahen das schöne Pferd, gingen näher und standen still; da bat das Pferd einen Knaben, den Halfter ihm abzunehmen.

Kaum war dieses geschehen, so verwandelte sich das Pferd in einen kleinen Vogel und flog eilends davon. Indem trat der Zauberer aus der Schmiede; als er den Vogel wegfliegen sah, verwandelte er sich gleich in einen Habicht, der flog dem kleinen Vogel nach; dieser flog in die Stadt, und da im Königsschloss gerade im Zimmer der Königstochter ein Fenster offen stand, flog er da hinein und verwandelte sich sofort in einen schönen Jüngling und schloss Fenster und Türe zu; die Königstochter hatte Gefallen an dem Jüngling; der aber sprach: »Willst du mich retten, so verwandle ich mich gleich in einen Ring, den stecke an den Finger und gib ihn um keinen Preis fort oder wirf ihn, wenn man dich zwingen sollte, ihn abzugeben, weg.« Die Königstochter versprach, also zu tun; sogleich verwandelte er sich in einen Ring; die Königstochter steckte ihn an den Finger und legte ihn nie von sich. Da geschah es, dass ihr Vater, der König, schwer erkrankte und kein Arzt ihm helfen konnte; bald fand sich ein Arzt, der sagte, er könne und wolle ihm wohl helfen, wenn er den Ring der Königstochter dafür erhalte. Um ihren Vater zu retten, versprach die Königstochter den Ring, allein als sie ihn geben sollte, warf sie denselben auf den Zimmerboden; sogleich verwandelte er sich in ein Viertel Hirse; der Arzt aber verwandelte sich in einen Hahn, der gierig die Hirse auffraß; ein Körnchen aber war weithin in eine Ritze gespritzt; als der Hahn nun glaubte, alles aufgefressen zu haben, verwandelte sich das letzte Hirsekorn in einen Jüngling mit einem Schwerte, der hieb dem Hahn das Haupt ab.

Da war nun große Freude, als der Jüngling den großen Schatz aus dem Schlosse des Zauberers herbeibrachte; er heiratete die schöne Königstochter, und als der König nicht lange darauf starb, wurde der Junge König und ließ seinen Vater und seine Mutter und seinen Bruder auch an den Hof kommen, und sie lebten nun miteinander noch lange glücklich und zufrieden.

15. Lohn und Strafe

In einem Dorfe lebten zwei Nachbarn, von denen hatte der eine hundert Schafe, der andere nur drei. Da sprach der Arme zum Reichen: »Lasse doch meine Schafe bei deinen weiden, das wirst du ja nicht spüren«; denn er selbst hatte keinen Weideplatz. Der Reiche wollte nicht recht, ließ es aber endlich zu; der Knabe des Armen trieb die drei Schafe aufs Feld zu den Schafen des Nachbars und blieb da zur Hut.

Nach einiger Zeit geschah es, dass der König zum reichen Manne schickte und von ihm ein fettes Schaf verlangte. Der Reiche konnte das dem König nicht abschlagen, aber es fiel ihm doch auch zu schwer, von seinen hundert Schafen eines zu verlieren; drum befahl er seinen Knechten, eines von den dreien des armen Mannes zu fangen und den Dienern des Königs zu übergeben. So taten die Knechte; aber der Junge des Armen weinte sehr, als man sein Schaf fortschleppte.

Bald darauf verlangte der König ein zweites Schaf vom reichen Mann; der befahl wieder seinen Knechten, man solle eines von denen des Armen geben. So geschah es, und der Junge weinte noch mehr, als man sein zweites Schaf wegführte. Er dachte aber bei sich: »Der König wird bald noch ein Schaf wollen, und die Knechte des reichen Nachbars werden dir auch das letzte nehmen; besser ist es, du machst dich damit beizeiten fort!« So tat er auch und zog weit, weit weg auf ein hohes Gebirg; da war Weide genug und frisches Wasser, und sein Schaf hatte es gut.

Nach einigen Tagen sprach der Arme bei sich: »Du willst einmal hinausgehen und sehen, was dein Junge und deine Schafe machen!« Als er aber zur Herde kam und die Knechte nach seinem Jungen fragte, sagten sie: »Zwei von Euren Schafen haben wir auf Befehl unsers Herrn dem König geschickt; mit dem letzten ist Euer Junge fort in die Welt!« Da jammerte der Arme und sprach: »Wo werde ich ihn nun finden?« Er machte sich aber gleich auf und ging fort, um ihn zu suchen; doch sah er lange keine Spur. Er fragte nun die Sonne, ob sie ihm nicht Weg und Steg zeigen könne. Die wusste es leider nicht; endlich kam er zum Wirbelwind, der sah ganz wild aus. Der Arme fragte ihn auch, ob er nicht wisse, wo sein Sohn sich aufhalte. »Ei, freilich weiß ich's; ich ziehe eben hin und nehme dich mit!« Indem hob ihn der Wirbelwind auf und rührte ihn im Nu aufs Gebirg zu seinem Sohn, der war in einem Tal, welches die Sonne nie beschien. Der Arme freute sich, als er ihn sah und hörte, wie er das Schaf gerettet habe. »Jetzt aber«, sprach er, »wollen wir beide hier bleiben und darauf sorgen, denn das ist nun unser ganzer Reichtum!«

Nach einiger Zeit geschah es, dass zwei Wanderer über das Gebirge herkamen und bei dem Armen anhielten und sich lagerten; es waren aber Christus und Petrus. Da sprach Christus: »Wir sind weit gereist und müde und so hungrig, dass wir sterben müssen, wenn wir nicht bald ein wenig Fleisch bekommen.« Der Arme erbarmte sich und sprach sogleich: »Da kann ich helfen!« Er ging schnell und brachte sein Schaf und schlachtete es und machte ein Feuer an und briet davon ein gutes Stück für seine Gäste, und das schmeckte diesen auch ganz vortrefflich. Nach dem Mahle sprach Christus zum Knaben des Armen, er solle nur die Knochen zusammenlesen und alle ins Schafsfell legen. Das tat der Junge, und darauf legten sie sich miteinander zum Schlafen. Ganz früh aber stand Christus mit Petrus auf, segneten den Armen mit seinem Jungen und zogen still ab. Als der Arme mit seinem Jungen erwachte, sah er um sich eine große Herde Schafe, und vorn stand sein Schaf, das er am Abend geschlachtet hatte, ganz frisch und gesund und trug einen Zettel auf der Stirn; darauf stand: »Alle gehören dem Armen und seinem Jungen!« Drei Hunde sprangen um sie herum und taten freundlich. Der Arme konnte seine Freude und sein Glück nicht verborgen halten; er zog mit der Herde heim.

Da kam das ganze Dorf zusammen, als er anlangte, um die vielen und schönen Schafe zu sehen, und der Arme musste oft und oft erzählen, wie er durch die zwei armen Wanderer zu dem Glück gekommen sei. Dem reichen Nachbar ließ aber der Neid keine Ruhe; er dachte bei sich: »Wenn das so ist, so musst du bald noch mehr bekommen!« Er ging hinaus, ließ alle armen Wanderer und Bettler zusammenrufen, schlachtete alle Schafe und briet ihnen das Fleisch und setzte es ihnen vor. Dann legte er sorgfältig alle Knochen zusammen, in das Fell eines jeden Schafes diejenigen, die hingehörten, und legte sich dann mit den Wanderern und Bettlern nieder. Allein er konnte nicht schlafen, sondern überrechnete in seinen Gedanken immerfort bis an den Morgen, wie viele Schafe er mehr haben müsse als sein Nachbar, da er hundert geschlachtet habe und jener nur eines.

Als der neue Tag sich entzündete, sprang er auf und wollte die große Herde übersehen. Aber da lagen noch alle Knochen im Fell und nichts regte und rührte sich. »Ha«, dachte er, »jetzt weißt du, woran es hängt: Die Wanderer und Bettler hätten schon fort sein müssen!« – »Auf, ihr Lumpen, packt euch einmal!« Aber die rührten sich nicht, bis die Sonne hoch am Himmel stand, und seine Schafe waren dahin und hatten sich nicht verhundertfältigt. Nun jammerte und fluchte er, dass er um all sein Gut gekommen war, ging hin und ersäufte sich.

Der Arme aber blieb reich und glücklich, und man erzählt noch, sein Junge habe später die Königstochter geheiratet.

16. Der Wunderbaum

Der Hirtenknabe - ob er gerade der Sohn des armen Mannes war, den unser Herr Christus und Petrus gesegnet hatten, weiß ich nicht - erblickte eines Tages, als er die Schafe weidete, auf dem Felde einen Baum, der war so schön und groß, dass er lange Zeit voll Verwunderung dastand und ihn ansah. Aber die Lust trieb ihn hinzugehen und hinaufzusteigen; das wurde ihm auch sehr leicht, denn an dem Baume standen die Zweige hervor wie Sprossen an einer Leiter. Er zog seine Schuhe aus und stieg und stieg in einem fort neun Tage lang. Siehe da kam er nur einmal in ein weites Feld, da waren viele Paläste von lauter Kupfer, und hinter den Palästen war ein großer Wald mit kupfernen Bäumen, und auf dem höchsten Baume saß ein kupferner Hahn; unter dem Baume war eine Quelle von flüssigem Kupfer, die sprudelte immerfort, und das war das einzige Getöse; sonst schien alles wie tot, und niemand war zu sehen, und nichts regte und rührte sich.

Als der Knabe alles gesehen, brach er sich ein Zweiglein von einem Baum, und weil seine Füße vom langen Steigen müde waren, wollte er sie in der Quelle erfrischen. Er tauchte sie ein, und wie er sie herauszog, so waren sie mit blankem Kupfer überzogen; er kehrte schnell zurück zum großen Baum; der reichte aber noch hoch in die Wolken, und kein

Ende war zu sehen. »Da oben muss es noch schöner sein!«, dachte er und stieg nun abermals neun Tage aufwärts, ohne dass er müde wurde, und siehe da kam er in ein offenes Feld, da waren auch viele Paläste, aber von lauter Silber, und hinter den Palästen war ein großer Wald mit silbernen Bäumen, und auf dem höchsten Baum saß ein silberner Hahn; unter dem Baum war eine Quelle mit flüssigem Silber, die sprudelte immerfort, und das war das einzige Getöse, sonst lag alles wie tot, und niemand war zu sehen, und nichts regte und rührte sich.

Als aber der Knabe alles gesehen hatte, brach er sich ein Zweiglein von einem Baum und wollte sich aus der Quelle die Hände waschen; wie er sie aber herauszog, waren sie von blinkendem Silber überzogen. Er kehrte schnell zurück zum großen Baum, der reichte noch immer hoch in die Wolken, und es war noch kein Ende zu sehen. »Da oben muss es noch schöner sein!«, dachte er und stieg abermals neun Tage aufwärts, und siehe da war er im Wipfel des Baumes, und es öffnete sich ein weites Feld; darauf standen lauter goldne Paläste, und hinter den Palästen war ein großer Wald mit goldnen Bäumen, und auf dem höchsten Baum saß ein goldner Hahn; unter dem Hahn war eine Quelle mit flüssigem Golde, die sprudelte immerfort, und das war das einzige Getöse; sonst lag alles wie tot, und niemand war zu sehen, und nichts regte und rührte sich. Als der Knabe alles gesehen hatte, brach er sich ein Zweiglein von einem Baum, nahm seinen Hut ab, bückte sich über die Quelle und ließ seine Haare ins sprudelnde Gold hineinfallen. Als er sie aber herauszog, waren sie übergoldet. Er setzte seinen Hut auf, und wie er alles gesehen hatte, kehrte er zurück zum großen Baum und stieg nun in einem fort wieder hinunter und wurde gar nicht müde. Als er auf der Erde angelangt war, zog er seine Schuhe an und suchte seine Schafe; doch er sah von ihnen keine Spur. In weiter Feme aber erblickte er eine große Stadt; jetzt merkte er, dass er in einem andern Lande sei. Was war zu tun.

Er entschloss sich, hineinzugehen und sich dort einen Dienst zu suchen. Zuvor jedoch versteckte er die drei Zweiglein in seinen Mantel, und aus dem Zipfel desselben machte er sich Handschuhe, um seine silberigen Hände zu verbergen.

Als er in der Stadt ankam, suchte der Koch des Königs gerade einen Küchenjungen und konnte keinen finden; indem kam ihm der Knabe zu Gesicht. Er fragte ihn, ob er um guten Lohn Dienste bei ihm nehmen wolle. Der Junge war das zufrieden unter einer Bedingung: Er solle den Hut, den Mantel, die Handschuhe und die Stiefel nie ablegen müssen, denn er habe einen bösen Grind und müsste sich schämen. Das war dem Koch nicht ganz recht; allein weil er sonst niemanden bekommen konnte, musste er einwilligen. Er gedachte bei sich: »Du kannst ihn ja immer nur in der Küche verwenden, dass niemand ihn sieht.« Das währte so eine Zeit lang. Der Junge war sehr fleißig und tat alle Geschäfte, die ihm der Koch auftrug, so pünktlich, dass ihn dieser sehr lieb gewann. Da geschah es, dass wieder einmal Ritter und Grafen erschienen waren, die es unternehmen wollten, auf den Glasberg zu steigen, um der schönen Tochter des Königs, die oben saß, die Hand zu reichen und sie dadurch zu erwerben. Viele hatten es bisher vergebens versucht; sie waren alle noch weit vom Ziele ausgeglitscht und hatten zum Teil den Hals gebrochen. Der Küchenjunge bat den Koch, dass er ihm erlauben möchte, von ferne zuzusehen. Der Koch wollte es ihm nicht abschlagen, weil er so treu und fleißig war, und sagte nur: »Du sollst dich aber versteckt halten, dass man dich nicht sieht!« Das versprach der Junge und eilte in die Nähe des Glasberges.

Da standen schon die Ritter und Grafen in voller Rüstung mit Eisenschuhen, und sie fingen bald an, der Reihe nach hinaufzusteigen; allein keiner gelangte auch nur bis in die Mitte, sie stürzten alle herab, und manche blieben tot liegen. Nun dachte der Knabe bei sich: »Wie wäre es, wenn du auch versuchtest?« Er legte sogleich Hut und Mantel und Handschuhe ab, zog seine Stiefel aus und nahm den kupfernen Zweig in die Hand, und ehe ihn jemand bemerkt hatte, war er durch die Menge gedrungen und stand am Berge; die Ritter und Grafen wichen zurück und sahen und staunten; der Knabe aber schritt sogleich den Berg hinan ohne Furcht, und das Glas gab unter seinen Füßen nach wie Wachs und ließ ihn nicht ausgleiten. Als er nun oben war, reichte er der Königstochter demütig das kupferne Zweiglein, kehrte darauf sogleich um, stieg hinab, fest und sicher, und ehe sich's die Menge versah, war er verschwunden.

Er eilte in sein Versteck, legte seine Sachen an und war schnell in der Küche. Bald kam auch der Koch und erzählte seinem Jungen die Wunderdinge von dem schönen Jüngling mit den kupfernen Füßen, den silbernen Händen und den goldnen Haaren, und wie er den Glasberg erstiegen und ein kupfernes Zweiglein der Königstochter gereicht habe und wie er dann wieder verschwunden sei; dann fragte er den Jungen, ob er das auch gesehen habe. Der Junge sagte: »Nein, das habe ich nicht gesehen, das war ich ja selbst!« Aber der Koch lachte über den dummen Einfall und erwiderte im Scherz: »Na, da müsste ich dann ein großer Herr werden!«

Am andern Tage wollten es mehrere Ritter und Grafen wieder versuchen und versammelten sich vor dem Glasberg. Der Junge bat den Koch abermals, er möchte ihm erlauben, aus der Ferne zuzusehen. Der Koch konnte es ihm nicht abschlagen und sagte nur: »Du sollst dich aber versteckt halten, dass niemand dich sieht!« Das versprach der Junge und eilte an seinen gestrigen Platz. Die Ritter fingen an hinaufzusteigen, allein vergebens: Sie stürzten alle herab, und mehrere blieben tot. Der Junge zögerte nicht länger und versuchte zum zweiten Mal. Er hatte schnell seine Kleider abgelegt; er nahm das silberne Zweiglein und schritt, ehe man es merken konnte, woher er kam, durch die Menge, und alles wich vor ihm zurück, und er ging ruhig und sicher den Glasberg hinan, und das Glas gab nach wie Wachs und zeigte die Spuren, und wie er oben war, überreichte er demütig der Königstochter das Zweiglein; gerne hätte sie auch seine Hand gefasst; er aber kehrte gleich zurück und schritt hinab und war in der Menge auf einmal verschwunden. Er warf seine Kleider um und eilte nach Hause. Bald kam auch der Koch und erzählte wieder von den Wunderdingen, von dem schönen Jüngling mit den kupfernen Füßen, den silbernen Händen, den goldenen Haaren und wie er hinangestiegen, der Königstochter ein silbernes Zweiglein gereicht, wie er herabgekommen und verschwunden sei. Er fragte seinen Jungen, ob er das nicht gesehen.

Der Junge sagte: »Nein, das habe ich nicht gesehen, das war ich selbst!« Der Koch lachte wieder recht herzlich und sagte im Scherz; »Da müsste ich auch ein großer Herr werden!«

Am dritten Tage wollten es einige Ritter und Grafen noch einmal versuchen und versammelten sich vor dem Glasberg. Der Junge bat den Koch wieder, er möchte ihm erlauben, aus der Ferne zuzusehen. Der Koch wollte ihm's nicht abschlagen und sagte nur; »Du sollst dich aber versteckt halten, dass niemand dich sieht!« Das versprach der Junge und eilte sogleich an seinen Platz. Die Ritter und Grafen versuchten's, aber umsonst; sie stürzten alle herab, und mehrere blieben tot liegen. Der Knabe dachte: »Noch einmal willst du es auch versuchen«; er warf seine Kleider von sich, nahm das goldene Zweiglein und eilte, noch ehe man's merken konnte, woher er kam, durch die Menge bis zum Glasberg; alles wich vor ihm zurück. Da schritt er fest und sicher hinan, und das Glas gab nach wie Wachs und zeigte die Spuren, und als er oben war, überreichte er demütig das Goldzweiglein der Königstochter und bot ihr die rechte Hand; sie ergriff sie mit Freuden und wäre gern mit ihm den Berg hinabgestiegen. Der Junge aber machte sich frei und stieg allein hinunter und war wieder schnell unter der Menge verschwunden. Er legte seine Kleider an und eilte zurück an seinen Platz in die Küche.

Als der Koch nach Hause kam, erzählte er von den Wunderdingen, von dem schönen Jüngling mit den kupfernen Füßen, den silbernen Händen, den goldnen Haaren, und wie er zum dritten Mal den Glasberg erstiegen, der Königstochter ein goldnes Zweiglein gereicht und ihr die Hand geboten habe, wie er aber allein wieder herabgestiegen und unter der Menge verschwunden sei; er fragte ihn, ob er das nicht gesehen hätte. Der Junge sagte wieder: »Nein, das habe ich nicht gesehen, das war ich selbst!« Der Koch lachte wieder über den dummen Einfall und sprach: »Da müsste ich auch ein großer Herr werden!«

Der König aber und die Königstochter waren sehr traurig, dass der schöne Junge nicht erscheinen wollte. Da ließ der König ein Gebot ausgehen, dass alle jungen Burschen aus seinem Reiche barfüßig und bloßhäuptig und ohne Handschuhe vor dem König der Reihe nach vorübergehen und sich zeigen sollten. Sie kamen und gingen, aber der rechte, nach dem man suchte, war nicht unter ihnen. Der König ließ darauf fragen, ob sonst kein Junge mehr im Reich wäre. Der Koch ging sofort zum König und sprach: »Herr, ich habe noch einen Küchenjungen bei mir, der mir treu und redlich dient; der ist es aber gewiss nicht, nach dem ihr sucht! Denn er hat einen bösen Grind, und er trat nur unter der Bedingung zu mir in den Dienst, dass er Handschuhe, Mantel, Hut und Stiefel nie ablegen dürfe.« Der König aber wollte sich überzeugen, und die Königstochter freute sich im Stillen und dachte: »Ja, der könnte es sein!« Der Koch musste dableiben; ein Diener brachte den Küchenjungen herein, der sah aber ganz schmutzig aus. Der König fragte: »Bist du es, der dreimal den Glasberg erstiegen hat?« – »Ja, das bin ich!« sprach der Junge, »und ich habe es auch meinem Herrn immer gesagt!« Der Koch fühlte bei diesen Worten den Boden nicht unter seinen Füßen, und die Rede blieb ihm eine Zeit lang stehen; endlich sagte er: »Aber wie kannst du hier so reden« Der König achtete indes nicht darauf, sondern sprach gleich zum Jungen: »Wohlan, entblöße dein Haupt, deine Hände und Füße!« Alsbald warf der Junge seine Kleider ab und stand da in voller Schönheit und reichte der Jungfrau die Hand, und sie drückte sie und war über die Maßen froh; es wurde die Hochzeit gefeiert, und nicht lange darauf übergab der König das Reich dem Jungen. »Glaubst du nun, dass ich es war, der dreimal den Glasberg erstiegen?« sprach der Junge zum Koch. »Was sollt' ich denn glauben, wenn ich das nicht glaubte!« sprach der Koch und bat um Verzeihung. »Nun, so sollst du auch ein großer Herr werden, wie du hofftest, und über alle Köche im Reich die Aufsicht führen.«

Die junge Königin aber hätte gar zu gerne gewusst, woher ihr Gemahl die drei Zweiglein und die kupfernen Füße, die silbernen Hände und das goldige Haar habe. »Das will ich dir, mein Kind, nun sagen!« sprach der junge König eines Tages, »und du sollst auch selbst sehen, wie das zugegangen!« Er wollte mit ihr noch einmal auf den Wunderbaum steigen und die Herrlichkeit ihr zeigen; allein, als er an die Stätte kam, so war der Baum verschwunden, und kein Mensch hat weiter davon etwas gehört und gesehen.

17. Der Eisenhans

Es war einmal ein Paar Eheleute, die hatten keine Kinder, und der Mann klagte das seiner Frau, warum sie ihm keine Kinder gebäre. »Lieber Mann, du bist ein Schmied«, sagte die Frau, »du kannst dir ja ein Kind schmieden, wenn du gerade eines haben willst!« Das ließ sich der Mann nicht zweimal sagen; er nahm zehn Zentner Eisen und schmiedete aus sieben Zentnern sich einen kleinen Sohn, aus drei Zentnern machte er eine Geißel, die gab er ihm in die Hand, und siehe, der Knabe war frisch und gesund und ging munter einher.

Da freute sich sein Vater, und auch seine Mutter ließ sich den festen Kerl gefallen, und sie nannten ihn Eisenhans. Aber bald, als er etwas wuchs, wurde er ihnen lästig und zu viel, denn er aß ihnen alles fort und wurde doch nie satt; seine Mutter musste immer in einem großen Kessel kochen. Als er nun zu einem Jüngling herangewachsen war, konnten sie es nicht mehr aushalten, und sie sprachen untereinander: »Wenn der noch acht Tage bei uns bleibt, so frisst er uns ganz auf mit Haus und Hof.« Darum sagten sie ihm, er sei jetzt groß und stark genug, er solle dienen gehen.

Eisenhans war froh, dass er die Welt sehen sollte, nahm seine Peitsche und ging. Da kam er abends in ein Dorf und ging gerade vor das Pfarrhaus, nahm seine Geißel und peitschte so stark, dass alle Katzen zusammenliefen; er peitschte noch einmal und noch einmal hintereinander so sehr, dass die Knechte und Dienstmägde herauskamen und der Pfarrer ins Fenster lief, um zu sehen, was es gebe. Da fragte er, ob man ihn nicht als Knecht aufnehmen wolle. Weil er so derb aussah, dachte der Pfarrer: »Der ist wohl zu brauchen; du hast zwar schon zwölf Knechte, aber wo zwölf essen, kann auch der dreizehnte mitessen.« – »Komme herein!« rief er laut, »ich nehme dich an!« Die Knechte, die im Felde den Tag über schwer gearbeitet hatten und sehr hungrig waren, traten eben zur Schüssel, und der neue Knecht wurde auch an den Tisch gesetzt; er aß aber mehr als alle zwölf zusammen, und die Schüssel war gleich leer, und jene blieben hungrig. »Wenn er auch so arbeitet, als er isst, so ist es recht«, dachte der Pfarrer.

Den anderen Tag standen die zwölf Knechte wie gewöhnlich früh auf und gingen ins Heu. Der Eisenhans aber schlief bis Mittag, und als man den Mägden das Essen auf den Tisch setzte, stand er auf und aß mit, und in kurzem war die Schüssel geleert. Den Knechten hatte man eben das Essen hinausgeschickt, da machte er sich auf und ging auch ins Feld und aß auch denen alles fort, dann legte er sich nieder und schlief. Die Knechte aber verdross das, und sie sprachen untereinander: »Der isst uns alles fort und tut gar nichts, kommt, wir wecken ihn auf, er soll auch arbeiten.« Da kamen sie über ihn mit Reisern und fuhren ihm damit übers Gesicht; er wehrte anfangs mit der Hand ab und glaubte, es seien Ochsenfliegen, die ihn bissen; endlich, da es zu arg wurde, erwachte er. Da sprang er auf und packte alle zwölf, jeden an einem Fuß, und sprach: »Jetzt will ich gleich arbeiten!« Da kehrte er mit ihnen, indem sie mit den Händen auf dem Boden herumkrabbelten, das Heu von der ganzen Wiese zusammen. Als er fertig war, ließ er sie los, und sogleich eilten sie mit blutigen Händen und viele hinkend nach Hause und klagten ihrem Herrn. Der Pfarrer schlug die Hände zusammen, als er hörte, was der Eisenhans getan, aber er getraute sich nicht, den Knecht zur Rede zu setzen.

Den andern Tag fuhren die zwölf ganz früh in den Wald nach Holz; der Eisenhans schlief abermals bis gegen Mittag. Als er aufstand, aß er wieder zuerst den Mägden alles weg; dann spannte er die vier letzten Ochsen an und fuhr auch in den Wald. Es war aber an einer Stelle eine so große Kotlache, dass der Wagen samt den Ochsen stecken blieb. Doch Eisenhans bedachte sich nicht lange, er packte den Wagen samt den Ochsen und hob sie hinaus. Wie er nun in den Wald hineinfuhr, kam nur einmal ein fürchterlicher Wolf und schrie: »Jetzt fresse ich dir einen Ochsen!« - »Meinetwegen, aber dann musst du ziehen, das sage ich dir!« sprach Eisenhans. Kaum hatte der Wolf den Ochsen niedergerissen, so packte ihn Eisenhans am Genick und spannte ihn ein. Nach kurzer Zeit kam ein dreibeiniger Hase und rief ebenfalls: »Ich fresse dir einen Ochsen!« - »Gut, dann musst du ziehen!« Und wie der Hase den Ochsen niedergerissen, packte ihn Eisenhans und spannte ihn neben den Wolf. Nicht lange, so kam der Teufel und sprach: »Jetzt zerbreche ich dir die Achse!« - »Es ist mir recht«, sagte Eisenhans, »aber dann mache ich dich zur Achse!« Der Teufel dachte, das sei ja nur so geredet; kaum hatte er jedoch die Achse zerbrochen, so packte ihn Eisenhans am Kragen und machte ihn zur Achse. Seine zwölf Mitknechte hatten ihren Wagen schon alle beladen und fuhren heim. Da rief er ihnen zu: »Ich werde doch eher nach Hause kommen als ihr und hundertmal mehr Holz führen als ihr alle zusammen.« Sie aber lachten und fuhren weiter. Er band nun den halben Wald auf und um den Wagen hinter die beiden Ochsen, hinter den Wolf und Hasen und dem Teufel aufs Genick und kehrte heimwärts.

Als er aus dem Wald hinausfuhr, so sah er die zwölf Wagen, wie er sich's gedacht hatte, noch im Kote stecken. Er nahm jetzt sein Holz samt dem Gespann auf seinen Nacken und trug sie über die schlechte Stelle hinüber; dann hob er auch die andern Wagen hinaus; sie mussten aber hinter ihm fahren. Als er ins Dorf kam, knallte er mit seiner eisernen Geißel und rief:

»Hi, Wulf, tschä, Hos!
Dräch, Deuwel, un der Os!«

Da kamen alle Leute herbei und sahen den sonderbaren Aufzug, den Wolf und den Hasen vorn, dann die beiden Ochsen, dann den Teufel als Achse und auf und um den Wagen den halben Wald, wie er nachgeschleppt wurde. Als der Pfarrer ihn kommen sah, so wurde er doch ängstig und dachte: »Der ist dir gefährlich, du musst ihm auf eine Art Christtag machen.« Der Eisenhans löste sein Gespann ab, band den Wolf und Hasen neben die Ochsen an die Krippe, und sie mussten auch Heu fressen. Den Teufel band er los, versetzte ihm noch eins mit seiner Geißel und ließ ihn dann laufen; der rannte hinkend und heulend in einem fort bis in die Hölle.

Den andern Tag ließ der Pfarrer den Eisenhans vor sich kommen und sagte, die Teufel hätten ihm eine Tochter geraubt; wenn er sie ihm heimbrächte, so wolle er ihm einen Sack voll Geld geben, wie er ihn nur tragen könne. Der Pfarrer aber wollte nur auf eine gute Art den Knecht loswerden; bei sich dachte er: »Der kommt dir nicht wieder.« Eisenhans war froh denn er hatte viel von der Hölle gehört und wollte sich einmal die Gelegenheit besehen; er nahm seine Geißel und machte sich auf den Weg. Als er vors Höllentor kam, knallte er einmal mit seiner Geißel und rief: »Macht mir auf!« Da entsetzten sich die Teufel und liefen zusammen und fragten einander, wer das wohl wäre. Da sah der Hinkende durch die Torritze und erblickte den Fremden. »Wehe uns, es ist der Eisenhans«, und lief in den dunkelsten Winkel der Hölle, und die andern liefen ihm nach.

Dem Eisenhans ward endlich die Zeit draußen zu lang, er stieß das Höllentor ein, und das krachte fürchterlich im Fall. In der ganzen Hölle war aber niemand zu sehen als die Verdammten, die an Pflöcken angebunden lagen. Eisenhans machte sie alle frei. »Wenn ich doch nur die Tochter des Pfarrers fände!«, seufzte er. »Die ist in jenem dunkeln Winkel!«, riefen einige Verdammten und liefen dann fröhlich zum offenen Höllentor hinaus. Eisenhans fand sie, machte sie frei und führte sie hinaus. Dann hob er das Höllentor wieder auf und verriegelte und verrammelte es von außen, dass kein Teufel herauskommen könne, nahm darauf die Pfarrerstochter auf seine Schultern und zog heimwärts. Der Pfarrer lag gerade im Fenster, als er ankam, und entsetzte sich nicht wenig, als er nur einmal den Eisenhans erblickte. Der aber sprach: »Das ist Eure Tochter«, nahm sie von seinen Schultern und setzte sie durchs Fenster ins Zimmer. »Nun gib mir das versprochene Geld, aber einen Sack voll, als ich ihn tragen kann, sonst geht es euch schlecht!« Eisenhans nahm hundert Ellen Leinwand und rief sieben Schneider herbei, die mussten ihm gleich einen Sack machen, den trug er dann zum Pfarrer und sprach: »Den füllt mir!« Der Pfarrer ließ all sein Korn hineinschütten und machte ihn voll, oben aber legte er all sein Geld. Eisenhans merkte das nicht, war zufrieden, nahm den Sack auf eine Schulter und ging nach Hause. »Da bringe ich euch etwas zum Geschenk«, sagte er zu seinem Vater und zu seiner Mutter, »ihr sollt mich nicht umsonst gefüttert haben!« Damit warf er den Sack zu Boden, nahm seine Geißel und ging wieder in die Welt; die Alten aber hatten mit dem Korn und Geld ihr Lebtag genug.

18. Der starke Hans

Einem Manne starb seine Frau und hinterließ ihm drei Töchter; da nahm er sich eine andere Frau, die gebar ihm einen Sohn, und den nannten sie Hans, und diesen hatte die Mutter so lieb, das sie ihn sieben Jahre immerfort saugte. Das wurde dem Mann endlich zu viel, und als sie ihn eines Tages saugte, sprach er im Ärger: »Ei, das du eine Kuh wärest!« Alsbald war sie eine Kuh, und er schickte nun seinen kleinen Sohn jeden Tag mit seiner Mutter auf die Weide, und das war diesem recht, denn er sog nun fort den ganzen Tag. Sein Vater gab ihm, wenn er morgens ausging, einen Kuchen aus Asche mit, aber den warf der Knabe jedes Mal fort. Als der Junge in kurzem sehr groß und stark wurde, wunderte sich der Vater, und er dachte, das kann doch nicht vom Aschkuchen kommen, und er sagte zu seiner jüngsten Tochter: »Gehe mit deinem Bruder heute mit und siehe zu, was er den Tag über macht.«

Als sie in das Feld kamen, warf Hans sein Brot fort. Seine Schwester fragte ihn: »Was willst du jetzt essen.« Da sagte Hans: »Ich lebe vom Winde!« Er hatte aber ein Fläschchen bei sich, wer daraus trank, der verfiel sogleich in einen festen Schlaf. Sowie er nun hungrig wurde, sagte er zu seiner Schwester: »Komm und trinke einmal aus meinem Fläschchen!« Sie tat es und schlief alsbald ein. Da ging Hans zu seiner Mutter und sog an ihr bis zum Abend. Als sie nach Hause kamen, fragte der Vater seine Tochter: »Was hat Hans heute getan.« Da sprach sie: »Als wir hinaus in das Feld kamen, so warf er sein Brot fort, und als ich ihn fragte, was er essen wolle, sagte er: ›Ich lebe vom Winde!‹«.

Am anderen Morgen schickte der Mann seine ältere Tochter mit; dieser ging es wie der ersten, und sie konnte ihrem Vater auch nichts mehr sagen. Am dritten Tage sagte der Mann zu seiner ältesten Tochter: »Gehe du heute mit und gib gut acht, was dein Bruder tut.« Als sie ins Feld kamen, warf Hans seinen Aschkuchen fort und rief: »Solche Speise kann ich nicht brauchen!« – »Wovon lebst du denn?« fragte ihn die Schwester. »Du hast es ja gehört, dass ich vom Winde lebe!« Da lächelte sie und dachte bei sich: »Warte, du wirst mich nicht betrügen!« Wie er wieder hungrig ward, gab er seiner ältesten Schwester aus dem Fläschchen zu trinken. Sie verfiel sogleich in Schlaf; allein sie hatte im Nacken noch zwei geheime Augen, die blieben immer offen, und wenn jene zwei auf der Stirne schliefen, sah sie mit diesen alles, was um sie verging. Hans ging wieder zu seiner Mutter und sog wie bisher. Als sie nun abends nach Hause kamen und der Vater seine Tochter fragte: »Hat dein Bruder heute auch vom Winde gelebt?«, sagte sie: »Nein«, und erzählte, was vorgegangen war. Da wurde der Mann zornig und sprach zu Hans: »Weil du immerfort gesogen und mich und deine Schwestern hintergangen hast, sollst du morgen mit der Kuh sterben!«

Da ward der Knabe traurig, ging in den Stall zu seiner Mutter und klagte ihr die Not. »Fürchte dich nicht, mein Kind«, sprach sie, »komme nur, bevor der Tag anbricht, zu mir.« Als er zur bestimmten Zeit kam und sie losband, nahm sie ihn zwischen ihre Hörner und lief weit weg in einen einsamen Wald, sodass man nichts von ihnen hören konnte. Hier sog er noch fort, bis wieder sieben Jahre voll waren, dann sprach seine Mutter zu ihm: »Gehe hin und reiße die dickste Eiche aus und stelle sie auf die Spitze.« Er ging und riss sie aus, aber mit der Spitze konnte er sie nicht auf den Boden stellen. Da sagte seine Mutter: »Du musst noch sieben Jahre saugen.« Als diese um waren, sprach sie zu ihrem Sohne: »Jetzt hast du dreimal sieben Jahre gesogen, gehe nun wieder hin und versuche es mit der dicksten Eiche!« Hans ging und riss die dickste Eiche aus, als wäre es eine Gerte, die man in den Erdboden gesteckt, und stellte sie leicht auf die Spitze. »So ist es recht« sprach die Mutter, »nun kannst du für dich selber sorgen, gehe jetzt aus in die große Welt.«

Da lief die Kuh fort, und Hans machte sich aus der Eiche eine Keule und wanderte hinaus in die Welt. Wie er so ein Stück gegangen war, wurde er sehr durstig; da sah er zwischen zwei Bergen ein kleines Flüsschen hervorkommen. Er ging hin, um zu trinken. Oben auf dem Berge saß aber ein dicker Mann, der zerrieb Steine, also, dass das Wasser ganz trüb wurde. Hans rief hinauf: »Heda, nicht trübe mir das Wasser, sonst komme ich hinauf, und dann wehe dir!« Jener aber lachte, rieb noch ärger und rief: »Ich bin der Steinzerreiber, ich möchte dich wohl auch zu Staub zerreiben!« Da ward Hans zornig, lief hinauf und schlug ihn bis unter die Achsel in den Erdboden. »Lasse mich leben, ich will dein Knecht sein«, flehte der Steinzerreiber. »Es ist mir recht!« sprach Hans, zog ihn wieder heraus, und sie gingen miteinander weiter. Sie kamen in einen Wald und sahen da einen langen, baumhohen Mann, welcher die krummen Bäume gerade und die geraden krumm machte. Da drohte ihm Hans und sprach: »Lasse die Bäume gleich so, wie sie gewachsen sind, sonst wehe dir!« Aber der Langmann lachte, fuhr fort in seinem Geschäfte und rief: »Ich bin der Baumdreher, dir möchte ich wohl auch den Hals umdrehen!« Da ward Hans zornig, ging hin und schlug ihn auf den Boden, dass es so krachte, als hätte der Sturm eine mächtige Eiche niedergeschmettert. Der Langmann bat um sein Leben und sagte, er wolle sein Knecht sein; da zog ihn Hans heraus, und sie gingen miteinander weiter.

Nach einigen Tagen trafen sie im Wald ein kleines Haus, aber kein Mensch war drinnen. Da sprach Hans: »Hier wollen wir wohnen, und während zwei auf die Jagd gehen, soll einer zu Hause bleiben und etwas kochen.« Am ersten Tage blieb der Steinzerreiber zu Hause. Wie er nun das Essen zubereitete, kam nur einmal ein kleiner Mann mit einem sieben Ellen langen Bart hinein und jammerte: »Ach, wie friere ich!« – »Nun so komm und wärme dich« sprach der Steinzerreiber. Der kleine Mann ging zum Herde, stieß aber sogleich den Topf um und lief dann hurtig fort. Als die beiden andern hungrig nach Hause kamen und Essen verlangten, erzählte der Knecht, wie es ihm gegangen sei. Hans aber war zornig, nahm seine Keule und schlug auf den Knecht, bis ihm der Hunger verging. Am folgenden Tage blieb der Baumdreher zu Hause, und es ging ihm wie dem Steinzerreiber. Der kleine Mann kam wieder, stieß den Topf um und lief dann hurtig fort, und als die beiden hungrig nach Hause kamen und nichts fanden, so schlug Hans den Knecht ebenfalls mit seiner Keule, bis ihm der Hunger verging. Am dritten Tag sagte Hans: »Jetzt will ich zu Hause bleiben!« Der kleine Mann kam wieder und jammerte: »Ach, wie friere ich!« – »So komm und wärme dich«, sprach Hans; er setzte sich aber neben den Topf und achtete auf den Kleinen. Wie dieser den Topf wieder umstoßen wollte, so packte ihn Hans schnell am Bart, nahm den Löffel und schlug ihn aufs Maul und aufs Kreuz, dass er ganz stumm und träge wurde; dann trug er ihn hinaus und umwand seinen Bart um einen Baum und vernagelte ihn. Darauf machte er in der Stube das Essen fertig.

Als die andern nach Hause kamen, freuten sie sich, wie sie nun den Hans auch unter den Prügel nehmen sollten; allein sie fanden das Essen fertig, und so mussten sie ruhig sein. Als sie gegessen hatten, sprach Hans: »Jetzt kommt und seht den kleinen Mann, der euch den Topf umgestoßen, ich habe ihn draußen an einen Baum gebunden!« Als sie aber hinauskamen, war der Kleine samt dem Baum verschwunden; doch war, wo der Baum gestanden, ein großes Loch. »Warte«, sprach Hans, »ich will dich schon finden.« Da machten sie ein langes Seil aus Baumrinde und ließen den Hans hinunter; das dauerte aber dreimal sieben Tage, bis er auf den Grund gelangte, und da war erst noch ein langer dunkler Gang; endlich wurde es wieder hell, und ein neuer Himmel tat sich hier auf. Hans sah einen großen Palast und ging hin. Da fand er in dem innersten Zimmer drei schöne Königstöchter, die immerfort klagten und weinten. Als sie den starken Hans erblickten, sprachen sie: »Du armes Menschenkind, wie kommst du hierher? Unser Herr ist ein Drache mit zwölf Häuptern, wenn er dich hier trifft, so bist du verloren!« – »Ich fürchte mich nicht!« sprach Hans, »käme er nur bald, ich werde mit ihm schon fertig werden!« Nur einmal kam der Drache und schnaubte Wut und Feuer: »Ich rieche Menschenfleisch!« – »Du hast einen feinen Geruch, abscheuliches Ungetüm!« rief Hans und sprang hervor auf den Drachen los, umfasste ihm alle Häupter und erwürgte ihn, den zappelnden Leib und Schwanz aber schlug er mit seiner Keule nieder, dass er sich nicht mehr regte und rührte. Da waren die Königstöchter froh und erzählten, wie sie entführt worden seien, dankten dem starken Hans und baten ihn, er solle sie jetzt auch hinaus auf die Oberwelt führen. Hans ging aber zuerst in alle Zimmer und besah sich die Gelegenheit; da fand er in dem letzten einen unermesslichen Schatz von Gold und Silber und Edelstein, den nahm er mit sich und führte nun auch die Königstöchter durch den dunkeln Gang an die Öffnung in die Oberwelt. Er rief aber seinen Gesellen hinauf, er bringe drei Königstöchter und einen großen Schatz: Die beiden ältern Königstöchter sollten ihnen gehören, die Jüngste aber solle sein Weib werden, den Schatz sollten sie teilen; nur sollten sie jetzt alles hinaufziehen.

Als der Steinzerreiber und Baumdreher die drei Jungfrauen und den Schatz hinaufgezogen hatten, sahen sie, dass die Königstöchter sehr schön waren, die Jüngste aber war die Schönste; sie sprachen untereinander: »Er soll sie nicht bekommen; wir ziehen ihn bis zur Hälfte, dann lassen wir los, dass er zerschmettert!« Hans aber merkte ihre Bosheit, band einen dicken Stein an das Seil, und wie sie diesen bis in die Mitte gezogen hatten, ließen sie los, und der Stein fiel herab und zerschellte auf kleine Stücke. Die beiden waren froh, nahmen den Schatz und die Königstöchter und gingen weiter; aber bald fingen sie untereinander an zu streiten, denn jeder von ihnen wollte die Jüngste haben. Indessen dachte Hans, wie er hinauskäme. Er ging lange herum und wusste sich nicht zu helfen; endlich fand er in einem Winkel den kleinen Mann mit dem sieben Ellen langen Bart, der noch immer um die Eiche umwunden war. Dieser musste sich mit der Eiche fortschleppen und ihm einen anderen Weg auf die obere Welt zeigen. Sie gingen und kamen nach langer Zeit an einen mächtigen hohen Baum, der mit seiner Spitze weit nach der Oberwelt ragte. Da sagte der Kleine zu Hans: Er solle nur da hinaufsteigen, so werde er schon in die obere Welt kommen. Als Hans sieben Tage gestiegen war, kam er endlich in die Spitze; von da sah er weit, weit ein kleines Licht, und das war in der Oberwelt; aber wie sollte er nun dahin kommen? Indem er darüber nachdachte, sah er auf dem Baum ein großes Nest vom Vogel Greif, darin waren junge Vögel. Da kroch eben eine gewaltige Schlange am Baum herauf, die wollte die kleinen Vögel fressen. Wie nun die Kleinen die Schlange merkten, flatterten sie voll Angst herum und schrien: »Lieber Mann, hilf uns, sonst sind wir verloren!« Da zerschmetterte Hans mit seiner Keule der Schlange das Haupt, fasste ihren Leib dann in beide Hände und zerquetschte und zerknitterte sie auf tausend Stücke. Indem kam auch der alte Vogel Greif. Wie er den Hans von Blut bespritzt bei dem Neste sah, dachte er gleich: »Ha, der hat deine Kinder umgebracht«, ward wütend und verschluckte den Hans gleich im ersten Grimm. Nun sah er aber seine Kleinen wohlbehalten, und diese erzählten, wie der Mann sie vor der bösen Schlange gerettet habe, und klagten und weinten, dass er nun dafür so schlecht belohnt sei. Da spuckte der alte Vogel den Hans wieder aus, und der war nun viel schöner und herrlicher; er sprach aber auch zu Hans: »Weil du meine Kinder gerettet hast, so wünsche dir etwas!« – »Trage mich auf die Oberwelt!« sprach Hans zum Vogel Greif. »Das soll geschehen doch musst du mir erst sieben Fässer Wein und sieben Löwen heraufbringen, dass ich Nahrung habe auf dem Wege, denn er ist weit länger, als du glaubst.« Hans stieg hinunter und brachte alles herauf, belud den Vogel und setzte sich auf seinen Hals. Da hob sich derselbe und flog dem kleinen Lichte zu; sooft er rief: »Fleisch, Wein!«, gab ihm Hans immer einen Löwen und ein Fass Wein. Als alles aufgezehrt war, gelangten sie auch auf die Oberwelt. Hans stieg ab und dankte dem Vogel; der senkte sich jetzt wie der Blitz hinunter in sein Nest. Hans wanderte fort und traf bald zwei Königssöhne, die in die Welt zogen und sich Frauen suchten. »Kommt mit mir!« sprach Hans, und sie folgten ihm. Da dachte er an seine falschen Knechte und an die schönen Königstöchter und an die jüngste und schönste, die er zu seinem Weibe bestimmt hatte.

Nicht lange, so traf er seine Knechte, wie sie noch miteinander im Kampfe lagen. Keiner der beiden gönnte dem anderen die jüngste Königstochter. Die drei Jungfrauen aber standen von Weitem und sahen zu. Da trat Hans plötzlich unter die Kämpfer, wie sie sich gerade umschlungen hatten, und sie standen gleich steif und erstarrt vor Schrecken, und Hans rief mit furchtbarer Stimme: »Ha, ihr Feigen und Elenden, weil ihr mich betrügen wolltet, so empfanget jetzt eurem Lohn!« Damit hob er seine Keule und schlug beide auf einen Schlag tot. Dann ging er zu den Königstöchtern und sprach zu der jüngsten, ob sie ihn zum Gemahl haben wolle. Sie sagte nicht Nein, und Hans freute sich und sprach zu den beiden älteren Jungfrauen: »Weil jede Frau ihren Mann haben muss, so will ich auch für euch sorgen.« Er führte sie jetzt zu den beiden Königssöhnen und gab einem jeden eine; er teilte auch den großen Schatz mit diesen, und dann feierten sie miteinander die Hochzeit und waren über die Maßen froh und glücklich.

19. Der Zigeuner und die drei Teufel

Unser Herr Christus wanderte mit Petrus und Johannes durch mancherlei Länder, um zu sehen, wie es in der Welt ginge. Da kamen sie eines Abends zu einem Zigeuner und baten um Herberge. Nur die Frau war zu Hause; der Mann war im Wirtshaus. »Ich möchte euch gerne aufnehmen«, sprach die Zigeunerin, »aber mein Mann wird euch misshandeln, wenn er nach Hause kommt!« – »Nu, es wird ja nicht so arg sein!« sprach der Herr; »wir legen uns gleich in den Winkel zum Schlafen, und da wird er uns schwerlich bemerken!« Jetzt wollte sie die Zigeunerin nicht abweisen, sie machte eine Streu, und die drei Wanderer legten sich: der Herr zunächst, Johannes in die Mitte, Petrus an die Wand. Als der Zigeuner schwer angetrunken nach Hause kam, fing er an zu schelten und zu lärmen und auf seine Frau loszuschlagen: »Du glaubst, ich sei betrunken, du lügst!« - »Aber Mann, ich habe ja gar nichts gesagt!« Indem erblickte er die drei auf dem Boden. »Ha, Schlange, wen hast du hier?« - »Es sind müde Wanderer!« - »Ei zum Donner, konnten die nicht auf der Gasse schlafen?« Da ließ er seine Frau und fing nun auf den ersten besten an zu schlagen, und das war Christus. Der Herr regte und rührte sich nicht. Als am Morgen die Wanderer dankten und fortgehen wollten, hatte der Zigeuner seinen Rausch verschlafen und bat um Verzeihung, dass er sie misshandelt habe; er habe es nicht gerne getan, allein wenn er lustig sei, müsse er jemanden schlagen. Der Herr sprach sanftmütig: »Schon gut, kein Mensch ist ja ohne Fehler!« Damit gingen sie fort.

Nach einem Jahr aber kehrte der Herr mit den beiden Jüngern wieder da ein. Der Zigeuner war auch jetzt nicht zu Hause, sondern, wie gewöhnlich, wenn er Geld hatte, im Wirtshaus. Christus hatte sich diesmal in die Mitte gelegt. Als der Zigeuner betrunken heimkam, schalt und lärmte er abermals und schlug auf seine Frau, und als diese ihm sagte, es seien wieder die drei armen Wanderer da, ließ er seine Frau und schlug auf den mittlern los. »Die Reihe ist jetzt an dem!« sprach er bei sich; es war aber wieder Christus, den er geschlagen hatte. Am andern Morgen bat er abermals um Verzeihung, und der Herr sagte wieder: »Schon gut, kein Mensch ist ja ohne Fehler!« Zum dritten Mal, wieder nach einem Jahre, kehrten die drei Wanderer bei dem Zigeuner ein; jetzt hatte sich Christus an die Wand gelegt. Als der Zigeuner betrunken aus dem Wirtshaus nach Hause kam, schlug er mit Vorbedacht den dritten. »Jetzt dürfen sie einander nichts vorwerfen!« sprach er bei sich: »Jeder hat sein Teil bekommen«; allein Christus hatte auch diesmal die Schläge empfangen.

Als sie am andern Morgen Abschied nahmen, bat der Zigeuner wieder gar sehr um Verzeihung für seine Unart; er meine es gar nicht schlecht; allein wenn er in der Lust sei, müsse er jemanden schlagen. Da freute sich der Herr, dass er im Grunde ein so gutes Herz habe, und sprach zu ihm: »Erbitte dir dreierlei Gnade!« - »So bitte ich«, sprach der Zigeuner, »um einen Beutel voll Geld, der nie leer wird, zum zweiten um einen Spiegel, mit der Eigenschaft, dass, wer einmal hineinsieht, sich nicht von der Stelle rühren kann, bis ich ihn nicht fortstoße, und zum dritten um einen Birnbaum vor meinem Haus, stets voll von Früchten, mit der Eigenschaft, dass, wer hinauf kriecht, nicht herunterkommen kann, bis ich ihn nicht herunterstoße.«- »Es soll dir werden!« sprach Christus, und damit zog er mit Petrus und Johannes weiter. Der Zigeuner freute sich sehr, wie er am nächsten Tage seine Wünsche erfüllt sah. »Jetzt habe ich, was mein Herz begehrt; nun kann ich immerfort lustig leben!« Von da an war er jeden Tag vom Morgen bis zum Abend im Wirtshaus und lebte wie ein Kaiser oder König, aß stets Schweinefleisch und trank stets süßen Rosoli. Endlich aber, als es Zeit war, dass er sterben sollte, kam der Teufel und sprach: »Na, Bruder Midi, jetzt bist du mein, auf und folge mir!« – »Gleich auf der Stelle, nur dass ich meine Sachen zusammennehme, sieh indes in jenem Spiegel, was für ein schöner Kerl du bist!« Der Teufel tat das gerne; denn er denkt ja auch, er sei schön, und wo er kann, besieht er sich im Spiegel. Der Zigeuner ging in seine Schmiede und machte eine Zange glühend und kam dann und fasste den Teufel an seiner Nase, versengte und dehnte sie; der Arme konnte sich nicht von der Stelle rühren; er brüllte aber vor entsetzlichem Schmerze. Da stieß ihn zuletzt der Zigeuner, dass er zur Türe hinausflog. Der Teufel aber war froh und lief, dass er kein Leben hatte. Der Zigeuner dachte: »Der wird dir gewiss nicht wiederkommen!«

Als der Teufel außer Atem in der Hölle ankam, erzählte er seinem Vater und seinem Bruder, was ihm begegnet sei, und die mussten die Wahrheit an seiner Nase erkennen. »Du elender Kerl!« sprach sein Bruder, »warte, ich will ihn gleich lehren und holen!« Da ging er zum Zigeuner, und ohne einen guten Tag zu bieten, rief er von der Gasse, denn er wollte gar nicht ins Zimmer, damit er nicht in den Spiegel sehe, ihm trotzig zu: »He, Midi, du bist mein, auf, folge mir!« – »Auf der Stelle!« sprach der Zigeuner: »Ich will nur ein wenig einsacken, dass wir auf dem weiten Wege zu essen haben!« Damit ging er hinaus und brachte einen großen Kohlensack und sprach zum Teufel: »Sei so gut und krieche auf den Baum und fülle diesen Sack, bis ich meine Reisekleider anlege.« Das gefiel dem Teufel, denn er hatte die schönen Birnen schon lange angesehen und sie zu kosten gewünscht. Der Zigeuner aber ging in die Schmiede, nahm eine lange Eisenstange, schärfte sie an dem einen Ende und machte die Spitze ganz glühend. Dann kam er und stach damit auf den Teufel, dass dieser laut aufheulte; er kroch immer höher am Baum, damit der Zigeuner ihn nicht mehr erreichen könne. Der aber nahm zuletzt eine Leiter und stocherte immerfort den Teufel in die Seite; der war zuletzt bis in die höchste Baumspitze hinauf, da brach diese ab, und er plumpste wie ein Sack herunter und brach noch ein Bein. Dennoch raffte er sich schnell auf und lief unter großem Geheul in einem fort bis in die Hölle. Da kam sein Bruder schadenfroh und rief: »Aha! Da hast's! Sagt' ich dir's! Da hast's!« Der Zerschlagene aber hielt immerfort die Hände in seine zerstochenen Seiten und zeigte seinen zerbrochenen Fuß und jammerte entsetzlich. Der alte Teufel stand da und wusste nicht, was er sagen solle. Endlich seufzte er: »Das muss ein gedonnerter Kerl sein! Den möchte ich auch kennenlernen!« Er hatte aber dennoch keine Lust hinzugehen.

Der Zigeuner lebte von da wieder lustig und ungestört noch eine gute Zeit. Als er endlich fühlte, dass er sterben müsse, befahl er, dass man ihm seine lederne Schürze, Vorschürze und Nägel, Hammer und Zange neben ihn lege. Als er gestorben war, kam er vor die Himmelstüre und klopfte an. Da erschien Petrus gleich mit den vielen Schlüsseln und öffnete. Wie er aber den Zigeuner sah, rief er: »Du gehörst nicht hieher, du hast liederlich gelebt!«, und schlug damit die Türe gewaltig zu. Da bat der Zigeuner gar untertänig, er möge ihn doch einlassen, er wolle alle Schmiedearbeit im Himmel umsonst tun und schlug auch gleich einige Nägel in die Himmelstüre, die herausgefallen waren; aber Petrus war nicht zu erweichen. Da blieb dem Zigeuner nichts anders übrig, als in die Hölle zu gehen und da sein Glück zu versuchen. »Da hast du wenigstens das Feuer umsonst!« tröstete er sich, »und kannst immer deines Handwerks pflegen.«

Als er an das Höllentor angelangt war, nahm er seinen Hammer und klopfte. Da kam der junge Teufel mit der lang gedehnten Nase und sah durch die Torritze; gleich erkannte er den furchtbaren Mann und lief voll Entsetzen davon und schrie: »Er ist hier, er ist hier!« Als der andere das hörte, der auf dem Baum gesessen, lief er mit, und den alten Teufel packte die Furcht anfangs auch, und er lief gleichfalls, und sie kamen in den innersten Höllenwinkel und verkrochen sich. Der Zigeuner aber klopfte fort und immer stärker. Da sprach der alte Teufel: »Ich möchte ihn doch auch nur sehen«, und wie sehr ihn die beiden Söhne zurückzuhalten suchten, so ging er doch, denn seine Neugierde war zu groß. Er öffnete das Tor nur ein wenig und steckte seine Nase hinaus. Tschack! Schnappte der Zigeuner die Spitze davon mit seiner Zange ab. Der Alte drückte die Türe schnell zu, klemmte aber dabei seinen Bart ein und konnte jetzt nicht frei werden, wie sehr er herumzerrte; seine Söhne fürchteten sich aber, ihm zu Hilfe zu kommen, und so musste der Alte seinen Geist elendiglich aufgeben, und seitdem spricht man nicht mehr vom alten Teufel, sondern nur von seinen Söhnen, dem langnasigen und [dem] hinkenden Teufel.

Die Zeit aber wurde dem Zigeuner vor dem Höllentor endlich zu lang; er versuchte noch einmal an der Himmelstüre; doch Petrus blieb unerweichlich. Zuletzt wurde er auch zornig und sprach: »Weil man mich denn weder in den Himmel noch in die Hölle einlässt, so ist es mir recht; ich gehe wieder auf die Erde, da gefällt es mir ohnehin besser!« Und so findet man den Zigeuner bis auf den heutigen Tag hier. Wenn er Geld hat, ist er im Wirtshaus; hat er keins, ergeigt er sich einen Trunk oder er nimmt den Hammer und macht Schuh- und Lattnägel.

20. Der tausendfleckige, starke Wila

Ein junger König hatte eine wunderschöne Königstochter zur Frau; aber er hatte auch eine boshafte und falsche Mutter, die wurmte es, dass jene so überaus schön war; sie stellte sich aber immer freundlich gegen sie.

Nun trug es sich zu, dass der junge König in den Krieg zog und seiner Mutter die Sorge für die junge Königin übertrug, denn die war schwanger. Da ließ die Alte eines Tages eine große Jagd anstellen und befahl dem Jäger, eine Flasche mit Blutstropfen von tausenderlei Tieren zu füllen. Als sie das Blut hatte, lud sie die junge Frau zum Abendmahle ein, schenkte sich ein Glas dunkeln Wein und der jungen Frau Blut ein. Dann sprach sie: »Stoßen wir an und leeren das Glas auf das Wohl des Königs, der jetzt im Kriege ist!« Sie trank den Wein, die junge Königin das Blut; aber diese merkte gleich, dass es Blut war, was sie getrunken hatte. Als nun die junge Frau nach einigen Tagen eines Söhnleins genas, so hatte das tausenderlei Blutflecken am Leib und Gesicht, also dass man sich mit Entsetzen von ihm abwenden musste. Aber die alte Königin hielt die Sache des Jägers wegen geheim, denn der hätte sie verraten können, und schrieb allein ihrem Sohn so und so, wie untreu ihm seine Gattin gewesen, und der befahl zurück, wie wehe es ihm auch tat, das Gericht solle über sie erkennen. Alsbald wurden sieben Könige zusammenberufen, und die meisten stimmten dafür, man solle sie hinrichten; nur der Älteste schlug vor: Man solle sie dahin und dahin in den tiefen Abgrund führen, den verschließen, da werde sie wohl umkommen und niemand werde sie weiter sehen. Das wurde auch angenommen, und die junge Königin wurde mit ihrem Kinde bald hinausgeschleppt in den Abgrund, und vor die kleine Öffnung wurde ein mächtiges Felsstück gewälzt.

Da lebte sie und nährte sich und ihr Kind kümmerlich von Kräutern und Wurzeln viele Jahre lang, und der Knabe, seine Mutter nannte ihn Wila, ward groß und stark. Eines Tages sagte er: »Mutter, ich möchte doch sehen, wohin die Bergspalte führt!« – »Ach, mein Kind, du bist nicht stark genug, um den Stein fortzuwälzen!« Er aber ging hin und versuchte; doch regte und rührte sich der Fels nicht von der Stelle. Nun versuchte er jeden Tag, und nach einem Jahr fing der Stein an sich zu rühren, nach dem zweiten Jahre schon mehr, und als das dritte zu Ende ging, hatte er's so weit gebracht, dass er den Stein leicht auf die Seite schob. »Jetzt bin ich stark genug, Mutter; ich will dienen gehen!« – »So gehe denn in Gottes Namen und vergiss meiner nicht; ich bleibe hier; wälze den Stein wieder vor, dass keine Menschenseele mich Unglückliche hier treffen kann!« Also nahm der Knabe Abschied von seiner Mutter, wälzte den Stein wieder vor und wanderte fort, um einen Dienst zu suchen. Er war aber so stark geworden, dass er die größte Tanne im Walde ausriss und auf die Spitze stampfte, dass das Gezweig zerbrach und abfiel; den Stumpf behielt er als Stab in der Hand. Wenn er ausatmete, blies er alles fort, und wenn er Atem holte, zog er alles an; wenn er einmal laut schrie, so zersplitterten Steine und Bäume, auf die der Schall fuhr.

Da traf es sich, dass ein König die Straße kam, der wollte eben zu seiner Braut fahren und Hochzeit halten. Der starke Wila stellte sich in den Weg und rief: »Haltet ein wenig! wünschet Ihr keinen Knecht!« Da sah der König aus dem Wagen heraus, und wie er den starken Wila mit den tausenderlei Blutflecken im Gesichte erblickte, so entsetzte er sich. »Nein, nein!«, rief der König und befahl weiterzufahren; aber der starke Wila zog den Atem an, und der Wagen konnte nicht von der Stelle. »So nehmet mich doch, ich werde Euch treue Dienste leisten! Warum zaudert Ihr!« – »Ich fürchte mich vor dir«, sprach der König, »und meine Leute würden alle davonlaufen, wenn sie dich nur sähen l« – »Haltet mich am Tage verborgen und lasset mich nur in dunkler Nacht arbeiten!« Der König sah, dass er nicht frei werden konnte. »So ist es mir recht!« sprach er; »allein du musst hier warten, bis ich von der Hochzeit heimkehre!« – »Aber ich möchte gerne auch bei der Hochzeit sein steckt mich in den Keller, dass niemand mich sieht.« – »Lege dich denn zurück in meinen Wagen, ich will dich verbergen.« Der König gelangte endlich in das Schloss seiner Braut und versteckte den starken Wila gleich in den Keller, gab ihm Essen und Trinken die Fülle und verschloss dann die Türe; aber der König hatte an dem ganzen Fest keine rechte Freude, sondern saß still und traurig neben seiner fröhlichen Braut, und der Vater und die Mutter derselben und die Hochzeitsgäste verwunderten sich sehr darüber, und es war ihnen nicht recht.

Da trug es sich zu, dass die Braut, als sie mit dem Bräutigam in ihr Zimmer ging, plötzlich zusammensank und tot war. Der Verdacht fiel auf den Bräutigam, er habe sie vergiftet oder ihr ein geheimes Leid getan; er wurde gleich festgenommen, und am folgenden Morgen sprach man über ihn das Urteil: Er solle in einem einsam stehenden Turm vermauert werden. Alsbald wurde das Urteil auch vollzogen. Wila aber hatte im Keller alles gehört, und als es wieder Abend und alles ruhig war, so atmete er einmal gegen die Tür und sie fiel gleich hinaus, dann blies er die Schlossmauer durch und ging hinaus zu dem Turme, rief dem König, dass die Mauer durch den Ruf gleich einen Riss bekam, und sprach: »Wenn Ihr mir etwas versprecht, so will ich Euch retten!« - »Und was ist das t« fragte der König. »Ihr sollt meine Mutter zur Frau nehmen!« - »Ist sie auch so hässlich, wie du bist?« - »Noch tausendmal hässlicher!« sprach Wila. »So will ich lieber hier bleiben und sterben!«, sagte der König. Wila ging fort und kam nach einiger Zeit wieder und fragte: »Wie denkt Ihr noch, Herr König?« - »Lieber sterben!« sprach er wieder. Aber bald kam ihn die Lust zum Leben an, dass er seinen Sinn änderte und, als Wila zum dritten Mal fragte: »Wie denkt Ihr noch, Herr König?«, [rief:] »Ich will sie nehmen! Doch möcht' ich erst nach Hause und die Hochzeitsfeier anordnen!« - »Das kann geschehen!« sprach Wila, »ich gehe mit Euch«, und nun tat er seinen Mund auf und stieß einen so mächtigen Schrei aus gegen den Turm, dass der sogleich barst und auseinanderfiel. Der König kam gerettet heraus und zog mit Wila nach Hause. Da liefen alle Leute des Königs vom Hofe fort, als sie den tausendfleckigen Diener ihres Herrn sahen.

Der König erzählte, was ihm alles begegnet sei, wie ihn Wila gerettet und wie er ihm dafür versprochen habe, seine Mutter zum Weib zu nehmen, obgleich sie noch tausendmal hässlicher sei als jener. Da entsetzten sich die Seinigen, vor allem seine Mutter, denn sie ahnte nichts Gutes. Sie suchten den König zu überreden, er solle Wila insgeheim umbringen lassen, so werde er seines Versprechens ledig. Aber der König sprach zornig: »Was ich versprochen habe, ist versprochen, und das will ich halten; es sei ferne von mir, dass ich so große Untreue üben sollte!« und ließ nun Anstalten machen und das Fest bereiten; dann zog er mit Wila fort, um seine Braut zu holen. Wie sie nun durch den Wald an die Höhle kamen, schob Wila das Felsstück fort. Der König aber zitterte im Voraus vor der entsetzlichen Gestalt, die er bald sehen werde; er hielt beide Hände vors Gesicht; um nicht auf einmal die volle Hässlichkeit zu sehen, blickte er nur durch die Finger; aber was sah er nur einmal? Die schönste Frau auf Gottes Erdboden saß da in tiefer Trauer. Er nahm die Hände vom Gesicht: »Ist es möglich! Weib, mein liebes Weib!« und sank in ihren Schoß. Nachdem sie sich beide vom Wiedersehen erholt hatten, sagte die Frau: »Siehe, das ist dein Sohn!«, und erzählte nun dem König die ganze Geschichte, wie es gekommen, dass er tausenderlei Blutflecken am Leib und im Gesicht habe und wie an allem die Mutter des Königs schuld sei. »Sie soll die wohlverdiente Strafe empfangen!«, rief der König außer sich vor Zorn, »wohlan! Ziehen wir nach Hause.«

Als sie nun daheim anlangten, da hielten viele die Hände vors Gesicht, andere hatten sich versteckt, um die hässliche Braut nicht zu sehen; nur die alte Königin sah durch die Finger, und wie sie die schöne Frau erblickte, so erkannte sie dieselbe gleich. »Huhu!«, rief sie voll Entsetzen und schlug gleich die Augen zu und sank zu Boden. Die Leute glaubten, die Alte habe sich vor der Hässlichkeit der Königsbraut so entsetzt, taten die Augen auf, um ihr beizustehen; da erblickten sie die große Schönheit ihrer neuen Herrin und freuten sich sehr.

Der König aber ließ seine Mutter ergreifen, und das Gericht erkannte über sie, man solle sie in einen Turm vermauern, und das Urteil wurde auch gleich vollzogen, und sie musste dort den Hungertod sterben.

Nun aber ließ der König seine Weisen zusammenkommen und fragte sie, ob es keine Mittel gebe, die Blutflecken vom Leibe des starken Wila zu tilgen. »Das ist wohl möglich«, sprachen sie, »wenn alle Tiere, von denen das Blut herrührt, die Blutmale ablecken!« Da musste der Jäger, der die Tropfen ohne zu wissen wozu, der alten Königin herbeigeschafft hatte, die tausenderlei Tiere fangen, und als diese den starken Wila geleckt hatten, war er nicht nur der stärkste, sondern auch der schönste Königssohn, und sein Name wurde berühmt in allen Landen.

21. Der Knabe und die Schlange

Es war einmal eine arme, arme Frau, die hatte einen Knaben und suchte durch Spinnen so viel zu verdienen, dass sie leben konnten; was sie aber zu Hause spann, das trug der Knabe zum Verkauf. Einmal hatte er einen ganzen Groschen eingelöst und kam fröhlich nach Hause; da sah er, wie böse Knaben eine junge Schlange quälten. Er erbarmte sich der Armen und sprach: »Gebt ihr mir das Tier um einen Groschen?« Das waren die zufrieden. Da nahm der Knabe die Schlange und trug sie nach Hause und sprach: »Siehe, Mutter, was ich für den Erlös gekauft habe!« Die Mutter aber schüttelte das Haupt und sprach: »O du törichter Mensch, wie hast du um das giftige Tier einen Groschen geben können!« – »Lasse es nur gut sein, Mutter, die wird mir gewisslich einmal danken!« Er pflegte sie nun sehr gut und gab ihr von allem, was er aß und trank, und sie wuchs allmählich zu einer mächtigen Schlange heran. Als sie nun groß genug und ausgewachsen war, sprach sie eines Tages zum Knaben: »Wisse, ich bin die einzige Tochter des großen Schlangenkönigs; sitze nun auf meinen Rücken; ich will in meine Heimat ziehen und dich mitnehmen, und mein Vater wird dir's vergelten, was du an mir getan hast!« Der Knabe setzte sich auf die Schlange, und in kurzer Zeit waren sie weit, weit weg in einem großen Wald. Da sprach die Schlange: »Krieche hier auf den höchsten Baum!« Kaum war es geschehen, so pfiff sie dreimal so gewaltig, dass der scharfe Ton den Knaben durchging, als sei er mit einer langen Nadel durchstochen worden. Nur einmal wimmelten und krümmelten von allen Seiten eine Menge Schlangen herzu und waren froh, dass die verlorene Königstochter wieder da war, und sie schmiegten und neigten sich vor ihr.

Endlich kam auch ihr Vater, der Schlangenkönig; er war größer als die andern Schlangen und hatte eine Krone auf, daraus strahlte ein großer Karfunkelstein. Er aber freute sich sehr, als er seine Tochter sah; sie musste ihm ihr Schicksal erzählen, wie sie von bösen Knaben gefangen und gequält, endlich von einem guten Jungen gekauft und dann gut gepflegt worden wäre. Da fragte der König, wo der gute Junge zu finden sei; er möchte ihm die Wohltat vergelten. »Wenn du mir versprichst, dass du ihm nichts Übles zufügen und ihm das schenken willst, was er sich wünscht, so will ich ihn herbeiholen!« – »Ja, das soll geschehen!« sprach der Schlangenkönig. Da rief die Schlange den Knaben vom Baume herunter. Dieser kam voll Furcht; denn die Schlangen züngelten und zischelten von allen Seiten nach ihm; aber sie durften ihm nichts tun! »Nun«, sprach der Schlangenkönig, »wünsche dir etwas, Junge, weil du so gut für meine Tochter gesorgt hast!« Diese hatte aber dem Knaben auf der Herreise gesagt, er solle nur das weiße Sonnenross ihres Vaters mit den acht Füßen verlangen und den Karfunkelstein aus der Krone. So tat er jetzt. Aber der Schlangenkönig wollte nicht und sprach: »Ich gebe dir jedes andre von meinen Pferden und große Schätze dazu; nur mein weißes Sonnenross und den Karfunkelstein kann ich dir nicht geben!« Doch der Knabe beharrte auf seinem Verlangen. Da wurde der Schlangenkönig zornig: »Lieber will ich dich gleich verschlingen, als dass ich mein kostbarstes Gut dir geben sollte!« Und wie er's gesagt, war der Junge auch schon verschluckt in seinem Bauche. Nun aber fing die junge Königsschlange an zu jammern und zu klagen: »Wehe mir, wäre ich doch lieber nie mehr gekommen, um nicht zu sehen, wie undankbar mein Vater ist und wie er sein Wort nicht hält!« Als dies der Alte hörte und seine Tochter nicht trösten konnte, so spie er nur einmal den Jungen wieder aus. Aber der sah jetzt nicht mehr aus wie ein armer Junge, sondern er war groß und schön wie ein Königssohn. Der Schlangenkönig brach den Karfunkelstein aus seiner Krone, gab ihn dem Knaben und sprach: »Du sollst auch mein Ross gleich haben!« und ließ das weiße Sonnenross herbeiführen, setzte den Jungen darauf und sprach: »Reite nun in die Welt, und wenn du etwas Schweres zu verrichten hast, sage es nur deinem Ross, das wird dir immer durchhelfen; wenn es aber Nacht ist, so nimm nur den Karfunkel hervor und füge ihn dem Ross an die Stirne, so wirst du vor dir immer Tag haben!«

Damit ritt der Junge fort, und bald waren sie aus dem Schlangenreiche hinaus; denn das Ross lief schneller als der Morgenwind und sprang immer von einer Bergspitze zur ändern. Er hatte aber immerfort Tag; denn wenn die Nacht herankam, nahm er den Karfunkelstein hervor, und der strahlte wie die Sonne. Er kam endlich in ein Land, wo ein reicher und stolzer König herrschte. Eben ward es Tag; da verbarg er den Karfunkelstein und zog an den Hof und sprach, er möchte dem König dienen, wenn er sein Ross auch in dem königlichen Stall halten dürfe. Das gewährte man ihm gern. Der König aber war ein großer Jäger und war alle Tage auf der Jagd; wer nun von seinen Dienern das meiste Wild erlegte, der war ihm der liebste. In kurzer Zeit war das der junge Knecht; denn wenn er auf seinem weißen Sonnenross jagte, so konnte ihm kein Wild, weder Hirsch, noch Wolf, noch Bär und Eber, entgehen. Der König nahm nun den anderen Knechten von ihrem Lohn und gab alles seinem Liebling. Das wurmte diese, und sie gingen darauf aus, ihn zu verderben. Es war aber am Ende einer Wüste in hohem Schilfrohr eine wilde Kram (Sau) mit goldnen Borsten und hatte zwölf Ferkel. Schon viele, die sie hatten erjagen wollen, waren elendiglich umgekommen. Der König wusste auch davon und hätte die Kram wohl gerne gehabt; doch wagte er selbst nicht, sie zu erjagen. Nun kamen die falschen und neidischen Knechte vor den König und sprachen: »Herr, dein Knecht hat sich gerühmt, es sei ihm ein Leichtes, die wilde Kram mit den goldnen Borsten samt ihren zwölf Ferkeln zu fangen!« Da ließ ihn der König sogleich vor sich rufen und sagte ihm, was er gehört hätte; allein der Knecht beteuerte, er wisse nichts davon. Der König aber ließ sich nicht abbringen und sprach: »Wenn morgen früh die Kram mit den goldnen Borsten samt ihren zwölf Ferkeln nicht in meinem Schlosshof herumläuft, so lasse ich dir das Haupt abschlagen!« Da ward der Junge sehr traurig, ging in den Stall und klagte seinem Ross. »Fasse nur Mut!« sprach dieses, »ich will dir dazu verhelfen; gehe gleich zum König und verlange von ihm einen großen langen Sack auf zwanzig Kübel und lasse denselben inwendig mit Pech bestreichen.«

Als das geschehen war, nahm der Knabe den Sack und setzte sich auf sein Ross, und das trug ihn über die Sandwüste zum Schilfe; hier stellte er, wie sein Ross ihm gesagt, den Sack offen hin, stand selbst daneben, und das Pferd fing an zu wiehern. Da knisterte und regte sich nur einmal das Schilfrohr. Als die Kram aus der Ferne das Ross und den Reiter erblickte, stand sie ein wenig stille, machte wilde Augen, und indem sie fürchterlich schnaubte, ro! ro! rannte sie wie der Blitz auf jene los. In der blinden Wut aber sah sie nichts und lief gerade in den Sack hinein, und die Ferkel folgten ihr gleich nach. Der Junge band den Sack schnell zu und legte ihn auf das Ross und ritt heim. Im Burghof band er den Sack auf, und die Kram mit ihren Ferkeln lief heraus und rannte hin und her, aber sie konnte die eisernen Burgtore nicht durchsprengen. Als am Morgen der König erwachte, sah er den gewaltigen Glanz an den Schlossfenstern und hörte auch das fürchterliche Grunzen; da hatte er große Freude, als er die Kram mit den Goldborsten und ihren zwölf Ferkeln sah, und sein Knecht war ihm um so lieber, und er musste mit ihm an einem Tische essen. Allein das verdross die andern Knechte nun noch mehr; sie ersannen einen neuen Plan, ihn zu verderben; sie kamen zum König und sprachen: »Dein Knecht hat sich gerühmt, es sei ihm ein Leichtes, dir die schöne Königstochter mit den goldnen Zöpfen zu verschaffen.« Diese aber wohnte weit überm Meer; ihre Schönheit hatte schon viele stolze Freier hingelockt; doch hatte sie alle fortgewiesen, denn sie wollte immer ohne Gemahl bleiben. Der König ließ seinen Knecht sogleich vor sich rufen und sagte ihm, was er gehört hatte. Der beteuerte zwar, er wisse nichts davon; doch der König bestand darauf: »Wenn sie in drei Tagen nicht hier zur Stelle ist, so lasse ich dir das Haupt abschlagen!« Nun ward der Junge abermals traurig, ging in den Stall und klagte seinem Ross. Dieses tröstete ihn und sprach: »Ich will dir dazu verhelfen; gehe nur zum König und sage ihm: Er solle ein Schiff bauen lassen und das Schönste und Beste, was er habe, hineinlegen.« Das geschah; viele Kostbarkeiten wurden ins Schiff gebracht ; aber das Schönste war ein Bett, desgleichen man noch nie gesehen hatte. Der Knabe nahm sein Ross aufs Schiff und zog ab.

Als er an dem Lande der schönen Königstochter angekommen war, schiffte er in die Nähe des Palastes und öffnete das Schiff nach allen Seiten und fügte den Karfunkelstein an die Seite, dass es strahlte und man die schönen Sachen weithin sehen konnte. Die schöne Königstochter trat auch an das Schlossfenster und sah die Pracht; sie schickte gleich ihre Mägde hin, die sollten das Kostbarste und vor allem das Bett mit dem Karfunkelstein kaufen. Aber der Junge war von seinem Ross schon belehrt worden und ließ sagen, das Bett sei sehr groß und könne sehr schwer hin- und hergetragen werden, die Königin möge selbst kommen und erst versuchen, ob es für sie gut sei; dann möge sie auch die anderen

Sachen im Schiffe ansehen, vielleicht gefalle ihr mehreres. Die Königin erschien sofort in ihrer glänzendsten Kleidung auf dem Schiff, sah die vielen Sachen, legte sich zuletzt auf das schöne Bett, um es zu versuchen; es war aber gerade gut. Wie sie nun vieles gekauft hatte und heimkehren wollte, sah sie nur einmal, dass sie weit weg war vom Lande. Während sie nämlich die schönen Sachen angesehen, hatte man das Schiff ganz sanft vom Lande gestoßen, und ohne dass sie es gemerkt, war sie immer weiter fortgeführt worden. Da ward sie zornig und sprach: Das sei Verrat und sie wolle sich schon rächen. Der Junge sagte: Sie möge nicht böse sein, denn sie würde die Gemahlin eines großen Königs werden. »Das wird nie und nimmer geschehen!«, rief sie trotzig. Als sie an den Hof anlangten, eilte ihnen der König entgegen und war von ihrer Schönheit über die Maßen entzückt, dass er zu seinem Knecht sprach: »O das kann ich dir nicht genug vergelten!« Er bot der Königsjungfrau sogleich seine Hand an. Diese aber erwiderte mit finsterm Blick: Nein, nie und nimmermehr wolle sie das tun, bis er nicht ihre Stuten samt dem Fohlenhengst hergebracht habe. Sie gedachte sich aber dadurch freizumachen, denn sie wollte keinen Gemahl, und sie glaubte, das werde der König nicht bewerkstelligen können. Die Stuten waren auf einer großen unterseeischen Wiese, allein von einem Fohlenhengst bewacht, der Feuer schnaubte und so stark war, dass man glaubte, es gebe nichts Stärkeres, das ihn bewältigen könne.

Da ging der König zu seinem Knechte und sprach: »Hast du mir die Königsjungfrau gebracht, so musst du mir auch ihre Stuten samt dem Fohlenhengst bringen!« Der Knecht bat und entschuldigte sich, das werde nicht gehen; aber der König sprach: »Geschieht es bis morgen um diese Zeit nicht, so hast du dein Haupt verloren!« Da fing der Knecht an zu klagen, das sei doch großer Undank für so treue Dienste und erzählte es seinem Ross. »Gehe gleich zum König!« tröstete ihn dieses, »und lasse mir einen Mantel aus sieben Büffelhäuten machen.« Als das geschehen war, ritt der Knabe an das Ufer der See und ließ, so wie ihm sein Ross sagte, eine große Erdhöhle graben, sodass er sich und sein Ross darin wohl verbergen könnte. Dann fing das weiße Sonnenross laut an zu wiehern und lief darauf mit dem Jungen in die Höhle. Als der Fohlenhengst das Gewieher hörte, spitzte er die Ohren, glaubte Gefahr zu merken und lief im Sturm nach der Richtung, woher das Wiehern gekommen war; allein als er am Ufer anlangte und hier nichts sah, eilte er zurück. Nun wieherte das Sonnenross zum zweiten Mal und versteckte sich gleich wieder. Der Fohlenhengst kam abermals im Sturm herangelaufen, sah sich um, und wie er nichts merkte, kehrte er um. Jetzt wieherte das Sonnenross zum dritten Mal und blieb nun auf der Stelle stehen und erwartete mit Kampfbegier den Fohlenhengst. Der stürmte feuerschnaubend heran und fiel über das Sonnenross, und beide bissen sich nun so, dass das Blut in Strömen floss, aber keines gab nach; der Meerhengst war zwar noch immer trotzig und biss dem Sonnenross allmählich alle sieben Büffelhäute durch, aber da war er auch von der großen Anstrengung des Kampfes und dem dreimaligen Laufe ganz müde; das Sonnenross hatte aber noch seine eigenen Kräfte ganz und biss den Fohlenhengst noch einmal so, dass er niederfiel und sich ergab. Da kam der Junge herbei und legte ihm den Zaum an, und jetzt ging er geduldig neben dem Sonnenross, und alle Stuten folgten von selbst ihrem Hüter.

Als sie an den Hof gelangten, freute sich der König sehr und sprach zum Knaben: »Jetzt will ich nichts mehr von dir verlangen!« und kam zur Königsjungfrau und sagte: »Die Stuten und der Hengst sind im Hof, nun wirst du wohl nicht länger zaudern und meine Gemahlin werden!« Aber sie sprach wieder trotzig: »Noch nicht; erst melke die Stuten und bade in der siedenden Milch, dass du so weiß wirst, wie ich bin!« Sie hoffte aber, das werde er nicht können. Da kam der König nochmals zu seinem Knecht und sprach: »Höre, du musst mir noch die Stuten melken!« – »O König, habe ich nicht genug für dich getan und hast du mich nicht selbst freigesprochen?« – »Was ich dir befehle, musst du tun; geschieht es nicht, so lasse ich dir das Haupt abschlagen!« Da ging der Knecht traurig in den Stall und klagte seinem Ross; das tröstete ihn und sprach: »Führe mich nur gleich in den Hof.« Als das geschehen war, so blies es einmal aus seinem linken Nasenloch, und es wurde gleich so frostig kalt, dass alle Stuten und der Fohlenhengst im Kot, in dem sie standen, gleich einfroren; so ließen sich alle leicht melken. Nun wurde die Milch in einen großen Kessel geschüttet und zum Sieden gebracht. Als sie hoch aufbrodelte. Rief die stolze Königsjungfrau: »Nun, König, jetzt steige hinein und bade.« Da fürchtete er aber, er werde sogleich in dem siedenden Qualm ersticken. Er ließ wieder seinen Knecht herkommen und sprach: »Gleich steige hinein und bade da, dass ich sehe, wie es ist!« Da war es dem Jungen nicht recht, und er sagte: »O König, du verlangst Unbilliges von mir, stehe ab!« Da drohte der König: »Tust du es nicht, so lasse ich dir das Haupt abschlagen!«

Nun ging der Junge traurig in den Stall und klagte es seinem Ross. »Führe mich nur zum Kessel, dann fürchte dich nicht und steige nur getrost hinein.« So tat der Junge. Als er sich nun entkleidet hatte und hineinstieg, blies das Ross aus dem linken Nasenloch so viel Frost hinein, dass die Milch lauwarm wurde. »O wie prächtig ist es!«, rief der Junge und wurde zusehends weiß, dass es eine Herrlichkeit war, ihn anzusehen.

Da rief der König: »Heraus, schnell!« denn er fürchtete, der Knecht werde zu schön werden, und sprang darauf selbst hinein. Kaum war aber der Junge heraus, so blies das Sonnenross aus dem rechten Nasenloch solche Glut in den Kessel, dass die Milch gleich wieder aufbrodelte und der König im Nu darin verschwand und zerkocht war, dass man gar nichts von ihm als die weißen Knochen fand. Jetzt trat der Junge vor die stolze Königsjungfrau und sprach: »Ich bin der Mann, dem das Sonnenross gehört und der Karfunkelstein, der die Kram mit den Goldborsten samt ihren zwölf Ferkeln eingefangen, der dich hierhergebracht und die Stuten gemolken und in der siedenden Milch gebadet hat, willst du mich zum Gemahl?« Er war aber jetzt so schön, so sieghaft und gewaltig von Gestalt, dass die stolze Königsjungfrau in Liebe erglühte und ausrief: »Ja, dich und keinen andern will ich haben!« So ward der junge Gemahl der schönen Königsjungfrau mit den goldnen Zöpfen und war jetzt auch Herr und König des Reiches, das sein undankbarer Gebieter besessen hatte. Die falschen Diener aber, welche die gerechte Strafe fürchteten, waren bei Zeit geflohen. Was mit dem Sonnenross, dem Fohlenhengst und den Stuten weiter geschehen, weiß niemand zu sagen; aber der junge König und die schöne Königin lebten noch lange glücklich und leben bis auf den heutigen Tag, wenn sie nicht gestorben sind.

22. Die Königstochter in der Flammenburg

Es war einmal ein armer Mann, der hatte so viele Kinder, als Löcher sind in einem Sieb, und hatte alle Leute in seinem Dorfe schon zu Gevatter gehabt; als ihm nun wieder ein Söhnlein geboren wurde, setzte er sich an die Landstraße, um den ersten besten zu Gevatter zu bitten. Da kam ein alter Mann in einem grauen Mantel die Straße, den bat er, und dieser nahm den Antrag willig an, ging mit und half den Knaben taufen. Der alte Mann aber schenkte dem Armen eine Kuh mit einem Kalb; das war an demselben Tage, an welchem der Knabe geboren, zur Welt gekommen und hatte vorn an der Stirne einen goldnen Stern und sollte dem Kleinen gehören. Als der Knabe größer war, ging er mit seinem Rind, das war nun ein großer Stier geworden, jeden Tag auf die Weide. Der Stier aber konnte sprechen, und wenn sie auf dem Berg angekommen waren, sagte er zum Knaben: »Bleibe du hier und schlafe, indes will ich mir schon meine Weide suchen!« Sowie der Knabe schlief, rannte der Stier wie der Blitz fort und kam auf die große Himmelswiese und fraß hier goldne Sternblumen. Als die Sonne unterging, eilte er zurück und weckte den Knaben, und dann gingen sie nach Hause. Also geschah es jeden Tag, bis der Knabe zwanzig Jahre alt war. Da sprach der Stier eines Tages zu ihm: »Jetzt sitze mir zwischen die Hörner, und ich trage dich zum König; dann verlange von ihm ein sieben Ellen langes eisernes Schwert und sage, du wollest seine Tochter erlösen.«

Bald waren sie an der Königsburg; der Knabe stieg ab und ging vor den König und sagte, warum er gekommen sei. Der gab gern das verlangte Schwert dem Hirtenknaben; aber er hatte keine große Hoffnung, seine Tochter wiederzusehen, denn schon viele kühne Jünglinge hatten es vergeblich gewagt, sie zu befreien. Es hatte sie nämlich ein zwölfhäuptiger Drache entführt, und dieser wohnte weit weg, wohin niemand gelangen konnte; denn erstens war auf dem Wege dahin ein hohes unübersteigliches Gebirge, zweitens ein weites und stürmisches Meer und drittens wohnte der Drache in einer Flammenburg. Wenn es nun auch jemandem gelungen wäre, über das Gebirg und das Meer zu kommen, so hätte er doch durch die mächtigen Flammen nicht hindurchdringen können, und wäre er glücklich durchgedrungen, so hätte ihn der Drache umgebracht.

Als der Knabe das Schwert hatte, setzte er sich dem Stier zwischen die Homer, und im Nu waren sie vor dem großen Gebirgswall. »Da können wir wieder umkehren«, sagte er zum Stier, denn er hielt es für unmöglich, hinüberzukommen. Der Stier aber sprach: »Warte nur einen Augenblick!« und setzte den Knaben zu Boden. Kaum war das geschehen, so nahm er einen Anlauf und schob mit seinen gewaltigen Hörnern das ganze Gebirge auf die Seite, also, dass sie weiterziehen konnten.

Nun setzte der Stier den Knaben sich wieder zwischen die Hörner, und bald waren sie am Meere angelangt. »Jetzt können wir umkehren!« sprach der Knabe, »denn da kann niemand hinüber!« – »Warte nur einen Augenblick!« sprach der Stier, »und halte dich an meinen Hörnern.« Da neigte er den Kopf zum Wasser und soff und soff das ganze Meer auf, also dass sie trocknen Fußes wie auf einer Wiese weiterzogen. Nun waren sie bald an der Flammenburg. Aber da kam ihnen schon von Weitem solche Glut entgegen, dass der Knabe es nicht mehr aushalten konnte. »Halte ein!«, rief er dem Stiere zu, »nicht weiter, sonst müssen wir verbrennen.« Der Stier aber lief ganz nahe und goss auf einmal das Meer, das er getrunken hatte, in die Flammen, also dass sie gleich verlöschten und einen mächtigen Qualm erregten, von dem der ganze Himmel mit Wolken bedeckt wurde. Aber nun stürzte aus dem fürchterlichen Dampfe der zwölfhäuptige Drache voll Wut hervor. »Nun ist es an dir!« sprach der Stier zum Knaben, »siehe zu, dass du auf einmal dem Ungeheuer alle Häupter abschlägst!« Der nahm alle seine Kraft zusammen, fasste in beide Hände das gewaltige Schwert und versetzte dem Ungeheuer einen so geschwinden Schlag, dass alle Häupter herunterflogen. Aber nun schlug und ringelte sich das Tier auf der Erde, dass sie erzitterte. Der Stier aber nahm den Drachenrumpf auf seine Homer und schleuderte ihn nach den Wolken, also, dass keine Spur mehr von ihm zu sehen war. Dann sprach er zum Knaben: »Mein Dienst ist nun zu Ende. Gehe jetzt ins Schloss, da findest du die Königstochter und führe sie heim zu ihrem Vater!« Damit rannte er fort auf die Himmelswiese, und der Knabe sah ihn nicht wieder. Der Junge aber fand die Königstochter drinnen, und sie freute sich sehr, dass sie von dem garstigen Drachen erlöst war. Sie fuhren nun zu ihrem Vater, hielten Hochzeit, und es war große Freude im ganzen Königreiche.

23. Der Hünentöter

Es war einmal ein reicher Kaufmann, der hatte drei Söhne; jedem baute er ein großes steinernes Haus, und als er sterben sollte, rief er sie an sein Bett und sagte: »Ich habe viele Sünden, wenn ihr aber nach meinem Tode mit eurer Mutter eine Wallfahrt zur heiligen Waldkapelle im Morgenlande machet, so hoffe ich, Vergebung zu erlangen.« Die Söhne gelobten, das zu tun. Nachdem aber der Vater begraben worden, vergaßen sie und ihre Mutter lange darauf. Nur einmal hörten sie in einer Nacht ein großes Gerumpel im Hause; das wiederholte sich in der folgenden Nacht. In der dritten kam ein Priester und betete den Geist hinaus; allein der Priester sagte, wenn sie die gelobte Wallfahrt am folgenden Tag nicht anträten, so würde der Geist immer wieder erscheinen. Da machten sich die drei Brüder mit ihrer Mutter auf den Weg, und jeder nahm eine Windbüchse mit. Abends schliefen sie in einem Walde; sie hielten aber abwechselnd Wache, damit nicht Räuber oder wilde Tiere sie überfallen könnten. Zuerst wachte der Älteste, dann der Mittlere, und von elf bis ein Uhr sollte der Jüngste Wache halten. Aber er galt unter seinen Brüdern als ein Dummian, und sie sprachen untereinander: »Wir wollen ruhig schlafen, der kann auch bis zum Morgen Wache stehen!«

Sie hatten aber ein großes Feuer gemacht; das schürte der Junge an und stellte sich darauf weit weg. Nur einmal kam ein fürchterlicher Löwe und gerade auf den Jungen los. Er nahm seine Windbüchse, und wie der Löwe nahe war, schoss er ihn nieder; man hörte nur einmal: Puck! Und der Löwe war tot. Seine Mutter und seine Brüder schliefen fest. Der Junge nahm sein Messer, schnitt dem Löwen eine Pfote ab, steckte sie ein, schleppte ihn auf die Seite und bedeckte ihn mit Blättern. Er stellte sich wieder an seinen Platz; da kam ein wilder Bär und geradezu auf ihn.

»Der ist gefährlich!«, dachte er, »du musst einen sichern Schuss haben!« ließ ihn ganz herankommen; da erst drückte er los; man hörte nur einmal: Puck! Und der Bär plumpste tot nieder. Er schnitt ihm auch eine Pfote ab und schleppte ihn zum toten Löwen und bedeckte ihn mit Blättern. Kaum war das geschehen, so stürmte ein Wolf herbei mit flammenden Augen und aufgesperrtem, grimmigem Rachen. »Der ist noch gefährlicher«, sprach der Junge bei sich; »jetzt musst du dich zusammennehmen!« Er ließ ihn ganz nahe kommen, bis der Lauf dem Wolf in den Rachen ging, schoss ihn glücklich nieder, schnitt eine Pfote ab, steckte sie ein und schleppte den Wolf zum Löwen und Bären und bedeckte ihn mit Blättern. Nun kam nichts weiter, und alles war ruhig.

Da dachte er, er wolle doch sehen, ob in der Umgegend kein Haus zu entdecken sei, stieg auf den höchsten Baum und sah in der Ferne ein großes Feuer. Er warf seine Mütze nach der Richtung, stieg hinunter und ging dem Feuer zu. Dort sah er zu seinem Schrecken drei mächtige Hünen, welche einen Ochsen am Spieß brieten. Er kroch schnell auf einen nahen Baum, dass sie ihn nicht bemerkten, und sah zu. Nur einmal nahmen sie den Ochsen vom Feuer und zerrissen ihn in Stücke. Ein Hüne wollte gerade einen Schenkel zum Munde führen, da plagte den Jungen der Mutwille; er nahm seine Windbüchse, zielte und schoss ihm den Schenkel vom Mund fort. »Was bläst du so«, rief er seinem Nachbarn zu, »dass mir der Bissen entfällt?« – »Ich habe nicht geblasen!« sprach dieser und wollte eben ein Schaff (Zuber), das sie als Becher gebrauchten, mit Wein zum Munde führen; da schoss der Junge wieder, dass das Schaff sprang und der Wein dem Hünen in den Bart und zur Erde floss. Der dritte Hüne lag auf dem Boden, und als er das sah, musste er lachen. »Aha, du hast geblasen und gestoßen!«, riefen die zwei andern und wollten über ihn herfallen; nur einmal, Puck! War dem dritten Hünen, wie er den Mund wieder öffnete und lachte, ein Zahn herausgeschossen. »Wer hat mit einem Steinchen mich geworfen?«, rief er und brüllte vor Schmerz. Da sahen sie ein, es gehe nicht mit rechten Dingen zu und sprachen: »Es muss ein Erdwurm in der Nähe sein«, und fingen an zu suchen und zu schnuppern. Von dem heftigen Atmen der Hünen rauschten die Blätter, und der Junge fing an zu zittern. Endlich sah ihn einer, wie er oben in einem Zweige saß. »Aha! Haben wir dich, du loser Vogel! Gleich herunter mit dir!« Der Knabe wollte anfangs nicht; da rief einer von den Hünen: »Wenn du nicht gleich kommst, reiße ich den Baum aus und werfe dich mitsamt aufs Feuer.« Nun dachte der Junge, sterben müsse er ohnehin, er wolle es mit gutem versuchen, und kletterte hinunter. Als ihn der Hüne erreichen konnte, packte er ihn am »Hosentoppert«

mit zwei Fingern, um ihn nicht zu zerdrücken, brachte ihn zum Feuer und stellte ihn ins Licht. »Hast du auf uns geworfen, du kleiner Wicht? Sage es nur; es soll dir nichts geschehen!« Da sagte der Junge, er habe da ein Blaserohr und mit dem habe er es versucht. »Du kannst verwünscht gut treffen; das ist aber prächtig; wir haben schon lange auf so einen gewartet. Du sollst gleich deine Kunst wieder versuchen. Wir gehen zur königlichen Burg, um die Königstochter zu stehlen; bekommen wir die, so brauchen wir nichts mehr; denn alle Reichtümer stehen uns dann zu Gebot. In der nächsten Stunde von zwölf bis ein Uhr schläft alles im Schlosse; nur ein weißes Hündlein geht um die Mauer und wacht. Dieses war allein schuld daran, dass wir bisher nicht hinein konnten; denn waren wir an der Mauer, so bellte es, und gleich erwachte alles im Schlosse, du sollst nun das Hündlein schießen!«

Damit machten sie sich auf den Weg. Allein die Hünen hatten nur zwei, drei Schritte getan, so hatten sie den Kleinen auch schon aus dem Gesicht verloren; er lief zwar in einem fort neben ihnen her, und doch konnte er nicht nachkommen. Da kehrte einer der Hünen um, setzte ihn vom auf seinen Hut, und jetzt taten sie noch einige Schritte, so sahen sie die Burg, und es ging das weiße Hündlein wieder auf der Mauer herum. Da setzte der Hüne den Kleinen nieder und sprach: »Krieche du näher, du bist ja nur wie ein Käfer; dich wird es nicht sehen, und schieß' es zusammen.« Der Knabe schlich bis auf Schussweite vorwärts, setzte an und Puck! Lag das Hündlein im Graben. Nun schritten die Hünen herbei, durchbohrten die Mauer und schickten den Kleinen durch das Loch in die Burg. Durch die beiden ersten Zimmer, sagten sie, solle er nur hindurchgehen; in dem dritten liege die Prinzessin im Bett und schlafe; er solle sie nehmen und ihnen bringen. Der Junge kroch durch das Loch und kam in den Burghof; alle Wächter schliefen; er ging durch die beiden Zimmer; auch da schlief im ersten der König und im zweiten die Königin. Im dritten aber lag die Königstochter in einem seidnen Bett und war schön wie ein Bild, dass er sich nicht sattsehen konnte. Da erblickte er an der Wand ein Schwert und eine Flasche und darunter stand geschrieben: »Wer dreimal aus mir trinkt, kann das Schwert schwingen und damit alles erhauen!« – »Ah«, dachte er gleich, »damit kannst du dir die Hünen vom Halse scharfen!« Er versuchte das Schwert herunterzulangen; doch es rührte sich nicht. Er trank einmal; da nahm er's herunter, aber es entsank ihm aus der Hand; er trank zum zweiten Mal, da konnte er's schon heben; er trank zum dritten Mal, da schwang er's in der Luft wie eine Feder. »Das ist alles gut!«, dachte er; »bevor du aber fortgehst, musst du ein wenig bei der schönen Prinzessin schlafen!« Er legte sich neben sie ins Bett und schlief. Wie er aber erwachte, sprang er schnell auf, nahm das Schwert und lief hinaus; denn es waren noch nur wenige Minuten bis zu der Zeit, wo alles im Schlosse erwachte.

Den Hünen war das Warten draußen schon zu lang geworden; sie hatten das Loch in der Mauer viel größer gemacht und wollten eben auch durchkriechen. »Kommst du einmal!«, riefen sie, als sie den Kiemen sahen. »Wie steht es?« – »Ihr müsst auch herein; ich kann sie allein nicht tragen; nur schnell.« Da zwängte sich der erste durch das Loch, und wie er ganz drinnen war, hieb ihm der Junge mit einem Schlag den Kopf ab; da kam der zweite, dem machte er's ebenso; es kam der dritte; es geschah ihm ein Gleiches. Dann nahm er von jedem Hünen die Zunge, steckte sie ein, wischte das Schwert, lief in das Zimmer und hing es an seiner Stelle auf, küsste noch einmal die schöne Prinzessin mit Heftigkeit auf die Stirne, streifte ihr einen Ring vom Finger und eilte damit fort. Kaum war er durchs Loch gekrochen, so schlug es vom Schlossturm eins, und nun fing allmählich alles an, zu erwachen. Ein Hauptmann ging aber zuerst um die Mauer; nur einmal sah er die drei großen Hünenleiber und die drei Häupter daneben. »Ha, ha!«, dachte er, »das ist vortrefflich!« Er ging gleich hin und machte sein Schwert blutig; dann ließ er Lärm schlagen, und gleich kam alles Volk zusammen, und auch der König eilte herbei. Da zeigte er die Hünen und sprach: »Nach langem Kampfe habe ich sie getötet!« Der König aber hatte versprochen, seine Tochter dem zur Gemahlin zu geben, welcher diese Ungeheuer umbringen würde; er freute sich sehr, dass man der Landplage nun einmal los geworden, und ging zu seiner Tochter und meldete ihr das frohe Ereignis. Sie aber fühlte noch auf ihrer Stirne den brennenden Kuss und hatte wie im Traume den jungen Helden gesehen, wie er neben ihr gelegen und das Schwert geschwungen hatte. Als sie jetzt den garstigen Hauptmann sah, der sich für den Hünentöter ausgab, so wusste sie, das sei nicht der Rechte; sie wollte aber ihrem Vater nicht Widerreden und sagte nur: ein Jahr solle er ihr noch erlauben ledig zu bleiben und ihr eine Bitte erfüllen; auf Jahr und Tag wolle sie dann mit ihrem Retter die Hochzeit feiern. Das gewährte ihr der König gern, und nun bat sie ihren Vater, er solle an die Landstraße ein Wirtshaus bauen und sie mit ihren Mägden allein dort wohnen lassen. Als das Haus fertig war, zog sie ein und ließ auf das Schild schreiben: niemand bekomme hier ein Unterkommen um Geld; wer aber seinen Lebenslauf erzähle, werde gut aufgenommen und reichlich mit Speise und Trank versehen! Da sprachen eine Menge Pilger ein, und jeder erzählte für die gute Bewirtung seine Lebensgeschichte.

Als der Junge aus dem Schlosse hinaus war, eilte er zu seinen Brüdern und zu seiner Mutter in den Wald. Sie schliefen aber noch immerfort, und er wachte, bis der Tag anbrach. Jetzt weckte er sie, doch kam es ihnen noch immer zu frühe vor. »Ihr habt über die Zeit geschlafen«, sprach der Junge; »ich habe mir das Leben ausgewacht.« – »Schweig du, Dummrian, was weißt du, wie es an der Zeit ist.« Nun standen sie endlich auf und gingen mit ihrer Mutter weiter; nach mancherlei Fährlichkeiten gelangten sie zur heiligen Waldkapelle im Morgenlande, verrichteten da ihr Gebet und kehrten dann wieder um und zogen heimwärts. Auf der Fahrt hatte der Junge mehrmals erzählt, was er in der Nacht, wie sie geschlafen, getan habe; allein seine Mutter und seine Brüder lachten ihn aus, verspotteten ihn jedes Mal und sprachen: »Du Hasenfuß hast ja wie ein Held geträumt!« Endlich kamen sie auf dem Rückweg auch an das Wirtshaus, wo die Königstochter wohnte. Das Jahr ging bald zu Ende, und sie hatte vor Kurzem einen schönen Knaben geboren. Da lasen die Brüder die Inschrift am Schild, und den Ältern und der Mutter kam das sonderbar vor, und sie sprachen: »Da gehen wir nicht hinein, wir haben ja Geld, was wollen wir unsere Lebensgeschichte erzählen.« Aber dem Jüngsten war das gerade recht, und er sagte, ja, in der Nähe sei kein anderes Wirtshaus und warum sollten sie denn ihren Lebenslauf nicht erzählen, man könne ja auch mitunter lügen!

Weil sie sich nun nicht anders helfen konnten, so gingen sie hinein; man gab ihnen zu essen und zu trinken, was und wie viel sie wünschten. Dann fingen sie an zu erzählen; zuerst die Mutter, darauf die beiden ältern Brüder. Das war alles gut und der Königstochter recht. Als es an den Jüngsten kam, sprach er, er wisse nicht, ob er erzählen solle, denn er müsse mitunter auch lügen. Die Mutter und die Brüder sprachen gleich: »Nein, nein, Dummrian darf nicht erzählen, der macht uns nur Schande mit seinen erträumten Lügen.« Aber die Königstochter bestand darauf, dass er erzählen solle. Er bat aber, man solle ihn nicht unterbrechen, bis er zu Ende erzählt habe. Nun fing er an, und bis in den Wald war seine Erzählung mit der seiner Mutter und seiner Brüder so ziemlich gleich; allein nun kam die Geschichte mit dem Löwen, dem Bären und dem Wolf. Da riefen seine Mutter und seine Brüder: »Nicht lüge, nicht lüge!« – »Nun ich unterbrochen bin«, rief er unwillig, »erzähle ich nicht weiter; ich sagte ja, ich würde mitunter auch lügen!« Die Königstochter bat ihn aber so sehr, dass er fortfuhr: »Meine Geschichte klingt freilich lügenhaft, aber hier sind dafür die Beweise.« Damit nahm er die Pfote von dem Löwen, Bären und Wolf heraus und zeigte sie. Der Königstochter klopfte das Herz, und sie dachte: »Aha, dieser ist es! Nur weiter, nur weiter!« Jetzt kam die Geschichte mit den drei Hünen, wie er sie am Feuer gesehen, wie sie den Ochsen am Spieß gebraten, wie er auf den höchsten Baum gestiegen und alle drei gefoppt habe, wie sie ihn heruntergeholt hätten und wie er dann mit ihnen vor das königliche Schloss gegangen sei, um ihnen die Königstochter stehlen zu helfen, wie er dass weiße Hündlein auf der Mauer totgeschossen, dann durch das Loch, welches die Hünen in die Mauer gemacht, hindurch gekrochen, ins Schloss und in die Zimmer gekommen sei. Im ersten Zimmer habe der König, im zweiten die Königin, im dritten die Königstochter geschlafen, und ein Schwelt sei an der Wand gehangen und eine Flasche, und unter dieser habe gestanden, wer dreimal daraus trinke, könne das Schwert schwingen und alles damit erhauen. Da habe er gleich an die plumpen und dummen Hünen gedacht, wie es doch jammerschade wäre, wenn sie die schöne Königstochter bekommen sollten. Er habe dann ein wenig neben der Königstochter geschlafen! »Er lügt, er lügt! Sagten wir's doch, er würde uns Schande machen!« riefen zugleich die Mutter und seine ältern Brüder. »Und es muss doch wahr sein!« sprach die Königstochter voller Freude, »o erzähle nur weiter?« Dann, erzählte er fort, sei er schnell aufgesprungen, habe das Schwert genommen und habe den drei Hünen im Hofe, wie sie einzeln durch das Mauerloch gekrochen wären, das Haupt abgeschlagen. »Oh, wie er wieder lügt!«, riefen seine Mutter und Brüder. »Nur weiter, nur weiter!«, rief die Königstochter, »bis zu Ende!« Dann habe er das Blut vom Schwerte gewischt, habe es an seine Stelle gehängt und habe zuletzt der Königstochter noch einen feurigen Kuss gegeben; dann sei er fort; eben habe es auf dem Schlossturm eins geschlagen, wie er hinaus gekommen. Dann sei er zurück in den Wald zu seinen Brüdern und zu seiner Mutter, die hätten noch geschlafen; am Morgen seien sie dann miteinander weitergezogen nach der heiligen Waldkapelle im Morgenlande, und jetzt sei er hier. Die Geschichte mit der Königstochter und den Hünen sei freilich auch sehr wunderbar, aber er habe dafür auch die Wahrzeichen. Damit langte er die Hünenzungen hervor und den goldnen Ring, den er der Königstochter beim Weggehen vom Finger gestreift hatte. Sie erkannte den Ring gleich und konnte sich nicht länger halten und sprach: »Du bist mein Retter und mein Mann, siehe hier dein Kind!« Die Mutter und die Brüder machten große Augen; sie mussten sich jetzt dareingeben und die Sache glauben. Die Königstochter hielt aber noch alles verborgen; sie zog zu ihrem Vater und sagte, sie wolle nun, da das Jahr vorüber sei, mit ihrem Retter Hochzeit halten. Der Hauptmann saß als Bräutigam an der Tafel und tat groß; die drei Brüder und ihre Mutter waren auch zugegen. Da bat die Königstochter den Hauptmann, er solle die Geschichte mit den Hünen erzählen. Dazu war er gleich bereit und fing an zu erzählen und log so viel zusammen, dass man in der Banner Pelzmühle, wo man die Lügen mahlt, in zehn Jahren nicht so viel zusammen mahlen kann. Da hatte er dieses und jenes getan und sehr viel Angst und Schweiß und Gefahr ausgestanden, bis er die drei Ungeheuer überwältigt hätte. Da sprach der Junge: „Womit könne er's beweisen, dass er die Hünen umgebracht habe." Da ließ der Hauptmann die Hünenhäupter hereinbringen. Der Junge aber sperrte die Mäuler auf und fragte, wo denn die Zungen seien. Da wusste der Hauptmann keinen rechten Bescheid, stockte und happerte und sprach: „Hünen hätten ja keine."

Der Junge aber langte die Zungen hervor, und sie passten genau. »Wer hat nun«, fragte der Junge, »die Hünen getötet, der welcher die Häupter, oder der, welcher die Zungen hat?« – »Der die Zungen hat!« riefen alle. Da wurde der Hauptmann ergriffen und für seinen bösen Betrug in ein Fass, das inwendig mit Nadeln besetzt war, hineingelegt und ins Meer gerollt.

Der Junge aber feierte jetzt die Hochzeit mit der schönen Königstochter und war glücklich und zufrieden. Seine Mutter und seine Brüder zogen heim und schämten sich, dass sie den Jüngsten für einen Dummrian gehalten und missachtet hatten; der aber ward bald König und blieb geehrt sein Leben lang.

24. Das Rosenmädchen

Eine Waldfrau hatte einen armen Waisenjungen, der sich verirrt hatte, mitleidig in ihr Haus genommen und pflegte ihn wie eine rechte Mutter. Als er groß war, sagte er eines Tages: »Mutter, ich muss fort, ich will das Rosenmädchen suchen!« – »Das ist weit, mein Sohn, und wenn du auch dahin gelangen solltest, so wirst du es dennoch schwer erwerben, denn es wird von einem Drachen bewacht!« Der Knabe ließ sich aber nicht länger halten; da gab ihm seine Mutter eine Schelle und sprach: »Wenn du etwas wünschest, so läute damit!« Nun ging er lange, lange fort und kam nur einmal zu einem großen Bienenschwarm und fragte die Bienenmutter, ob sie nicht wisse, wo das Rosenmädchen wohne. Das wisse sie nicht, sagte sie, aber sie könne es bald erfahren; und damit schickte sie alle Bienen aus, um Kundschaft einzuziehen. Sie kamen zurück und wussten keine Nachricht. Da zählte sie die Bienenmutter, und es fehlte eine. Endlich kam auch die; sie war auf dem Wege lahm geworden und brachte erwünschte Botschaft, denn sie war gerade bei dem Rosenmädchen gewesen. Da musste diese dem Knaben den Weg zeigen. Sie führte ihn über eine große, große Wiese, und sie kamen dann an einen Wald. Am Ende des Waldes wohnte das Rosenmädchen in einem großen Schloss. Der Knabe verdingte sich nun da als Gänsejunge und weidete immer in der Nähe des Garten. Hier sah er das Rosenmädchen jeden Tag, wie es unter den Blumen wandelte, und es war sehr schön.

Da hörte er, das Rosenmädchen fahre jeden Abend in die Stadt zum Ball. Als es Abend wurde, nahm er seine Schelle und läutete. Da stand vor ihm ein kupfernes Ross bereit, und daneben lag ein kupferner Mantel; sogleich legte er den Mantel um, setzte sich auf und zog in die Stadt. Auf dem Balle ging er stets mit dem Rosenmädchen, und das hatte seine Freude an dem schönen Jungen. Noch ehe der Ball aus war, machte er sich heimlich fort, setzte sich auf sein Ross und ritt heim.

Das Rosenmädchen erzählte seiner Mutter von dem schönen Jungen im kupfernen Mantel; dieser aber hütete schon wieder als armer Hirtenknabe die Gänse und blickte nur verstohlen in den Blumengarten. Den folgenden Abend zog das Rosenmädchen wieder zum Ball; der Hirtenjunge schellte abermals, und ein silbernes Ross stand gleich bereit, und ein silberner Mantel lag daneben. Er warf den Mantel um und zog in die Stadt auf den Ball; hier sprach er wieder die ganze Zeit mit dem Rosenmädchen, und das hatte seine Freude daran. Noch ehe der Ball aus war, eilte er hinaus, setzte sich auf sein Ross und flog fort. Am folgenden Morgen erzählte das Rosenmädchen abermals seiner Mutter von dem schönen Jungen, wie er jetzt mit einem silbernen Mantel bekleidet gewesen. Dieser aber hütete wieder die Gänse und blickte verstohlen in den Blumengarten. Die Mutter war begierig, den schönen Jungen kennenzulernen, und fragte ihre Tochter, ob sie ihn denn nicht gezeichnet hätte. Das Rosenmädchen sagte: »Nein!« – »So nimm denn zum nächsten Mal ein wenig Pech mit, und wenn er mit dir tanzt, so wickle es ihm ins Haar.« Am Abend fuhr das Rosenmädchen wieder auf den Ball und nahm Pech mit. Der Hirtenjunge holte seine Schelle hervor und läutete. Da stand ein goldnes Pferd bereit, und ein goldner Mantel lag daneben. Er hüllte sich schnell in den Mantel, schwang sich aufs Ross und war bald in der Stadt. Auf dem Ball ging er gleich wieder zum Rosenmädchen und tanzte mit ihm; da wickelte es ihm ein wenig Pech ins Haar.

Als der Ball zu Ende ging, eilte er hinaus, schwang sich auf sein Ross und war bald daheim. Am Morgen erzählte das Rosenmädchen wieder seiner Mutter von dem schönen Jungen, wie er jetzt in einen goldnen Mantel gehüllt gewesen und wie sie ihm während des Tanzes Pech ins Haar gewickelt habe. Der Gänsejunge sah wieder verstohlen durch die Gartenhecke. Wie er aber gegen Mittag nach Hause kam, sah das Mädchen ihn lange an und merkte, dass das Haar verstrauft war. »Du bist unser Retter!«, rief sie endlich voll Freude. »Das will ich gerne sein!«, rief der Junge. Die Mutter sprach: »Auf denn, dass wir entfliehen, noch schläft der Drache; erwacht er aber bald, so sind wir verloren!« Da ging der Hirtenjunge hinaus und schellte dreimal: Sogleich stand das kupferne, silberne und goldne Pferd bereit. Das Rosenmädchen setzte er auf das goldne und legte ihr den goldnen Mantel um, die Mutter auf das silberne und gab ihr den silbernen Mantel; er schwang sich auf das kupferne und hüllte sich in den kupfernen Mantel, und jetzt sprengten sie zusammen fort. Im Schlosse aber lag ein mächtiges Fass mit drei eisernen Reifen. Darin schlief der Drache seinen Jahresschlaf. Der war gerade zu Ende. Nur einmal sprang ein Reif, bald sprang der zweite und der dritte und krachte jedes Mal so gewaltig wie ein Donnerschlag. Jetzt rieb sich der Drache die Augen und sah um sich. »Wo ist mein Rosenmädchen?« Aber es antwortete niemand. Da sprang er auf und sah in allen Zimmern nach und im Garten, und es war niemand da; nun eilte er in den Stall, nahm seinen Fohlenhengst, schwang sich auf denselben und sprach: »Nun trage mich flugs zum Räuber hin!« Es dauerte nicht lange, so hatte er die Fliehenden erreicht. Sie waren gleich wie auf der Stelle gebannt und konnten nicht weiter. Da sprach der Drache: »Ich könnte dich, du kleiner Erdenwurm, zerschmettern, allein das brächte mir wenig Ruhm!« Da nahm er dem Knaben die Schelle, die drei Rosse, das goldne und silberne mit dem Rosenmädchen und seiner Mutter und zog zurück. Noch sah er einmal zurück und höhnte den Knaben: »Du könntest das Rosenmädchen wohl erlösen, wenn du ein Ross, wie ich, von meiner Mutter bekämest; allein das wird nie und nimmer geschehen!« Damit zog er heim und legte sich wieder in sein Fass zum Jahresschlaf, und die eisernen Ringe legten sich von selbst darum.

Das Rosenmädchen und seine Mutter waren nun wieder einsam; es pflegte am Tage die Blumen, und abends zog es nicht mehr auf den Ball, sondern dachte immer an seinen Retter. Der Knabe aber ging immerfort und suchte die Mutter des Drachen. Da sah er einen Raben, der hatte sich in ein Netz verstrickt; der bat den Knaben, er möge ihm heraushelfen, er werde ihm's einmal vergelten. Der Knabe machte ihn frei, und der Vogel flog fort. Wie er weiter kam, sah ihn ein Fuchs, der steckte in einer Falle und konnte nicht fortkommen. »Hilf mir!« sprach dieser, »ich will dir's vergelten!« Der Junge machte ihn frei, und der Fuchs lief in den Wald. Da kam der Knabe zum Meeresufer, und hier zappelte ein großer Fisch auf dem Trocknen. »Setze mich ins Wasser! Ich will dir's vergelten!« Der Knabe tat es, und bald sah er ein Häuschen im Wald; hier wohnte die Mutter des Drachen. Er ging hinein und fragte, ob sie ihn in den Dienst nehmen wolle. »Ei, jawohl, du sollst mir meine Stute hüten! Was soll ich dir geben aufs Jahr« sprach die Alte. »Nur ein Füllen!«, sagte der Knabe. »Es sei!«, erwiderte die Alte, »bringst du mir aber abends die Stute einmal nicht heim, so ist es mit deinem Leben am Ende.« Die Hexe hatte schon viele in den Dienst genommen und hatte alle umgebracht. Da zog am Morgen der Knabe mit der Stute aufs Feld; bald aber war sie aus seinen Augen, und er suchte sie bis gegen Abend und konnte sie nicht finden. Da sah er den Vogel und sprach: »Hilf mir, wenn du kannst«, und erzählte ihm, was ihn bekümmere. Da sagte der Rabe gleich: »Die Stute ist in den Wolken und hat gefüllent, komm, setze dich auf meinen Hals, ich führe dich hin!« Das tat er denn und brachte so die Stute und das Füllen nach Hause, und die Alte verwunderte sich. Am folgenden Morgen, wie er sie hinaustrieb, ging es ihm wieder so; die Stute war mit dem Füllen auf einmal verschwunden, und er suchte sie bis gegen Abend und konnte sie nicht finden. Da traf er den Fuchs und klagte ihm seine Not. Der Fuchs sprach gleich: »Sie ist in der Berghöhle und hat da gefüllent, komm, setze dich auf meinen Schwanz, ich will dich hinführen!« Das tat er, und nun kam er durch ein Fuchsloch in die Höhle und trieb die Stute und die zwei Füllen nach Hause. Die Hexe machte wieder große Augen. Am dritten Tage, wie er die Stute und die zwei Füllen austrieb, waren sie gleich wieder vor seinen Augen verschwunden; er suchte sie bis gegen den Abend und fand sie nicht. Da kam er auch ans Meer und sah betrübt ins Wasser. Nur einmal kam der große Fisch herauf geschwommen und fragte ihn, warum er so traurig sei, und der Knabe erzählte seine Not. »Sie ist auf dem Meeresgrunde und hat da gefüllent; ich will dich aber gleich hinführen!« Da nahm ihn der Fisch in seinen Mund und führte ihn hinab, und so trieb er die Stute und die drei Füllen nach Hause. Die Alte verwunderte sich und wusste nicht, wie das zuginge. Sie konnte nun die Stute und die Füllen nirgends mehr verbergen, und so weidete sie der Knabe auf dem Felde, bis das Jahr um war. Da sagte sie: »Jetzt wähle dir ein Füllen!«, und er nahm sich das älteste; das war eine schöne Stute geworden. Darauf ritt er hin, um das Rosenmädchen zu befreien. Kaum war er in der Nähe, so fing seine Stute an zu wiehern. Das hörte der Fohlenhengst des Drachen im Stall und fing auch an zu wiehern und zu stampfen, dass alles erbebte. Darüber erwachte der Drache im Fasse, denn es war auch das Jahr gerade zu Ende. Die drei Reifen sprangen mit großem Knall nacheinander ab; er hörte das Wiehern, sprang auf und lief in den Stall. Aber der Fohlenhengst hatte sich schon losgerissen und wollte zur Stute laufen. Da fasste ihn der Drache an den Mähnen und schwang sich auf seinen Rücken und wollte ihn bändigen; der aber bäumte sich gewaltig; der Drache stürzte herunter, und nun zerstampfte ihn der wilde Hengst unter seinen Füßen, dass er gleich tot war. Dann sprengte er über die Schlossmauer und lief der Stute nach. Als aber der Knabe am Schlosse angelangt war, sprang er gleich ab und stieg über die Gartenhecke hinüber und grüßte und empfing das Rosenmädchen. Seine Stute war gleich umgekehrt und lief zur Alten zurück und der Fohlenhengst hinter ihr her und konnte sie nicht erreichen, bis sie bei der alten Stute und den beiden andern Füllen war. Der Knabe war nun Herr vom Schloss und hatte auch seine Schelle und die drei Wunderrosse wieder.

Darauf hielt er Hochzeit mit dem Rosenmädchen und lebte herrlich und in Freuden.

25. Die beiden Geschwister und die drei Hunde

Ein Müller und seine Frau starben nacheinander; sie hinterließen aber zwei Kinder, einen Knaben und ein Mädchen, und diesen zum Erbe nichts andres als eine Ziege und einen Hahn. Da wollten die Kinder beide Tiere verkaufen, damit sie zu leben hätten, und es band der Knabe der Ziege den Hahn zwischen die Hörner und trieb sie zum Jahrmarkt. Auf der Straße traf er zu einem Fleischhauer, der wollte gerade Vieh kaufen und führte drei Hunde mit sich, einen schwarzen, einen weißen und einen gefleckten. »Willst du nicht mit mir tauschen?« sprach er zum Knaben. Der sah sich die Hunde an, und weil sie ihm sehr gut gefielen, schlug er ein. Der Fleischhauer gab ihm noch ein Pfeifchen und sagte: »Wenn du dieses blasest, so kommen die Hunde, wo sie auch immer sind, dir zu Hilfe!« Damit kehrte er nach Hause. Aber seine Schwester fing an zu weinen, als sie sah, dass ihr Bruder kein Brot brachte. »So müssen wir jetzt doch verhungern!«, rief sie einmal über das andere.

Die Hunde aber hatten alles verstanden, und sie sprangen nur einmal auf und liefen fort. In der Nähe war gerade das königliche Lustschloss. Da lief der schwarze in die Küche und brachte einen Braten; der weiße lief in die Speisekammer und brachte ein Brot, der gefleckte sprang in den Keller und holte eine Flasche Wein. Nun freuten sich die beiden Kinder, aßen und tranken und hatten von da an keine Not; denn wenn sie hungrig waren, so brachten ihnen die Hunde immer Speise. Aber der König hatte gehört, dass drei Hunde so und so in seine Küche, seine Speisekammer und seine Keller einbrächen und das Beste fortschleppten und dass man sie nicht fangen könne. Da befahl er, man solle überall nachsuchen, und wenn man die Hunde fange, sie und ihre Herren umbringen. Das erfuhren auch die Kinder; sie machten sich schnell auf und zogen mit den Hunden tief in einen Wald. Hier kamen sie an eine Hütte, drinnen brannte eine Kerze; sie gingen hinein, und da war eine alte Frau. »Gottlob!«, rief sie, »heute Nacht gibt es wieder etwas zum Umbringen! Denn wisset, hier hausen zwölf Räuber, die bald nach Hause kommen.« Die Kinder fürchteten sich sehr; allein dem Knaben kam es bald ein, was zu machen sei. Er ließ den schwarzen Hund vor der Gassentüre, den weißen hinterm Tor, den gefleckten vor der Haustüre Wache halten.

Bald kamen sechs Räuber und fluchten und tobten. Die alte Räubergroßmutter wollte hinaus und ihre Leute warnen; allein der gefleckte Hund knurrte, sprang gegen sie und ließ sie nicht heraus. Als aber die sechs an das Haus kamen, sprang der schwarze Hund auf, riss sie nieder und brachte alle um. Dann legte er sich zwischen die Toten und lauerte wieder. Nach kurzer Zeit kamen auch die sechs anderen; der schwarze riss sie ebenfalls nieder und würgte sie; nur einer von den Räubern, ein junger Kaufmann, war nicht ganz tot. Der schleppte sich noch zum Tor hinein. Da riss ihn der weiße Hund zu Boden. Die alte Räubergroßmutter musste jetzt alles zeigen, was zu sehen war. In einer Kammer lagen große Haufen gestohlener Schätze, und an einer Wand hing ein großes Schwert, das hüpfte in der Scheide. Der Knabe nahm es und band es sich an die Seite. Der Keller war voll von Toten; dahin musste die Alte auch die Erschlagenen schleppen; allein den halb toten jungen Kaufmann verschloss sie unbemerkt in die Kammer.

Am andern Morgen nahm der Knabe seinen schwarzen Hund und ging fort, um die Gegend zu beschauen. Die Schwester blieb mit den beiden anderen Hunden in der Räuberhütte. Da nahm die Alte einen Topf, ging hinaus in die Kammer, schmierte den Kaufmann, und alsbald war er frisch und gesund; beide kamen nun zur Schwester und überredeten sie, sie solle den Kaufmann heiraten und hier wohnen und alle Schätze besitzen. Ihren Bruder sollten sie umbringen, doch müssten sie erst die Hunde fortschaffen. Das sei aber leicht; sie solle nur einzeln dieselben in die Kammer nach Mehl schicken, da werde sie die Alte einsperren. Dem Mädchen gefiel der junge Kaufmann, und es willigte ein, und dieser versteckte sich. Als ihr Bruder nach Hause kam, erschien ihm seine Schwester verändert, sie sprach auch ganz anders; nur einmal schickte sie die Hunde hinaus in die Kammer nach Mehl. Da merkte sich der Knabe etwas; er ging hinaus und wollte in die Kammer; diese aber war fest verschlossen. Da erinnerte er sich an das Pfeifchen, das ihm der Fleischhauer gegeben; er nahm es hervor und blies. Auf einmal sprang die Tür entzwei, und die drei Hunde waren um ihn. Nun ging er wieder in die Hütte. Da stand seine Schwester und der junge Kaufmann und wollten den Knaben eben angreifen und umbringen. Aber er zog sein Schwert und hieb dem Kaufmann den Kopf ab, ging dann in die Kammer und tat an der Alten ein Gleiches; darauf befahl er seiner Schwester, die Toten in den Keller zu schleppen, warf sie dann selbst hinein und sprach, indem er sie einschloss: »Bis du den jungen Räuber nicht aufgegessen hast, sollst du immer hier bleiben!«

Dann nahm der Knabe seine drei Hunde und zog fort. Er kam aber in eine Stadt, wo die Häuser alle mit schwarzem Flor überzogen waren. Er fragte gleich, was das zu bedeuten hätte. Da erzählte ihm der Wirt: In der Nähe sei ein siebenhäuptiger Drache; dem müsste jedes Jahr eine Jungfrau dargebracht werden, und jetzt sei es an der Tochter des Königs, und darum sei die Stadt in Trauer. Da geschah es, dass die Königstochter hinausfuhr ohne Begleitung; nur der Kutscher war auf dem. Wagen. Der Knabe nahm seine Hunde und zog auch dahin; er kam auf einem Umwege noch eher zur Stätte. Der Kutscher aber getraute sich nicht, nahe zu fahren; er hielt schon von Weitem still, und die Königstochter musste zu Fuße die übrige Strecke zurücklegen. Als sie anlangte, kam ihr der Knabe entgegen und sprach: »Fürchte dich nicht, ich will den Drachen bestehen!« Sein Schwert hüpfte schon in der Scheide und sehnte sich nach dem Drachenblut. Bald kam der fürchterliche Wurm schnaubend herangefahren. Der Knabe erhob sein Schwert, und auf einen Hieb waren alle Häupter unten. Er blieb aber unbedacht auf der Stelle stehen, und nun traf ihn der zappelnde Schweif des Drachen, sodass er wie tot hinfiel. Die Hunde sprangen nun auf den Drachen und machten ihn in kurzem vollends tot; nur zuckten die Glieder, bis die Sonne unterging. Die Königstochter aber sank hin zur Leiche und weinte sehr. Da kamen auch die Hunde und weinten und wussten keinen Rat. Endlich erinnerten sich der weiße und gefleckte Hund an den Topf, aus dem die Alte im Wald den Kaufmann lebendig gemacht. Wie sie es erzählten, gab ihnen der schwarze einen derben Schlag, warum sie nicht eher daran gedacht hätten, und sie mussten gleich hinlaufen und den Topf bringen.

Als die Königstochter den Toten geschmiert hatte, schlug er die Augen auf, war frisch und gesund, und es schien ihm, als erwache er aus einem tiefen Schlafe. »Du hast mich gerettet und sollst nun auch meine Hand haben, wie es mein Vater versprochen hat!«, rief die Königstochter. Der Knabe freute sich des, aber er wollte sie prüfen, ob sie ihm auch treu sein würde, und sprach daher: »Ich muss noch in der Welt herumziehen und Drachen bekämpfen; aber unter Jahr und Tag komme ich, dann wollen wir Hochzeit halten!«

Die Königstochter schnitt darauf ihren Namen aus dem Taschentuch und gab ihn dem Knaben, und jedem der Hunde legte sie ein seidenes Band um den Hals, dem schwarzen ein weißes, dem weißen ein schwarzes und dem gefleckten ein gestreiftes; dann schnitt der Junge noch die Zungen aus den Drachenhäuptern, steckte sie ein und ging weiter; die Königstochter aber weinte. Als der Kutscher sah, dass der Drache erlegt und der Junge fort war, lief er auch hin und fragte die Königstochter, warum sie weine, da sie jetzt befreit sei. Wie sollte sie nicht weinen, sprach sie, da ihr Retter sie verlassen habe. Der Kutscher aber baute hierauf gleich einen bösen Plan. Er drohte der Königstochter, wenn sie nicht verspreche zu sagen, dass er den Drachen erlegt habe, so wolle er sie auf der Stelle umbringen. In der Not versprach es die Königstochter. Da nahm er die Häupter vom Drachen, lud sie auf den Wagen und fuhr mit der Königstochter heim. Alles Volk jubelte, als man sie wieder sah, und pries ihren Retter, und für den gab sich der Kutscher aus. Der König wollte auch gleich Wort halten und ordnete an, dass die Hochzeit gefeiert werde. Aber seine Tochter bat ihn sehr, er solle ihr noch ein Jahr freie Zeit gönnen, und so ließ er's geschehen.

Eben war das Jahr zu Ende und der Hochzeitstag da; die ganze Stadt war festlich geschmückt, und in der königlichen Küche und im Keller war alles beschäftigt. Der Knabe war ebenfalls auf die verabredete Zeit in die Stadt gekommen. Der Gastwirt erzählte ihm nun, warum die ganze Stadt heute so fröhlich sei: Der Kutscher des Königs habe vor einem Jahr den Drachen erlegt, und heute erst, weil es die Königstochter so gewünscht, solle die Hochzeit gefeiert werden. Da sah der Knabe, wie treu ihm die Königstochter gewesen und dass ein schändlicher Betrug im Spiele sei. Er sagte aber nichts von sich und von dem, was er vorhabe; nur behauptete er, er werde heute das Beste von der Königstafel essen und trinken und am Ende werde ihn der alte König selbst mit vier weißen Hengsten zum Hochzeitsmahle führen. Der Wirt glaubte nicht, dass dieses möglich sei, und wettete auf sein ganzes Vermögen.

Als es Mittag war und es hieß, dass alle schon an der königlichen Tafel säßen, schickte der Knabe seinen schwarzen Hund hin, er solle von dem Teller der Königstochter den Braten bringen. Der Hund lief in einem fort, riss alle Wachen, die ihm wehren wollten, nieder, und eben hatte man der Königstochter das beste Stück vorgelegt, als der Hund es packte und damit fortlief und es seinem Herrn brachte. Die Königstochter aber hatte den Hund an dem weißen Bande gleich erkannt und freute sich im Herzen, dass ihr Retter nahe sei. Nun wollte der Knabe auch Brot haben; das musste der weiße Hund holen; der machte es ebenso wie der schwarze, nahm es der Königstochter neben dem Teller her fort und lief hinaus; der alte König, der Bräutigam und die Gäste erstaunten und waren zornig; nur die Königstochter freute sich. »Jetzt will ich aber auch trinken!« sprach der Knabe, als er gegessen hatte. Der gefleckte Hund musste den Wein holen, der vor der Königstochter auf dem Tische stand. Er machte es ebenso wie der schwarze und weiße Hund; die Königstochter freute sich, als sie auch ihn sah; aber der alte König konnte seinen Zorn nicht mehr zurückbehalten; er gab Befehl, man solle den Herrn der Hunde erforschen und gleich gebunden vor ihn bringen. Sogleich gingen eine Menge Soldaten hin und her und suchten ihn und kamen so auch ins Wirtshaus.

Als sie die Hunde hier sahen und ihren Herrn daneben, wollten sie ihn packen und fortführen; allein die Hunde fielen gleich über sie her und warfen sie zu Boden. Als man dem König das meldete, stieg sein Zorn aufs Höchste; er schickte alle seine Soldaten hin, um den Frevler herbeizuholen; allein auch diese konnten nichts machen; die Hunde rissen alle nieder. Da ließ der Knabe sagen, der König solle gleich mit vier weißen Hengsten nach ihm kommen und ihn zur königlichen Tafel führen. Der König hatte seinen Zorn zwar aufgegeben; denn er sah ein, dass er es mit einem mächtigen Herrn zu tun habe; allein sein Stolz ließ es ihm nicht zu, selbst hinzufahren. Er schickte nur einen Minister und einen Hofwagen mit zwei Pferden; aber der Knabe wies diesen zurück und ließ dem König sagen, er solle gleich selbst kommen und mit einem Viergespann, so wie es verlangt worden, sonst würde es ihm nicht gut gehen. Die Königstochter redete ihrem Vater zu, er solle nicht sein Leben aufs Spiel setzen, und so bemeisterte er seinen Zorn und fuhr hin. Als der königliche Wagen von vier weißen Hengsten gezogen vor dem Wirtshause hielt, lief der Wirt wie wahnsinnig zum Knaben und sprach: »Du hast die Wette gewonnen; ich aber bin ein ruinierter Mann!« Allein der Knabe tröstete ihn gleich: »Also du glaubst mir jetzt? Nun, ich schenke dir wieder alles, was du verspielt hast!« Damit ging er hinaus und setzte sich neben den König, und seine drei Hunde sprangen auch in den Wagen; sobald er fortrollte, rief der Wirt: »So einen Gast habe ich in meinem Leben nie beherbergt!«

Als sie im Königssaale anlangten, setzte sich der Knabe sogleich der Braut gegenüber, und neben dieser saß der Bräutigam. Nun aß man und war lustig. Zuletzt kam man nach mancherlei Gesprächen auf die Beantwortung von Fragen. Als die Reihe zu fragen an den Knaben kam, sprach er: »Was verdient der, welcher den König auf das Schändlichste betrügt?« Der Bräutigam rief sogleich: »Der verdient, dass man ihn an den Schweif eines wilden Pferdes binde und durch die Stadt schleife.« Da erhob sich der Knabe: »Du hast dir selbst dein Urteil gesprochen, denn wisse, ich bin der Drachentöter, nicht du!« Der Kutscher aber behauptete noch fort, dass er ihn getötet habe, und ließ zum Beweise die sieben Drachenhäupter hereinbringen. Noch waren die Gäste auf seiner Seite. Da sprach aber der Knabe, man solle dem Drachen in den Mund sehen. Da fanden sie keine Zungen darin. »Wo sind denn die Zungen«, fragte der Knabe, »wenn du den Drachen getötet hast?« Darauf war der Kutscher nicht gefasst und behauptete dreist, Drachen hätten keine Zungen. Den Gästen kam das nun doch sonderbar vor; allein sie wussten nicht, wie die Sache wäre. Da ließ man den Koch hereinrufen, und der König fragte diesen, ob er ein Tier kenne, das keine Zunge hätte. Der Koch sprach, er kenne keines; alle Tiere müssten auch eine Zunge haben, denn womit sollten sie sonst schmecken. »Nun!« sprach aber der Knabe, »will ich es noch mehr beweisen, dass die Drachen Zungen haben«, nahm damit sein Tuch heraus, wickelte es auf und legte sieben Drachenzungen vor, und als man sie in den Mund hielt, passten alle genau.

Der Kutscher fing nun an zu zittern und wollte hinaus: Allein man hielt ihn fest. »Jetzt aber wird auch die Königstochter es bezeugen, dass ich den Drachen getötet habe.« Damit nahm er den Namen aus ihrem Taschentuch und sprach: »Ist das deine Arbeit? Siehe die Halsbänder der Hunde, kennst du sie? Erzähle!« Jetzt, da die Sache ohne ihr Zutun schon heraus war, hielt sie sich ihres Eides für los und ledig und erzählte alles vom Drachenkampf und wie sie ihrem Befreier den Namen aus ihrem Schnupftuch gegeben und den Hunden die Halsbänder umgelegt habe; wie dann der Kutscher hingekommen und gedroht habe, sie umzubringen, wenn sie ihm nicht eidlich verspreche, ihn für den Drachentöter auszugeben. Da wurde der Kutscher ergriffen und die Strafe, die er sich selbst bestimmt hatte, an ihm vollzogen.

Der Knabe aber hielt nun Hochzeit mit der Königstochter; und diese war über alle Maßen froh und glücklich. Als der alte König starb, folgte ihm der Knabe im Reiche nach, und er herrschte weise und gerecht.

Aber ein Kummer nagte doch an seinem Herzen; er dachte an seine Schwester, und obgleich diese so böse an ihm gehandelt, so hatte er ihr jetzt doch verziehen, und er wollte sie, wenn möglich, auch noch glücklich machen. Er zog daher mit seinen Hunden nach dem Waldhäuschen. Da fand er sie im Keller; sie hatte alle Toten verzehrt, nur den Kaufmann nicht, und das wollte sie auch nicht, lieber sterben. Der Bruder nahm sie jetzt mit an seinen Königshof und machte sie zum ersten Hoffräulein. Allein sie hatte ihre Falschheit noch nicht aufgegeben; ihr Bruder sollte es büßen, dass er sie so gestraft habe. Sie ließ bei einem Schmied ein scharfes Messer machen und stellte dieses in das Bett des Königs. Als dieser abends müde sich auf das Bett warf, ging es ihm durch und durch, und er war alsbald tot. Am Morgen aber, wie man hörte, dass der König ermordet wäre, wurde das ganze Land von der höchsten Trauer erfüllt; die Schwester aber hatte ihr böses Gewissen vom Hofe fortgetrieben, und so war man überzeugt, dass sie es getan habe. Die Königin aber warf sich auf die Leiche, rang die Hände und konnte nicht weinen vor Schmerz; die Hunde lagen um sie, winselten in der Trauer um ihren Herrn und ächzten. Da erinnerten sie sich an den Topf mit der lebendig machenden Salbe. Schnell liefen sie nach der Stelle, wo der Drache gelegen, fanden hier noch die Scherben und brachten sie, und es war noch so viel Salbe drinnen, dass man den König bestreichen konnte. Da schlug er wieder die Augen auf und war gesund. Alles war voller Jubel, allein niemand freute sich mehr als die Königin. Als man dem König sagte, was mit ihm vorgefallen, und dass seine Schwester entwichen sei, rief er: »Ja, die böse Schlange, das hat sie getan!« Er ließ sie wieder aufsuchen und ins Waldhaus einsperren bei ihrem toten Kaufmann; da musste sie nun fort an der Leiche sitzen; bis sie verhungerte.

Es geschah aber, dass die Hunde jetzt vor den König traten und sprachen: »Von nun an können wir dir nichts weiter nützen, haue uns die Häupter ab.« – »Nein, nie und nimmermehr, das wäre ein schöner Dank für so treue Dienste!« Wenn sie ihm auch weiter keinen Dienst mehr erweisen könnten, so wolle er sie doch getreu pflegen bis an ihren Tod. Da baten sie ihn aber so sehr und solange, dass er gerade den größten Dank ihnen damit erweise, wenn er ihren Wunsch erfülle, und so fasste er endlich betrübten Herzens sein Schwert und hieb jedem das Haupt ab. Siehe, da standen nur einmal drei Königssöhne: »Dank dir, du hast uns erlöst; wir waren so lange verzaubert, bis zum Dank für geleistete Dienste ein junger Held uns das Haupt abschlagen würde, und das hast du getan!« Damit zog jeder fort in seine Heimat, und so waren jetzt alle froh und zufrieden.

26. Der gute Peter und seine falschen Brüder

Ein Bauer hatte zwei Söhne, die ließ er in der Stadt erziehen; denn er wollte aus ihnen etwas machen. Als beide ausgelernt hatten und von der Schule heimkehrten, freute sich der Vater sehr; allein den Söhnen gefiel es bald zu Hause nicht, sie sprachen daher untereinander: »Wir wollen unsern Vater überreden, dass er uns erlaubt, in die Fremde zu ziehen, aber keiner soll es tun ohne den andern.« Wie sie nun ihrem Vater sagten, was sie vorhätten, war der betrübt und wollte nicht einwilligen; am Ende wollte er den einen lassen, der andere aber sollte bei ihm bleiben. Doch die Söhne baten immerfort, bis er endlich nachgab. »Schreibt mir nur«, sprach er beim Abschied, »wenn es euch gut geht; wenn es euch aber schlecht geht, will ich's nicht wissen!« Die beiden versprachen und zogen fort, weit, weit in ein fremdes Land; aber weil sie in der Stadt sehr herrisch und vornehm geworden, schämten sie sich zu sagen, dass sie Bauernsöhne wären. Sie machten sich falsche Pässe und gaben sich für Grafensöhne aus. Sie traten auch in königlichen Dienst; aber anfangs bekamen sie nur so viel, dass sie damit als Grafensöhne nicht leben konnten. Sie schrieben daher ihrem Vater und sagten, wie gut es ihnen ginge, nur brauchten sie noch Geld, um höher zu steigen; sie bäten ihn um einiges; wenn sie dann große Herren wären, würden sie ihm alles vergelten.

Der gute Vater schickte ihnen einmal, zweimal, dreimal und so an die zehnmal; aber die Söhne baten immer um mehr; das Bitten wollte nicht aufhören und das Vergelten gar nicht anfangen. Das war ihm zuletzt denn doch zu viel, und er konnte die große Summe nicht mehr erschwingen; so schrieb er ihnen zuletzt: Seit ihrer Abreise hätten sie noch einen Bruder bekommen, für den müsse er auch sorgen, er könne ihnen nichts mehr schicken! Als sie ihm aber wieder schrieben, nur noch einmal solle er ihnen soundsoviel schicken – es war aber eine große Summe –, dann würden sie Minister und sie würden ihm alles zurückzahlen, so verkaufte er Haus und Hof, um die verlangte Summe zusammenzubringen, und hatte ihnen nun all sein Gut geschickt. Die Söhne wurden in dem fremden Lande auch wirklich Minister, aber ihres Vaters vergaßen sie; er lebte noch fünfzehn Jahre in großer Armut, und als er starb, konnte er nicht ordentlich begraben werden. Der kleine Peter aber, denn so hieß der Jüngste, der durch seine Brüder um sein väterliches Erbe gekommen war, musste schon als kleiner Knabe in den Dienst treten. Der Pfarrer hatte sich seiner erbarmt und ihn aufgenommen. Er ließ ihn die Gänse hüten und lehrte ihn auch lesen und schreiben und gab ihm lateinische Bücher mit aufs Feld, und er hatte bei den Gänsen gut Zeit zum Lernen.

Endlich kam es den beiden ältern Brüdern einmal in den Sinn zu sehen, was ihr Vater mache, ob er noch lebe. Sie ritten mit ihren Dienern fort, aber als sie nahe ihrer Heimat waren, ließen sie dieselben in einem Wirtshause zurück, damit sie nicht sehen und erfahren sollten, dass sie nur Bauernsöhne seien. Nicht weit von ihrem Heimatsorte sahen sie an der Straße einen Gänsejungen. Sie fragten ihn, ob er nicht einen Mann im Dorfe kenne so und so. »Ei, das war ja gerade mein Vater, der vor einem

Jahre im Elend gestorben ist; er hatte all sein Vermögen meinen zwei ältern Brüdern in die Fremde geschickt; sie hatten geschrieben, sie würden große Herren werden und ihm's vergelten, allein sie ließen nichts mehr von sich hören, und so musste er Not und Mangel leiden, und als er starb, konnte er nicht einmal ordentlich begraben werden.« Da sprachen die Brüder untereinander lateinisch: »Das ist unser Bruder! Ja, das ist unser Bruder!« Peter aber hatte alles gut verstanden. Sie ritten ins Dorf, um sich besser zu überzeugen; als sie völlige Gewissheit hatten, kehrten sie zurück und sprachen: »Höre, wir sind deine Brüder, was wir an unserem Vater gefehlt, wollen wir an dir gut machen! Komme du mit uns, du sollst es bei uns gut haben!« Peter wollte lange nicht, endlich ließ er sich überreden; er ging nun zu seinem Herrn und nahm Abschied. Der Pfarrer schenkte dem Peter ein kleines Ross, dass er auch reiten konnte; sonst aber behielt er seine arme Hirtenkleidung.

Als sie in der Nähe des Wirtshauses waren, wo sie die Diener zurückgelassen hatten, sprach der eine von den Brüdern zum andern, aber lateinisch, dass es Peter nicht verstehen sollte: »Reite du voraus und schicke die nach Hause und sage, wir hätten schon Diener, unser Bruder hier soll uns dann die Pferde besorgen und Knecht sein!« So ritt der eine voraus und schickte sie heim. Peter aber hatte alles verstanden; doch stellte er sich, als wisse er nichts davon, was sie gesprochen hätten. Als sie aber ins Wirtshaus kamen, so sagten sie dem Wirte, das sei ihr Knecht, und sie befahlen dem Peter, er solle ihnen die Rosse besorgen und im Stalle liegen. Er fügte sich geduldig und tat alles; aber in seinem Herzen dachte er: »Also das ist der Dank, den sie an mir meinem Vater darbringen, o wenn er das wüsste, er würde sich im Grabe umkehren!« Als sie nun weit, weit geritten und schon in der Nähe der Residenz waren, sprachen die zwei wieder untereinander lateinisch: »Es ist doch nicht gut, dass wir diesen Bettler mitgenommen haben, er wird uns verraten!« Da verboten sie ihm zu sagen, dass er ihr Bruder sei, sonst werde es ihm schlecht gehen. Der arme Peter versprach alles. Allein sie trauten doch nicht recht, und als sie abends über die Schlossbrücke zogen, sprach der eine zum andern lateinisch: »Wir brauchen ihn jetzt nicht mehr; wir stoßen ihn hier in den Graben, dann haben wir nichts zu fürchten!« Peter hatte alles gehört, konnte sich aber nicht helfen; denn gleich packten sie ihn und stießen ihn von seinem Pferd hinunter und ritten eiligst ins Schloss. Peter nahm alle seine Kraft zusammen und schwamm in dem Graben dem Schlosse zu, und da kam er glücklicherweise an eine Treppe. Es war aber die Wohnung der jungen Königstochter in dieser Schlossecke, und sie saß gerade mit ihren Kammerjungfern ruhig im Zimmer, als sie plötzlich einen Schrei und darauf das Geplätscher in den Wellen hörten. Sogleich rief sie ängstlich: »Es ist jemand in den Schlossgraben gefallen!« Da liefen die Kammerjungfern mit Fackeln hinunter zur Wasserstiege und fanden hier den armen Peter erschöpft. Die Königstochter befahl, dass man ihm sogleich frische Kleider anziehe und ihn zu ihr bringe. Es geschah, und als Peter in den schönen Kleidern erschien, hatte die junge Prinzessin ihre Freude an dem schönen Jungen. Sie ließ ihren Vater rufen und sprach: »Siehe, den haben wir jetzt aus den Fluten gerettet, willst du ihn, lieber Vater, mir schenken, dies soll mein Diener sein!« Der Vater willigte gern ein, denn er hatte seine Tochter, die sein einziges Kind war, so lieb, dass er ihr nicht leicht einen Wunsch versagte. So war Peter auf einmal aus dem größten Unglück ins größte Glück versetzt worden.

Am andern Morgen machten die beiden heimgekehrten Minister ihre Aufwartung bei dem König und kamen darauf auch zur Prinzessin. Wie erschraken sie aber, als sie nur einmal ihren Bruder Peter in königlicher Dienerkleidung bei der Prinzessin sahen! Sie wollten gleich umkehren und meinten, es sei ihnen nicht ganz wohl, sie würden ein andermal kommen; allein die junge Königstochter ließ sie nicht fort, sondern erzählte ihnen gleich von ihrem Glück, wie sie den Jungen in der Nacht aus dem Schlossgraben gerettet und wie sie ihn von ihrem Vater zum Diener erhalten habe. Da atmeten sie wieder leicht auf, denn sie merkten, dass Peter ihr noch nichts gesagt habe. Als sie jedoch wieder fort waren, sprachen sie untereinander: »Wir sind verloren, wenn wir nicht bald etwas erfinden.« Gleich hatten sie sich etwas ausgedacht; sie ließen einen Schlaftrunk machen und gingen damit abends zur Königstochter und sprachen: »Diesen Trank haben wir aus unserer Heimat mitgebracht«, sie möge ihn doch kosten und auch ihrem Diener davon geben. Gleich ließ sie ihren Peter hinkommen und trank ganz arglos, gab dann auch diesem, und er trank ebenfalls. Aber nun fielen beide in einen festen Schlaf. Da nahmen die beiden Minister sie und legten sie in ein Bett und gingen dann zum König und sprachen: »Komme schnell, o Herr, und siehe deine Tochter, wie weit sie sich vergessen hat.« Der König eilte sogleich hin, und als er beide im Bett sah, rief er: »Weh mir! Ach, was ist zu tun, dass diese Schande von meinem Hause fortgewälzt werde?« Da rieten die beiden Minister; es sei das Beste, man solle beide in einen Kasten sperren und sie darin aufs hohe Meer aussetzen. So hart es dem König auch war, sein einziges, geliebtes Kind zu verlieren, so gab er doch seine Einwilligung und sprach: »Fort mit ihnen!« Da ließen die beiden Minister gleich einen großen Kasten mit einem Glasfenster machen, legten Kleider hinein für beide, dem Peter seine armen Hirtenkleider und Brot auf einige

Tage und ließen dann noch in der Nacht den Kasten aufs hohe Meer führen und aussetzen. Dieser schwamm nun da herum, und die Sonne stand schon hoch am folgenden Tag, als zuerst Peter erwachte. Aber wie ihm war, da er nur einmal um sich sah, kann man sich leicht denken. Doch kümmerte ihn am meisten die Königstochter, die schlief noch immer fort. Endlich erwachte auch sie. »Mein Gott!«, rief sie, »wo bin ich?« Als sie nun den engen Kasten sah und fühlte, dass der so hin- und herschwankte, und als Peter ihr alles erzählte von seinen falschen Brüdern, dass diese ihnen gewiss Schlaftrunk gegeben und sie hierher aufs Meer gesetzt, um ihn und sie zu verderben, so wollte sie gar verzweifeln. Peter tröstete sie, so wie er konnte; dann kleideten sie sich an und aßen ein wenig; dann nahm Peter ein Messer und schnitt an dem einen Fenster das Loch so groß, dass er den Kopf hinausstecken konnte, um zu sehen, wo sie seien und ob in der Nähe kein Land sich zeige. Aber er sah nichts als Himmel und Wasser.

Einige Tage schwamm der Kasten immerfort vom Winde getrieben; schon hatten sie alle Speise aufgezehrt und fürchteten nun vor Hunger zu sterben; aber plötzlich fühlten sie nur einmal, dass der Kasten auf einer Seite festsitze. Peter sah hinaus, und richtig waren sie am Lande, das sah aber ganz öde aus. Peter arbeitete nun an dem Loche des Kastens, bis es so groß war, dass beide hinaus konnten. Dann fassten sie ihre Hände und gelobten, sich nie voneinander zu trennen, und gingen immer landeinwärts; aber nirgends war etwas von einer Menschenwohnung zu sehen, und auch kein Baum war in der Nähe. Gegen Abend sahen sie endlich ein kleines Erlengebüsch. Müde, wie sie waren, legten sie sich nieder und schliefen sanft bis an den Morgen. Da sprach Peter: »Bleibe du hier ruhig im Schatten, ich will gehen und etwas zu essen suchen? Finde ich bis Mittag nichts, so kehre ich um, und dann wollen wir miteinander sterben!« Die Königstochter aber fürchtete, Peter werde sie verlassen, und wollte auch mitgehen. Aber Peter sprach: »Nein, das halten deine Füße nicht aus, du stirbst auf dem Wege; lieber bleibe ich auch hier!« Nun sah sie ein, dass es Peter so treu meinte, und fügte sich. Er ging eiligst fort und suchte Nahrung; aber er sah weit und breit nichts. Gegen Mittag sah er nur einmal zu seiner großen Verwunderung eine große Steinsäule in Menschengestalt und darunter einen Sitz für ein Paar Menschen in Stein gehauen. Er setzte sich ein wenig nieder; nach einer Weile stand er auf und wollte fortgehen; nicht weit davon sah er eine Felswand; er ging dahin, um sie näher zu besehen. Nur einmal hörte er hinter sich rufen: »Peter!« Er wandte sich gleich um, aber weil er niemanden sah, ging er wieder fort. Da rief es zum zweiten Mal: »Peter!«, und so auch zum dritten Mal. »Am Ende rufst du, Steinsäule!« sprach Peter verwundert. »Ja, ich rufe. Schon viele Hundert Jahre habe ich auf dich gewartet; du kannst mich allein erlösen, wenn du genau tust, was ich dir sagen werde.« – »Das will ich gerne tun«, sprach Peter. »Gehe zu jener Felswand, dort wird sich eine Tür öffnen; es ist gerade die rechte Zeit zwischen elf bis zwölf Uhr. Tritt ein, an der Wand hängt eine Flasche und ein großes Schwert. Trinke dreimal aus der Flasche; dann wirst du das Schwert heben und führen können; öffne dann weiterhin die nächste große Türe. Da liegt ein dreiköpfiger Drache und schläft, dem musst du auf einen Hieb alle drei Häupter abhauen, darauf gleich herausspringen und die Türe zuschlagen. Sobald du das alles getan hast, genieße dann, was man dir gibt; aber ja nicht eher, sonst versäumst du die rechte Zeit, dann bist du verloren, und ich werde nicht erlöst!« Peter hatte sich alles wohl gemerkt und ging entschlossen hin und fand alles, so wie es ihm gesagt worden. Er versuchte sogleich, das Schwert herabzunehmen, allein er konnte es nicht einmal von der Stelle fortrücken. Da trank er einmal und versuchte darauf; er bewegte es schon etwas; er trank zum zweiten Mal; da konnte er es auch herablangen; allein es fiel ihm aus der Hand; er trank zum dritten Mal; da war es ihm so leicht, dass er's wie eine Feder schwingen konnte. Nun erschien ein langbärtiger Zwerg und war geschäftig, einen Tisch zu decken, und brachte allerhand gute Speisen und Getränke und sagte Peter, er solle essen, wenn er hungrig sei. Hungrig war er zwar, allein er hatte wohl im Sinne, was ihm die Steinsäule gesagt. Er ging also zuerst hinein zum Drachen.

Peter erschrak nicht wenig, als er das gräuliche Ungetier da liegen sah; er fasste sich aber gleich, holte weit aus und hieb so gewaltig, dass die Häupter auf einmal auf dem Boden lagen. Im Nu sprang er hinaus und schlug die Türe zu; der Drachenschwanz aber schlug so mächtig um sich und an die Felsenwände, dass alles erbebte. Nun setzte sich Peter, aß und trank, nahm dann in ein Tuch allerlei mit und ging hinaus. »Du hast es gut gemacht, Peter«, rief ihm die Steinsäule zu, und sie war jetzt vom Kopfe bis an die Brust Mensch geworden, »aber morgen musst du wiederkommen, noch ist nicht alles getan. Nimm Nahrungsmittel genug mit für die Königstochter, dass sie nicht Mangel leidet, aber sage ihr nur ja noch nichts von dem, was du hier gesehen und getan hast!« Peter versprach, alles genau zu befolgen. Als er spät abends zu den Erlen kam, freute sich die Königstochter sehr; sie war vor Hunger und Sehnsucht fast umgekommen. Peter tröstete sie und sprach: »Kümmere dich nicht länger, vor Hunger sterben wir nicht, morgen bringe ich wieder Essen die Fülle.« Sie hätte gerne gewusst, woher Peter die guten Sachen habe;

allein als er ihr versicherte, das dürfe er nicht sagen, so drang sie nicht weiter in ihn. Den folgenden Tag, als er zur Steinsäule kam, sprach sie: »Nun Peter, gehe wieder in den Felsen, trinke aus der Flasche dreimal und nimm das Schwert und gehe über den toten Drachen in das folgende Zimmer, da schläft der fünfhäuptige Drache; diesem musst du gleichfalls auf einen Hieb alle Häupter abhauen; dann kannst du wieder essen!« Peter versprach so zu tun und hielt auch Wort. Der Zwerg deckte darauf den Tisch wieder, aber Peter aß nur, als er auch den fünfhäuptigen Drachen erlegt hatte. Dann nahm er wieder Speise und Trank für die Königstochter mit und ging hinaus. Die Steinsäule war jetzt bis zum Nabel Mensch geworden und rief: »Peter, du hast es gut gemacht; aber komme morgen wieder, noch ist eine schwere Arbeit zurück; der Königstochter darfst du aber noch immer nichts sagen!«

Als Peter abends bei ihr ankam, so ward sie ganz fröhlich; sie hatte nun auch den Tag über keinen Mangel gelitten. »Auch morgen sollst du es gut haben!« sprach Peter; »ich habe dir hier wieder genug mitgebracht!« Aber jetzt wollte sie gerne wissen, woher das alles komme. Doch Peter sagte ihr nichts, wie sehr sie auch darum bat. Den andern Tag wollte sie nicht mehr allein zurückbleiben und durchaus mitgehen; aber Peter sprach ganz entschieden: »Nein!« und so blieb sie weinend zurück. Als er zu der Steinsäule kam, so sprach sie: »Peter, tue wieder wie gestern und vorgestern, gehe in den Felsen, trinke aus der Flasche, nimm das Schwert und gehe über die Leichen der zwei Drachen ins dritte Zimmer; da liegt der siebenhäuptige Drache; dem musst du ebenfalls auf einen Hieb alle Häupter abschlagen; dann kannst du wieder essen.« Als er in den Felsen kam, erschien der geschäftige Zwerg abermals und brachte die Speisen auf die Tafel; allein Peter rührte nichts an. Er trank dreimal, nahm das Schwert und schritt über die Leichen in das dritte Zimmer. Aber wie entsetzte er sich beim Anblick des schrecklichen Ungeheuers, das jetzt fest schlief und schnarchte. Da war keine Zeit zu verlieren; er nahm all seine Kraft zusammen, fasste das Schwert mit beiden Händen und tat einen so gewaltigen Hieb, dass alle Häupter herunterflogen. Sogleich sprang Peter wieder hinaus und schlug die Türe zu. Da schlug aber der Drachenschwanz so heftig wider die Felswände, dass vor dem Krachen und Beben alles einzustürzen drohte. Darauf aß Peter wieder und nahm auch Speise mit. Als er hinaustrat, war die Steinsäule bis an die Fußsohlen Mensch geworden; allein noch haftete sie am Stein. »Du hast es gut gemacht, Peter; aber noch eins, und das Schwerste, ist übrig. Wenn das misslingt, so war alles bisher umsonst; ich werde nicht erlöst! Gehe nun hin zur Königstochter und sage ihr alles, was du gesehen und getan hast, und bereite sie vor auf das, was morgen geschehen soll. Sie muss nämlich dann auch mitkommen, und was ihr miteinander tun sollt, ist dieses: Ihr sollt von elf bis zwölf, in der Stunde, in welcher du die Drachen erlegt hast, auf diesem Stein hier nebeneinander ruhig sitzen und nicht aufstehen und kein einziges Wort sprechen; springt aber eines auf und spricht nur ein Wort, so ist alles umsonst gewesen. Dir wird es leicht sein, alles zu halten, aber der Königstochter nicht. Ihr nämlich wird es, während der Zeit, dass ihr da sitzet, vorkommen, als kämen ihr Vater, ihre Mutter, ihre Kammerjungfern und die beiden Minister, deine Brüder, vorbeigefahren und sprächen mit ihr und riefen sie mit. Da wird sie denn aufspringen und antworten wollen; aber halte du sie dann nur fest auf ihrem Sitz und schließe ihr den Mund, dass nicht ein Laut über ihre Lippen kommt!«

Freudig kehrte Peter heim und erzählte nun der Königstochter alles, was ihm die vorigen Tage begegnet war und was er getan hatte und was morgen noch für sie beide zu tun sei. Die Königstochter versprach, sich alle Mühe zu geben, um die Erlösung nicht zu verhindern, und am andern Morgen wanderten sie miteinander zur Steinsäule. Es war noch nicht gerade elf Uhr, als sie anlangten. Da fragte die Steinsäule: »Hast du der Königstochter alles gesagt, will sie alles gerne und genau befolgen?« – »Ja«, sagte Peter. »So sorge denn du dafür, dass es alles richtig geschieht. Setzet euch nur alsbald, denn der Augenblick ist da.« Kaum hatten sie sich gesetzt, so schlug es elf, und die Prüfung ging an. Es dauerte nicht lange, so zeigte die Königstochter mit dem Finger hin und her. Es schien ihr, als kämen ihr Vater und ihre Mutter und ihre Kammerjungfern herbeigefahren und stiegen alle aus und träten zu ihr und sprächen: »O bist du hier, liebe Tochter, komme jetzt mit uns!« Und die Minister und Kammerjungfern kämen auch zu ihr und fragten sie um mancherlei. Da vergaß sie, wo sie war und was sie sollte und wusste sich nicht zu halten; sie wollte aufspringen und sprechen, aber Peter hielt sie fest und schloss ihr den Mund; sie aber zerrte hin und her, und Peter musste seine ganze Kraft anstrengen, um sie auf den Sitz zu fesseln und den Mund ihr geschlossen zu halten. Das Drachentöten war gegen diese Arbeit eine Spielerei gewesen; der Schweiß rann ihm von der Stirne, und er konnte es bald nicht mehr aushalten; die Stunde kam ihm eine Ewigkeit vor.

Endlich schlug es zwölf, und kaum war der letzte Schlag verhallt, donnerte es nur einmal so fürchterlich, wie wenn der Himmel und die Erde in Trümmer gefallen wären. Die Steinsäule war ganz Mensch geworden, sprang vom Stein, und es war der König des großen Landes, das sich ringsum jetzt in voller Herrlichkeit zeigte. Wo kurz vorher nur öde Wüste gewesen, da standen auf einmal herrliche Dörfer, Städte, schöne Gärten mit Springbrunnen. Man hörte Musik und Trommelwirbel und Trompeten, und ganze Regimenter in voller Parade rückten heran, und alles Volk und der König an der Spitze kamen vor Peter und riefen: »Heil unserm Erlöser!« Der König aber gelobte, dass er Peter alle Wünsche erfüllen wolle. Auch hatte er eine wunderschöne Tochter und bot sie ihm an zur Gemahlin, allein Peter sagte: Er wolle bei der bleiben, die sein Geschick mit ihm geteilt habe, und diese willigte nun um so eher ein, die Gemahlin des guten Peter zu werden, da sie sah, wie sehr, ihn alles Volk und der König ehrte und wie er ihretwegen die Hand der schönen Königstochter ausgeschlagen. Peter feierte eine glänzende Hochzeit und lebte dann beim König so angesehen, als wäre er der Königssohn, und alle Wünsche erfüllte ihm der König.

Es war schon ein Jahr vergangen; da dachte die Königstochter, die Gemahlin Peters, mit Sehnsucht an ihren Vater und ihre Mutter, und sie sagte eines Tages Petern, wie sehr sie verlange, dieselben noch einmal zu sehen. »Das lässt sich vielleicht machen!« sprach dieser und ging zu dem König und erzählte ihm ihre ganze Geschichte, wie sie ausgesetzt worden und wie seine falschen Brüder, die Minister des Königs, an allem schuld seien. Da ward der König zornig und sprach: »Die dürfen ihrer gerechten Strafe nicht entgehen. Auf, ich gebe dir meine ganze Armee, ziehe hin und belagere die königliche Burg deines Schwiegervaters und verlange seine Tochter zur Frau und drohe, alles zu verheeren, wenn man dir sie nicht gebe. Dann wird am Ende alles offenbar werden und die Bösewichter werden die verdiente Strafe empfangen!« So tat denn Peter und stand bald mit einer großen Armee vor den Mauern der königlichen Stadt und belagerte sie und drohte, er werde nicht einen Stein auf dem andern lassen, wenn der König nicht gutwillig und von Herzen ihm seine Tochter zur Gemahlin gebe. Der König erschrak sehr, als er diese Forderung vernahm. Er ließ aber sagen, er habe keine Tochter. Doch jener drohte, er wisse schon gut, dass eine Königstochter da sei, und wäre sie nicht da, so müsste sie sogleich zur Stelle geschafft werden! Da war guter Rat teuer. Der König ließ seine Minister kommen und sprach: »Ihr habt es geraten, dass ich meine Tochter fortgeschafft, nun helfet und ratet!« Aber sie wussten nichts anders, als man solle sagen, es sei zwar eine königliche Tochter hier gewesen, allein die sei längst geraubt worden und umgekommen. Das geschah auch; allein der Feind wollte sich damit nicht begnügen. Er ließ dem alten König sagen: Morgen werde er mit allen seinen Generälen und deren Gemahlinnen sein Gast sein, und da werde er noch einmal bei der Tafel seine Tochter verlangen, und er sei gewiss, man werde sie ihm nicht vorenthalten.

Der arme König hätte nun gerne sein halbes Leben darum gegeben, wenn die Tat nicht geschehen wäre; ungeschehen konnte er sie nicht machen; sie zu gestehen, schämte er sich auch, daher waren ihm die Gäste gar nicht willkommen; aber am meisten fürchteten sich die beiden Minister, denn sie sahen ein, ihr schwarzes Verbrechen könne an den Tag kommen; sie aber mussten auch zur Tafel erscheinen, ausdrücklich hatte das der feindliche Feldherr verlangt. Die bestimmte Stunde war da. Peter erschien als General gekleidet mit allen seinen Generälen und deren Frauen, und unter diesen war auch seine junge Frau mit ihrem Kinde; sie durfte sich aber nicht zu erkennen geben, bis nicht Peter ihr einen Wink geben würde.

Man setzte sich zur Tafel; aber es war anfangs so ernst und stille, als äße man das Tränenbrot. Da fingen Peter und seine Generäle an, allerlei lustige Späße zu erzählen und den alten König zu erheitern, sodass dieser seine Sorge vergaß und sogar die Minister ihre Angst verloren. Sie sprachen bald auch mit und waren lustig. Da aber konnte Peter den Anblick seiner falschen Brüder nicht länger ertragen. Er legte daher die Frage vor, was wohl diejenigen verdienten, die ihren König auf das Schändlichste betrogen hätten. Da fielen die Brüder gleich ein: »Die verdienen an den Schweif von wilden Pferden gebunden und durch die Stadt geschleift zu werden.« – »Ja, ja«, riefen alle, »das verdienen die!« – »Nun, so will ich gleich solche Frevler hier vorführen. Der König hat gesagt, seine Tochter sei ihm geraubt worden. Wie nun, wenn sie nicht gestorben wäre, würde man sie wohl erkennen?« Da rief die alte Königin, ihre Mutter: »O Gott, wie sollte ich meine Tochter nicht erkennen, wenn ich sie nur einmal sehen sollte, denn sie hat auch ein eigenes Mutterzeichen!« Da hieß Peter seine Gemahlin hervortreten und sprach: »Zeige deine Brust!« Als die alte Königin das bekannte Muttermal sah, fiel sie der jungen Frau um den Hals und schluchzte: »Ach, meine Tochter;« Der König war sprachlos und wie vom Blitze gerührt. Die Minister aber sprangen auf und wollten fliehen; allein die Türen waren besetzt. Da rief Peter: »Greift sie und vollziehet an ihnen das Urteil, das sie sich selbst gesprochen!« Zum König aber sprach er tröstend: »Euch, guter Vater, ist verziehen, denn meine falschen Brüder hatten Euch getäuscht und irregeführt. Ich frage aber jetzt wieder: gebt Ihr mir freiwillig und gerne Eure Tochter zur Gemahlin?« – »Edler Mensch!« sprach der König, »von Herzen gerne und dazu mein ganzes Königreich; von heute an sollst du in meiner Stelle König sein!«

Da schickte Peter dem König, den er erlöst hatte, seine Truppen mit großem Danke zurück und war nun hier Herrscher und lebte mit seiner Gemahlin noch viele Jahre glücklich und zufrieden.

27. Der Königssohn und die Teufelstochter

Es war einmal ein König, der hatte in einem großen Kriege alle Schlachten nacheinander verloren; seine Heere waren alle vernichtet, und jetzt war er in der Verzweiflung daran, sich ein Leid anzutun. Da, in dem Augenblick, erschien vor ihm ein Mann, der sprach zum König: »Ich weiß, was dir fehlt; fasse Mut, ich will dir helfen, wenn du mir ›en noa Sil‹ aus deinem Hause versprichst. Nach dreimal sieben Jahren will ich dann kommen und mir das Versprochene abholen.« Der König wusste nicht, wie ihm geschah; er dachte, der fremde Mann meine ein neues Seil (en noa Sil - eine neue Seele, und en noa Sil - ein neues Seil, klingt im Sächsischen gleich), und einen so geringfügigen Preis versprach er ohne Weiteres; »du hast ja«, dachte er, »solche Sachen in deiner Gerätekammer die Menge!« Der König aber hatte lange keine Kinder gehabt, und in der Zeit, dass er im Kriege war, ward ihm ein Sohn geboren, davon wusste er nichts; der fremde Mann aber wusste es, denn es war der Oberste der Teufel. Sowie der König das Versprechen gegeben hatte, entfernte sich der Fremde ein wenig aus seinen Augen, nahm eine eiserne Geißel mit vier Schwänzen und knallte damit nach den vier Winden. Siehe, da strömte auf einmal von allen Seiten zahlreiches Kriegsvolk herbei. An der Spitze desselben gewann der König bald eine Schlacht nach der andern, sodass in kurzem sein Feind um Frieden bitten musste.

Darauf zog er heim in sein Reich, und seine Freude über den Sieg ward noch größer, als er hörte, dass ihm ein Sohn und Nachfolger geboren sei. Jetzt hielt er sich für den glücklichsten Menschen in der Welt, denn er war erstens ein starker und gefürchteter König und wurde auch von seinen Untertanen geliebt ; dann hatte er einen Sohn, der war an Leib und Seele ohne Fehl und nahm immer mehr zu an Kraft und Schönheit. Dreimal sieben Jahre waren bald zu Ende seit dem großen Kriege und der König hatte seines Versprechens schon ganz vergessen; da erschien plötzlich eines Tages der fremde Mann in der nämlichen Gestalt als ehemals und forderte nach dem Vertrage »en noa Sil«. Der König wollte sich recht dankbar bezeigen und ließ aus seiner Gerätekammer das längste neue Seil holen. Der Fremde aber wies es hohnlächelnd zurück und rief: »Eine neue Seele habe ich gemeint, und das ist dein Sohn, der damals geboren ward; der ist nun mir verfallen und muss mir sogleich mitfolgen in mein Reich!« Da entsetzte sich der König, zerraufte sein

Haar, zerriss seine Kleider, rang die Hände und wollte vor Schmerz fast vergehen. Das half aber alles nichts. Der Königssohn mit seinem unschuldigen, kindlichen Herzen tröstete den Vater und sprach: »Lasset es gut sein, Vater, dieser abscheuliche Höllenfürst wird mir doch nichts tun können.« Der Teufel fuhr zornig auf: »Warte, du junger Tugendspiegel, du sollst mir dies schwer büßen!« Damit fasste er ihn und führte ihn durch die Luft auf einmal in die Hölle.

Da war große Trauer im ganzen Königreich: Alle Häuser wurden mit schwarzem Flor behangen, und der König verschloss sich in seinem Gram in den Palast und war wie ein Toter unter Lebendigen.

Als der Höllenfürst mit dem Königssohn in seinem Reiche angelangt war, so zeigte er ihm das höllische Feuer und sagte, man werde jetzt noch siebenmal ärger heizen, und in dieses Feuer solle er morgen früh geworfen werden, wenn er in der kommenden Nacht nicht tun könne, was er ihm auftrage. Es war aber in der Nähe ein ungeheurer Teich. Diesen befahl der Teufel in der Nacht trockenzulegen, in Wiese zu verwandeln, die Wiese zu mähen, Heu zu machen, das Heu in Schober zu bringen, dass man's am Morgen nur gleich einführen könne. Darauf schloss der Teufel den Königssohn in ein einsames Gemach ein. Da ward dieser sehr traurig und betrübt und nahm Abschied vom Leben, denn dass er seinen Auftrag ausrühren könne, daran durfte er nicht einmal denken. Nur einmal öffnete sich die Türe, und herein trat die Teufelstochter und brachte zu essen. Als sie den schönen Königssohn sah mit den verweinten Augen, da regte sich etwas in ihrem Herzen, und sie erbarmte sich seiner und sprach: »Iss und trink und sei guten Mutes, ich will schon dafür sorgen, dass alles geschieht, was mein Vater dir aufgetragen hat; zeige nur morgen früh ein heiteres Antlitz!« Damit ging sie fort. Der Königssohn aber blieb traurig. In der Nacht, als alles schlief, stand die Teufelstochter leise auf, ging an ihres Vaters Bett, verstopfte ihm die Ohren, nahm dann dessen eiserne Geißel mit den vier Schwänzen und ging hinaus vor den Palast und peitschte nach allen vier Weltecken, dass es tausendfach widerhallte und das ganze Höllenreich erzitterte. Da sauste und brauste es in der Luft, und es kamen von allen Seiten die Höllengeister herbei und fragten: »Was steht zu Befehl?« Die Teufelstochter gab ihnen den Auftrag, den Teich geschwind auszutrocknen, in Wiese zu verwandeln, Heu zu machen und dasselbe in Schober zu legen. Man hörte einige Zeit heftiges Sausen, wie wenn der Sturmwind einherfährt, und einige heftige Schläge, dann aber wurde es still.

Als am frühen Morgen der Königssohn zum Fenster hinausblickte, so sah er zu seiner Verwunderung und Freude an der Stelle des Sees eine

Menge Heuschober; er fasste nun Mut, und sein Gesicht wurde heiter. Die Teufelstochter hatte, sobald alles vollendet war, ihrem Vater die Ohren wieder aufgestopft und die Geißel neben ihn gelegt. Als der am Morgen erwachte, so freute er sich in seiner Bosheit, dass er den Königssohn nun bald im höllischen Feuer sehen solle. Wie erstaunte er aber, als er hinauskam und sah, dass sein Auftrag vollzogen war! Da wurde er noch grimmiger und ging zum Königssohn und sprach: »Diesmal ist es dir gelungen, aber morgen wirst du mir dennoch die heiße Glut schmecken! Siehe den großen Wald da oben auf dem Gebirge; den sollst du in der Nacht hauen, das Holz in Klaftern legen, dass man es morgen früh einführen kann. In die Stelle, wo der Wald war, sollst du einen Weingarten hinsetzen, und die Trauben sollen gleich so reif sein, dass man morgen früh Weinlese halten kann!« Die Türe wurde darauf wieder geschlossen, und der Königssohn überließ sich abermals dem Kummer, denn das, glaubte er, könne unmöglich geschehen. Da kam die Teufelstochter mit dem Essen, erkundigte sich um den neuen Auftrag und tröstete ihn wieder; er fasste Mut und ward ruhig. Die Teufelstochter aber tat in der Nacht ebenso als in der vorigen; sie verstopfte ihrem Vater die Ohren, knallte mit der Peitsche viermal in alle Weltecken, gab den Teufeln den Auftrag, und man hörte nur einige Mal knallen und knarren, und alles war fertig.

Am Morgen war der Teufelsfürst neugierig, ob das einfältige Menschenkind auch den zweiten Auftrag wohl ausgeführt habe, und er sah zu seinem Erstaunen, dass alles so war, wie er befohlen hatte. Sein Zorn stieg jetzt aufs Höchste. »Auch diesmal ist es dir gelungen: Allein ich will nun sehen, ob dein Menschenwitz zum dritten Mal dich retten wird! Aus purem Sande sollst du in der kommenden Nacht eine Kirche bauen, mit Kuppel und Kreuz, die feststeht und zusammenhält.« Der Teufelsfürst schloss hierauf die Türe und ging fort, der Königssohn aber ward betrübt und fing an zu verzagen. Als die Teufelstochter ihm wieder zu essen brachte, so fragte sie ihn gleich wieder, warum er so betrübt sei, und er klagte ihr sein Leid und teilte ihr den neuen Auftrag mit. »Das ist«, sprach sie, »eine schwere Sache, und ich fürchte, das werde ich nicht zustande bringen; indes, ich will es versuchen; allein schließe du kein Auge zu in der Nacht, damit du mich hörst, wenn ich dich rufe.« Kaum war es Mitternacht, so nahm die Teufelstochter, nachdem sie ihrem Vater die Ohren verstopft hatte, wieder die mächtige Geißel und knallte nach allen vier Ecken der Welt. Da kamen die Diener gleich geschäftig herbei und fragten, was zu Befehl stehe. Als aber die Teufelstochter den Auftrag ihnen mitteilte, schraken alle zusammen und riefen: »Eine Kirche bauen! Das können wir nie und nimmer, selbst nicht aus Steinen oder Eisen, geschweige denn aus purem Sand!« Allein die Teufelstochter befahl ihnen strenge, gleich ans Werk zu gehen. Da eilten sie fort und fingen an zu arbeiten, dass ihnen der Schweiß rann und der Sand in Klumpen sich ballte, aber das Werk wollte nicht fortschreiten; mehrmals brachten sie die Kirche bis zur Hälfte, da stürzte sie wieder zusammen; einmal war sie fast ganz fertig, die Kuppel gewölbt, es fehlte nur das Kreuz an der Spitze, allein als die Teufel dieses aufsetzen wollten, sank die ganze Kirche wieder zusammen. Wie die Teufelstochter sah, dass alles vergeblich und die Zeit bald vorüber sei, da entließ sie die Teufel und ging ungesäumt zum Königssohn ans Fenster und rief: »Auf, auf; noch kann ich dich retten, wenn du gerettet sein willst! Ich verwandle mich in ein weißes Pferd, sitze du schnell auf, und ich trage dich heim!« Kaum hatte sie's gesagt, so stand da ein weißes Pferd, und der Königssohn schwang sich auf, und fort ging es im ärgsten Galopp.

Als aber am Morgen der alte Teufel erwachte, schien ihm alles so still; er griff nach der Peitsche, um sein Volk aufzuwecken, allein diese lag nicht an ihrer Stelle. Da tat er seinen Mund auf und schrie, dass die ganze Hölle erzitterte; dadurch fielen ihm auch die Stöpsel aus den Ohren, und nun hörte er, dass draußen alles Hausgesinde schon an der Arbeit war. Er dachte jetzt an den Königssohn und ging zu dessen Zimmer; allein als er hinkam, sah er die Türe offen und den Königssohn nicht da; er suchte nun schnell seine Geißel, endlich fand er sie in einer Ecke liegen. Er knallte damit nach den vier Winden, und alle Teufel aus seinem Reich kamen herbei und fragten: »Herr, was befiehlst du wieder? Wir haben die ganze Nacht uns müde gearbeitet, gönnst du uns denn gar keine Ruhe?« – »Wer hat euch denn geheißen?« – »Deine Tochter tat es auf deinen Befehl!« – »Meine Tochter!« schrie der Höllenfürst entsetzlich, »ha, die Menschengefühlige! Jetzt ist mir alles klar; sie hat mir die Ohren verstopft, sie hat die aufgetragenen Geschäfte mittelst meiner Macht verrichtet um des Elenden willen und ist jetzt mit ihm fort! Ha, wartet, ich will euch noch beide gleich zurückholen!« Damit erhob er sich geradeaus in die Luft und sah den Fliehenden nach und erblickte sogleich das weiße Pferd und den Reiter. Er schoss sogleich wieder hinab und rief seinen Teufeln zu: »Auf, eilet fort dawärts, das weiße Pferd, das ihr antrefft, und seinen Reiter bringt mir tot oder lebendig hierher!« Alsbald wurde der Himmel schwarz von den Scharen, die dahinflogen. Als man das Sausen von ferne vernahm, rief das weiße Pferd seinem Reiter zu: »Schaue zurück, was siehst du?« – »Eine schwarze Wolke.« – »Das ist das Heer meines Vaters, das uns verfolgt. Wir sind verloren, wenn du nicht genau erfüllst, was ich dir sage. Ich verwandle mich in eine große Kirche und dich in einen Pfarrer; stelle dich an den Altar und singe immerfort und gib keine Antwort, wenn man dich fragt.« Der Königssohn versprach, alles genau so zu machen. Das Heer nahte heran und wunderte sich über die große Kirche; die Türen standen alle offen; es konnte jedoch niemand über die Schwelle, so viele auch versuchten.

Der Königssohn stand als Pfarrer am Altar und sang immerfort: »Herr, sei mit uns! Herr, schirme uns!« Die Teufel hörten lange den wundersamen Gesang, und als der Pfarrer nicht aufhörte, so riefen sie, er solle ihnen Auskunft geben, ob er nicht ein weißes Pferd und einen Reiter darauf gesehen. Doch jener hörte nichts, und da gingen sie weiter und zogen bis an das Ende des Höllenreiches, ohne etwas von einem weißen Pferd und dem Reiter zu sehen. Als sie unverrichteter Sache am Abend heimkehrten, da sprühte der alte Teufel Zornesflammen. Am anderen Morgen erhob er sich wieder gerade aufwärts in die Luft und sah den Fliehenden nach; er erblickte in weiter Ferne die Kirche und hörte leise den Gesang, dass es ihm durch die Seele schnitt. »Das sind sie!« sprach er bei sich, »nun wartet, ihr werdet mich nicht überlisten!« Er schoss eiligst hinunter, versammelte noch eine größere Schar als die frühere und rief: »Flugs auf, eilet hin zur Kirche, zerstöret sie von Grund aus und bringt mir einen Stein mit und den Pfarrer tot oder lebendig.« Im Hui flogen sie fort; allein unterdessen hatte die Teufelstochter sich wieder in das weiße Pferd verwandelt und den Pfarrer in den reitenden Königssohn und eilte auch weiter; aber bald hörten sie hinter sich ein Brausen und Zischen. Das Pferd rief dem Reiter: »Schaue zurück; was siehst du?« – »Eine schwarze Wolke wie die vorige, nur noch größer und schrecklicher!« – »Siehe, das ist ein neues Heer meines Vaters. Tue wieder genau, was ich dir sage, sonst sind wir verloren. Ich verwandle mich in einen großen Erlenbaum und dich in ein goldnes Vöglein; singe nur immerfort und lasse dich durch nichts beirren und schrecken!« Der Königssohn versprach, alles genau so zu tun. Das Teufelsheer war bald angelangt, siebenhundert Meilen weiter als da, wo die Kirche gestanden, aber es fand keine Spur von der Kirche und dem Pfarrer, von dem weißen Ross und dem Königssohn. Als sie an den hohen Erlenbaum kamen, verwunderten sie sich sehr und standen still und sahen auf den Baum und das goldne Vöglein, und das sang in einem fort: »Furcht' mich nicht! Furcht' mich nicht!« – »Wenn doch nur das Vöglein einmal aufhörte«, sprachen sie, »dass wir es fragten, ob es uns keine Kunde geben könne von der Kirche und dem Pfarrer, dem weißen Ross und dem Königssohn«; aber das Vöglein sang fort ohne Aufhören. Da zogen sie weiter bis ans Ende des Höllenreiches und kehrten dann abends auch unverrichteter Sache zurück.

Der alte Teufel sprühte abermals Zornesflammen; am andern Morgen hob er sich wieder gerade auf in die Luft und sah nach den Fliehenden. Da erblickte er zweimal siebenhundert Meilen weit nur halb deutlich den hohen Erlenbaum und das goldne Vöglein, und der Gesang tönte leise zu ihm, dass es ihm durch die Seele schnitt. »Ha, ihr sollt mir doch nicht entkommen!« Sogleich schoss er nieder, versammelte eine noch viel größere Schar als früher und rief: »Auf, eilet fort und hauet den Erlenbaum den ihr treffet, um und bringt mir einen Span davon, das goldne Vöglein aber fanget und bringt es tot oder lebendig!« Flugs zog das Heer fort; der Erlenbaum und das goldne Vöglein darauf waren indes wieder zu Ross und Reiter geworden und waren bald abermals siebenhundert Meilen von der Stelle fort, wo der Erlenbaum gestanden; da vernahmen sie ein Brausen und Zischen. »Schaue zurück«, sprach das weiße Ross, »was siehst du?« – »Eine schwarze Wolke, aber noch größer und schrecklicher als die frühere.« – »Das ist das Heer meines Vaters; tue wieder genau, was ich dir sage, sonst sind wir verloren. Ich verwandle mich in ein Reisfeld und dich in eine Wachtel; laufe nur immerfort durch das Feld und singe, aber in einem fort und lasse dich durch keine Fragen beirren!« Der Königssohn versprach, es genau so zu machen. Das teuflische Heer kam mit Brausen näher und war schon dreimal siebenhundert Meilen gekommen und sah und spähte nach allen Seiten und sah weder Kirche und Pfarrer noch Erlenbaum und Goldvöglein noch Ross und Reiter. Als es das große Reisfeld erblickte, stand es staunend still und sah die Wachtel im Korn hin- und herlaufen und hörte ihren wundersamen Ruf: »Gott mit uns! Gott mit uns!« – »Wenn doch der Vogel nur einmal stillstünde und aufhörte zu rufen, dass wir ihn fragten!« Allein das tat er nicht, und so zogen sie bis an das Ende des Höllenreiches und kehrten am Abend unverrichteter Sache zurück.

Da kochte in dem alten Teufel die Wut; er fuhr am andern Morgen wieder geradeaus in die Luft, sah das große Reisfeld wie einen grauen Streifen und vernahm leise den Ruf der Wachtel, und es ging ihm durch Mark und Bein. »Ha, noch seid ihr in meiner Gewalt; ihr, meine Diener, alle auf, eilet hin und mähet das Reisfeld und bringet mir eine Garbe mit und fanget die Wachtel! – Doch halt! Bleibt! Jetzt muss ich selbst ihnen nach; denn kommen sie über die viermal siebenhundert Meilen hinaus, so können sie dann meiner spotten; da hat meine Macht ein Ende!« Damit erhob er sich in die Luft und fuhr ihnen nach. Die Teufelstochter und der Königssohn waren als Ross und Reiter schon wieder ein gutes Stück fortgeflohen, noch fehlten ihnen nur sieben Meilen von dem irdischen Königreich; da hörten sie hinter sich ein so heftiges Stürmen und Brausen wie noch nie bisher. Das weiße Ross sprach zu seinem Reiter: »Schaue zurück; was siehst du?« – »Einen schwarzen Punkt am Himmel, noch schwärzer als die Nacht, daraus zucken feurige Blitze!« – »Wehe, wehe! Das ist mein Vater; wenn du jetzt nicht getreu befolgst, was ich dir sage, so sind wir verloren. Ich verwandle mich in einen großen Milchweiher und dich in eine Ente. Schwimme immer nur in der Mitte herum und halte das Haupt versteckt; lasse dich nur ja durch keine Lockungen verleiten, das Haupt aus der Milch herauszuziehen oder ans Ufer zu schwimmen!« Der Königssohn versprach, es genau so zu machen. Bald stand der alte Teufel am Ufer; aber den Verwandelten konnte er nichts anhaben, wenn er nicht zuvor die Ente in seine Gewalt bekommen; allein die schwamm in der Mitte des Weihers; erreichen konnte er sie nicht, das war zu weit; hinzuschwimmen getraute er sich nicht, denn in der reinen Milch müssen die Teufel ertrinken. So blieb ihm denn nichts übrig, als durch Schmeichelworte die Ente an sich zu locken. »Liebes Entlein, warum irrst du immer in der Mitte herum, schaue um dich; hier, wo ich bin, wie wunderschön ist es!« Allein das Entlein sah und hörte lange nicht; aber in seinem Innern regte sich allmählich die Lust, wenigstens einmal hinauszublicken.

Als der Versucher fortfuhr zu locken, blickte es denn einmal rasch auf; da hatte ihm der Böse sogleich das Gesicht geraubt, dass es stockblind war. Der Milchweiher wurde gleich etwas trüb und fing an zu gären, und eine klagende Stimme drang zu der Ente: »Wehe, wehe! Was hast du getan!« Sie gelobte, sich jetzt durch nichts verführen zu lassen. Der Teufel aber tanzte am Ufer vor boshafter Freude und rief: »Aha, bald habe ich euch!«, und versuchte nun auch in der getrübten Milch zur Ente zu schwimmen, um sie zu packen; allein da er noch untersank, kehrte er gleich um. Lange lockte und reizte er wieder die Ente, sie möchte doch ans Ufer kommen; sie aber blieb ruhig und hielt das Haupt immer in der Milchflut und spottete zuletzt des Bösen. Da wurde der Teufel zornig und ungeduldig; er verwandelte sich auf einmal in eine große Kröpfgans und schlürfte den ganzen Milchweiher samt der Ente ein; dann wackelte er langsam heimwärts. »Jetzt ist alles gut!« sprach eine Stimme aus der Milch zur Ente, und die Milch fing an zu gären und zu sieden. Dem Teufel wurde immer schwüler und bänger; nur mit Mühe konnte er sich fortbewegen. »Wäre ich nur daheim!«, seufzte er; aber das war umsonst; schon hatte ihn die siedende Milch ganz aufgeblasen. Noch einige Schritte wankte er fort; plötzlich gab es ein lautes Krachen; er war zerplatzt und zerstoben, und es standen da in jugendlicher Schönheit und Herrlichkeit der Königssohn und die Teufelstochter.

Nun zog der Königssohn mit der Teufelstochter in seines Vaters Reich; es war gerade der siebente Tag, seitdem der Teufel den Königssohn entführt hatte, als sie anlangten. Da entstand großer Jubel im ganzen Land; die schwarzen Florgehänge wurden abgenommen, Grünreis und Blumen auf den Weg gestreut, und der alte König kam unter Pauken- und Trompetenschall den Einziehenden entgegen. Es wurde eine glänzende Hochzeit gefeiert, und der alte König übertrug seinem Sohne die Regierung, und [d]er herrschte weise und gerecht wie sein Vater und herrscht heute noch, wenn er nicht gestorben ist.

28. Der listige Schulmeister und der Teufel

Ein Schulmeister ging einmal für seinen Herrn Pfarrer, wie das ja noch immer hie und da zu geschehen pflegt, mit einer großen Gabel zum Heumachen und nahm sich auch einen kleinen Käs und ein Stück Brot zum Essen mit; sein Weg führte ihn über die Teufelswiese. Da sah er nur einmal einen Teufel, der hatte einen großen Schlauch aus Büffelhaut auf dem Rücken und wollte Wasser holen. »Halt!«, rief der dem Schulmeister gleich zu, »habe ich dich hier einmal auf dem sauren Bier ertappt«, warf seinen Schlauch gleich nieder und wollte den Schulmeister packen. Dieser aber nahm seinen Käs aus dem Tornister, drückte ihn zusammen, dass das Wasser daraus floss, und rief dem Teufel zu: »Siehe, so zerdrücke ich dich wie diesen Stein, dass der Lebenssaft dir herauskommt, wagst du es, mich nur anzurühren!« In voller Angst lief der Teufel stracks in die Hölle und ließ auch den Schlauch liegen und erzählte da, wie er einen Menschen gesehen, der so stark sei, dass er Saft aus einem Stein gepresst habe. Da schickten ihn die andern Teufel zurück, er solle ihn dingen, denn er werde gut sein zum Wassertragen. Der Teufel kam schnell wieder auf die Wiese und fragte den Schulmeister, ob er sich nicht verdingen wolle. Dem war das recht; denn er wünschte gerne, einmal die Gelegenheiten in der Hölle sich zu besehen. Also kam er in die Hölle; und sogleich erhielt er den Auftrag, Wasser im großen Schlauche zu holen. Der war aber so schwer, dass er ihn nicht einmal leer heben konnte.

Da erdachte er sich eine List; er nahm Spaten und Haue und ging. »Wohin denn mit diesem Werkzeug?« – »Ich will gleich den ganzen Brunnen ausgraben und nach Hause bringen, damit ich nicht immer zu gehen brauche.« Da fürchteten die Teufel, das werde die ganze Hölle überschwemmen und ihnen das Feuer auslöschen, und sie würden dann Mangel leiden, und sprachen: »O lasse es nur sein; wir wollen uns schon Wasser holen!« Darauf schickten ihn die Teufel in den Wald, er solle eine Eiche ausreißen und nach Hause bringen. Der Schulmeister dachte: »Das wird werden!« Allein schnell hatte er wieder eine List ersonnen. Er nahm ein großes Seil und wollte gehen. »Was willst du mit dem Seil?«, fragten die Teufel. »Ich will gleich den ganzen Wald damit umbinden, ausreißen und nach Hause bringen, damit ich nicht so oft zu gehen brauche!« Die Teufel entsetzten sich vor der ungeheuren Stärke und fürchteten, wenn er den ganzen Wald heimbrächte, dass sie damit die Hölle in Brand setzen und später dann leicht erfrieren könnten. »Lasse es gut sein, wir wollen uns schon Holz holen!« Nun aber beschlossen die Teufel, diesen gefährlichen Menschen auf eine gute Art zu entfernen. Sie wollten ihm den ganzen Lohn auszahlen, wenn er nur fortgehe. Der Schulmeister war das zufrieden, nur verlangte er, den Sack mit dem Gold solle ihm ein Teufel auch nach Hause tragen. Das erschien allen gefährlich, keiner wollte recht; endlich wagte es einer. Als sie in die Nähe der Schule kamen, sahen die Kinder des Schulmeisters gerade zum Fenster hinaus; da gab ihnen ihr Vater ein Zeichen, und nur einmal schrien alle: »Auch ich will Teufelsfleisch, auch ich will Teufelsfleisch!« Wie der Teufel das hörte, warf er den Sack nur hurtig zu Boden und lief in einem Atem zurück in die Hölle, ohne auch nur einmal umzuschauen. Aber der Teufel hatte zu Hause einen Sohn, der war gerade aus der Fremde nach Hause gekommen und war stark und trotzig und sprach, er nehme es auf mit jedem Menschen und fürchte sich nicht. Da sprach sein Vater und die andern Teufel: »So gehe hin zum Schulmeister und bringe den Sack mit dem Gold wieder heim.« Der war gleich fertig und ging, und als er zum Schulmeister kam, sprach er: »Entweder gib den Sack voll Gold mit gutem heraus oder miß dich mit mir!« Der Schulmeister lachte und sprach: »Das Gold bekommst du pune lume (walachisch – solange die Welt steht) nicht; es wird mir aber Spaß machen, mit dir zu kämpfen; bestimme, worin sollen wir's versuchen?« – »Im Ringen!« sprach der Teufel. »Ha, ha«, sagte der Schulmeister, »in dem versuch ich's nicht einmal, denn ich fürchte, ich zerquetsche dich gleich zwischen meinen Fingern; aber ich habe hier einen alten Großvater, der hat auch noch Kraft genug, über dich Meister zu werden!«

Damit ließ er einen Bären los; der fiel gleich über den Teufel her, umarmte und drückte ihn so, dass der Teufel laut aufschrie: »Jai, jai, tolwai! (Weh, weh, Räuber!) lasse aus.« Da sprach der Schulmeister spottend: »Vielleicht ist das Ringen nicht deine Sache; bestimme etwas anders!« –

»So will ich mit dir um die Wette laufen!« – »Ha, ha!« sprach der Schulmeister, »das brächte mir nur Schande, wenn ich's mit dir versuchen wollte; allein ich habe hier ein Enkelchen, das läuft auch schon gut genug, um dich zu überholen!« Damit ließ er einen Hasen los; der lief wie ein abgeschossener Pfeil und war gleich über alle Berge; der Teufel kam bald ganz keuchend zurück und hatte kein Leben. Der Schulmeister lachte und sprach: »Laufen kannst du freilich schlecht, vielleicht verstehst du aber was anders besser!« – »So wollen wir einmal um die Wette hochwerfen!« sprach der Teufel voll Zorn und Grimm. Er nahm einen mächtigen Pirel (den dicksten Schmiedehammer) und warf ihn so hoch, dass er sieben Stunden brauchte, bis er wieder zu Boden kam. Dann reichte er ihn dem Schulmeister und sprach: »Nu lasse jetzt sehn, was du kannst!« Der Schulmeister sah aber, dass er den Hammer nicht einmal heben könne, darum sprach er: »Wenn ich diesen hinaufwerfe, so fällt er nicht mehr hernieder; denn ich habe einen Schwager im Himmel, der ist Schmied, der fängt den Hammer auf und macht Lattnägel daraus, indes wir hier umsonst warten; ich hole mir aber gleich einen Stein, den will ich werfen«; und so brachte er einen Fink aus seinem Käfig und schleuderte ihn hoch in die Luft. Dieser aber freute sich der Freiheit und flog fort. Der Schulmeister hatte den Teufel so gestellt, dass [d]er gerade in die Sonne sah; deshalb merkte er nicht, wie der Fink in die Luft kam und wegflog. »Der Stein braucht sieben Tage«, sprach der Schulmeister, »bis er zur Erde fällt, willst du so lange warten?« – »Nein, nein!« rief der Teufel und hatte die Sonne schon satt und war halb blind geworden. »Ei, ei«, sprach der Schulmeister, »ihr Teufel seid elende Kerle; ihr könnt weder ringen, noch laufen, noch hochwerfen; versteht ihr denn nicht etwas besser?« – »So lasse uns einmal in die Wette knallen!« sprach der Teufel voll Grimm und Ärger. Er nahm eine Geißel und knallte so fürchterlich, dass es dem Schulmeister durch den Bauch schnitt und er fast ohnmächtig wurde; doch erholte er sich und sprach zum Teufel: »Ich habe große Sorge um dich, lasse mich die Augen dir verbinden, denn ich werde so furchtbar knallen, dass es donnert und blitzt; und es könnten dir leicht die Augen herausspringen!« Da band er ihm die Augen fest zu und nahm darauf seinen »Palukesknüppel« und schlug damit aus allen Kräften den Teufel so derb in die Augen, dass dieser glaubte, sie seien ihm vom Knalle herausgesprungen »Nicht mehr knalle, halte ein!« jammerte der Teufel. »Nu, ich weiß nicht!« sprach der Schulmeister, »gibt es denn keine Kunst, in der ihr es zu etwas gebracht habt?« Der Teufel kochte vor Ärger und Grimm: »Wohlan«, sprach er, »lasse uns einmal mit Stangen kämpfen!« – »Es ist mir recht«, sagte der Schulmeister und gab dem Teufel eine lange eiserne Stange, und er nahm eine kurze. Er ging dem Teufel fest auf den Leib und gab ihm nacheinander unzählige Schläge und prügelte ihn ganz blau; jener konnte mit der langen Stange in der Nähe nichts machen. »Ho, ho«, sprach der Teufel, »lasse uns die Stangen einmal tauschen!« – »Recht gerne!« sprach der Schulmeister; »aber weil ich sehe, dass du so elend bist, will ich dir noch mehr zugestehen; krieche du hier in diesen Schweinestall hinein, wo du geschützt bist, ich will von hier aus dem Freien kämpfen!« Das ließ sich der Teufel gefallen, er nahm die kurze Eisenstange und kroch in den Schweinestall. Jetzt stieß ihn der Schulmeister mit der langen Stange durch das Fressloch so unbarmherzig, dass es ihm zwischen den Rippen hindurchging; er aber konnte mit seiner kurzen Stange den Schulmeister nicht einmal erreichen. »Es ist genug, es ist genug!«, schrie der Teufel, als er sah, dass ihm das Blut von allen Seiten hervorströmte. »Jetzt soll mir noch einer sagen, dass ein Teufel mehr versteht als das elendste Menschenkind; hat es sich doch nun gezeigt, dass ihr so gar nichts vermöget; oder willst du es noch in etwas versuchen?« – »Ja, ja«, heulte der Teufel vor Schmerz und Zorn, »lasse uns einmal in die Wette kratzen!« Da kratzte der Teufel den Schulmeister, dass ihm das Blut rann und die Knochen hervorstanden. »Warte jetzt!«, sagte der Schulmeister, »dass ich mir meine Nägel bringe, denn ich lege die immer ab, wenn ich sie nicht brauche!« Da brachte er zwei Hanfkämme (sächsisch: Grebel) und ackerte damit so unbarmherzig auf dem Teufel, dass dieser vor Schmerz endlich laut aufschrie: »Halt, du kratzest ja bis auf die Seele!« Der Schulmeister sprach: »Ich schäme mich jetzt wahrlich, mit dir noch weiter zu kämpfen; freilich wirst du auch nichts mehr angeben können!« Der Teufel schäumte vor Wut: »Lasse uns denn zur guten Letzt noch in die Wette furzen!« Da ließ der Teufel einen so Fürchterlichen los, dass der Schulmeister bis an die Zimmerdecke hinauf flog. »Was machst du da oben?« sprach der Teufel. »Ich verstopfe die Ritzen und Löcher, damit du, wenn ich jetzt einen Pumps lasse, nicht hinaus kannst und an der Decke zerschmetterst!« Da entsetzte sich der Teufel so sehr, dass ihm die Haare zu Berge standen; er wartete nicht länger, sondern ergriff schnell die Flucht und rannte in einem Atem fort bis in die Hölle. Seitdem hatte der Schulmeister Ruhe vor den Teufeln; – aber den Sack mit dem Golde müssen ihm schlechte Menschen entwendet haben, denn er ist heutigen Tages arm wie eine Kirchenmaus.

Einige erzählen zwar, dass der starke Hans oder der Schneider Zwirn es gewesen, der den Teufel in den sieben Künsten überwunden habe, allein mit Unrecht; denn der Schulmeister hat die Geschichte selbst oft erzählt, also muss doch er es gewesen sein.

29. Des Teufels Hilfe

Ein armer Bauer brachte einmal Holz aus dem Walde und blieb in einer Pfütze stecken, sodass er nicht von der Stelle fortkommen konnte; da trat ein unbekannter Mann zu ihm hin und sprach: »Ich möchte dir auf einmal aus der Not helfen, wenn du mir das Neueste, das jetzt in deinem Hause sich findet, zu geben versprichst; nach zwanzig Jahren erst sollst du mir's ausliefern!« Der Bauer dachte an die neuen hölzernen Löffel, die er vor Kurzem gekauft hatte, und versprach ohne Weiteres das Verlangte, und sogleich wurde auch ein schriftlicher Vertrag aufgesetzt. Darauf zog der Fremde den Wagen samt den Kühen heraus und ging fort. Als der Bauer zu Hause ankam, erfuhr er zu seinem Schrecken, es sei zu der und der Zeit ihm ein Sohn geboren. Er erkannte jetzt gleich, dass er dem Bösen sein Kind verschrieben habe; sogleich ging er zu seinem Herrn Pfarrer und gestand ihm die Sünde. Der tröstete ihn und sprach: »Erzieht nur Euern Sohn in aller Tugend und Frömmigkeit, so wird ihm der Böse nichts anhaben können!« Das versprach der Bauer und tat es auch gewissenhaft; aber seine Trauer konnte er vor dem Kleinen nicht lange verbergen. Der bat und fragte immer: »Vater, warum seid Ihr so traurig«, und da sagte ihm eines Tages der Alte alles. »Kümmert Euch nicht, Vater!« sprach der Knabe, »der Teufel wird mir nichts tun können; der Herr Pfarrer wird mir schon sagen, wie ich mich bewahren soll!«

Als der Junge zwanzig Jahre alt war, ging er zum Pfarrer und fragte ihn um Rat, wie er es mit dem Teufel anfangen solle. Der Pfarrer sagte, er möge nur immer beten, denn das könne der Teufel nicht ausstehen. Dann machte sich der Junge auf den Weg zur Hölle, denn er wollte nicht warten, bis ihn der Teufel abhole. Als er weit gegangen war, sah er nur einmal einen großen Baum mit goldnen Früchten und darunter einen geharnischten und stark bewaffneten Mann. Anfangs erschrak er; als er aber sah, dass dieser sich nicht rührte, wagte er es näher zu gehen. Da erzählte ihm der Mann seine Lebensgeschichte: Er sei ein großer Räuber gewesen; dafür nun sei er unter diesen Baum gebannt; jede der goldnen Früchte sei eine von seinen Todsünden; unter dem Baume aber seien die großen Schätze, die er durch Raub und Mord sich erworben habe; nun müsse er da so lange Wache stehen und könne so lange nicht sterben, bis ein reiner und unschuldiger Jüngling von zwanzig Jahren für seine Seele gebetet habe. »Bist du der, so bete für mich, und wenn ich nicht mehr bin, so hebe von dieser Stelle die großen Schätze, die dann vom Fluche frei sind!« Der Bauernjunge versprach das alles zu tun mit willigem Herzen und wanderte weiter und gelangte endlich in die Hölle. Da fing er an zu beten und ging so betend in die Teufelswerkstätte. Als die Teufel das

Gebet hörten, flohen alle davon, und wie der Junge ihnen näher kam, zogen sie sich in den hintersten Winkel der Hölle zurück, aber auch hier fühlten sie sich nicht mehr sicher. Da hielten sie einen Rat und fragten untereinander: wer der gefährliche Fromme wohl sein könne und was sie weiter tun sollten. Indem fiel einem alten Teufel der Kontrakt ein, den er vor zwanzig Jahren mit dem Bauer[n] geschlossen, und er sprach: »Der Fremde ist kein anderer als ein dummer Bauernjunge, den ich seinem Vater vor zwanzig Jahren abbetrogen hatte; leider habe ich seitdem nicht mehr daran gedacht, und so ist derselbe in der Kraft Gottes aufgewachsen; allein wartet, ich werde ihn uns gleich vom Halse schaffen!« Damit nahm sich der alte Teufel ein Herz und ging dem Jungen entgegen, warf ihm den Kontrakt zu und sprach: »Du kannst damit gleich nach Hause gehen; ich schenke dich deinem Vater!« Das ließ sich der Junge nicht zweimal sagen, denn ihn hatte ein Graus überkommen, als er die vielen Marterwerkzeuge, die Zangen und Kessel voll siedenden Öles und das höllische Feuer gesehen und das Ächzen und Zähneklappern der Verdammten gehört hatte. Er nahm schnell den Kontrakt und kehrte zurück; die Teufel aber freuten sich, als sie seiner los waren.

Als der Junge betend an den großen Baum zurückkam, sank der nur einmal zusammen, und der geharnischte Mann fiel zu Boden, und er sah an ihrer Stelle zwei Aschenhaufen! Er grub nun nach, wie ihm der Mann gesagt hatte, und fand die großen Schätze. Damit zog er heim; seine Eltern freuten sich sehr, wie sie ihn wiedersahen. Von den Schätzen gab er einen Teil dem Herrn Pfarrer zum Danke für die guten Lehren und einen andern schenkte er der Kirche; nur den dritten Teil behielt er für sich und seine Eltern. Aber er war doch ein steinreicher Mann, und das Vermögen vergrößerte sich immer mehr und vererbte sich fort auf Kinder und Kindeskinder, denn die waren auch alle redliche und gottesfürchtige Menschen.

30. Die beiden Fleischhauer in der Hölle

Es waren einmal zwei Brüder, beide Fleischhauer, der eine reich, der andere arm, der reiche bösartig, der arme gutmütig. Weil aber der arme nicht selbst schlachten konnte, so half er seinem Bruder und empfing dafür immer einen kleinen Lohn. Einmal hatte der reiche wieder geschlachtet, und zwar sehr viel, und der arme Bruder hatte sich müde gearbeitet; doch der reiche gab ihm wieder nur eine kleine Wurst. »Gib mir noch ein Würstchen, ich habe es wohl verdient!« sprach der Arme. »Nu so nimm«, rief der Reiche unwillig und warf ihm eins hin, »und geh damit zum Teufel!« Der Arme ging ruhig nach Hause und schlief bis zum andern Morgen, dann briet er eine Wurst, um sie auf den Weg zu nehmen, hing die andere an einen Stab, so wie es die Zigeuner machen, wenn sie sich vom Markte Fleisch holen, nahm diesen auf den Rücken und ging geradeswegs zum Teufel. Aber weil die Hölle, wie ihr euch denken könnt, sehr weit ist, so langte er erst am andern Morgen an; die Teufel waren gerade zur Arbeit ins Holz gefahren, nur die Teufelsgroßmutter war zu Hause geblieben, und diese schaute eben zum Fenster heraus. Da grüßte der Fleischhauer freundlich: »Guten Morgen, alte Großmutter, na wie geht es Euch noch?« – »Gut, mein Sohn, aber was hat denn dich hergeführt; sonst kommt kein Menschenkind aus freien Stücken hieher!« – »Auch ich wäre nicht gekommen!« sprach der Fleischhauer, »allein mein Bruder schickte mich mit dieser Wurst!« Damit langte er mit seinem Stabe hin, und die Teufelsgroßmutter nahm die Wurst zum Fenster hinein und dankte dafür und rief ihn hinein in die Hölle. »O wie gerne«, sprach der Arme, »will ich das tun; bei Eurem großen Feuer kann ich mich und meine Wurst erwärmen, denn hier draußen ist es verteufelt kalt!«

Die Teufelsgroßmutter tat ihm alles Mögliche zu Gefallen, und gegen Abend verbarg sie ihn unters Bett, damit die hungrigen Teufel, wenn sie heimkämen, ihn nicht finden sollten. Bald kamen diese und schrien: »Essen her, Essen her! Oh weh, welch' eine Pein ist doch der Hunger! – Ha, hier riecht es nach Menschenfleisch, nicht?« Da schnupperten alle im Zimmer herum. Die alte Großmutter beschwichtigte sie aber gleich, denn sie stellte die dampfende Schüssel auf den Tisch und sagte, es sei wohl ein Mensch da gewesen, allein der sei entwischt, davon rieche es noch. Damit waren sie zufrieden. Sie aßen sich nun satt, wälzten sich darauf nach ihren Betten und schliefen bis an den Morgen und fuhren dann wieder ins Holz. Jetzt rief die alte Großmutter den Fleischhauer unterm Bett hervor und sprach: »Nun kannst du unbesorgt nach Hause gehen!« Da nahm sie ein Haar, das in der Nacht von einem der Teufel auf den Polster gefallen war, schenkte es ihrem Gast und sprach: »Wenn du zu Hause bist, wirst du erst sehen, was für einen Schatz du daran hast!« Der Fleischhauer dankte für die freundliche Aufnahme und das Geschenk, sagte in seiner Gutmütigkeit noch zur guten Letzt: »Gott segne dich, alte Großmutter!«, und zog dann heim. Als er zu Hause anlangte, wurde das Haar plötzlich so groß wie ein Heubaum und war von purem Golde. Dadurch wurde er ein reicher Mann, viel, viel reicher als sein Bruder, schlachtete von nun an für sich und hielt noch viele Gesellen.

Da wurde sein Bruder neidisch und konnte es nicht länger verwinden, dass er ärmer sein sollte; er hatte aber erfahren, wie sein Bruder reich geworden. Da nahm er eines Tages eine große, große Wurst und zog damit in die Hölle; er langte auch erst am anderen Morgen an und sah die Teufelsgroßmutter im Fenster. »Was machst du denn hier, du alte Hexe?«, rief er spöttisch, ohne ihr einen guten Morgen zu bieten. »Ich warte auf deine Wurst, her damit!« – »Daran wirst du deine grünen Wackelzähne nicht wetzen, die bringe ich für die Teufel, und ich will dafür einen goldnen Heubaum.« – »Gut denn, so komme herein und warte hier; auf den Abend kommen die Teufel aus dem Holz nach Hause.« Der Fleischhauer ging hinein und setzte sich auf einen Stuhl hinter die Türe. Als am Abend die Teufel wieder hungrig nach Hause kamen, schrien sie: »Essen her, Essen her, o weh, welch' eine Pein ist doch der Hunger!« Bald aber witterten sie den Fremden und riefen: »Es riecht nach Menschenfleisch!« – »Hinter der Tür ist der Braten!« sprach die Teufelsgroßmutter. Da fielen die hungrigen Teufel über den Fleischhauer her und zerrissen ihn auf einmal in tausend Stücke.

Der früher so arme, jetzt aber reiche Fleischhauer erbte nun auch das Vermögen seines geizigen und habsüchtigen Bruders. So geht es oft in der Welt; wenn es nur immer so ginge!

31. Die Erlösung

Ein frommer Pfarrer pflegte jeden Abend beim Schlafengehen aus einem dicken Buche noch einige Seiten zu lesen. Einmal lag er wieder im Bett und hatte eben das Buch auf den Tisch gelegt; er konnte nicht weiterlesen, denn die Augen gingen ihm vor Müdigkeit zu; das Licht aber hatte einen langen Docht und brannte sehr düster. Siehe, da erschien eine schwarze Gestalt, lahm und einäugig und riss das Buch, noch ehe sich's der Pfarrer versah, vom Tisch und verschwand. Der Pfarrer merkte gleich, dass es ein Teufel gewesen. Am andern Morgen machte er sich auf den Weg zur Hölle, um sich das Buch zu holen; denn er musste es haben, ohne das konnte er keine Kirche halten. Gegen Abend kam er in einen großen Wald; da stand eine einsame Hütte, und weil er sehr ermüdet war, kehrte er daselbst ein; nur eine alte Frau war zu Hause. »O du Unglücklicher, fliehe weg von hier«, sprach sie, »mein Sohn ist ein großer Raubmörder; er hat schon neunundneunzig Menschen erschlagen, und wenn er dich hier trifft, bist du der Hundertste.« Der Pfarrer aber war so müde, dass er nicht weitergehen konnte, und blieb da.

Als der Räuber nach Hause kam und den Fremden sah, rief er: »Ha, jetzt erschlage ich dich, du sollst mir die Zahl hundert vollmachen!« Er fragte ihn aber zuvor, wer er wäre und wohin er gewollt. Der Pfarrer erzählte ihm alles genau. »Gut denn«, sprach der Räuber, »weil du in die

Hölle ziehst, will ich dich leben lassen; du sollst mir da auch etwas bestellen. Frage die Teufel, zu was für einem Herrn sie mich nach meinem Tode machen würden, wenn ich noch den hundertsten Menschen totschlüge?« Nun zog der Pfarrer fort; als er in die Hölle kam, wollte keiner der Teufel von seinem Buche etwas wissen. Da ließ der Oberste der Teufel alle zusammenkommen und sprach: »Wenn du mir jetzt den nicht zeigen kannst, der dir das Buch genommen hat, so geht es dir schlecht!« Der Pfarrer sah sich zitternd die ganze Reihe an, allein der Dieb war nicht darunter; nur einmal sah man den lahmen und einäugigen Teufel herbei hinken; er brachte auch das Buch. »Da ist er!«, rief der Pfarrer ganz froh, lief hinzu und nahm sein Buch. »Jetzt kannst du gehen«, sprach der Oberste der Teufel. »Noch einen Auftrag habe ich«, sprach der Pfarrer: »Ein Mann, der neunundneunzig Menschen umgebracht hat, lässt fragen, wozu ihr ihn machen würdet, wenn er noch den Hundertsten umbrächte« – »Sage ihm: Wir würden ihn sieden, braten, ins Feuer werfen, und da solle er bleiben in Ewigkeit!« Nun hatte der Pfarrer nichts mehr zu tun und wollte gehen; doch da er wusste, dass man den Teufeln nicht den Rücken zukehren dürfe, weil sie sonst einem den Hals umdrehen, so ging er immer rücklings, bis er zur Hölle hinaus war. Die Teufel folgten ihm auf dem Fuße nach. Als sie keine Macht mehr über ihn hatten, riefen sie: »Dein Glück, dass du dich nicht eher umgewendet hast!«

Bald war der Pfarrer wieder im Wald. Nun fürchtete er, wenn er dem Räuber die wahre Antwort der Teufel sage, werde er im Zorn ihn ganz gewiss umbringen, und ging einen anderen Weg, um nicht an die Hütte zu kommen; aber es war umsonst, denn hier gerade lauerte der Räuber auf Reisende, und so kam er ihm in den Wurf. »Nun, was bringst du mir aus der Hölle?«, rief der Räuber schon von Weitem, als er den Pfarrer sah. Da dieser jetzt nicht mehr ausweichen konnte und auch nicht lügen wollte, so sagte er frei heraus, man werde ihn kochen, braten, ins Feuer werfen, und da solle er bleiben in Ewigkeit. Der Räuber wurde wider Erwarten des Pfarrers ganz still und in sich gekehrt; die ewige Höllenqual ging ihm zu Herzen und machte ihm bange; endlich rief er mit einem tiefen Seufzer, und Tränen traten ihm in die Augen: »Sage mir doch, du frommer Mann Gottes, kann ich es noch möglich machen, dass der Herr meine schweren Sünden mir vergibt?« – »Ja, wenn du genau tust, was ich dir sage!« – »Das will ich«, sprach der Räuber, »wie schwer es auch sein sollte!« – »So gehe heim und sage deiner Mutter, Sie solle all dein gestohlenes Gut den Armen geben, nimm dann den Stock, mit dem du die neunundneunzig Menschen totgeschlagen, und komme zu mir her!« Der Räuber lief in einem Atem heim und tat, was ihm der Pfarrer gesagt hatte, und kam bald wieder mit dem Stock in der Hand. Nun führte ihn der Pfarrer zu einem Feldkreuz, hieß ihn den Stock da in die Erde stecken und daneben niederknien und sprach: »Knie jetzt hier so lange und benetze den Stock mit deinen Tränen, bis er grüne Blätter und Blüten treibt, das sei dir ein Zeichen der Gnade Gottes!«

Der Pfarrer kehrte darauf heim und konnte wieder Kirche halten. Nach einem Jahre dachte er an den großen Räuber; er wollte sehen, was aus ihm geworden, ob er sich wohl gebessert habe oder ob er wieder in seine Sünden zurückgefallen sei. Als er an die Stätte kam, fand er ihn noch kniend; doch waren seine Glieder schon erstarrt; der Stock aber hatte eben grüne Blätter und Blüten bekommen. Kaum hatte der Räuber den Pfarrer erblickt, so rief er mit letzter Stimme: »Der Herr ist gnädig!«, sank dann tot nieder, und eine weiße Taube erhob sich über ihm und flog zum Himmel.

32. Die dunkle Welt

Es lebten einmal zwei Eheleutchen in einem Dorfe, die hatten so viele Kinder, dass ihnen schon alle Leute im Dorfe zu Gevatter gestanden waren. Als ihnen nun wieder zwei Kinder, ein Knabe und ein Mädchen, geboren wurden, so machte sich der Mann auf, um im nächsten Dorfe Gevattersleute zu suchen. Mitten auf der Straße fiel er aber vor Betrübnis und Müdigkeit nieder und schlief ein. Da kam ein Kaufmann mit seiner Frau in einer Kutsche gefahren, und wie dieser den Schlafenden sah, ließ er anhalten, um ihn zu wecken. Auf den Ruf erwachte der Mann nicht; da ging der Kutscher hin, rüttelte an ihm, sodass er nun die Augen aufschlug. Der Kaufmann fragte ihn sogleich, wer er wäre, und der Mann erzählte seinen Kummer; er habe so viele Kinder, dass ihm das ganze Dorf schon zu Gevatter gestanden, und da ihm jetzt wieder zwei Kinder, ein Knabe und ein Mädchen, geboren seien, so sei er im Begriff, auswärts Gevattersleute zu suchen. Der Kaufmann erbot sich sogleich, mit seiner Frau die Kinder aus der Taufe zu heben, doch unter der Bedingung, sie sollten ihm gehören, denn er selbst hätte keine Kinder. Der arme Mann war das wohl zufrieden, denn er hatte ja ohnehin Kinder genug, für die er sorgen musste. Sie zogen nun ins Dorf, und man taufte die Kinder: den Knaben Hani, das Mädchen Susi. Der Kaufmann nahm sie sogleich mit und fuhr in die Stadt; er erzog sie aber so, wie wenn es seine eignen Kinder wären, und die Kleinen nannten den Kaufmann Vater, seine Frau Mutter. Als sie größer waren, nahm der Kaufmann den Hani in sein Geschäft und seine Frau nahm Susi in ihre Hauswirtschaft. Beide führten sich so gut auf, dass der Kaufmann dem Jungen das ganze Geschäft und die Schlüssel in der Handlung und seine Frau dem Mädchen die ganze Küche und alle Hausschlüssel überließ; der Knabe war dem Kaufmann und das Mädchen seiner Frau die rechte Hand, und sie waren ihnen beide von Herzen lieb. Eines Tages trug es sich zu, dass der Kaufmann und seine Frau nach dem Mittagessen ausruhten, und die beiden Kinder blieben daheim. Da sie die Langweile überfiel, nahmen sie ein Spiel Karten, um sich damit zu unterhalten. Hani aber war so unglücklich, dass er immer verlor, zuletzt setzte er auch die Schlüssel von der Handlung; das Mädchen gewann auch diese. Da riss er im Ärger demselben die Schlüssel aus der Hand und schlug es auf die Stirne, dass gleich ein Blutstropfen hervortrat. Plötzlich erschien eine schwarze Gestalt und rief: »Darauf habe ich schon lange gewartet!«, fasste das Mädchen und verschwand mit ihm. Man kann sich denken, wie sehr der Knabe erschrecken musste. Er rang verzweiflungsvoll die Hände und schlug sich an die Brust: »Was habe ich getan!« Doch das war alles umsonst. Als der Kaufmann und seine Frau heimkehrten, fragte die letztere gleich: »Wo ist Susi?« Zitternd gestand der Knabe alles. Die Frau war untröstlich und sprach zum Jungen: »Gehe mir aus den Augen, dass ich dich nicht sehe, da du mich um meine gute Tochter gebracht hast!« Der Kaufmann hätte dem Knaben gerne verziehen; allein er wollte seiner Frau nicht zuwider sein, und so gab er ihm Geld auf die Reise.

Der Knabe zog traurig fort, und damit er sich nicht an sein Unglück erinnere, gab er die Handlung auf. Er kam in ein fremdes Land und wurde an dem königlichen Hofe Gärtner. Er führte sich aber hier so gut auf und sorgte so überaus für die Blumen der Königin, dass er bald ihr Lieblingsgärtner wurde.

Nach der Arbeit pflegte er jeden Tag einmal an das Meeresufer zu gehen. Eines Tages, als er wieder am Ufer stand und auf das weite Meer hinschaute, hörte er eine Stimme »Hani! Hani!« rufen, und dreimal tönte sie wider. »Hier bin ich!«, antwortete er. Da hob sich eine wunderschöne Jungfrau aus dem Meere und sprach: »Bist du ein Zwillingskind?« – »Ja!« – »Heißest du Hani?« – »Ja!« – »Ich bin eine Königstochter und heiße Susi (aber es war nicht seine Schwester, wie du leicht glauben könntest) und bin hierher verwünscht auf so lange, bis ein Zwillingskind, das Hani heißt, mich erretten will!« – »Das will ich gerne!« sprach Hani schnell. »So trauere denn neunundneunzig Tage in einem fort um mich; komme indes jeden Tag hierher, und wenn du dich gut gehalten, wirst du unter dem Stein immer ein Goldstück finden!« Damit verschwand sie, und Hani kehrte heim; er trauerte aber getreu seinem Versprechen schon achtundneunzig Tage, und wenn er an das Meer kam, fand er immer unter dem Stein das Goldstück. Am neunundneunzigsten Tage geschah es aber, dass die Königin ein Fest gab, und dahin wurde neben andern Lieblingsdienern auch der Gärtner eingeladen. Er wäre gerne daheimgeblieben, allein er dachte, das würde seine gute Königin kränken; er ging, nahm sich aber vor, keinen Anteil an der Freude zu nehmen. Während des Essens ging das auch gut; als aber nach der Tafel die Musik begann und alles tanzte, kam die Königin zu ihm und fragte, warum er nicht tanze. Alle Entschuldigungen halfen nichts; die Königin forderte ihn auf, mit ihr zu tanzen. Wie er noch immer nicht recht wollte, drangen seine Freunde heftig in ihn, er dürfe das der Königin nicht tun, er müsse tanzen; endlich machte er einen Reihen durch. Alsbald aber lief er mit klopfendem Herzen hinaus und eilte an das Meeresufer. Da war zum ersten Mal kein Goldstück unter dem Stein. Das Meer aber war trübe und in Aufregung, die Jungfrau stieg empor und rief in schmerzlicher Klage: »Wehe, du hast mich nicht erlöst; von jetzt an bin ich auf den gläsernen Berg verwünscht, und von da wird mich wohl niemand erretten!« Damit verschwand sie.

Der Junge ging weinend nach Hause und schloss kein Auge die ganze Nacht; am frühen Morgen ging er zur Königin und nahm Abschied, er müsse fort und die Jungfrau auf dem Glasberge erlösen, was es ihn immer koste. Auf dem Wege nahm er noch einen Diener zu sich, dass er nicht allein sei. Nachdem sie lange, lange gewandert waren, kamen sie endlich am Ziele an. Unten am Glasberge aber war eine Mühle, und die Müllerin war eine Hexe; sie kehrten in die Mühle ein und fragten, wo man denn auf den Glasberg hinaufsteige. »Da und da ist eine Treppe!« sprach die Hexe, »was wollt ihr denn oben machen?« Der Knabe wollte das nicht sagen, doch die Hexe merkte sich's gleich und ging zu dem Diener und sprach: »Wenn ihr morgen die Treppe hinan steigt und an der dritten Stufe seid, so stecke diese Nadel deinem Herrn in den Mantel, denn sonst könnt ihr nicht hinaufgelangen.« Als sie am andern Morgen hinan stiegen, tat der Diener, wie ihn die Hexe geheißen hatte. Sogleich sprach der Junge: »Ich bin so schläfrig, ich will mich hierher ein wenig niederlegen!« Da schlief er ein und schlief fest. Nur einmal kam die Jungfrau vom Glasberge hernieder und sah den Schlafenden und jammerte. »Wehe, wehe! Auch von hier wirst du mich nicht erlösen; ich komme aber noch zweimal, und wenn du auch dann schläfst, so bin ich verloren!« Wie der Junge erwachte, war es Abend, und sie kehrten wieder in die Mühle. Die Hexe aber belohnte den Diener und sagte, er solle den andern Tag die Nadel nur ja wieder einstecken und seinem Herrn nichts sagen, was die Jungfrau gesprochen. Und so tat der Diener auch, als sie am Morgen wieder die Treppe hinan stiegen. Sein Herr musste sich wieder niederlegen und schlief. Die Jungfrau stieg abermals die Stufen herab, und als sie den schlafenden Jüngling sah, klagte sie: »Wehe, wehe! Du wirst mich nicht erlösen; noch einmal komme ich und dann nicht mehr!«

Es war wieder Abend, als der Junge erwachte; sie mussten in die Mühle zurück, und die Hexe belohnte den Diener abermals und trug ihm aufs Neue auf, den nächsten Tag nur ja die Nadel wieder einzustecken, und so geschah es. Der Knabe schlief auch zum dritten Mal, als die Jungfrau erschien. »Wehe!«, rief sie, »jetzt bin ich weit hin verwünscht in die dunkle Welt, und von da kann mich wohl kein Sterblicher erretten. Sage das deinem Herrn«, sprach sie zum Diener, »und noch dies, er solle dem ersten Baum, den er nach dem Erwachen um sich sehe, die Krone abschlagen.« Als der Knabe erwachte, rief er: »O wie habe ich so schön geträumt, hast du nichts gesehen?« Der Diener dachte: Nun könne er wohl alles sagen, und erzählte, wie eine Jungfrau jeden Tag, wenn er geschlafen, erschienen sei und geklagt habe, dass er sie nicht erlösen werde und dass sie jetzt in die dunkle Welt verwünscht sei; sie habe ihm auch sagen lassen, er solle dem ersten Baum, den er gleich nach dem Erwachen sehe, die Krone abschlagen. Da weinte und klagte der Junge bitter und sprach zu seinem Diener: »Warum hast du mich nicht geweckt!« Als er aber um sich sah nach dem Baum, war da keiner; nun erkannte er, dass damit der, untreue Diener gemeint sei; er zog sein Schwert und hieb ihm das Haupt ab.

Traurig wanderte er darauf fort und kam in ein anderes Königreich; hier trat er abermals in eine Handlung und erwarb sich in kurzer Zeit die Liebe seines Herrn. An einem Abend trat der Kaufmann zu ihm und sprach: »Zeige nun, was du kannst! Morgen ist der Geburtstag der Königin; sie geht einkaufen: jedes Jahr tut sie's nur einmal, allein der Kaufmann, bei dem sie einspricht, wird dann reich und glücklich; schmücke das Gewölbe auf das Schönste!« Der Junge arbeitete mit allem Eifer; am Morgen wurde von dem königlichen Palast bis auf den Markt die Straße mit grünem Gewand belegt, und auch jeder Kaufmann legte von der Straße bis zu seinem Laden grünes Gewand. Da kam die Königin begleitet von vielen Jungfrauen auf der Straße her und sah überall hin und ging endlich in das Gewölbe, das ihr am schönsten erschien, hinein. Als sie den Jungen in der Handlung erblickte, blieb sie stehen, sah und sah, und sie wusste nicht recht, wie ihr war; auch dem Knaben kam es vor, als habe er die Königin noch gesehen. Endlich kam sie stracks auf ihn zu, fiel ihm um den Hals und rief: »Hani, mein Bruder!« Nun wurde er sogleich mit an den königlichen Hof geführt, und der König hatte große Freude und sprach zum Knaben, der ganz betrübt aussah: »Sei guten Muts, siehe, wenn du deine Schwester nicht geschlagen, hätte ich das gute Weib nicht, und anders durfte ich nicht zu ihrem Besitz gelangen!« Da offenbarte ihm der Knabe, wie ihn etwas anderes so sehr betrübe; er habe eine schöne Jungfrau zweimal erlösen können und habe sie nicht erlöst; jetzt sei sie in die dunkle Welt verwünscht, und er möchte nun gerne auch dahin ziehen, wenn er nur den Weg wüsste. »Da will ich dir gleich helfen!« tröstete der König und nahm seine große Geißel und schlug dreimal in die Luft; sogleich erschienen eine Menge schwarzer Geister und riefen: »Was steht zu Befehl?« Als aber der König sie übersehen und gezählt hatte, sprach er: »Es fehlt einer!« - »Ja«, riefen sie, »der ist flügellahm; er war die vergangene Nacht in der dunkeln Welt!« Unterdessen war der auch herbeigekommen. »Also du warst in der dunkeln Welt« - »Ja, mein König!« - »So wirst du auch den Weg wohl wissen; nimm hier meinen Schwager und führe ihn dahin!« Da fasste ihn der Geist und flog mit ihm durch die Luft; es wurde immer dunkler, dunkler, endlich war es stockdunkel wie die Mitternacht; da kamen sie an ein düsteres Schloss.

Auf dem Wege hatte der Junge dem Geiste seinen Kummer erzählt, und dieser hatte ihm gesagt, was er tun solle. Vor der ersten Türe des Schlosses würden zwei Heubäume über ihm zusammenbrechen, allein er dürfe nicht erschrecken, es geschehe ihm nichts; vor der zweiten Türe stünden zu beiden Seiten zwei Löwen, die würden ihn zu verschlingen drohen, allein er solle sich nur nicht fürchten, sie täten ihm nichts! Wenn er zur dritten Tür hineinkäme, solle er unter das erste Bett rechts hineinkriechen und was man ihm auftrage, genau tun, sich aber durchaus nicht erschrecken! Der Geist blieb vor dem Schlosse stehen, der Knabe ging hinein; die Heubäume krachten an der ersten Türe über ihm zusammen, doch er fürchtete sich nicht; die Löwen sperrten ihre Rachen auf, doch er ging mutig zwischen ihnen hindurch; da kam er ins dritte Zimmer und legte sich unter das bezeichnete Bett. Nur einmal fingen die Verwünschten, die ringsherum lagen, an, ihr Schicksal zu erzählen und zu jammern, wie sie nun schon so viele Jahre dalägen und niemand käme, sie zu erlösen. Endlich erzählte auch die Jungfrau, unter deren Bett der Junge lag, und das war gerade Susi: Ein guter Junge habe sie zweimal schon zu erlösen gesucht, wenn der nur den Weg hierher fände, so würde er sie wohl erretten! Freilich müsste er etwas Schweres vollbringen: Punkt zwölf Uhr müsste er sie umarmen, dann müsste sie sich sogleich in eine

Schlange verwandeln, ihn fest umklammern und beißen wenn er aber bis ein Uhr aushielte, so seien sie erlöst.

Als es nun zwölf schlug, sprang der Junge unter dem Bett hervor und umarmte die Jungfrau; sogleich ward sie eine Schlange und umschlang und biss ihn, dass das Blut rann; er aber hielt ruhig aus; endlich schlug es eins, und es erfolgte ein lauter Donnerschlag. Plötzlich wurde es licht wie am Tage, und alle Verwünschten standen auf und waren erlöst und fielen ihrem Retter zu Füßen und dankten ihm. Er aber führte die Jungfrau an der Hand hinaus; da nahm sie der Geist und führte sie zum König; der war sehr froh, und nachdem der Junge mit der erlösten Jungfrau Hochzeit gehalten, zog er dahin, wo die dunkle Welt gestanden und wo jetzt ein großes blühendes Reich war, das dem Vater seiner Susi gehört hatte und dann verwünscht worden war, und er herrschte noch lange als König über Land und Leute.

33. Der Erbsenfinder

Es war einmal ein Junge, der fand eine Erbse und war über alle Maßen froh. »Was für ein glücklicher Mensch bist du doch!« sprach er bei sich selbst, »nun wirst du keine Not leiden; denn jetzt säest du die Erbse, über ein Jahr bekommst du davon eine Maß, über zwei Jahre einen Kübel, über drei Jahre hundert Kübel, über vier Jahre tausend Kübel und so immer mehr!« Aber da fiel ihm noch gerade zur rechten Zeit ein, dass er nicht habe, wohin er sie schütten solle. »Du willst gleich zum König gehen«, sprach er bei sich, »und tausend Säcke zu Leihen nehmen.« Wie er nun hinging und den König darum bat, fragte dieser: »Wozu brauchst du denn so viele Säcke?« – »Für meine Erbsen!« sprach der Junge. »Ja, ich habe nicht so viel«, sagte der König, »aber bleibe nur hier bis morgen!«

Der König aber hatte eine schöne Tochter, die wollte er gerne einem reichen Jünglinge zum Weibe geben. »Der wäre mir gerade recht!«, dachte der König bei sich, »denn, wenn er so viele Erbsen hat, was muss er erst anderes haben!« Er ließ ihm jedoch die Nacht nur ein Strohlager machen, um ihn zu prüfen, ob er wirklich reich sei; rausche das Stroh nämlich und könne er nicht darauf liegen, so sei das ein rechtes Zeichen, dass er nicht arm sei. Da mussten nun einige Mägde an der Türe »laustern«. Kaum hatte sich der Junge niedergelegt, so verlor er seine Erbse im Stroh. Da ward er voller Sorge und fing gleich an zu suchen und das Stroh auseinanderzuwerfen, also dass es laut rauschte. Nun liefen die Mägde gleich zum Königе und brachten ihm die erwünschte Botschaft.

Der war sehr froh, und am frühen Morgen kam er gleich zum Jungen und sagte, wenn er nichts dawider hätte, so wolle er ihm seine Tochter zur Frau geben, denn er sehe ja wohl, dass er ein sehr reicher Herr sei. »Dagegen habe ich ganz und gar nichts!« sprach der Junge; »eine Königstochter«, dachte er bei sich, »und zumal wenn sie so schön ist, bietet man einem nicht alle Tage an«, und so feierte er noch an demselben Tage mit ihr die Hochzeit und war ganz vergnügt und glücklich. Am folgenden Morgen ließ aber der König anspannen und sprach: »Wohlan, ich möchte so gerne dein Schloss sehen, ziehen wir gleich hin!« Da musste sich der Junge mit seiner Frau, der Königstochter, und dem alten König in den Wagen setzen und zeigen, wowärts man fahren solle. Er zeigte ja nach einer Richtung, ohne dass er selbst recht wusste, wohin es gehe; es war ihm aber nicht recht, und er hatte keine Ruhe. Als sie in einen Wald kamen, stieg er vom Wagen, als wolle er nur so auf die Seite; allein er wollte entlaufen und war nur voll Angst, dass ihn der König suchen und finden werde. Nur einmal stand der Teufel vor ihm und fragte ihn, warum er denn so ein Narr sei und die Königstochter im Stiche ließe. »Ja«, sprach er, »wie sollt' ich das nicht; der König, ihr Vater, will zu meinem Schlosse fahren, und ich habe doch keines!« Da sagte der Teufel: »Ein Schloss sollst du haben und alles dazu und neun Schweine im Stall, doch unter einer Bedingung: Nach sieben Jahren sollst du mir neun Fragen passend beantworten, und bleibst du mir auch nur eine schuldig, so sollst du mir gehören.« Der Junge bedachte sich nicht lange und willigte ein. Der Teufel führte ihn sofort auf eine lichte Stelle im Wald und zeigte ihm in der Feme ein Schloss und sprach: »Ziehe nur dahin, das ist dein!« Der Junge lief jetzt schnell wieder zum Wagen; der König und seine Tochter waren schon ungeduldig geworden, dass er so lange ausgewesen; er ließ schnell weitertreiben, und bald waren sie im Schloss. Das gefiel dem alten König sehr, denn es war alles da, was man sich nur wünschen konnte. Nach einigen Tagen zog er heim und ließ das junge Paar für sich, und die lebten jetzt froh und vergnügt. So verging ein Jahr nach dem andern, bis die sieben Jahre bald um waren. Da wurde es dem Jungen angst, und er dachte mit Grauen an die neun Fragen. Als er so einmal in traurigen Gedanken auf dem Felde herumging und nachdachte, kam ein alter Mann zu ihm und fragte ihn, was ihm denn fehle. Er erzählte ihm von seiner Not. Da sagte der alte Mann: »Kümmere dich nicht, ich werde dir in jenem Augenblicke gute Gedanken eingeben, dass du keine Antwort schuldig bleibst!« Kaum war die Zeit da, so stellte sich auch der Teufel ein und fing an zu fragen: »Was ist eins und ist viel wert?« Da sprach der Junge: »Ein guter Brunnen auf dem Hof ist einem Wirten viel wert!« Der Teufel war mit der Antwort zufrieden und fragte weiter: »Was ist zwei und lässt sich schwer entbehren?« »Wer zwei gesunde Augen hat, dem steht die Welt und der Himmel offen; wer sie verliert, dem werden beide verschlossen!« Der Teufel ärgerte sich, dass auch diese Antwort passend war, und fragte fort: »Was ist drei und lässt sich gut brauchen?« »Wenn jemand eine gute dreihörnige Gabel hat, so kann er gut essen und Heu machen!« Auch diese Antwort passte; der Teufel kochte vor Zorn und fragte weiter: »Was ist vier und ist sehr nützlich?« »Wer vier starke Räder am Wagen und vier gute Pferde hat, kann weit fahren!« »Was ist fünf und ist ein nützlich Ding?«, fragte der Teufel hastig fort. »Wer fünf starke Ochsen hat, kann eine große Last aufladen, denn wenn der vierte fällt, spannt er den fünften ein!« »Was ist sechs und kann schon glücklich machen? Nur schnell, antworte!« »Wer sechs Joch Acker besitzt, der hat ein gutes Einkommen und braucht nicht betteln zu gehen!« »Was ist sieben und ist was Gutes?« »Wer sieben tüchtige Söhne hat, kann alle Arbeit im Jahre wohlbestellen und sich freuen!« »Was ist acht und macht was Rechtes aus?« »Acht Mädchen geben eine rechte Gesellschaft!« Der Teufel war wütend, dass der Junge ihm alle Fragen so schnell und treffend beantwortet hatte. »Nu warte!«, rief er, »du bist dennoch mein eigen, wenn du die neunte Frage mir schuldig bleibst.« »Was ist neun und ist was Gutes?« »Die neun Schweine im Stall sind was Gutes - nicht wahr? Und die sind jetzt auch mein!«

Der Teufel zog fluchend ab, und der Junge hatte so ein Schloss und neun Schweine sich verschafft und lebte nun mit der schönen Königstochter bis an sein Ende im Frieden.

Aus dieser Geschichte aber kann sich jedermann ein Beispiel nehmen. Wer eine Erbse findet, soll sie nicht gering achten; denn wie leicht ist es möglich, dass er sich damit auch eine schöne Königstochter, ein Schloss und neun Schweine erwirbt!

34. Von den zwölf Brüdern, die zwölf Schwestern zu Frauen suchen

Ein Mann hatte zwölf Söhne, und als diese groß waren, sprach er: »Ihr sollt nicht eher heiraten, bis ihr nicht zwölf Schwestern in einem Hause findet!« Da waren die Söhne traurig und sprachen: »Wo werden wir denn zwölf Schwestern in einem Hause finden?« Nun ging aber der Älteste zuerst in die Welt, ein solches Haus zu suchen, und kehrte lange nicht zurück; darauf ging der zweite; auch der blieb aus, und so der dritte, vierte bis zum elften, und keiner kam wieder. Zuletzt machte sich auch der Jüngste auf, um seine Brüder und das Haus mit den zwölf Schwestern zu suchen. Der Weg aber führte ihn durch einen dichten

Wald. Da trat ein alter Mann zu ihm und sprach: »Wohin, du Junge?« – »Ich will meine Brüder suchen und die zwölf Schwestern in einem Hause, die wir heiraten sollen!« – »Wenn du mir ein Jahr dienen willst, will ich dir beistehen!« sprach der Alte. »Ein Jahr ist ja nicht viel!«, dachte der Knabe und war damit zufrieden. Er diente treu und redlich und wurde in der Zeit ein guter Jäger. Als das Jahr vorüber war, schenkte ihm der alte Mann eine Büchse und sprach: »Mit dieser triffst du alles, worauf du zielst. Gehe jetzt nur fort in den Wald, da wirst du zu einer Hütte kommen, in der wohnt eine Hexe, die hat deine elf Brüder in Steine verzaubert; hätten sie bei mir Dienste genommen, so wäre es ihnen nicht geschehen; doch sie waren zu stolz und wollten nicht. Wenn du nun hingelangst, so halte die Büchse nur immer in der Hand, und die Hexe kann dir nichts anhaben!« Als der Knabe fortging, hatte er große Lust, seine Büchse zu versuchen, und bald sah er einen Löwen. »Du kommst mir gerade recht«, dachte er bei sich, nahm die Büchse und zielte. Aber der Löwe rief ihm zu: »Schieße nicht; ich will dir's vergelten: ich bin der König der vierfüßigen Tiere; nimm hier dies Haar von mir, und wenn du in Not bist, so drehe nur daran, und gleich komme ich dir mit allen meinen Tieren zu Hilfe!« Er setzte ab, nahm das Haar und ging weiter; nur einmal sah er einen Adler hoch in den Lüften kreisen; sogleich legte er an und wollte schießen. Da rief ihm der Adler zu: »Schieße nicht; ich will dir's vergelten; ich bin der König aller Vögel; nimm hier diese Feder, und wenn du in Not bist, so drehe daran, und gleich komme ich dir zu Hilfe mit meinen Scharen!« Er legte ab, nahm die Feder und ging weiter; nur einmal sah er ein großes Wasser und einen mächtigen Fisch. »Halt!«, dachte er, »den kannst du endlich doch schießen!« Wie er aber losdrücken wollte, rief ihm der Fisch zu: »Schieße nicht, ich will dir's vergelten; ich bin der König der Wassertiere; nimm hier diese Flosse, und wenn du in Not bist, drehe sie nur, und ich komme dir zu Hilfe mit meinem Volke!« Er setzte wieder ab, nahm die Flosse und ging.

Es dauerte nicht lange, so war er an der Hütte, wo die Hexe wohnte; er trat unerschrocken hinein und sprach: »Hexe, jetzt gleich schaffe mir meine elf Brüder zur Stelle, sonst schieße ich dich nieder!« Aber die Hexe lachte hell auf und rief: »O du närrischer Erdwurm, schieße, soviel du Lust hast, mir schadet das nicht; denn wisse, mein Leben wohnt nicht in mir, sondern weit, weit weg. In einem verschlossenen Berg ist ein Teich, auf dem Teich schwimmt eine Ente, in der Ente ist ein Ei, in dem Ei brennt ein Licht, dies ist mein Leben; wenn du das auslöschen könntest, so wäre mein Leben zu Ende; aber das kann nie und nimmer geschehen, und darum bekommst du auch deine Brüder nicht!« Da ward der Junge zornig und rief: »Du sollst doch mein Blei kosten!«, und schoss, einmal, zweimal, dreimal, aber umsonst; die Kugeln trafen zwar und gingen durch die Hexe, aber sie schadeten ihr nicht, und sie blieb frisch und gesund und verlachte und verspottete den Knaben. Weil er aber die Büchse immer in der Hand behielt, hatte sie keine Macht über ihn, sonst hätte sie ihn auch verzaubert. Endlich ließ er ab vom Schießen und sprach: »Nu warte, ich will dein Leben schon finden?«

Damit machte er sich auf und ging aus dem Wald hinaus; endlich sah er einen Berg. »Es kann kein anderer sein!«, dachte er und ging darauf los. Als er aber ankam, wusste er nicht, wie er hineinkommen solle. Da fielen ihm seine Geschenke ein. Er nahm zuerst das Haar des Löwen und drehte. Nur einmal kamen alle vierfüßigen Tiere der Erde, der Löwe an der Spitze, und fragten, was er befehle. »Scharrt mir den Berg da fort!« Es dauerte nur einige Minuten, so war kein Berg mehr zu sehen, und es zeigte sich ein klarer See und darauf eine Ente. Diese hob sich sogleich in die Lüfte, um fortzufliegen. Schnell drehte der Knabe seine Feder, und im Nu war der Adler mit allen seinen Vögeln da und fragte, was er tun solle. »Fanget mir die Ente und bringet sie her!« Da flogen sie aus, packten, so viele ankommen konnten, alle die Ente und zerrissen sie auf tausend Stücke, und jeder brachte eine Feder. »Ach, das Rechte bringt ihr nicht!« sprach dar Junge traurig und fragte nach dem Ei. »Ja, das ist in den See zurückgefallen!« Der Junge nahm seine Flosse, drehte, und gleich war der Fischkönig mit allen Seegetieren am Ufer und fragte, was er tun solle. »Sucht und bringt mir das Ei, das in den Teich gefallen ist!« Da tauchten alle unter, und nach einer Weile kam der Fischkönig und hatte selbst das Ei im Munde. Der Knabe nahm es und ging damit schnell zur Hexe und zeigte es ihr und sprach: »Siehe hier dein Leben, gleich zerstöre ich's, wann du mir nicht auf der Stelle meine Brüder lebendig machst!« Da zitterte die Hexe am ganzen Leibe, nahm ein grünes Stäbchen und ging zu den elf Steinen, die vor der Hütte lagen, schlug darauf, und es standen da seine elf Brüder, und es war ihnen, als erwachten sie aus schweren Traume: »Seht da die Hexe, die euch verzauberte, aber nun ist es aus mit ihr!« und damit zerbrach er das Ei, löschte das Licht aus, und die Hexe sank tot nieder.

Darauf gingen alle zwölf Brüder miteinander aus, ihre Bräute zu suchen, und endlich fanden sie auch ein Haus mit zwölf Schwestern. Sie führten sie heim zu ihrem Vater und feierten eine gemeinschaftliche große Hochzeit und waren froh und glücklich, und es ist leicht möglich, dass sie noch leben, wenn sie nicht gestorben sind.

35. Die beiden Mädchen und die Hexe

Eine Frau hatte zwei Töchter; die ältere war ihre eigene Tochter und war sehr hässlich, die jüngere ihre Stieftochter und war sehr schön. Das ärgerte die böse Mutter, und sie gab dieser immer nur zerlumpte Kleider und ließ sie daheim in der Asche sitzen; ihrer Tochter aber kaufte sie schöne Kleider und nahm sie überall mit. Zuletzt schickte sie ihre Stieftochter ganz aus dem Hause. »Du bist jetzt groß und kannst dich ernähren!« sprach sie, »gehe, wohin dich deine Augen leiten!« Da machte sich das arme Mädchen auf und wanderte fort. Als es ein Stück Weges gegangen war, kam es an einen Apfelbaum, der sprach zu ihr: »Willst du mich nicht ein wenig von den Dornen reinigen!« – »Warum nicht!« sagte das Mädchen und machte sich gleich an die Arbeit und reinigte den Baum. Es ging wieder ein Stück weiter; da sah es einen lahmen Hund, der schleppte sich mühselig auf der Erde fort. »Willst du mir nicht meinen Fuß verbinden?« sprach der Hund, »Warum nicht?« sagte das Mädchen und ging gleich daran. Als es noch ein Stück weiter kam, sah es einen Backofen, in welchem das Feuer brannte: »Willst du nicht das Eisen vorschieben?« sprach der Backofen. »Warum nicht?«, sagte das Mädchen und tat es sogleich. Nun kam es zuletzt an ein Häuschen; drin wohnte eine alte Hexe. Es klopfte an und fragte, ob sie es nicht in Dienst nehmen wolle. Die Hexe war froh, denn sie brauchte gerade ein Dienstmädchen. Sie übergab ihm alle Schlüssel, aber in das siebente Zimmer verbot sie ihm, zu gehen.

Als die Hexe fern war, besah das Mädchen sich die Gelegenheit, und die Neugierde ließ ihm keine Ruhe; es trat auch in das verbotene Zimmer, da war alles eitel Gold, und das Mädchen wurde selbst auf einmal ganz goldig. Nun bekam es Angst; es schloss schnell die Türe und lief fort und wollte nach Hause.

Aber über der Tür stand ein Hahn, der fing gleich an zu krähen, wie er das Mädchen laufen sah. Die Hexe hörte den Hahn schrei gleich und kam herbei und eilte dem Mädchen nach. Doch konnte sie den Weg schlecht sehen; denn vor ihr war finstre Nacht, vor dem Mädchen lichter Tag. Das bewirkte ein alter Mann, der das arme Mädchen so ängstlich laufen sah und sich seiner erbarmte. Als es an den Ofen kam, rief der ihm Mut zu und sprach: »Laufe nur fort, die Garstige erreicht dich nicht!« Sowie die Hexe zum Ofen kam und ihn fragte, ob nicht ein Mädchen da vorbeigelaufen, wollte er nichts von ihm wissen. Der Hund rief dem Mädchen auch zu: »Laufe nur fort, die Garstige erreicht dich nicht!« Die Hexe kam keuchend heran und fragte den Hund, ob nicht ein Mädchen da vorbeigelaufen. Der Hund sagte: »Nein, ich habe keines gesehen!« Ebenso machte es der Apfelbaum: »Laufe nur schnell!« sagte er zum Mädchen, »die Garstige erreicht dich nicht!«, und als die Hexe ihn fragte, ob nicht ein Mädchen da vorüber gelaufen, hatte er auch nichts gesehen. Weiter hinaus hatte die Hexe keine Macht, und sie musste mit langer Nase umkehren.

Als aber das arme Mädchen zu Hause anlangte, sang die Hausschwalbe vom Dache:

»Litum, titum, tärchen,
Et sätzt e güldich Frächen.
Eangderm Fenster en lacht!«

Da eilte die Stiefmutter hinaus und sah das Goldmädchen und verwunderte sich sehr; sie führte es hinein und tat ganz freundlich; aber die Stiefschwester wurde ganz grün vor Neid und sprach: »Ich will auch hingehen und gewiss noch schöner heimkehren als der Aschenputtel!« Sie ging denselben Weg; als sie zum Apfelbaum kam, bat er sie auch, sie solle ihn von den Dornen reinigen. »Das fällt mir gerade ein!« sprach sie höhnisch, »dass ich mir meine Hände zersteche!« und ging weiter.

Ebenso machte sie es beim lahmen Hund. »Willst du mir nicht meinen lahmen Fuß verbinden?«, bat dieser. »Nu, das fehlte noch; glaubst du, ich sei eine gemeine Magd?«, rief sie trotzig und ging weiter. Als sie zum Backofen kam, loderte das Feuer stark heraus; da rief er: »Willst du nicht das Eisen vorschieben?« – »Unverschämter!« rief sie, »das ist kein Geschäft für mich!« Sie ging weiter und kam bald zur Wohnung der Hexe und nahm bei ihr Dienste.

Als die Hexe am frühen Morgen ausging, sprach sie: »Nur in das siebente Zimmer wage es nicht zu gehen, sonst wehe dir!« – »Ja, ja,« sagte das Mädchen; kaum war sie jedoch fort, so trat es ohne weiters in das verbotene Zimmer und wurde auch auf einmal ganz goldig. Alsbald ergriff es die Flucht; der Hahn über der Türe krähte wieder, und die Hexe war bald zurück und sah, was es gab. Das Mädchen lief, wie es nur konnte, allein es konnte schwer fortkommen; denn vor ihm war finstere Nacht, hinter ihm lichter Tag. Das bewirkte jener alte Mann, der das garstige Mädchen auch laufen sah und ihm eine Züchtigung bereiten wollte. Als es beim Ofen vorbeilief, versengte ihm der Fuchs, der aus dem Ofen herausschlug, das Kleid, und als die Hexe fragte, ob nicht ein Mädchen vorübergelaufen, rief der Ofen: »Eile nur, gleich hast du's!« Als es zu dem Hund kam, bellte der und biss es in den Fuß, dass es nur mit

Not weiterkam, und wie die Hexe fragte, ob er nicht ein Mädchen vorüberlaufen gesehen, rief er: »Nur schnell, gleich hast du's!« Endlich kam es zum Apfelbaum, der hatte alle seine Domen in den Weg geschüttelt, darin verwickelte es sich so, dass es nicht von der Stelle konnte, und sogleich war ihm die Hexe auf dem Genick: »Warte, Diebsgesicht, mein Gold sollst du nicht heimtragen!« und da fing sie gleich an mit ihren langen Nägeln zu kratzen und kratzte ihm alles Gold vom Leibe, dass nicht ein Staubpünktchen mehr an ihm blieb, und machte ihm blutige Furchen am ganzen Leib und ließ es dann laufen.

Als es zu Hause ankam, sang die Hausschwalbe vom Dache:

»Litum, titum, tärchen,
Et sätzt e bleädich Frächen
Eangderm Fenster en schroati«

Ihre Mutter lief schnell hinaus und erkannte sogleich ihre Tochter; sie führte sie hinein und versteckte sie in den Keller, dass kein Mensch sie sehen sollte, und da blieb sie ihr Leben lang. Als aber der junge König von dem schönen Goldmädchen hörte, kam er in einer Kutsche mit vier weißen Hengsten herbeigefahren, führte das Mädchen als seine liebe Braut in seine Burg und hielt eine glänzende Hochzeit, die acht Tage dauerte.

36. Das Zauberhorn

Es war einmal ein reicher Mann, dem starb seine Frau; die hinterließ ihm aber eine kleine Tochter mit Namen Gretchen, die hatte der Vater über alle Maßen lieb. Nun wohnte in der Nachbarschaft eine Witwe, die hatte auch eine Tochter, und zwar mit drei Augen. Eines Tages lockte die Witwe das kleine Gretchen zu sich und sagte ihm; »Siehe, wenn dein Vater mich zur Frau nimmt, so will ich dir eine gute Mutter sein; ich will mit einem goldenen Kamm deine Haare strählen, mit Milch dein Antlitz waschen und dir Wein zu trinken geben; meine Tochter soll dir, wenn du schläfst, die Fliegen jagen und wenn du wachst, mit dir spielen!« Das gefiel dem kleinen Gretchen, und es bat seinen Vater so lange, bis er die Nachbarin zur Frau nahm.

Einige Tage hatte es die Kleine gut, bald aber zeigte sich die neue Mutter als eine rechte Stiefmutter; sie zankte tagtäglich mit ihm, und bald gab sie ihm auch Schläge, und das arme Mädchen durfte seinem Vater, wenn er nach Hause kam, nicht klagen, sonst hatte es noch viel Ärgeres auszustehen. Für seine größere dreiäugige Schwester musste es die

Hemden und Kleider waschen, bis ihm die Finger bluteten, oder gar auf dem Feld die Ochsen hüten und dabei Flachs spinnen. Wenn es dann so allein auf dem Felde war, weinte es oft und klagte so vor sich hin seinen Kummer. Eines Tages kam ein schöner Stier aus der Herde zu ihm heran und fragte mitleidig: »Warum weinst du, armes Kind?« – »Wie sollt' ich nicht weinen; wenn ich diesen Flachs bis heute Abend nicht spinne, so bekomme ich harte Schläge von meiner Stiefmutter!« Da sprach der Stier: »Wohlan, ich will dir helfen, reiche mir den Flachs!« Gretchen tat es, und der Stier schluckte den Flachs ohne Weiteres ein; es erschrak nicht wenig darüber, aber der Stier sagte gleich: »Fürchte dich nicht, mein Kind, schlafe nur ein wenig, sobald du erwachst, wird dein Flachs gesponnen sein!« Da schlief es ein wenig, und sowie es erwachte, sah es neben sich das schönste Garn. Von da an brauchte es sich nicht mehr zu bekümmern. Wie viel Flachs auch die Stiefmutter ihm zum Spinnen gab, er wurde immer fertig, denn immer kam der Stier hinzu und tat die Arbeit an seiner statt. Endlich kam das der Stiefmutter nicht heraus, und sie merkte, es könne nicht mit rechten Dingen zugehen. Darum schickte sie jetzt ihre dreiäugige Tochter mit auf die Weide, die sollte Wache halten. Gretchen aber wusste sich zu helfen; es spann anfangs sehr fleißig und sang dabei, darüber schlief ihre Schwester ein.

Sobald dies geschehen war, gab es seinen Flachs dem Stier zum Kauen, und bis die dreiäugige Schwester erwachte, war er schon gesponnen. So wusste diese am Abend ihrer Mutter nichts anderes zu sagen, als dass Gretchen fleißig gesponnen hätte. Einmal, als Gretchen mit seiner Schwester wieder auf dem Felde war, hatte es sie nicht ganz eingeschläfert, sodass das dritte Auge noch wach war. Damit hatte sie wohl gesehen, wie Gretchen dem Stier den Flachs gegeben und wie er ihn zu Garn gekaut hatte. Als sie am Abend nach Hause kamen, sagte Dreiäuglein ihrer Mutter, was sie gesehen. Alsbald schwur diese dem Stier den Tod und schalt das arme Gretchen aus und schlug es mit Fäusten. Da lief es weinend fort zu dem Stier und erzählte ihm alles. »Mit mir ist es aus?« sprach der Stier, »aber siehe zu, dass du, wenn ich tot bin, die Spitze von meinem rechten Horn dir verschaffst!« Als am andern Morgen Gretchen im Felde die Ochsen hütete, siehe, da brummte plötzlich eine große Bremse um das Haupt des Stiers; das aber war die Stiefmutter, denn sie war eine böse Zauberin und hatte sich verwandelt. Der Stier wurde wild und rannte blindlings fort. Als er nahe an einer Brücke war, die über einen Abgrund führte, stach ihn die Bremse in die beiden Augen, sodass er nichts sah und die Brücke verfehlte und in den Abgrund hineinstürzte. Gretchen war voller Furcht langsam nachgefolgt; da fand sie ihren

Freund und Beschützer im Abgrund tot; er hatte sich beim Fallen die Spitze vom rechten Horn gerade abgestoßen; weinend nahm es sie auf und verbarg sie bei sich.

Bei der Stiefmutter daheim hätte Gretchen nun böse Zeit. Sie gab ihm wieder schwere Arbeiten auf, zankte immerfort und ließ es auch an Schlägen nicht fehlen; ihre dreiäugige Tochter aber arbeitete nichts, sondern putzte sich immerfort und ging ihrem Vergnügen nach. Dennoch war diese nie so schön als Gretchen. Das ärgerte die Stiefmutter, und sie beschloss, es zu verschaffen. Sie führte es tief in einen dichten Wald und schickte es dann zu einer Quelle um Wasser. Inzwischen verwandelte sie sich in einen schwarzen Käfer und setzte sich unter einen Strauch; von da wollte sie sehen, wie Gretchen sie suchen und sich verirren solle. Als dieses zurückkehrte, sah es keine Spur von seiner Stiefmutter; voller Angst lief es hin und her; schon rückte der Abend heran, und es wusste den Weg nach Hause nicht. Da fiel ihm die Hornspitze, die es im Busen trug, auf den Boden, es hob sie schnell auf und schwenkte sie einmal, ohne dass es wusste, wie. Siehe da kamen auf einmal eine unzählige Menge von Ochsen hervor, sodass der ganze Wald weiß wurde; der letzte aber, der aus dem Horn stieg, hatte goldene Hörner und war weiß wie Schnee. Dieser kam ganz traulich zu Gretchen; nur einmal aber schüttelte er unruhig den Kopf, scharrte mit den Füßen den Boden und stürmte auf das Versteck los, wo die Stiefmutter saß. Diese hatte sich aus dem Käfer schnell in einen Bären verwandelt und war eben im Begriff, auf den Stier loszugehen. Da kam es zu einem heftigen Kampf. Der Stier mit seinen goldenen Hörnern rannte den Bären zu Boden, doch brach ihm dabei die Spitze vom rechten Horn ab; der Bär blieb elendiglich liegen und brummte erschrecklich; der Stier kam und legte sich zu Gretchens Füßen nieder, und es schien, als wenn er um Hilfe bäte. Da fiel es Gretchen ein, ihm die Hornspitze, die es bei sich trug, an die Stelle der abgebrochenen aufzusetzen, und kaum war das geschehen, so verwandelte sich der Stier in einen schönen Prinzen und die anderen Ochsen in seine Minister und Diener.

Sogleich nahm der Prinz das arme Gretchen bei der Hand als seine liebe Braut, zog in sein Reich und hielt eine glänzende Hochzeit. Die Stiefmutter war jetzt verdammt, in der Gestalt zu bleiben, in der sie war, und so musste sie als garstiger Bär sich im Walde herumschleppen und sich an den Pfoten saugen, bis sie nur soviel wiegen würde als der Flachs, den das arme Gretchen täglich im Felde hatte spinnen müssen.

37. Die drei Brüder und der Hüne

In der alten Zeit lebte einmal ein Schäfer, der hatte drei Söhne und eine große Herde Schafe. Jeder von den Söhnen musste einen Tag die Herde hüten; die andern blieben daheim und arbeiteten da mit ihrem Vater. Als der Alte sterben sollte, ermahnte er seine Söhne, sie sollten nur ja immer zusammenhalten und die Herde nie teilen. Das versprachen sie und hielten es auch getreulich. Es geschah aber, dass in einem dürren Jahre die große Herde nicht hinlänglich Weide fand. Da sprach der jüngste der Brüder – er war zwar klein und schwächlich, aber der pfiffigste unter ihnen –: »Lasset uns hinziehen jenseits des großen Waldes, da soll eine ungeheure Wiese sein, immer grün und unbeweidet.« Die anderen billigten das, und so zogen sie sieben ganze Wochen durch den Wald und kamen endlich an dessen Ende, von dem aus die schöne Wiese nach allen Seiten sich ausdehnte. In weiter, weiter Ferne aber sahen sie ein Schloss; hier wohnte ein mächtiger Hüne, der hielt sich für den Herrn der ganzen Gegend, so weit man sie übersehen konnte. Einige Tage blieben sie ungestört und freuten sich über die fette Nahrung; zwei der Brüder bauten in der Nähe des Waldes an einer Hütte; indes ging der eine immer mit den Schafen, molk sie und machte Käse, und den folgenden Tag verrichtete dies Geschäft einer der beiden andern, so wie sie es daheim gehalten hatten. Eines Tages, als der Älteste wieder die Schafe hütete, sah er nur einmal zu seinem Schrecken aus der Gegend des Schlosses eine große Gestalt sich bewegen; es schien, als ob ein Berg herbeikäme, es war aber nichts anders denn der mächtige Hüne. Dieser hatte schon seit einigen Tagen aus seinem Fenster bemerkt, wie wenn sich auf seiner Wiese kleine Tierchen wie Milben regten, allein er hatte seinen Augen nicht recht getraut; da er aber dasselbe immer wieder sah, wollte er sich überzeugen; er machte nur ein paar Schritte so stand er schon vor dem armen Schäfer, der bebte wie Zittergras und hatte kein Leben. »Ha, du kleiner Wicht!«, fuhr der Hüne ihn an, »bist du der Verwüster meiner Felder? Warte, das sollst du mir bezahlen!« Der Schäfer fiel vor der gewaltigen Stimme zu Boden, denn es war, als wenn ein Sturmwind einherbrauste; endlich sprach er mit Zittern: »Herr, wir sind drei Brüder und sind erst vor einigen Tagen hierher gekommen, wir wussten nicht, dass dieses Land jemandem gehöre!« – »So? Drei Brüder? Ihr wusstet es nicht? Hm; nun, ich will's gelten lassen. Gut, dass ich euch kenne, wir wollen Freundschaft schließen; mache aber jetzt gleich ein Frühstück!« Der arme Hirte musste sieben Schafe schlachten, die verschlang der Hüne auch sogleich, als ihnen die Haut abgezogen war, ganz, als seien es sieben Bissen; dann trank er alle Milch, die in sieben Schäffern dastand, und aß zuletzt zum Niederdrücken noch sieben Käse. Als er satt war, sprach er zum Hirten: »Es hat mir wohlgeschmeckt, dafür komme morgen zu mir ins Schloss zum Frühstück; aber wehe dir, wenn du nicht kommst!« Damit wandte er sich um, und mit ein paar Schritten war er in seinem Schlosse verschwunden.

Kaum hatte sich der arme Hirt vom Schrecken erholt, so nahm er sich auf und trieb die Herde zur Lagerstätte, wo seine Brüder waren, und erzählte diesen, was ihm begegnet war. Diese entsetzten sich auch nicht wenig, als sie die Geschichte erfuhren. Aber was war zu tun? Zurück konnten sie nicht; denn der Hüne hätte sie doch eingeholt. Da sprachen die zwei jungem Brüder am anderen Morgen dem Ältesten Mut ein; er solle nur getrost zum Hünen gehen; auch diese hätten ja bisweilen ein menschliches Herz; vielleicht werde ihm nichts geschehen. Er ging endlich; allein es war ihm nicht recht. Als er am Schlosse ankam, sah und hörte er vor Angst nichts; er ging hinauf; wie er eintrat, lag der Hüne noch im Bett und war eben wach geworden. »Gehe!« sprach er, »nun hinaus, mache Feuer unter den großen Kessel und sage mir's, wenn das Wasser kocht.«

Der Arme tat, was ihm befohlen worden. Als das Wasser kochte, meldete er's dem Hünen. Dieser stand auf, ging hinaus, sah, dass es gut kochte. Er hob den Kessel vom Feuer und sprach zum Hirten: »Fühle, ob es heiß genug ist!« Als er sich bückte, schlug der Hüne ihm den Kopf ab und warf ihn auf den Hausboden, den Rumpf aber gab er in den Kessel; dann ging er hinein, kleidete sich an und verspeiste hierauf den Hirten. Jetzt nahm er seinen Stab und ging wieder zur Herde; bei dieser war heute der mittlere Bruder, der jüngste war zu Hause. »Also, du bist ein Bruder von dem, der heute zu mir gekommen?« – »Ja!« stammelte der Hirt ängstlich. »Wohlan, schlachte mir sieben Schafe und sorge für sieben Schäffer Milch und sieben Käse, denn ich habe schlecht gefrühstückt.« Heißhungrig verschlang der Hüne wieder sieben Schafe, sowie ihnen die Haut abgezogen worden, und trank sieben Schäffer Milch und aß darauf sieben große Käse, als seien es Haselnüsse. »Dein Frühstück hat mir geschmeckt; komme morgen auch zu mir, aber wehe dir, wenn du nicht erscheinst!« Damit entfernte sich der Lange wieder, und der Hirte trieb schnell die Schafe zur Lagerstätte und jammerte und klagte: »Wehe, der Hüne hat unsern Bruder gewiss umgebracht, und jetzt ist es an mir!« Der Jüngste musste ihm am andern Morgen sehr zureden, bis er sich entschloss, zum Hünen zu gehen. Er tat es mit Zittern und Zagen. Es ging ihm aber dort gerade wie seinem ältern Bruder. Der Jüngste war mit den Schafen schon lange auf der Weide, da erschien nur einmal der fürchterliche Hüne und sprach mit seiner Polterstimme: »Du, Winziger, bist du auch ein Bruder von denen, die zu mir gekommen?« Der kleine Hirt flog davon bis zu einer Dornhecke, als hätte ihn der Wind hingeweht; daran aber hielt er sich fest und antwortete: »Ja, ich bin der Jüngste, aber nicht so grob, Herr Ronnemann«, rief der Kleine ganz trotzig. Der Hüne war auf eine solche Antwort nicht gefasst. »Auf der Stelle schlachte mir sieben Schafe und versorge mich mit Milch und Käse, denn ich bin verteufelt hungrig!« - »Muss es denn gar so schnell sein, Herr Fleischturm; habt Ihr Kohlen im Magen?« - »Gleich, du kleiner Knirps, sonst zerquetsche ich dich zwischen meinen Fingern und presse dir den Saft aus.«

Der Junge sah, dass der Kerl keinen Spaß hatte, und schlachtete die Schafe, ohne sich aber zu übereilen, und stellte ihm sieben Schäffer Milch und sieben Käse hin. Als der Hüne alles verschlungen hatte, sprach er: »Morgen früh komme zu mir zum Frühstück, und wehe dir, wenn du ausbleibst!« - »Ich komme«, rief der Junge trotzig, »du brauchst keine Geschichten zu machen.« - »Warte nur, du einfältiger Hüne«, sprach er bei sich, »deine Stärke soll dir nichts helfen!« Er hatte sich bald einen Plan ausgedacht.

Bei der Herde waren drei sehr starke Hunde, die es mit jedem Wolfe bisher aufgenommen hatten, der eine hieß Siehegut, der andere Höregut, der dritte Packegut, die waren so abgerichtet, dass sie genau jeden Wink befolgten; diese sollten auch mit. Er nahm sieben Schafsfelle, befreite sie von der Wolle und nähte sie eines auf das andere und bildete einen Trichter mit zwei Löchern. Als er fertig war, rief er seinen Hunden und ging ganz früh ins Schloss. Der Hüne schlief noch ganz fest und schnarchte so gewaltig, dass zwei Pappeln, die vor dem Fenster standen, davon wie von einem Sturmwind hin- und herbewegt wurden. Die Hunde ließ der Junge draußen vor dem Schloss; er selbst ging leise hinein. Wie er die Türe öffnete, schöpfte der Hüne eben Atem und zog damit den Kleinen wie eine Flaumfeder an; er stieß wieder den Atem aus und schleuderte ihn bis zur Türe zurück. Da fasste sich der Junge an den Türpfosten und schrie aus allen Kräften: »Herr Faulpelz, ist das Frühstück fertig? Ich bin schon da!« Der Hüne rieb sich die Augen und wusste nicht, was ihm so spitztönig in die Ohren geklungen, denn er war heute sehr verschlafen; endlich erblickte er den Kleinen, der hing wie eine Hausgrille an dem Türpfosten. »Hast du mich geweckt, du kleiner Mäusekönig?« »Ja, Herr Klumpenmann!« - »So mache Feuer unter dem großen Kessel, und wenn das Wasser kocht, so rufe mich!« - »Schon gut!« sprach der Junge und ging hinaus; der Hüne schlief gleich wieder ein.

Schnell machte der Kleine das Wasser kochen; dann nahm er seinen Felltrichter und einen großen Topf mit siedendem Wasser, schlich leise und ganz gebückt, damit ihn der Hüne nicht zurückschnaufen könne, allmählich bis zum Bett; dann hielt er rasch den Trichter über die beiden Augensterne des Hünen und goss das siedende Wasser aus dem Topf auf einmal hinein. Hui, wie der Hüne gleich aufsprang und entsetzlich raste; beide Augen waren ihm zerstört.

Der Junge war schnell an der Türe und hielt sich fest und sah eine Zeit lang, wie der Hüne herumschlug, dann rief er: »Wie schmeckt das Frühstück, Herr Klumpenmann, nicht wahr, etwas heiß?« Der Hüne grapschte gleich nach der Richtung, woher die Stimme kam, allein der Kleine war schon hinaus und die Treppe hinunter. Der Lange trampelte ihm blindlings nach und plumpste an der Treppe hinunter, dass es krachte wie bei einem Bergsturz, unten im Schloss war ein großes Zimmer, darin waren viele Nüsse aufgehäuft; der Junge ging hinein und wühlte in den Nüssen und warf fort und fort hierher und dorthin an die Wand; der Hüne griff auf jedes Gepolter mit seinen langen Armen hin und dachte den Kleinen so zu fangen; allein der wusste sich zu hüten und lachte nur über den Hünen, wie der umsonst sich so abmühte. Endlich ging er hinaus ins Freie und lockte den Hünen nach. Nun ärgerte ihn der Junge fast zu Tode. Er sprang wie ein Grashüpfer von einer Stelle zur andern und schrie: »Hier bin ich! Hier bin ich!« und der Hüne haschte jedes Mal nach der Stimme. Dem Hünen fiel bald auch eine List ein. »Siehe«, sprach er, »ich habe hier einen kleinen goldenen Ring, der ist mir ohnehin nichts mehr nütze, den schenke ich dir!« und warf ihn damit von sich. Der Junge sah den Ring im Gras liegen, und weil er gerade so schön war, nahm er ihn gleich und steckte ihn an seinen Finger. Kaum hatte er das getan, so konnte er sich nicht von der Stelle rühren und rief nur »Ach!« Der Hüne hörte das und tastete nun schnell im Kreise herum, um den Kleinen zu finden.

In dieser Not wollte der Junge den Ring schnell vom Finger streifen, allein das ging nicht mehr; da nahm er schnell sein Messer und schnitt den Finger samt dem Ring ab und warf ihn in einen großen See, der in der Nähe war. Dann lief er weithin um den Teich herum und rief: »Hier bin ich! Hier bin ich!« Der Hüne hörte die Stimme in der Ferne und wollte geradeaus darauf los; da schritt er geradezu in den See und ging immer mehr hinein; endlich kam ihm das Wasser bis an den Mund; da blieb er auch stecken und konnte nicht weiter. »Jetzt habe ich dich!«, rief der Junge vom Ufer, »wenn du mir nicht gleich meine Brüder schaffst, so bleibst du hier stecken bis auf den Jüngsten Tag!« Das schien dem Hünen denn doch zu lang; er sprach: »Deine Brüder habe ich gefrühstückt, ihre Häupter aber liegen auf dem Hausboden; nimm das Ei, das daneben liegt, und die Rute und streiche das Haupt am Halse dreimal und schlage mit der Rute darüber, so werden sie wieder lebendig!« – »Ich werde gleich sehen, ob du die Wahrheit gesprochen!« Damit ging der Junge zum Schlosse. »Auf, Siehegut, such!« Der Hund lief gleich voran, durchstöberte alle Winkel auf dem Schlossboden und kam endlich zu den Häuptern, und daneben lag auch das Ei und die Rute. Der Junge tat, wie ihm der Hüne gesagt, und alsbald standen seine Brüder verwundert vor ihm und wussten nicht, wie ihnen geschehen war; sie fühlten nur einen kleinen Schmerz im Nacken, sonst waren sie gesund. »Freuet euch«, sprach der Jüngste »ihr seid erlöst; kommt jetzt nur mit mir!« Da gingen sie hinaus, und er zeigte ihnen den Hünen, wie er im Sumpfe stak, und erzählte ihnen, wie er ihn dahin gebracht. »Du hast für diesmal wahr gesprochen, allein jetzt sage mir aufrichtig: Lebt keine Seele weiter im Schlosse?« Nun log aber der Hüne nach seiner Natur, denn alle sind sehr lügenhaft, und sprach: »Nein!« Er hatte nämlich im tiefen Keller eine Menge seiner Gesellen, die er unter Schloss und Riegel hielt, weil sie unbändig waren. Da dachte er: »Wenn du nur einmal heraus bist aus dem Sumpf, so wirst du die Tür schon finden und erbrechen, dass jene herauskommen und diese kleinen Dinger erschlagen.« Aber sein Lügen half ihm nichts, denn der Kleine sprach: »Erst will ich mich überzeugen; auf, Siehegut, Höregut, Packegut!« Siehegut lief in allen Winkeln des Schlosses herum, fand aber nichts; nur einmal sahen sie, wie Höregut an einer kleinen Fensteröffnung horchte.

Die Brüder eilten hin und legten sich aufs Ohr und vernahmen ein dumpfes Toben und Fluchen. Nun zündeten sie Fackeln an und stiegen an einer Treppe hinab; die Hunde liefen voran. Nur einmal kamen sie an eine mächtige Türe, an der ein gewaltiges Schloss angelegt war. Vom Aufmachen konnte keine Rede sein; da dachte der Jüngste an die Rute, mit der er seine Brüder lebendig gemacht, ob sie wohl nicht auch hier wirksam sein würde. Siehegut musste gleich hinlaufen und sie bringen. Sowie der Junge damit das Schloss berührte, sprang die Türe gleich auf. Aber wie entsetzten sie sich, als sie die grässlichsten Hünengestalten erblickten! Diese lagen eben miteinander im Kampfe und zankten darüber, wen sie von ihnen umbringen sollten, da sie den Hunger lange nicht mehr ertragen konnten. Als sie nun die drei Menschen erblickten, sprangen alle der Türe zu: »Ha, ihr kommt gerade gut, euch wollen wir fressen!« Da rief der Junge: »Packegut, an!« Der Hund fiel alsbald die ersten an, die andern zogen sich gleich zurück und stutzten. Der Junge rief wieder: »Packegut, zurück!« Der Hund sprang hinaus; die drei Brüder erfassten die mächtige Türe und zogen sie wieder zu und legten das Schloss an. Nun aber gingen sie zu dem Hünen im See. »O du schändlicher Lügner!«, rief der Junge, »wir wissen wohl, dass deine Gesellen im Schlosskeller sind, da sollen sie auch bleiben für alle Zeit! Wenn du aber dein Leben noch retten willst, so sage, wo der Schatz im Schloss zu finden ist!« Als der Hüne einsah, dass er nicht mehr zu seiner vorigen Macht gelangen und sich rächen könne, sprach er: »Nie und nimmermehr sollt ihr erfahren, wo der Schatz ist; meinetwegen mag nun was immer mit mir geschehen!« – »So bleibe denn im Sumpfe stecken in alle Ewigkeit!«

Die kleinen Menschen waren nun Herren von dem großen Schlosse des gewaltigen Hünen; sie zogen jetzt da ein und wohnten zusammen in Eintracht, und ihre Herden mehrten sich immer mehr, und ihr Reichtum und ihre Macht wurde bald so groß, dass auch ferne Kaiser und Könige ihre Freunde wurden. Den verborgenen Schatz im Schloss fanden sie nicht und brauchten ihn auch nicht. Die drei Brüder leben noch, wenn sie nicht gestorben sind; ob aber der Hüne im Sumpfe und seine verhungerten Gesellen im Schlosskeller leben, ist eine andere Frage, und darauf weiß ich nicht zu antworten.

38. Die drei Schwestern bei dem Menschenfresser

Es waren einmal drei Schwestern im Walde und suchten Erdbeeren; wie sie nun abends heimkehren wollten, verirrten sie sich und fanden keinen Ausweg. Da kam nur einmal ein wilder Hüne, und das war ein Menschenfresser, auf sie los und rief: »Ha, jetzt habe ich euch!«, und rührte sie zu seinem Schlosse. Da fragte er die Älteste: »Willst du lieber mein Weib werden oder sterben?« – »Lieber sterben!« sagte diese. Ebenso fragte er die zweite; auch die antwortete: »Lieber sterben!« Die Jüngste aber war pfiffig genug, und als der Hüne sie fragte, sprach sie: »Oh, von Herzen gerne, nur bin ich noch zu blutjung, wartet noch ein Jahr!«

Der Hüne war damit zufrieden und gab der Kleinen sogleich die Schlüssel von allen Zimmern; da solle sie jetzt schon Gewalt haben über alles; ihre beiden Schwestern jedoch sperrte er in einen Stall und befahl seiner alten Mutter, sie solle sie mit Nüssen und Striezeln mästen, bis sie recht fett wären, und dann braten. Jeden Morgen ging der Hüne aus und kam nur gegen Mittag oder gegen Abend wieder heim, und seiner alten Mutter befahl er jedes Mal, auf die im Stall und auf seine liebe Braut Sorge zu tragen. Eines Tages, als die Alte ihnen wieder Striezeln und Nüsse gebracht hatte, wollte sie sehen, ob sie nun endlich fett wären. »Langt heraus euern Finger!«, rief sie mit krächzender Stimme. Die Jüngste aber war auch zum Stall gekommen, wie sie es jeden Tag mehrmals tat, wo sie dann ihre Schwestern tröstete; jetzt reichte sie von der Seite jeder ihrer Schwestern ein langes Hölzchen hin und flüsterte ihnen zu: »Die Alte ist triefäugig und sieht nicht recht, reicht diese Hölzchen hin statt der Finger!« So taten sie auch. Die Alte hatte ein Messer und schnitt an den Hölzchen: »Ei dass dich!«, rief sie, »das ist ja wie purer Knochen so hart; ihr werdet am Ende vor Sehnsucht nur immer magerer statt fetter; das darf nicht länger anstehen; morgen kommt ihr in den Ofen!«

Als am anderen Tage ganz früh der Hüne ausging, sagte die Alte: »Komme heute mittags nach Hause; es erwartet dich ein guter Braten!« Dann ging sie zu dem Ofen und heizte ihn tüchtig. Als er heiß genug war, rief sie die Jüngste zu dem Ofen und sprach: »Sorge hier, bis ich komme!« Sie ging zum Stall und führte die beiden Schwestern zum Feuer, die jammerten und klagten, dass sie nun so elendiglich sterben sollten. Da befahl ihnen die Alte, so und so auf die Brotschüssel zu sitzen; die Jüngste aber, die Braut des Hünen, hatte wieder den klugen Einfall und sagte: »Sie wissen ja nicht, wie sie's machen sollen; zeiget es ihnen; ich will an diesem Ende halten!« Da ging die dumme Alte und setzte sich auf die Brotschüssel; alsbald erfassten auf einen Wink der Jüngsten auch die beiden andern Mädchen die Stange und schoben die Alte schnell in den Ofen, setzten das Eisen vors Ofenloch und liefen, nachdem sie noch alle Türen verschlossen und die Schlüssel in den Brunnen geworfen hatten, eiligst davon.

Als gegen Mittag der Hüne nach Hause kam, tobte und polterte er an der Türe; aber er konnte nicht hinein, bis er sie einschlug. Sein großer Hunger trieb ihn zum Ofen; er riss das Eisen fort und wollte den Braten herausziehen; doch siehe, es war seine alte Mutter, ganz geröstet und verbrannt. Da lief er wütend zum Stall; doch er war leer; er suchte in allen Zimmern seine junge Braut, auch die war nirgends zu finden. »Ha! Die sind alle fort, nu wartet, gleich will ich euch zurückholen!« Er schnallte geschwind seine Siebenmeilenstiefel sich an und schritt ihnen nach.

Die drei armen Mädchen aber hatte ein alter Mann gesehen, wie sie so voller Angst vor dem Unhold flohen, und hatte ihnen den rechten Weg nach Hause gezeigt und ihnen drei Dinge gegeben: eine Nadel, eine Glasscherbe und ein Fläschchen mit Wasser; wenn sie den Hünen hinter sich sähen, so sollten sie so und so davon Gebrauch machen. Der Hüne hatte nur einige Schritte getan, so war er schon an ihnen. Da steckten sie die Nadel hinter sich, und auf einmal war die ganze Straße weit und breit mit spitzen Nadeln besteckt: »Wie seid ihr da hinübergekommen?« rief ihnen der Hüne nach. »Wir haben uns die Schuhe ausgezogen!«, rief gleich die Jüngste, seine Braut. Das tat er sofort und zerstach sich die Füße ganz, bis er hinüberkam; aber die Siebenmeilenstiefel hatte er zurückgelassen, ging darum wieder über die Nadeln zurück und brachte nun auch die Schuhe. Indessen waren die Mädchen ein gutes Stück fortgelaufen, bald war er jedoch mittelst seiner Siebenmeilenstiefel an ihnen. Da warfen sie die Glasscherbe in den Weg, und auf einmal war die Straße weit und breit voll schneidiger Glasscherben. »Wie seid ihr da hinübergekommen?«, rief er ihnen nach. »Ja, wir sind auf vieren gegangen!«, rief die Jüngste, seine Braut, gleich. So machte er's auf der Stelle; aber es ging schwer und langsam, und er zerschnitt sich dabei die Hände ganz, bis er hinüberkam. Die Mädchen waren wieder ein gutes Stück vorausgeeilt; aber der Hüne war ihnen doch bald auf dem Fuße. Da gossen sie das Wasser aus, und gleich wurde zwischen ihnen und dem Hünen ein mächtiger Fluss. »Wie seid ihr da hinüber?«, rief er ihnen nach. »Ja«, rief gleich die Jüngste, seine Braut, »wir hängten uns einen großen Stein an den Hals, der trug uns!« Der Hüne hängte sich gleich einen mächtigen Mühlstein an den Hals und stürzte sich hinein; da zog ihn der Stein hinunter, also dass er beinahe ertrank. Mit schwerer Not schleppte er sich hinaus. Jetzt aber war sein Zorn auf das Höchste gestiegen; er eilte zurück nach Hause, nahm drei mächtige Donnerkeile und sprang auf eine hohe Bergspitze, wo er weithin bis zur Morgen- und Abendsonne sehen konnte; er sah noch die Fliehenden und schleuderte die Donnerkeile ihnen nach; allein es war umsonst, sie fielen an der Grenze des Hünenlandes nieder, und jene waren schon im Reich der Menschenwohnungen und gelangten nun glücklich nach Hause. Der Hüne hatte nicht lange das Nachsehen, denn er zerbarst vor Ärger und Grimm.

39. Von der Königstochter, die aus ihrem Schlosse alles in ihrem Reiche sah

Eine schöne Königstochter wohnte in einem Schlosse; das hatte ein Zimmer hoch in der Spitze mit zwölf Fenstern. Aus jedem Fenster sah sie ihr ganzes Reich; aus dem ersten jedoch nur so und so, nicht auch alle Winkel; aus dem zweiten mehr, aus dem dritten noch mehr und so fort, bis sie zuletzt im zwölften alles ganz deutlich wahrnahm, sodass über und unter der Erde in ihrem Reiche nichts verborgen blieb. Sie hatte aber ausschreiben lassen, sie wolle den zum Gemahl nehmen, der sich so verbergen könne, dass sie ihn nicht finde; wer's aber einmal versuche, der verliere, wenn sie ihn finde, sein Leben. Schon siebenundneunzig hatten ihr Leben gewagt, aber die Königstochter hatte alle gefunden und ihre Häupter auf Pfähle stecken lassen. Da meldete sich lange niemand mehr, und die Königstochter war dessen froh, denn sie wollte ohne Mann bleiben; endlich kamen wieder einmal drei Brüder. Der Älteste versuchte zuerst und kroch in ein Loch, wo Kalk war; aber schon im ersten Fenster sah ihn die Königstochter, rief ihn hervor, und das Haupt wurde ihm abgeschlagen. Der zweite verkroch sich in den Keller des Schlosses; auch ihn sah die Königstochter aus dem ersten Fenster, rief ihn hervor, ließ ihn enthaupten und sein Haupt zu den andern auf den Pfahl stecken. Als nun der Jüngste sich meldete und vortrat, bat er zunächst um einen Tag Bedenkzeit und dazu um die Gnade: Sie sollte ihm's zweimal schenken, wenn sie ihn fände; wenn sie ihn aber zum dritten Mal sehe, so mache er sich dann nichts aus seinem Leben. Die Königstochter bewilligte ihm das gern, denn sie dachte nicht daran, dass es ihm gelingen könne.

Nun hatte er den Tag Bedenkzeit. Als er sich den ganzen Kopf umsonst zerdacht hatte, wohin er sich verstecken sollte, nahm er seine Büchse und ging auf die Jagd, um sich zu zerstreuen. Zuerst kam ihm ein Rabe aufs Korn; als er eben losdrücken wollte, rief ihm der Rabe zu: »Nicht schieße, ich will dir's vergelten!« Da setzte er ab und ging weiter; er kam bald an einen See und überraschte hier einen großen Fisch; er wollte eben losdrücken, als der Fisch ihm zurief: »Nicht schieße, ich will dir's vergelten!« Er setzte wieder ab und ging weiter. Da sah er nur einmal einen hinkenden Fuchs; er setzte an und schoss, ehe der Fuchs sich's versah; doch da er ihn nicht getroffen hatte, rief ihm der Fuchs zu: »Komm lieber her und ziehe mir den Dorn aus dem Fuße!« Der Junge eilte hin und tat es; aber nun wollte er den Fuchs umbringen und den Balg nehmen. »Lasse das gut sein!« sprach der Fuchs, »ich will dir's vergelten!« Der Junge hörte darauf und ließ ihn laufen. Also hatte er nichts geschossen und nichts zum Mitnehmen, da er abends heimkehrte.

Den andern Tag nun wollte er sich verkriechen; weil er aber noch immer nicht recht wusste, wohin, so ging er in den Wald zum Raben und sprach: »Ich habe dich leben lassen; jetzt rate mir, wohin ich mich verkriechen soll, dass mich die Königstochter nicht sieht!« Der Rabe dachte lange, lange. Endlich sprach er: »Ich hab's!« Er brachte ein Ei aus seinem Nest, zerlegte es auf zwei Teile, schloss den Jungen hinein, machte das Ei wieder ganz, legte es in sein Nest und setzte sich darauf. Als nun die Königstochter ihn suchte, konnte sie im ersten, zweiten, dritten und vierten Fenster nichts entdecken; da erschrak sie nicht wenig, sie ging weiter; auch im fünften, sechsten, siebenten, achten, neunten und zehnten Fenster sah sie nichts; endlich im elften erblickte sie ihn. Sie ließ den Raben sogleich schießen, das Ei holen und zerbrechen, und der Junge musste herauskommen. »Also einmal ist es dir geschenkt!« sprach sie. Nun sollte er sich zum zweiten Male verstecken; er wusste aber nicht, wohin; da ging er an den See und rief dem Fisch und sprach: »Ich habe dich leben lassen, sage du mir jetzt, wohin ich mich verbergen soll, dass die Königstochter mich nicht sieht!« Der Fisch sann lange nach; endlich sprach er: »Ich hab's! Du bist am sichersten in meinem Bauche verborgen«, verschluckte ihn sogleich und senkte sich ganz auf den tiefsten Boden des Sees. Die Königstochter sah aber wieder durch alle Fenster bis zum elften umsonst; als sie ihn auch in dem nicht fand, da hielt sie ein wenig inne, und es war ihr nicht ganz recht; endlich ging sie auch ans zwölfte, und jetzt sah sie ihn. Sie ließ den Fisch gleich fangen und töten, und der Junge musste hervorkommen. »Nun habe ich dir's zweimal geschenkt; jetzt kommt dein Haupt auf die Stange!« Da war der Junge ganz traurig; denn er wusste bei seinem Leben nicht, wohin er sich noch verbergen könne, dass ihn die Königstochter nicht finden solle. Wie er so in schwermütigen Gedanken herumging, sah er den Fuchs. »Aha, wohin, du Schlupfwinkelfinder? Ich habe dich leben lassen; jetzt rate mir, wohin ich mich verstecken soll, dass die Königstochter mich nicht findet.« Der Fuchs schüttelte bedenklich das Haupt und sprach: »Hm, das ist ein schweres Stück; doch halt, ich hab's! Folge mir!« Sie gingen nun zu einer Quelle; da tauchte der Fuchs zuerst ein und wurde alsbald ein Marktkrämer und Tierhändler: »Jetzt tauche du ein!« Der Junge tat's und wurde sogleich ein niedliches kleines Meerhäschen. Der Kaufmann zog in die Stadt, und bald kam alles Volk zusammen, um das schöne Meerhäschen zu sehen, und so auch die Königstochter; es gefiel ihr aber so sehr, dass sie es kaufte. Der Kaufmann hatte aber dem Meerhäschen schon gesagt, es solle, wenn die Königstochter zum Fenster gehe, ihr unter den Zopf kriechen. Endlich war es Zeit, dass sie den Jungen suchen sollte; sie war aber voll Angst und Zorn. Sie trat zum ersten Fenster und sah nichts, da warf sie es zu, dass es zerschmetterte; sie trat ans zweite und sah nichts; da schlug sie es auch zu, dass die Scherben weithin flogen, und so machte sie es beim dritten, vierten, fünften und elften Fenster; ihre Angst und ihr Zorn stiegen aber immer höher, und als sie das zwölfte Fenster zuschlug, erschütterte das ganze Schloss, und das Glas zersprang auf tausend Stücke.

Sie trat vom Fenster; in ihrem Unmut fühlte sie nur einmal das Meerhäschen unter ihrem Zopf; sie packte es und warf es gleich zu Boden und rief: »Fort, mir aus den Augen!« Da lief das Häschen zum Kaufmann, und beide eilten zur Quelle und tauchten wieder ein und wurden zurückverwandelt, der Kaufmann in den Fuchs, das Häschen in den Jungen. Dieser dankte dem Fuchs und sprach: »Der Rabe und Fisch sind blitzdumm gegen dich; du hast Pfiff, das soll man dir lassen.« Der Fuchs freute sich dieses Lobes und lief fröhlich in den Wald. Der Junge aber ging nun geradezu in das Schloss, und hier wartete schon die Königstochter, da sie sich in ihr Schicksal fügen musste. Es wurde nun die Hochzeit gefeiert, und der Junge war jetzt König. Seiner Frau aber erzählte er nie davon, wo er sich zuletzt versteckt und wer ihm geholfen hatte, und so glaubte sie, er habe alles aus eigener Kunst getan und hatte Achtung vor ihm, denn sie dachte bei sich: »Der kann doch mehr als du!«

40. Die Geschenke der Schönen

Einem Manne war die Frau gestorben und hatte ihm ein Töchterchen hinterlassen. In der Nachbarschaft lebte aber eine Witwe, die hatte auch eine kleine Tochter, die spielte immer mit jenem Mädchen. Da sagte die Witwe eines Tages zu dem Töchterchen des Mannes: »Sage deinem Vater, er solle mich zur Frau nehmen, dann will ich dir eine gute Mutter sein; ich will dir jeden Morgen ›Biegelchen‹ zum Frühstück geben.« Das kleine Mädchen bat nun seinen Vater so lange, bis er die Nachbarin nahm; die aber hielt ihr Wort nur einige Morgen; sie gab dem kleinen Mädchen zwar auch forthin »Biegelchen«, aber »birkene« zum Frühstück, d. h., sie schlug es mit Birkenruten, wenn es nicht mit einem Stückchen verschimmelten Brotes oder kalten »Palukes« vorlieb nahm. Ihrer Tochter aber gab sie immer frische »Eierbiegelchen«. Da weinte das arme Mädchen, und wenn es seinem Vater klagte, so ging es ihm noch schlimmer; die Stiefmutter schlug es dann um so mehr, wenn sein Vater fortgegangen war.

Bald aber wollte die Stiefmutter das Mädchen ganz und gar verderben, weil es ihr zu viel aß und zu viel brauchte. Darum schickte sie dasselbe eines Morgens zu dem See, in dem die Schönen badeten. Kein Menschenkind durfte nahe kommen; wagte es ja einmal ein Vorwitziger und wollte die Schönen sehen, so zogen sie ihn in die Tiefe, und er kam nicht wieder. Das arme Mädchen ging aber ohne Furcht hin, und die Wasserjungfern taten ihm nichts; denn sie sahen, dass es ein Leid drücke. Sie fragten es vielmehr mitleidig: wer es wäre und was es so traurig mache.

Das Mädchen erzählte alles treuherzig, wie es die böse Stiefmutter quäle. Da erbarmten sich die Schönen, und als das »Armchen« sich Wasser geschöpft hatte und fortgehen wollte, zogen sie ihm ein schönes neues Kleid an, und jede gab ihm noch einen Heilsegen mit auf den Weg: »Wo du gehst, sollen Blumen sprießen«, sagte die erste: »Wenn du sprichst, soll es angenehm duften« die zweite: »Wenn du dich wäschest, soll ein Goldstück in der Schüssel sein!« die dritte. Als das Mädchen heimkehrte, so machte die Stiermutter große Augen, und es war ihr nicht recht; als sie aber von den Geschenken hörte und sich auch bald überzeugte, dass alles Wahrheit sei, wurde sie ganz grün vor Neid und dachte: »Deine Tochter verdient noch viel mehr!« Am andern Morgen kleidete sie dieselbe schön an und schickte sie auch nach Wasser zum See. Die Schönen kamen hinzu und fragten zornig, wer sie wäre und was sie suche. Jetzt tat sie ganz vornehm und stolz, log und sagte, sie sei eine Edeljungfer und sie wolle noch schönere Geschenke, als sie dem Bettelmädchen gegeben hätten. Da trübte sich auf einmal das Wasser, und die Schönen spritzten mit Kot auf das Mädchen, also dass es auf einmal ganz besudelt war und triefend heimlief. Jede gab ihm noch einen Fluchsegen mit: »Wo du gehst, sollen Dornen wachsen!« sprach die erste; »Wenn du sprichst, soll es stinken!« die zweite; »Wenn du dich wäschest, soll eine garstige Kröte in der Schüssel sein!« die dritte.

Als sie zu Hause ankam und ihre Mutter sie sah in solchem Aufzuge und die Tochter heulend erzählte, wie es ihr ergangen und von dem Fluchsegen, da ließ sie all ihr Gift gegen das Stiefkind aus. Von nun an hatte das keinen guten Tag mehr; fortjagen wollte sie es aber nicht, des Goldstückes wegen, das sie selbst jeden Morgen aus der Schüssel aufhob.

Nach einiger Zeit aber hörte der junge König von den Wundergaben des armen Mädchens und sagte: »Das und kein anders soll mein Ehegemahl werden!« Er schickte einen prächtigen Wagen und schöne Kleider hin, um es abholen zu lassen. Die Stiefmutter aber hatte gleich einen boshaften Plan sich ausgedacht; sie setzte sich mit ihrer hässlichen Tochter auch in den Wagen, und auf dem Wege stachen sie der Königsbraut die Augen aus und warfen sie in einen Sumpf am Wege, ohne dass es der Kutscher merkte. Dann zog die hässliche Tochter der Stiefmutter die Brautkleider an, und so gelangten sie an die Burg. Der junge König kam ihnen entgegen und hob die vermeintliche Braut aus dem Wagen und rief: »Bist du es, nach der mein Herz verlangt?« – »Ja, ja!« sprach sie, sonst nichts mehr. Da verbreitete sich ein entsetzlicher Gestank, also dass dem König übel wurde. Als die falsche Braut im Schlosshofe so hinging, siehe da schössen gleich zwischen den Steinen Dornen empor, also dass man mit Not fortkommen konnte. »Was ist das?«, rief der junge König verwundert, »sind das die Gaben meiner Braut?« – »Das ist von der Anstrengung der Reise!« sprach die böse Mutter, »es wird schon anders werden, nur muss die Braut eine Zeit lang allein bleiben!« Da schloss sich die Alte mit ihrer Tochter in ein Gemach ein, und als diese am andern Morgen sich wusch, goss die Alte selbst das Wasser aus, damit niemand die garstige Kröte bemerken solle.

Unterdessen war das geblendete arme Mädchen aus dem Sumpfe herausgekrochen und war unter einen Baum am Wege gekommen, und da es ganz müde geworden, war es gleich eingeschlafen. Als es erwachte, wusste es nicht, ob es Tag oder Nacht sei, und es fing laut an zu jammern; da kamen drei ganz weiße Schwäne herangeflogen, die hörten die Klage und setzten sich auf den Baum und sprachen: »Du armes Kind, benetze deine Augenhöhlen mit dem Morgentau, der auf den Baumblättern liegt!« Kaum war das geschehen, so hatte es frische Augen und sah noch weit besser als zuvor. Nun sah es auch, dass es schon lichter Tag war und dass die Leute ins Feld gingen. Es machte sich auf und wandelte auf der Landstraße fort und kam gegen Mittag an die Königsburg. Überall aber standen die Leute still, sahen das Mädchen an und staunten; denn auf dem ganzen Wege hinter ihr wuchsen die schönsten Blumen, und wie sie so freundlich die Leute grüßte, verbreitete sich der angenehmste Duft. Als man dem jungen König meldete, es sei eine Bettlerin draußen so und so, rief er freudig: »Das ist keine Bettlerin, daran erkenne ich meine liebe Braut; auf, machet die Tore weit und führet sie herein zu mir!« Er eilte aber selbst hinaus ihr entgegen, herzte und küsste sie.

Die Bosheit der Stiefmutter und ihrer hässlichen Tochter kam nun an den lichten Tag. Der König ließ beide in ein Fass einschließen, das inwendig ganz mit Nadeln beschlagen war, und sie von einem Berge ins Meer hinabrollen. Dann aber feierte er eine glänzende Hochzeit, und das arme Mädchen war jetzt die liebste und glücklichste Königin.

41. Die versteckte Königstochter

Es war einmal ein junger Kaufmannssohn, den schickte sein Vater, weil er zum Geschäft nichts taugte und den ganzen Tag immer nur geigen wollte, fort. Als der Junge wegzog, sah er auf der Gasse einen Knaben, der mit zwei Hölzchen immer geigte. Das gefiel ihm. »Willst du vielleicht auch geigen lernen?« – »O ja!« sprach der Knabe, »wenn nur jemand mich lehrte!« – »So komme mit mir!« sprach der Kaufmannssohn, »ich will dich lehren!« und so tat er's auch. Beide gingen nun in die Welt und ergeigten sich ihr Brot. Auf der Straße aber trafen sie einmal einen Mann mit einem Bären. Der Kaufmannssohn gab ihm all sein Geld für den Bären. Da sagte sein Schüler: »Warum hast du das getan, wovon sollen wir jetzt leben?« – »Warte nur, wir wollen geigen, und der Bär soll tanzen; so bekommen wir schon wieder Geld!« Als aber der Bär nicht recht tanzen wollte, schlug ihn der Kaufmannssohn tot und ließ sich selbst in die Haut nähen, und zwar so, dass man ihn für einen rechten Bären halten sollte. Darauf kamen sie auch in die Residenz; der Schüler geigte, und der Kaufmannssohn als Bär tanzte, und zwar so schön und künstlich, dass alle Leute herbeikamen und zusahen. Und wenn der Fiedler falsch griff und schlecht geigte, schlug ihn der Bär; denn er konnte ja selbst besser geigen, da er den Knaben gelehrt hatte; allein das wussten die Leute nicht; sie glaubten, es sei ein rechter Bär, und deshalb lachten sie dann so sehr, wenn er das Geigen besser verstehen wollte.

Nun bekam auch der König Kunde davon und ließ beide vor sich kommen und den Knaben geigen und den Bären tanzen; da musste er über die lustige Gestalt des Bären auch lachen. Er hatte aber auch eine sehr schöne Tochter, die war nun groß, und er wollte sie niemandem zum Weibe geben, damit er selbst sich immerfort an ihrer Schönheit erfreue. Er hatte sie aber in einen Berg versteckt, wo außer ihm und einem treuen Diener keine Seele den Zugang wusste; und er hatte ausschreiben lassen, wer sich um seine Tochter bewerbe, müsse sie suchen, und wer es dann unternähme und fände sie nicht, der verliere sein Leben. Dadurch hatte er gehofft, alle Freier abzuschrecken; allein es hatten doch einige Königssöhne das Wagstück unternommen, alle aber ihren Tod gefunden; jetzt kam lange keiner mehr, und das war dem König recht. Nun, da er den drolligen Bären gesehen, dachte er bei sich: »Deine Tochter hat so wenig Freude im Berge, du musst ihr doch auch einmal ein Vergnügen gönnen!«, und er ließ durch seinen treuen Diener den Bären zu ihr hingeleiten. Es führten aber dahin drei Türen. Zu der ersten fand sich der Schlüssel unter einem Felsstein; der Diener nahm ihn und sperrte auf; vor der zweiten aber stand ein alter Jude mit einem langen Bart; der Diener zupfte ihn am Bart, und es fiel daraus der Schlüssel zur Türe. Darauf kamen sie an die dritte; hier hielt ein wilder Löwe Wache; der Diener zupfte ihn an den Mähnen, und der Schlüssel zur Türe fiel herunter; er öffnete und führte den Bären hinein. Die Königstochter saß eben in Gedanken, sang vor sich hin und spielte die Zither. Als der Bär die Musik hörte, fing er sogleich an zu tanzen, und die Königstochter musste über die Maßen lachen, und der Bär machte ihr so viel Spaß, dass sie ihren Vater bitten ließ, er möge ihn längere Zeit bei ihr lassen. Kaum war der getreue Diener fort, so fing nur einmal der Bär an zu reden und sprach: »O schöne Königstochter, ich bin kein Bär, sondern ein Mensch wie du und ein junger Kaufmannssohn; komme nur und schnüre mir das Gesicht auf, so wirst du es sehen!« Da pochte der Königstochter das Herz vor Freude, denn sie hatte außer ihrem alten Vater und dem alten Diener lange keinen Menschen gesehen. Sie schnürte ihn schnell auf und sah den schönen Jungen, und weil er ihr gefiel, so schnürte sie schnell wieder zu, noch ehe der Diener kommen konnte, und sagte ihm, wie er sie von ihrem grausamen Vater erwerben könne. Er wusste aber schon alles. Als der Diener zurückkam und die Erlaubnis brachte, dass der Bär noch länger dableiben könne, sagte die Königstochter: »Führe ihn nur gleich hinaus, ich bin seiner schon satt!«

Kaum war der Bär draußen dem Geiger übergeben worden, so zogen beide in den Wald; der Kaufmannssohn legte das Bärenfell ab und zog schöne Kleider an, ging darauf am andern Morgen in die Stadt und meldete sich beim König, er wolle seine Tochter suchen. Der König lachte und sprach: »Wenn du ein Narr sein und dein Leben verlieren willst, meinetwegen!« Es war aber die zwölfte Stunde mittags bestimmt, bis zu der er sie finden sollte; sonst koste es sein Leben. Der Junge war lustig und guter Dinge, nahm eine Büchse und ging auf die Jagd, um sich die Zeit zu vertreiben. Da sah er ein Wildschwein und wollte gleich schießen: »Lasse das gut sein; ich will dir dafür einmal beistehen! Nimm hier diese Borste, und wenn du in Not bist, so drehe sie nur, und gleich bin ich da!« Er setzte ab, nahm die Borste und ging weiter. Nun sah er bald einen Adler, der fraß an einem Hasen, gleich zielte er und wollte losdrücken; da rief der Adler: »Lasse das gut sein; ich will dir dafür helfen! Nimm hier diese Feder, und wenn du in Not bist, so drehe sie, und gleich bin ich bei dir!« Er setzte ab, nahm die Feder und ging seines Weges. Nur einmal sah er den Tod, der lag nahe an einem tiefen Abgrund und schlief: »Ha!« dachte er, »der Menschenverderber soll endlich doch mein Blei schmecken!« Er legte an und wollte losdrücken; indem erwachte der Tod und sah die Gefahr, in der er schwebte. »Um des Himmels willen, schieße nicht, welch ein Unglück würde es sein auf Erden, wenn ich nicht mehr wäre! Siehe aber, ich will dir's vergelten; nimm hier diesen Knochen, und wenn du in Not bist, so drehe ihn einmal, und gleich bin ich da!« Er setzte ab, nahm den Knochen und ging. Er sah nach der Zeit, da fehlte nur eine halbe Stunde noch; da eilte er schnell zu dem Berg. Er holte den Schlüssel zur ersten Türe gleich unter dem Felsstein hervor und öffnete; er zupfte den Juden am Bart und schloss die zweite Türe auf; er schüttelte dem Löwen die Mähnen und nahm den dritten Schlüssel und kam zur Königstochter, die schon lange auf ihn gewartet hatte. Er nahm sie züchtig bei der Hand und führte sie zu ihrem Vater und sprach: »Das Meinige habe ich getan, jetzt ist es an Euch, Herr König, zu erfüllen, was Ihr versprochen habt!«

Aber der Alte wollte seine Tochter nicht verlieren und sagte daher zum Kaufmannssohn ganz zornig: »Noch nicht! Erst musst du ein Zimmer voll verschimmelten Brotes in einer Nacht aufessen, wenn du meine Tochter haben willst!« Der Kaufmannssohn wusste sich lange nicht zu helfen; er nahm die Borste und drehte. Alsbald war das Wildschwein da und eine ganze Menge anderer Schweine, und das Brot war auf einmal fort und auch der Boden noch geleckt. Am andern Morgen verwunderte sich der König sehr, dass dem Jungen auch dies gelungen war; aber voll Ärger rief er: »Noch bekommst du sie nicht; erst musst du ein Zimmer voll Erbsen in einer Nacht auflesen, dass nicht eine einzige dableibt!« In der Nacht nahm der Junge gleich die Feder hervor und drehte; sogleich war der Adler da und brachte alle Vögel mit, und in einem Augenblick war keine einzige Erbse zu sehen. Als am folgenden Morgen der alte König sah, dass auch diese Aufgabe vollführt war, stieg sein Zorn auf das Höchste und er rief: »Nein, ich gebe sie dir doch nicht, nie und nimmermehr!« Da nahm der Kaufmannssohn den Knochen hervor und drehte. Alsbald kann der Tod und schleppte den alten König fort.

Die Königstochter aber reichte dem Jungen die Hand, und sie hielten eine fröhliche Hochzeit. Der Kaufmannssohn ward nun König; er wollte seinen Geiger zum Minister machen, aber dem gefiel das nicht; er gab ihm nun viel Geld, und so zog der in ein anderes Land und wurde da ein reicher Mann.

42. Verstand und Glück

Es gingen einmal der Verstand und das Glück auf Reisen, um sich die Welt zu besehen und die Menschen mit ihren Gaben zu erfreuen. Da trafen sie einen Schäferjungen, der lag an der Straße und schlief. »Wie wäre es«, sprach das Glück zum Verstand, »wenn wir gleich einen Versuch machten; ziehe du jetzt in den Knaben ein!« Dem Verstand war das recht, und er stieg in das Haupt des Knaben. Als dieser erwachte, rieb er sich die Augen und dachte: »Ei, wozu hier immer die Schafe hüten, du willst dein Glück in der Stadt versuchen.« Gleich machte er sich auf und kam zu einem Uhrmacher und verdingte sich als Stallknecht. In kurzer Zeit machte er sich bei seinem Herrn sehr beliebt, denn seine Pferde waren bald die schönsten in der ganzen Stadt. Dem Jungen aber war die

Arbeit im Stall nicht genug; darum ging er, wenn der Meister und die Gesellen bei Tisch waren, insgeheim in die Werkstatt und verbesserte die Uhren. Die Gesellen merkten das endlich und sprachen zum Meister: »Es muss jemand, während wir essen, in die Werkstatt kommen, denn unsere Arbeit ist immer fortgeführt, aber weit besser, als wir sie gemacht hätten; denn alles daran hat Schick und Gestalt.« – »Dem will ich bald auf die Spur kommen!« sagte der Meister, und als die Gesellen wieder bei Tisch waren, stellte er sich insgeheim ans Fenster und guckte in die Werkstatt. Nur einmal sah er den Stallknecht, wie er eine Uhr nach der andern zur Hand nahm und besserte. Nach einer Weile konnte er sich nicht mehr halten, sondern öffnete die Türe und rief: »Du also bist der große Meister! Wohlan, du gehörst nicht in den Stall und sollst fortan mein erster Geselle sein!« Das war der Junge zufrieden und machte nun bald so künstliche Uhren, dass alle Welt sich darüber verwunderte.

Da geschah es, dass der König eines Tages ausschreiben ließ, er habe eine kostbare Uhr, die sei verdorben; wer sie wieder herstelle, dem gebe er fünftausend Gulden; wer es aber unternehme und es gelänge ihm nicht, dem koste es das Leben. Nun fand sich lange kein Uhrmacher, weder Meister noch Geselle, im ganzen Reiche, der sich's unterstehen wollte. Als der Schäferjunge das hörte, ging er sogleich zum König und bat um die Uhr, er wolle sie ausbessern. Der König schüttelte das Haupt und sprach: »Junge, Junge, das kannst du nicht! Es kostet dir dein Leben; keiner der vielen Meister hat sich getraut, und du willst es besser verstehen?« Aber der Junge entgegnete voll Zuversicht, es müsse ihm wohl gelingen und er fürchte nichts für sein Leben. Da ließ der König die Uhr herbeibringen, und der Knabe nahm gleich seine Werkzeuge zerlegte sie, besserte, besserte, setzte sie wieder zusammen, und siehe da, als man sie an Ort und Stelle hing, so ging sie wie vordem, und der König hatte große Freude. Er gab ihm nicht nur die fünftausend Gulden, sondern hielt ihn auch bei Hofe und machte ihn zu seinem Wirtschafter. Von Tag zu Tag wurde der Junge dem König werter. Dieser hatte aber eine einzige Tochter, die hatte in ihrem Leben nie gelacht, und das kümmerte den Vater sehr. Darum hatte er bestimmt, dass derjenige sie zum Weibe haben solle, der sie zum Lachen bringe, wer es aber unternehme und es gelänge ihm nicht, dem koste es das Leben. Schon viele Freier hatten es versucht, doch alle hatten den Tod gefunden, nun wagte es lange niemand mehr.

Als der Schäferjunge davon hörte, so stieg es ihm zu Gedanken, und nach einiger Zeit trat er vor den König und sprach: »Ich möchte deine Tochter wohl lachen machen!« – »Armer Junge, das kannst du nicht«, sprach der König, »es wäre ja schade um dein Leben, lasse ab davon.«

Aber der Junge hörte nicht auf zu bitten, bis der König es endlich zuließ. Er begab sich mit einem Minister zur Königstochter, trat ehrerbietig vor sie und fing an zu erzählen. »Drei Wanderburschen, ein Bildhauer, ein Maler und ein Sprachmeister, unternahmen zusammen eine Reise. Als sie in einen Wald gekommen waren, machten sie ein Feuer an und setzten sich herum. Da nahm der Bildhauer einen jungen Stamm und schnitzte daraus eine Jungfrau, darauf nahm sie der Maler und gab ihr durch Farben Schönheit, darauf nahm sie der Sprachmeister und lehrte sie sprechen. Wem von den dreien gehört nun die lebendige Jungfrau von Rechts wegen? Niemand weiß das zu beantworten.« Da lachte die Königstochter und rief: »Das versteht sich doch von selbst, dem Sprachmeister!«

Der Junge freute sich und ging mit dem Minister schnell zum König, und dieser fragte sogleich: »Hat sie gelacht?« – »Ja!« sprach der Junge ganz fröhlich. »Nein!«, rief der Minister ernst. Da bat der Junge, der König solle einen anderen Minister zu der Jungfrau schicken und sie fragen lassen. Das tat der König; auch der sprach: »Nein!« – »So schicke noch einen dritten.« Es geschah, doch auch der kam zurück und sprach: »Nein!« – »Jetzt kann ich dir nicht helfen!« sagte der König ganz traurig, »was Gesetz ist, ist Gesetz, und danach musst du den Tod erleiden!« Schon hatte man den Jungen bis zur Richtstätte geführt, da kam just das Glück, das war bisher allein in der Welt herumgegangen, dazu und rief dem Verstand leise, dass niemand es hören konnte: »Du hast deine Schuldigkeit getan, jetzt ist es an mir; komme heraus und lasse mich hinein!« Kaum war das geschehen, so hörte man Trompetengeschmetter und eine fröhliche Musik, und in einer Kutsche kam der König und seine Tochter hergefahren und hielten hoch ein weißes Tuch zum Zeichen der Gnade. Jetzt klärte sich die Sache auf, und weil die Minister so boshaft gelogen hatten, wurden sie anstatt des Jungen gehängt. Dieser aber musste sich nun neben die Königstochter in die Kutsche setzen und fuhr mit ihr heim. Da wurde eine glänzende Hochzeit gefeiert, die vier Wochen lang dauerte, und der Junge wurde bald König, und das Glück wohnte bei ihm und verließ ihn nicht bis an sein Ende.

43. Der Rohrstängel

Es war einmal ein König, der hatte eine wunderschöne Tochter und wollte sie nur dem zur Gemahlin geben, welcher die wilde Kram, die im nahen Walde hauste, mit ihren zwölf Ferkeln gefangen einbrächte. Viele junge Fürsten hatten umsonst versucht, das Tier zu fangen; sie hatte alle zerrissen und zerfleischt, und jetzt wagte es niemand mehr. Da hörten auch drei Brüder von der Sache und hatten Lust, um die Königstochter ihr Leben zu wagen. Der Älteste ließ sich einen Honigkuchen backen und machte sich zuerst auf den Weg. Als er nun gegen Mittag von seinem Kuchen aß, kam ein alter Bettler hinzu und bat: »Gib mir doch auch ein wenig, mich hungert!« - »Fort, du Lump!« schrie jener, »der ist nicht für dich gebacken!« und gab ihm nichts. Er gelangte nicht lange danach in den Wald und stellte sein Netz auf und stieg auf einen Baum; da kam die wilde Kram und rannte es durch, als wäre es ein Spinngewebe, und als er sah, dass alles umsonst war, stieg er vom Baum, ging nach Hause und erzählte, wie es ihm gegangen sei.

Nun ließ der Mittlere sich einen Mehlkuchen backen und zog aus, und als er gegen Mittag von seinem Kuchen aß, kam wieder der alte Bettler zu ihm und bat um ein Stückchen Kuchen. »Der ist nicht für dich!«, sagte der Junge ganz vornehm, »packe dich!« Darauf kam er auch in den Wald, stellte da sein Netz auf und stieg selbst auf einen hohen Baum, um außer Gefahr zu sein. Die Kram kam und rannte durch das Netz, als wenn gar nichts da wäre. Als er sah, dass er sie nicht fangen könne, stieg er vom Baum, ging nach Hause und erzählte, wie es ihm gegangen. Nun sprach der Jüngste: »Lasset mich gehen, ich bringe sie!« Da höhnten ihn die ältern Brüder und sprachen: »Du elender Kerl, du kannst nicht eine Katze erfahen und willst die wilde Kram einfangen!« Als er aber darauf bestand, ließen sie ihm einen Aschkuchen backen und ihn damit ziehen.

Wie er nun gegen Mittag von dem Kuchen aß, siehe, da kam der alte Bettler wieder und bat um ein Stückchen. »Nimm«, sprach der Junge gleich und reichte ihm ein gutes Stück dar, »es ist freilich nur Aschkuchen!« Der Alte ließ sich's aber wohl schmecken, und als der Junge weitergehen wollte, sprach er zu ihm: »Deine Brüder haben mich hungern lassen und dafür haben sie die wilde Kram nicht fangen können; weil du aber mich gesättigt hast, will ich dir helfen. Nimm hier diesen Seidenfaden, und wenn du im Wald bist, so rufe nur einmal: Tschigo, tschigo, so wird die Kram sogleich kommen und die zwölf Ferkel hinter ihr; binde ihr dann den Faden um den Hals, und sie wird dir folgen, wohin du gehst!«

So tat nun der Junge, und es geschah alles, wie der alte Mann gesagt hatte. Er führte die Kram, da es schon Abend war, mit den zwölf Ferkeln zuerst nach Hause, nahm den Seidenfaden ab und sperrte sie in den Stall ein. Seine Brüder aber erfasste der Neid, und sie gönnten ihm die Königstochter nicht. Als der Jüngste am anderen Morgen zum König ging, um ihm die frohe Botschaft zu bringen, lauerten ihm seine Brüder im Felde auf, überfielen ihn, schlugen ihn tot, machten schnell eine Grube und scharrten ihn ein. Dann gingen sie nach Hause und wollten die Kram mit den Ferkeln vor den König führen; als aber die Kram den Seidenfaden nicht mehr fühlte, bekam sie auf einmal ihre ganze Wildheit wieder; sie durchbrach den Stall und rannte zurück in den Wald und die Ferkel ihr nach. Jetzt sahen die Brüder ein, dass sie die Königstochter nicht erhalten könnten, schwiegen still und hielten ihre böse Tat verborgen. Aus dem Grabe des Ermordeten war aber ein Rohrstängel emporgewachsen; diesen schnitt ein Schäfer ab und machte sich daraus eine Flöte, und wie er zum ersten Male darauf blies, hörte er den wundersamen Gesang:

»O Schäfer fein, o Schäfer fein,
Du bläst auf meinem Beinelein,
Der eine Bruder schlug mich tot,
Es floss mein Blut, so rot, so rot.
Der andre Bruder grub mich ein,
Was mochte des wohl Ursach sein? –
's war um das Wild, 's war um das Schwein,
's war um des Königs Töchterlein!«

Da erstaunte der Schäfer und lief mit seiner Flöte zum König, und wie dieser darauf blies, so hörte er:

»O König fein, o König fein,
Du bläst auf meinem Beinelein«,
.....

und so fort, was der Schäfer gehört hatte. Da befahl der König, dass alle Leute in seinem Reich einmal blasen sollten, und so taten sie es auch der Reihe nach; zuerst rief die Flöte jeden beim Namen an, wie den Schäfer und den König; dann aber sang sie immer das nämliche. Endlich kam es auch an die beiden Brüder. Als der eine blies, klang es:

»O Bruder mein, o Bruder mein,
Du bläst auf meinem Beinelein,
Du arger Bruder schlugst mich tot,
Es floss mein Blut, so rot, so rot.
Der andre Bruder grub mich ein,
Was mochte des wohl Ursach sein? –
's war um das Wild, 's war um das Schwein,
's war um des Königs Töchterlein!«

Da musste der andere die Flöte nehmen und blasen, und es klang wieder:

»O Bruder mein, o Bruder mein,
Du bläst auf meinem Beinelein,
Der andre Bruder schlug mich tot,
Es floss mein Blut, so rot, so rot.
Du arger Bruder grubst mich ein,
Was mochte des wohl Ursach sein? –
's war um das Wild, 's war um das Schwein,
's war um des Königs Töchterlein!«

Der König ließ sogleich beide ergreifen und vor Gericht führen, und da sie ihre böse Tat eingestanden, wurden sie alsbald gehenkt. Es fand sich aber niemand mehr, der die wilde Kram fangen wollte, und der stolze König musste zusehen, wie die Schönheit seiner Tochter nutzlos verwelkte und verging.

44. Das Borstenkind

Eine Königin saß vor ihrem Palaste unter einer großen Linde und schälte sich Äpfel; ihr dreijähriger Sohn spielte um sie herum und hätte auch gerne ein Stückchen gehabt. Weil ihm aber seine Mutter nichts geben wollte, hob er die Schalen auf und aß sie. Als die Königin das sah, vergaß sie sich und rief im Ärger: »Ei, dass du ein Schweinchen wärest!« Siehe, da war der Königsknabe plötzlich ein Schweinchen und quiekte und lief hinaus zur Herde.

Nun lebten an dem Saume des Waldes zwei arme Leutchen, die hatten keine Kinder und das schmerzte sie sehr; sie saßen aber gerade vor dem Hause, als am Abend die Schweine heimkehrten. Da sprach die Frau zu ihrem Manne: »Wenn uns Gott doch ein Kind bescherte, und wäre es auch so rau und borstig wie ein Schwein!« und siehe, da kam gleich aus der Herde ein junges Schweinchen herangelaufen und schmeichelte und streichelte sich an die Alten und wollte nicht von ihnen, also dass sie sahen, ihr Wunsch wäre erfüllt. Nun nahmen sie es zu sich in die Stube wie ihr Kind, pflegten es fein, gaben ihm zu fressen Semmeln und Milch und machten ihm auch ein weiches Bettchen. Frühmorgens, wenn man die Herde trieb und das Horn ertönte, konnte es daheim nicht aushalten, und man ließ es hinaus, und es lief mit; abends kehrte es immer wieder heim, und dann liebkosten es der Mann und die Frau, und es grunzte vor Freuden; aber was merkwürdig war, es konnte auch sprechen wie ein ordentlicher Mensch; es wuchs sehr langsam, und erst nach siebzehn Jahren war es endlich ein ganz großes Eberschwein. Da geschah es, dass eines Abends die beiden Eheleute untereinander sprachen: Der König habe ausgeschrieben, er wolle seine einzige Tochter nur dem zum Weibe geben, der drei Aufgaben löse; aber noch habe kein Königssohn die Aufgaben lösen können. Siehe, da richtete sich nur einmal ihr Borstenkind pfeilgerade empor und sprach: »Vater, führet mich zum König und verlangt für mich seine Tochter!« Der Mann aber erschrak über diese Kühnheit so sehr, dass ihm der Atem eine Zeit lang stehen blieb. »Wo denkst du hin, mein Sohn, was würde mir der König tun, wenn ich es wagte, so ein Verlangen zu stellen!« Aber das Borstenkind ließ nicht ab und schrie und grunzte dem Manne tagtäglich in die Ohren: »Vater, kommt zum König, ich kann das nicht länger aushalten, kommt nur, es wird Euch nichts geschehen!«

Endlich gab der Mann nach, nahm Abschied von seiner Frau und wanderte der Königsstadt zu. Sie kamen ans Schloss; es wurde das Tor geöffnet, das Schwein aber wollte man nicht hineinlassen; doch drängte es sich durch alle Wachen hindurch bis in das Vorzimmer des Königs; hier blieb es zurück. Der Mann trat zitternd vor den König und bat für seinen Sohn um die Hand der Prinzessin. »So bringt ihn herein, dass ich ihn sehe!« Als nun der Bauer die Türe öffnete, stürzte der Eber mit einem »Roh, roh!« hinein. »Was ist das?«, schrie der König wütend, »ist das dein Sohn?« – »Ja!« stammelte der Mann. »Wie kannst du dich unterstehen, mit dem garstigen Tier zu mir zu kommen?« Da rief er schnell seine Diener und ließ den Mann samt dem Schwein in den tiefsten Kerker werfen. Nun klagte und jammerte der alte Mann und sprach zu seinem Borstensohn: »Siehst du es jetzt, wohin du mich gebracht hast!« – »Lasset das nur gut sein, es wird schon anders werden!« Am andern Morgen sollte der Alte gehenkt und das Schwein erschlagen werden. Da bedachte sich der König und sprach: »Wohlan, ich will Gnade ergehen lassen; wenn dein Sohn, ob er nun auch ein garstiges Tier ist, die drei Aufgaben lösen kann, so soll er meine Tochter zum Gemahl bekommen und ich will dich dazu noch mit reichen Geschenken entlassen; löst er sie nicht, so hat dein und sein Leben ein Ende!« – »Jetzt haben wir gewonnen!« sprach das Borstenkind zu seinem Vater und tröstete ihn.

Abends ließ der König sagen: Bis zum anderen Tage solle das Schloss, in dem er wohne, von purem Silber sein, sonst nichts mehr. Da hörte man in der Nacht nur einige Male knarren und krachen; dann ward es still. Als am Morgen der König erwachte und die Sonne durchs Fenster schien, blendete ihn das Licht so sehr, dass er die Augen schließen musste; er stand auf und sah, dass alles von Silber war. »Das ist gelungen; aber die zweite Aufgabe wird er nicht lösen!« Abends ließ der König sagen: Bis zum andern Morgen solle seinem Schlosse gegenüber sieben Meilen weit ein ebenso großes Schloss aus purem Golde gebaut sein. Man hörte in der Nacht wieder nur einige Mal krachen und brausen, und es ward still. Als am Morgen der König erwachte, strahlte ein so reicher Glanz auf ihn durch die Fenster, dass er fast erblindete; er sprang aus dem Bette, und sowie sich seine Augen ein wenig gewöhnt hatten, sah er nur einmal in der Ferne das goldene Schloss. »Ha, auch das ist gelungen!«, rief der König und erstaunte nicht wenig; »die dritte Aufgabe kann er mir dennoch unmöglich lösen!« Abends ließ der König sagen:

Bis zum anderen Morgen solle von dem einen Schlosse bis zum andern eine Brücke gebaut sein aus lauter Diamantkristall, sodass der König gleich darauf spazieren könne. Man hörte wieder in der Nacht einige Mal klirren und klappern, dann war es still. Es war aber noch lange nicht Tag, als der König erwachte, und es schien so hell durch die Fenster, als stehe die Sonne schon lange am Himmel; er sprang aus dem Bett und sah neugierig hinaus. Da konnte er sich vor Erstaunen nicht fassen, als er sah, dass aller Glanz von der wundervollen Brücke kam, denn die Sonne war noch nicht aufgegangen. Er ließ nun seine Tochter vor sich rufen und sprach: »Du siehst, die drei Aufgaben sind gelöst; du musst nun das Weib dessen werden, der sie gelöst hat!« – »Ja, mein Vater!« sprach die Königstochter, »das will ich auch gerne tun, da Ihr's gelobt habt!« Aber die Königin war untröstlich, wollte nicht und sprach: »Was, soll meine Tochter einen wilden Eber zum Gemahl haben und von den spitzen Borsten zerstochen werden?« – »Das lässt sich einmal nicht ändern!« sprach der König, »ich habe mein Wort gegeben«, und ließ alsbald den Mann aus dem Gefängnis holen mit seinem Sohne, und die Hochzeit wurde gefeiert; dann zog der Alte reich beschenkt nach Hause. Als aber am Abend die Königstochter in das Schlafzimmer ging, zitterte und zagte sie, und ihre Mutter weinte immerfort und nahm zuletzt Abschied, als sähe sie ihre Tochter zum letzten Mal lebendig. Nur einmal, als alles still war, warf das Eberschwein plötzlich sein raues Kleid ab, und es lag neben der Königstochter ein Jüngling von wunderschöner Gestalt und mit goldenen Haaren. Die Königstochter verlor alsbald alle Furcht aus ihrem Herzen, und etwas anderes zog darin ein. Da erzählte ihr der Jüngling, er sei ein verwünschter Königssohn, er werde aber bald ganz erlöst sein, nur solle sie Geduld haben und schweigen. Am frühen Morgen, als es kaum dämmerte, ertönte das Horn des Hirten; der Jüngling sprang auf, warf sein Borstenkleid um und lief grunzend zur Herde.

Die alte Königin hatte die Nacht nichts geschlafen; sie kam ganz früh hin, um zu sehen, ob ihre Tochter noch lebe; weil aber alle Türen offenstanden, ging sie immer näher und näher, bis sie ihre Tochter allein im Bett erblickte; sie schlief noch, allein ihr Gesicht war so verklärt, als habe sie einen lieblichen Traum. »Lebst du, mein liebes Kind?«, rief endlich die Königin. Da erwachte sie und war munter und fröhlich. Die Mutter hätte nun gerne gleich alles gewusst; allein sie konnte der Tochter lange nichts entlocken; zuletzt aber sagte diese doch ganz leise und im Vertrauen: »Mutter, mein Gemahl ist kein Eberschwein, sondern ein wunderschöner Königssohn mit goldenen Haaren; das Borstenkleid legt er ab, wenn er ins Bett kommt.« Da war die Mutter aber ganz neugierig und passte in der kommenden Nacht und sah durch eine Mauerritze ins Schlafgemach. Da überzeugte sie sich, dass ihre Tochter Wahrheit gesprochen. Als das Horn des Hirten am frühen Morgen wieder ertönte und der Gemahl der Königstochter sein Borstenkleid umwarf und zur Herde eilte, da kam die Königin auch sogleich zu ihrer Tochter mit frohem Gesicht und sprach: »Warte nur, du sollst bald immerfort, auch am Tage, deinen Mann in seiner Schönheit sehen. Wenn er heute abends heimkehrt und im Bette schläft, lasse ich den Ofen heizen und das Borstenkleid hineinwerfen, dann muss er so bleiben, wie er ist!« Der Königstochter pochte das Herz vor Freude und Angst, sie wollte und wollte auch nicht und dachte an das Verbot ihres Gemahls; allein ihre Mutter redete ihr so viel zu, dass sie sich beruhigte. Nun geschah es, dass in der Nacht, als der Gemahl der Königstochter schlief, das Borstenkleid ihm heimlich fortgenommen und in dem Ofen verbrannt wurde. Als am andern Morgen das Horn des Hirten wieder ertönte, sprang er auf, suchte sein Kleid, aber vergebens; endlich merkte er, was vorgegangen war; da ward er auf einmal ganz traurig und brach in die schmerzliche Klage aus: »Wehe, du hast nicht geschwiegen, meine Erlösung hast du vereitelt; jetzt bin ich verwünscht weit weg ans Ende der Welt, und keine sterbliche Seele kann dahin gelangen, um mich zu erretten!« Damit ging er hinaus und war auf einmal verschwunden.

Nun fing aber die Königstochter an zu jammern und zu klagen, dass es einen Stein hätte erbarmen müssen, und das ganze Schloss war bald auf, und ihre Mutter lief zu ihr hin und fragte: »Was fehlt dir denn, liebes Kind?« – »O Mutter, Mutter, wie habt Ihr so schlecht getan; mein Liebster ist nun verwünscht ans Ende der Welt, und keine Seele kann ihn erretten!« Sie war auf keine Weise zu trösten, was man ihr immer sagen mochte. Nach einigen Tagen sprach sie: »Vater und Mutter, lebt wohl! Ich kann nicht länger hier bleiben; ich muss hingehen ans Ende der Welt und meinen Liebsten suchen.« – »Oh, mein Kind«, sagte der Vater, »das Ende der Welt ist gar weit, bis dahin kannst du nie und nimmer gelangen!« – »Ich muss hin, Vater, ich kann das hier so nicht aushalten!« Da gab man ihr sieben Kleider und sieben Paar Schuhe und einen Sack mit Brot auf den Weg, und als sie Abschied genommen, ging sie in einem fort, ohne zu ruhen und zu rasten, denn sie wollte keinen Augenblick verlieren. Endlich sah sie keine Menschenwohnungen mehr; da ging sie noch schleuniger, denn sie dachte, das Ende der Welt müsse jetzt bald da sein; aber es zeigte sich noch lange nicht; endlich erblickte sie in weiter, weiter Ferne wieder ein einsames Häuschen; sie eilte, wie sie nur konnte, darauf los, und als sie es erreicht hatte, kehrte sie ein; es wohnte aber da der Wind. Sie fragte in bittendem Tone, ob es noch weit sei bis zum Ende der Welt. Der Wind sah gleich, dass es eine Unglückliche war, und sprach: »Oh, mein gutes Kind, das kann ich dir nicht sagen; aber siehe, schwinge dich hier auf mein Flügelross und reite zum Mond; vielleicht kann der dir Auskunft geben. Wenn du da bist, so springe nur ab, dann kommt mein Ross schon allein zurück; aber siehe, ich schenke dir ein Mäuschen, vielleicht kannst du es einmal brauchen!« Die Königstochter dankte dafür, setzte sich auf das Ross des Windes und flog fort zum Mond. Als dieser von Weitem die traurige Gestalt kommen sah, erbarmte er sich und dachte gleich: »Die drückt ein Unglück!«, und kam ihr freundlich entgegen. Sie sprang ab, und sogleich lief das Ross des Windes zurück. Sie trug nun ihre Bitte vor, aber der Mond wusste leider auch keine rechte Antwort. »Besteige«, sagte er, »mein Ross und reite zur Sonne, die wird gewiss das Ende der Welt kennen, da sie sehr weit gereist ist! Ich schenke dir aber hier eine silberne Nuss, verwahre sie wohl, sie wird dir einmal gute Dienste tun!« Sie dankte, setzte sich auf das Ross des Mondes und flog zur Sonne; es war schon Abend, als sie hingelangte, und die liebe Sonne war von ihrer Tagesarbeit eben nach Hause gekommen. Die Königstochter grüßte wie eine Unglückliche und sprach: »Liebe Sonne, kannst du mir nicht sagen, wo und wie weit noch das Ende der Welt ist?« Da sah die liebe Sonne gleich, dass die Fremde ein schwerer Kummer drücke, und sprach mitleidig: »O mein armes Kind, das weiß ich wohl, aber das ist sehr weit! Wenn du bis morgen warten kannst, so will ich dich hinführen!« Aber die Königstochter bat so flehentlich und sprach: Sie dürfe keinen Augenblick ruhen, bis sie hinkomme. Da sagte die Sonne: »Wenn das so ist, so will ich dir meinen Wagen und meine Rosse geben; fahre nur hier auf der Nachtsbahn fort, und meine Kinder, die Sterne, werden dir den rechten Weg zeigen! Wenn du beim Abendstern bist, so hast du nicht mehr weit zum Ziele, dann springe nur ab, und meine Rosse kommen mit dem Wagen schon zurück. Siehe, ich schenke dir eine goldene Nuss, vielleicht kannst du sie einmal brauchen!«

Die Königstochter dankte freundlich der milden Frau, setzte sich auf den Sonnenwagen und fuhr in einem den Himmel entlang. Sie kam zuerst zum Morgenstern; der kam gleich dienstfertig heran und zeigte der Königstochter den rechten Weg, und nun kam sie zu allen Sternen, die wir am Himmel sehen, und jeder war willfährig und behilflich; endlich gelangte sie zum Abendstern; dieser wohnte in einem einsamen Häuschen am Meere; er war eben eingeschlafen und wunderte sich nicht wenig, als er den glänzenden Sonnenwagen sah, der doch vor Kurzem da gewesen. Sogleich sprang er aus dem Bett und ging hinaus; da stieg eben die Königstochter aus dem Wagen, und alsbald flogen die Sonnenrosse auf dem Nachtwege zurück, damit die liebe Sonne am Morgen ihre Fahrt zur rechten Zeit antreten könne. Nun erzählte die Königstochter dem Abendstern ihre ganze Geschichte, und dieser war sehr gerührt und sprach: »Harre nur aus, du bist bald am Ziel! Siehst du dort in der Ferne jene Insel, da weilt dein Gemahl, und morgen gerade soll er mit der Tochter des Königs vom Weltende Hochzeit halten! Ich führe dich jetzt gleich hinüber, stelle dich dann nur als Bettlerin vor den Königspalast; das aber bist du in Wahrheit, denn von der weiten Reise sind deine Schuhe und Kleider, wie ich sehe, abgerissen. Wenn dann am Morgen der Zug in die Kirche geht, so öffne nur die Nuss, die dir der Mond gegeben, da findest du ein silbernes Kleid, lege es an und gehe mit zur Kirche, das übrige wird sich von selbst ergeben!« Nun schenkte der Abendstern der Königstochter auch eine sterngefleckte Nuss und führte sie auf seinem goldnen Kahne hinüber, und sie stellte sich in ihrer zerrissenen Kleidung an die Pforte der Königsburg. Als nun die junge Frau in vollem Schmuck zur Kirche ging und die Arme erblickte, rief sie zornig: »Jagt mir fort die zerlumpte Bettlerin!« Diese lief auf die Seite, nahm aber schnell ihre silberne Nuss hervor, öffnete sie, und alsbald erhob sich daraus ein wunderschönes silbernes Kleid; sie zog es eiligst an und ging zur Kirche.

Als die Leute den wunderbaren Glanz sahen, so erstaunten sie, und alles blickte hin auf die Fremde im Silberkleid. Die Braut stand eben vor dem Altare neben ihrem Bräutigam und sah auch das wundervolle Kleid. Da rief sie ihrem Bräutigam zu: »Nein, bis ich nicht ein solches Kleid habe, will ich nicht dein Weib werden!« Sie ging vom Altare weg und nach Hause. Die Fremde in ihrem Silberkleid war aber zuerst aus der Kirche hinausgegangen, hatte schnell ihr Kleid abgelegt und sich wieder in ihre Lumpen gehüllt. Nun trug man sogleich im ganzen Königreich nach, aber ein solches Kleid war nirgends zu finden; da ließ die Bettlerin der Königstochter sagen, wenn sie ihr erlaube, eine Nacht in dem Schlafgemach ihres Bräutigams zu wachen, so wolle sie ihr das Kleid verschaffen. Die Königstochter bewilligte das gern, sie ließ aber ihrem Bräutigam die Ohren verstopfen und Schlaftrunk geben. In der Nacht nun kniete die Bettlerin an der Lagerstatt ihres Gemahls und erzählte ihm wehklagend ihre Mühen und Leiden: »Siehe, ich bin dir gefolgt bis ans Ende der Welt, sieben Kleider und sieben Paar Schuhe habe ich zerrissen, so höre doch und erbarme dich meiner Not um des Kindes willen, das ich unter dem Herzen trage!« Aber der Königssohn schlief einen eisernen Schlaf und hörte nichts.

Am folgenden Tag, als die Königsbraut das silberne Kleid angetan hatte, war sie fröhlich, und nun ging sie wieder zur Kirche, um sich trauen zu lassen. Da nahm die Bettlerin ihre goldne Nuss hervor, und darin lag ein Kleid aus lauter Gold; sie legte es an und ging auch zur Kirche. Eben sollte über das neue Paar der Segen gesprochen werden, da sah die Frau die Fremde im goldnen Kleide. Sogleich rief sie: »Nein, bis ich nicht ein solches Kleid habe, kann ich nicht dein Weib sein!«, und ging aus der Kirche wieder stracks nach Hause. Die Fremde war wieder zuerst hinausgegangen, hatte sogleich ihr goldenes Kleid in die Nussschalen gelegt und sich in ihre Lumpen gehüllt. Man fragte im ganzen Reiche umsonst nach einem solchen Kleide; da ließ die Bettlerin der Königsbraut sagen: Wenn sie ihr erlaube, wieder eine Nacht im Schlafzimmer ihres Bräutigams zu wachen, so wolle sie ihr das Kleid verschaffen. Die Königstochter willigte ein, ließ jedoch abermals ihrem Bräutigam die Ohren verstopfen und einen Schlaftrunk reichen. Als nun in der Nacht die Unglückliche wieder an der Lagerstätte ihres Gemahls kniete und ihm ihre Not klagte, so war alles umsonst, er schlief fest und hörte nichts.

Den folgenden Tag ging es wieder zur Kirche; die Braut hatte das goldne Kleid angelegt, und Schöneres konnte man sich nicht denken. Die Bettlerin nahm jetzt ihre sterngefleckte Nuss vom Abendstern hervor, und daraus zog sie ein Kleid, darauf war der ganze Sternenhimmel der Nacht zu sehen. Als sie in die Kirche trat, sprach eben der Geistliche den Segen; kaum hatte die Braut aber die Fremde im Sternenkleid erblickt, so rief sie dem Priester zu: »Halt, bis ich nicht ein solches Kleid habe, will ich nicht das Weib dieses Mannes sein!« Sie eilte stracks nach Hause, und man trug im ganzen Reich nach einem solchen Kleid; das war aber noch weniger zu finden als das goldne und silberne. Da ließ die Bettlerin der Königstochter wieder sagen, wenn man ihr erlaube, die Nacht im Schlafgemach des Bräutigams zuzubringen, so würde sie es ihr verschaffen.

Die Braut war das zufrieden, sie ließ aber ihrem Bräutigam auch diesmal die Ohren wohl verstopfen und ihm einen Schlaftrunk reichen. Als in der Nacht die Arme zum dritten Mal vor dem Bett ihres Gemahls kniete, fing sie an bitter zu weinen und zu klagen: »Ach, er wird wieder schlafen und nicht hören, und nun habe ich nichts mehr, das mich zu ihm führen kann!« Da nahm sie das Mäuschen aus ihrem Busen und sprach: »Liebes Mäuschen, kannst du mir nicht helfen?«

Das Mäuschen sprang sogleich auf das Bett, kroch dem Schlafenden in die Ohren und nagte die Stöpsel durch, aber der Junge schlief noch fest, denn der Schlaftrunk tat seine Wirkung, da biss das Mäuschen ihn in die Ohren, dass das Blut rann; endlich schlug er die Augen auf und rief: »O weh, was ist das?« Zugleich sah er die unglückliche Gestalt vor seinem Bette. »Lieber Gemahl, wachst du endlich? Siehe, das ist die dritte Nacht, dass ich bei dir war!« und erzählte ihm nun ihre ganze Geschichte: »Ich bin dir gefolgt bis ans Ende der Welt, sieben Kleider und sieben Paar Schuhe habe ich zerrissen, erbarme dich doch meiner Not um des Kindes willen, das ich unter dem Herzen trage!« Da fiel ihr Gemahl ihr um den Hals und rief: »O du mein treues Weib, so war es kein Traumbild, das mir die beiden vergangenen Nächte während des Schlafes so lieblich vorschwebte, du bist es selbst, die ich so lange vermisst habe. Nun bin ich durch deine Treue vollends erlöst. Fahre wohl, du stolze Königstochter vom Weltende, dich brauche ich nicht, ich habe mein treues Weib wieder!« Darauf machten sie sich auf der Stelle fort und flohen aus der Königsburg ans Meer. Da war eben der Abendstern mit seinem Kahn und hatte einen Weltpilger herübergeschifft. Er nahm die beiden freundlich auf und führte sie hinüber. Es wurde gerade Tag, und die Sonne trat auf der anderen Seite der Welt ihre Arbeit an. Da sprach der Abendstern: »Bleibet in meiner Hütte den heißen Tag über, wenn die Sonne abends mit ihrem Wagen kommt, so wird sie euch dann mitnehmen.« Das taten sie auch, insbesondere die Königstochter, gern, denn sie hatte sich bisher ja keine Ruhe gegönnt.

Als aber am Morgen die Königstochter da drüben auf der Insel das prachtvolle Sternenkleid angelegt hatte und zur Kirche gehen wollte, so fand man ihren Bräutigam nicht; man sagte ihr aber: In der Nacht sei so und so ein Jüngling mit einer Bettlerin zum Meere geflohen, und beide seien vom Abendstern im Kahne hinübergeschifft worden. »Ha, die verwünschte Bettlerin und der falsche Abendstern!« Sie tobte und wütete noch lange fort, allein es half das alles nichts; denn über das Meer hinaus hatte sie keine Macht. Während aber die beiden Flüchtlinge in der Hütte des Abendsternes verweilten, so ging gerade das Jahr zu Ende seit ihrer Hochzeit, und die junge Frau gebar einen wunderschönen Knaben, der hatte ein Antlitz silberweiß wie der Mond und Locken von Gold wie die Sonne und Augen wie der Morgen- und Abendstern. Als die Sonne am Abend anlangte, so hatte sie große Freude über das glückliche Paar und das schöne Kind; sie nahm sie willig in ihren Wagen auf und fuhr auf dem Nachtwege schnell zu ihrer Wohnung, wo sie am späten Abend anlangte; hier war schon der Mond, der Aufträge von der Sonne erwartete.

Er freute sich auch, als er die Glücklichen sah. Die Sonne befahl ihm, er solle die guten Leute bis zu seiner Wohnung mitnehmen und dann dem Winde auftragen, sie bis zu den Menschenwohnungen zu begleiten. Der Mond nahm sie alsbald auf sein Ross und ritt heim. Da war auch schon der Wind und wartete auf den Mond, um Befehle zu empfangen. Der Wind freute sich auch über alle Maßen, als er die Königstochter wieder sah und ihren Gemahl und das schöne Kind, und insbesondere als er hörte, dass sein Mäuschen so gute Dienste getan. Der Mond sagte ihm, was er zu tun habe, und der Wind nahm die Glücklichen auf sein Ross und führte sie in einem fort bis in die Nähe der Menschenwohnungen. Da setzte er sie nieder, nahm herzlichen Abschied und ritt heim. Sie aber wanderten jetzt zu Fuße fort und trugen ihr Kind abwechselnd auf den Armen und waren selig. Endlich gelangten sie in das Königreich, wo der Vater der Königstochter herrschte. Es ist nicht zu beschreiben, welch ein großer Jubel im ganzen Lande entstand und wie alle Wege mit Blumen bestreut und alle Tore festlich geschmückt waren, als sie einzogen! Der alte König gab bald die Krone seinem Schwiegersohne, und dieser lebte mit seiner Gemahlin noch lange glücklich und zufrieden.

45. Der Hahn des Nachbars und die Henne der Nachbarin

Ein Mann hatte einen Hahn, der verstand allerlei Kunststücke, und seine Nachbarin hatte eine Henne, die wollte dem Hahn alles nachmachen. Einmal sagte der Mann seinem Hahn: »Fliege fort und bringe mir große Schätze!« Da flog der Hahn gerade zum Kaiser und setzte sich über dessen Himmelbett und krähte immerfort:

»Kikeriki!
Fi! fi! fi!
Die Kaiserin liegt auf dem Bett,
Der Kaiser liegt unterm Bett!«

Das verdross den Kaiser, und er befahl, man solle den garstigen Schreier in seine Kornkammer stecken. Das geschah; aber der Hahn verschlang hier auf einmal alles Korn und flog dann zum Fenster hinaus wieder über das Himmelbett des Kaisers und krähte abermals:

»Kikeriki!
Fi! fi! fi!
Die Kaiserin liegt auf dem Bett,
Der Kaiser liegt unterm Bett!«

Da befahl der Kaiser, man solle ihn in seine Schatzkammer bei dem Kupfergeld einsperren. Auch dieses verschlang der Hahn und flog abermals zum Kaiser und krähte wie früher. Jetzt wurde er bei dem Silbergeld eingesperrt, und da er noch einmal kam, bei den Goldstücken. Er verschlang aber alle und flog dann nach Hause; auf dem Heimwege entschlüpfte ihm ein Kupfergroschen, der fiel in eine Pfütze. Noch aus der Ferne rief er seinem Herrn zu: »Breite alle Lein- und Korntücher, die du hast, aus!« Als das geschehen war, machte sie der Hahn voll mit Korn, Kupfer-, Silber- und Goldstücken. Die Nachbarin ward nun sehr neidisch und wäre auch gerne so reich geworden, und sie fragte den Nachbar, wie er es angestellt, dass ihm sein Hahn so viele Schätze gebracht habe. Er antwortete: »Ich habe ihn immer geschlagen!« Die Frau schlug nun ihre Henne immerfort und sprach: »Fliege fort und bringe mir auch solche Schätze, wie des Nachbars Hahn gebracht hat!« – »Warte nur, ich will schon suchen!« sagte die Henne. Damit flog sie fort und kam zu der Pfütze, wo der Hahn den Groschen verloren hatte. Wie sie diesen sah, ward sie froh; sie schlürfte ihn ein, aber mit dem Groschen auch die ganze Pfütze. Da ging sie, voll, wie sie war, ganz wackelnd heimwärts und schrie schon von Weitem der Frau: »Breite alle Lein- und Korntücher aus; ich bringe Schätze!« Die Frau breitete sie hurtig aus; nur einmal machte die Henne alles voll Unflat. Darunter fand sich auch der einzige Groschen. Als der Hahn den erblickte, schnappte er ihn gleich fort und rief: »Der war mir entfallen; das Übrige gehört euch!« Die Frau und ihre Henne gingen beschämt fort, wie wenn sie der Hund gebissen hätte.

46. Der Burghüter und seine kluge Tochter

Ein armer Burghüter hatte fünfzehn Kinder und nichts zu essen; da nahm er eines Tages aus der Orgel den Speck, den sich der Herr Pfarrer dahin hatte versorgen lassen, und aß ihn allmählich mit seinen Kindern; das letzte Stückchen aber zerschnitt er in kleine Teile, nahm die zwei Heiligen vom Altar, stellte sie mitten in die Kirche und machte ein kleines Feuer neben sie und lief dann zum Herrn Pfarrer und rief: »Ach Herr je, Herr Pfarrer! Die beiden Heiligen essen Euern Speck in der Kirche; kommt, seht nur, wie sie ihn braten!« Der Pfarrer eilte schnell hin, nahm die Heiligen im Zorn und warf sie gleich ins Feuer, dass sie verbrannten. »Ihr werdet mir keinen Speck mehr essen!«, rief er zufrieden; allein bald bereute er, was er im Eifer getan hatte. Der Sonntag war nahe, und zudem sollte auch der König durchfahren und in die Kirche kommen. »Du bist schuld!« sprach der Pfarrer zum Burghüter, »dass ich die Heiligen verbrannt habe; jetzt siehe nur zu und schaffe Rat, sonst geht es dir schlecht!« – »Herr Pfarrer«, sprach der Burghüter, »kümmert Euch nicht; Eure Nachbarn, der Oyns (Andreas) und der Gätz (Georg), sind zwei sanfte und friedliche Leute, die tun Euch den Gefallen und stellen sich hin als Heilige.« Das war ein kluger Rat, und der Pfarrer ersuchte seine Nachbarn um die Gefälligkeit. Am Sonntag ganz früh gingen diese, schön angetan, wie die Heiligen gewesen waren, und stellten sich auf den leeren Platz. Da kam viel Volk zur Kirche, und es war großes Gedränge; endlich kam auch der König, und es begann die kirchliche Handlung.

Nach einiger Zeit blickte einer der Heiligen zum Fenster hinaus und rief seinem Nachbar zu: »Holla! Wie gut hat es jetzt meine Kram; sie ist in Eurem Garten und frisst Rüben!« Als der andere das hörte, vergaß er, wo und was er war, sprang gleich hinunter und lief durch die Sakristeitüre hinaus. Der andere aber dachte; »Der erschlägt dir im Zorn die Kram«, und sprang ebenfalls hinunter und lief fort. Das Volk und der König waren erstaunt und wussten nicht, wie das zuging. Nach der Kirche fragte der König den Pfarrer: »Was ist das mit den Heiligen, warum liefen sie fort? Das ist mir noch nirgends vorgekommen!« – »Ja, Herr König«, sprach der Pfarrer, »unsere Kirche ist ihnen zu klein und hässlich; sie haben es schon seit lange nicht mehr aushalten wollen, und nun haben sie sich vermutlich vor Euch, Herr König, geschämt.« Das war eine kluge Ausrede vom Pfarrer. Der König aber glaubte, es sei alles wirklich so, und das sei ein Wunder und Fingerzeig für ihn, und er tat seine milde Hand auf und gab dem Pfarrer eine große Summe Geldes und sprach: »Damit bauet eine große und schöne Kirche, dass sie fertig ist, bis ich wiederkomme.« Die Gemeinde war sehr froh und baute sofort die Kirche. Als sie fertig war, ließen sie über den Eingang schreiben: »Wir leben ohne Sorgen!« Da geschah es, dass der König wieder hinkam, und er besah die neue Kirche, und es gefiel ihm daran alles, und auch die Heiligen blieben auf ihrer Stelle und schämten sich nicht mehr; aber der Spruch über der Türe ärgerte ihn. »Wartet nur, ich will euch schon Sorgen machen!«, dachte er und sprach: »Wenn ihr mir in vierzehn Tagen nicht herausbringt und sagt, welches der schönste Klang, der schönste Sang und der schönste Stein ist, so lasse ich euch alle umbringen!«

Da hatten die Leute in der Gemeinde freilich große Not und wussten sich nicht zu helfen. Der Burghüter aber hatte eine kluge Tochter; als die von der Sache hörte, sprach sie: »Kümmert Euch nicht, Vater, das ist ja leicht; ich will es Euch sagen: Der schönste Klang ist der Glockenklang, der schönste Sang ist der Engel Gesang, der schönste Stein, das ist der Weisen Stein.« Als die Zeit um war, kam der König, und die Leute mussten der Reihe nach, vom Pfarrer und Richter an bis auf den Burghüter, auf die drei Fragen Bescheid geben; allein mit keiner Antwort war der König zufrieden, bis der Burghüter seine vorbrachte. »So ist es!«, rief der König erstaunt, »Ihr habt es getroffen; allein das habt Ihr nicht von Euch. Wenn Ihr nicht gleich gesteht, wer es Euch gesagt hat, so müsst Ihr in den tiefen Turmkeller!« Da sagte der Burghüter, er habe eine kluge Tochter, er wisse es von ihr.

»So?« sprach der König, »ich will gleich sehen, ob sie wirklich gar so klug ist. Traget ihr diese zwei Fäden; sie soll mir daraus ein Hemd und ein Paar Unterhosen machen«.

Der Burghüter ging traurig mit den zwei Fäden nach Hause und sagte seiner Tochter den Auftrag. »Siehst du, jetzt wird es dir und mir übel gehen!« - »Oh, wartet nur, Vater!« sprach sie und nahm zwei Besenhölzchen und sagte: »Traget die dem König und sagt, er solle mir erst daraus einen Webstuhl und ein Spulrädchen machen.«

Als der König die Antwort hörte, sprach er: »Ei dass dich, die kann es!« Er nahm aber wieder einen irdenen Topf, aus dem der Boden herausgefallen war, und sprach: »Traget das Eurer Tochter und sagt ihr, sie solle einen Boden hineinnähen, sodass man gar keine Naht und keinen Stich sehe.«

Der Burghüter war traurig und ging und sagte seiner Tochter den neuen Auftrag. »Wartet nur«, sprach sie, »gehet damit zurück; ich lasse den König bitten, er solle den Topf nur erst hübsch umwenden, denn der Schuster nähe inwendig und nicht auswendig.«

Als der König die Antwort hörte, rief er wieder: »Ei dass dich, die versteht's!« Nun sagte der König zum dritten Male: »Gehet und saget Eurer Tochter, sie solle zu mir kommen: nicht gefahren, nicht gegangen, nicht geritten, nicht angekleidet und nicht nackt, nicht außerhalb des Weges und nicht im Wege und solle mir etwas bringen, das ein Geschenk und kein Geschenk ist.«

Der Burghüter war traurig und ging und sagte seiner Tochter den neuen Auftrag. »Lasset es nur gut sein, Vater, das will ich schon machen!« Sie nahm zuerst zwei hohe Teller und legte dazwischen zwei kleine, kleine lebendige Wespen. Dann zog sie ihre Kleider aus und warf ein Fischgarn über sich, ging mit den Tellern in den Hof, führte aus dem Stalle ihren Geißbock in das Gleise im Weg, setzte einen Fuß auf den Rücken des Geißbocks und schritt mit dem anderen auf dem Boden im Gleise zwischen den Füßen des Geißbocks fort. Als der König sie sah, sprach er: »Ei dass dich, die versteht's!« Aber nun war er auf das Geschenk begierig, das zugleich kein Geschenk sein sollte. Da hob er den einen Teller auf, und sogleich flogen die beiden Wespen fort, und es war das Geschenk jetzt kein Geschenk. Der König dachte: »Eine Klügere bekommst du in deinem Reiche nicht«, und nahm die Burghüterstochter zum Weibe, aber unter einer Bedingung: Sie solle sich in sein Regiment nicht einmischen; tue sie das, so werde er sie verstoßen. Das versprach die Burghüterstochter gerne und hielt es auch eine lange Zeit getreulich.

Da trug es sich zu, dass eines Tages, während der König auf der Jagd war, zwei streitende Parteien zu Hof kamen und bei der Königin ihre Sache vorbrachten. Beide waren in vergangener Nacht in der Mühle gewesen, der eine mit einem Ochsengespann, der andere mit Stuten, und eine der Stuten hatte ein Füllen geworfen; das Füllen aber war, als beide am Morgen erwachten, unter dem Wagen gelegen, an dem die Ochsen angespannt waren. Der eine nun behauptete, das Füllen gehöre ihm, denn es sei von seiner Stute, der andere, es gehöre ihm und komme von seinem Wagen, und darum sei es darunter gelegen.

Die Königin lachte und sprach: »Mein Gemahl wird euch Recht sprechen, wenn er kommt; er ist jetzt im Kornfeld und schießt Fische.« Der Mann mit den Ochsen lachte und sprach: »Wie können im Kornfeld Fische sein?« – »So gut«, sagte die Königin, »wie ein Ochsenwagen ein Füllen werfen kann!« Jetzt erkannte er, dass er etwas Dummes behauptet hatte, und ging beschämt fort und ließ seinen Widerpart recht haben.

Als aber der König von der Jagd heimkehrte und die Sache erfuhr, ging er zu seiner Frau und sprach: »So wehe es mir tut, so musst du dennoch fort von mir; denn du hast das Gelöbnis gebrochen. Eine Gnade aber will ich dir noch gewähren: Was dir das Allerliebste im Hause ist, das kannst du dir einpacken und mitnehmen; aber vor Tagesanbruch musst du fort sein!«

Die Königin machte bis gegen Abend alles bereit; als sie aber zum letzten Male mit ihm bei Tische saß und sie gegessen hatten, sprach sie:

»Lasse mich noch einmal mit dir auf dein Wohl anstoßen«; inzwischen hatte sie, ohne dass er es gemerkt, die Becher gewechselt, und sie hatte in den seinen Schlaftrunk fallen lassen. Der König stieß gerne an und leerte das Glas, und bald darauf fiel er in einem festen, süßen Schlaf. Die Königin packte ihn sogleich in eine große Kiste und ließ ihn zu ihrem Vater, dem Burghüter, tragen; sie selbst folgte gleich nach und nahm nur ihr Strickzeug mit. Als sie in dem kleinen Burgzimmerchen waren, nahm sie den König heraus, legte ihn in ein reines Bett und setzte sich daneben und schloss kein Auge die ganze Nacht, wachte und strickte dabei, und der König schlief bis hoch in den Tag hinein und hatte süße Träume. Nur einmal erwachte er und sah mit großen Augen um sich. »Ach Herr je, wo bin ich?« - »Bei mir, mein Schatz«, und nun erzählte die Burghüterstochter, dass sie von seiner Gnade Gebrauch gemacht; weil sie aber im ganzen Königspalast nichts Lieberes gewusst als ihn, so habe sie ihn sich mitgebracht.

»O du mein Herzblatt!«, rief der König, »du bist noch tausendmal besser als klug!« Er führte sie wieder heim in seinen Palast und gab ihr das Regiment in seinem Hause. Und seit der Zeit, sagt man, hätten überhaupt die Frauen das Recht erhalten, im Hause zu regieren.

47. Der Aschenputtel wird König

In der guten alten Zeit, als unser Herrgott noch selbst sich den zum König erwählte, der ihm am besten gefiel, lebte ein Bauer, der hatte drei Söhne; von diesen waren die beiden älteren hoch und stark, aber stolz von Gemüt, der jüngste klein und schwächlich, aber gut von Herzen. Seine älteren Brüder verachteten und verspotteten ihn, nahmen ihn nirgends mit, und weil er denn immer zu Hause in der Asche saß, nannten sie ihn nur den Aschenputtel.

Es begab sich aber, dass der König starb und im ganzen Lande bekannt gemacht wurde, dass alles Volk wie gewöhnlich sich bei der größten Gemeinde auf der Königswiese versammeln solle, damit unser Herrgott wieder dem, der ihm am liebsten sei, die Krone aufsetze. Die beiden älteren Brüder legten schöne Kleider an und schickten sich zur Reise; der Jüngste bat sie, sie möchten ihn doch auch mitnehmen; aber sie sprachen stolz und verächtlich: »Was? Sollen wir mit dir Spott und Schande aufheben? Halte die Nase zu Hause und bleibe ruhig in deinem Aschenwinkel, wohin du gehörst!« Als nun am frühen Morgen die Brüder fortgingen, schlich der Aschenputtel ihnen nach und kam auch zu der großen Wiese, wo die vielen Leute versammelt waren; es brach aber eben der Tag an; da fürchtete er, seine Brüder würden ihn sehen, schlagen und nach Hause schicken. Darum kroch er in einen Schweinsstall, der am Ende der Gemeinde war und an die große Wiese anstieß. Von hier glaubte er ruhig anzusehen, was da geschehen würde. Wie nun die Stunde da war, so legte man die Krone auf einen Hügel, und als jetzt nur einmal mit allen Glocken im Dorfe geläutet wurde, siehe, da hob sie sich von selbst langsam in die Höhe und schwebte hoch über allen Häuptern umher, ohne sich niederzulassen. Endlich senkte sie sich herab und grade auf den Schweinsstall. Die Leute wussten nicht, was das zu bedeuten habe, und liefen neugierig nach dem Orte hin. Da fanden sie den armen kleinen Aschenputtel. Sie hoben ihn voll Ehrfurcht heraus und beugten ihre Knie vor ihm als dem neuen König, den unser Herrgott auf den Thron berufen habe. Die stolzen Brüder schlichen beschämt nach Hause; der verachtete Aschenputtel aber wurde im Jubel in die Königsburg geführt.

So sieht unser Herrgott nicht darauf, wie stark und stolz, sondern wie gut und fromm der Mensch ist.

48. Armut gilt nichts, Reichtum ist Verstand

Es war einmal ein Mann, der war sehr verständig und wusste immer das Rechte zu treffen, wenn man sich in der Gemeinde über etwas beriet; weil er aber sehr arm war, so galt das für Torheit, was er sagte, und man hörte nicht auf ihn. Da dachte er eines Tages: »Wie wäre es, wenn du in die Welt gingest und reich würdest, dann würde deine Stimme wohl Geltung haben in der Gemeinde!« Er sagte es seiner Frau, und die war damit zufrieden. So zog er fort und blieb zwanzig Jahre in der Fremde. Er hatte sich aber bei einem großen Herrn verdingt und diente dem treu die ganze Zeit hindurch als Ziegenhirt. Als die zwanzig Jahre um waren, sprach er zu seinem Herrn, er wünsche jetzt nach Hause zu gehen zu seiner lieben Frau. Der Herr hatte nichts dawider und ließ gleich einen Ziegenbock schlachten zu Ehren seines treuen Hirten; das Fell aber ließ er mit Silber- und Goldstücken anfüllen und gab ihm auch ein Pferd und sagte beim Abschied: »Das für deine treuen Dienste; aber noch eines rate ich dir und merke dir's wohl, wenn du nicht unglücklich werden willst! Wenn du heimgekommen, so lasse dreimal deinen Zorn abkühlen, ehe du etwas tust!«

Der Mann zog nun fort, und als er in seinem Dorfe ankam, kehrte er zum Nachbar ein; denn er wollte sein Weib überraschen und sagte auch hier nichts, wer er wäre. Nicht lange, so sah er seine Frau und erkannte sie gleich, wie sie mit einem jungen Mann nach Hause kam. Da ergriff ihn heftiger Zorn; aber er dachte auch alsbald an den Rat seines Herrn und tat nichts und verwurmte sich nur in seinem Herzen. Abends ging er vor sein Haus, als alles dunkel war, und guckte zum Fenster hinein; da saß seine Frau mit dem jungen Mann am Tisch, und sie aßen beide und waren froh. Sein Zorn stieg noch mehr, und er ballte und hob schon die Faust und wollte gleich – indem fiel ihm der Rat seines Herrn ein, und er verwand seinen Zorn wieder. Er ging in sein Quartier zum Nachbar und schlief die ganze Nacht nichts. Am Morgen hörte er den Nachbar mit seiner Frau sprechen: »Unsere Nachbarin macht also heute Hochzeit; die wird einen frohen Tag haben!« Jetzt stieg dem Mann die Galle aufs Höchste: »Nu warte, treuloses Weib, das will ich dir bezahlen!« Er wollte auf der Stelle hin und sie erschießen; indem fiel ihm der Rat seines Herrn ein, und er hielt an sich. »Du willst«, sprach er, »hingehen, das Unrecht ihr vorhalten und sie erst dann bestrafen!«

Nachdem er sich angekleidet, machte er sich auf, ging hin und klopfte an: »Herein«, rief seine Frau freudig, aber sie kannte ihn nicht und glaubte, es sei ein Fremder, der bei ihr einspreche. Weil aber ihr Herz voll Jubel war, so konnte sie sich nicht halten und sagte dem Manne gleich: Er müsse dableiben und ihr Gast sein; sie gebe ihrem Sohne heute gerade die Hochzeit und nichts fehle zu ihrem Glücke, als dass ihr guter Mann nicht da sei, der nun schon zwanzig Jahre in der Fremde lebe und von dem sie nichts gehört; dabei fing sie an zu schluchzen und zu weinen. Der Fremde aber stand vor ihr wie eine Bildsäule und wusste lange nichts zu sprechen; er schämte sich in seinem Herzen, dass er über seine Frau so übel gedacht, die ihm so treu gewesen, und dass er seines jungen Sohnes so ganz vergessen hatte. Endlich sprach er: »Hatte der Mann kein besonderes Zeichen; würdet Ihr ihn wohl erkennen, wenn er wiederkäme!« – »O ja!« sprach sie, »auf der Brust hatte er ein Muttermal.« Indem entblößte der Fremde seine Brust, und alsbald fiel die Frau ihm um den Hals: »Mein guter Mann!« und wusste vor Freude lange nichts zu sprechen. Endlich erholte sie sich, und nun wurde der Sohn dem Vater vorgeführt, und beide hatten große Freude. Nicht leicht hat es je eine fröhlichere Hochzeit gegeben, als den Tag in dem Hause gefeiert wurde.

Der Mann aber wurde wegen seines Reichtums nun bald bekannt im Dorfe und angesehen, und was er jetzt immer sagte, das galt bei den Leuten und fand Glauben. Da erzählte er eines Tages in einer Versammlung: Er habe eines Abends seine Ackereisen ins Stroh gelegt, und siehe da, bis zum Morgen hätten die Mäuse dieselben gefressen. Die Leute machten große Augen, es fiel aber keinem ein, daran zu zweifeln. Der

Mann aber ärgerte sich und sprach: »Als ich die Wahrheit sagte, glaubte man mir nicht, weil ich arm war; jetzt, wenn ich eine Lüge sage, zweifelt niemand daran, weil ich reich bin. So verkehrt ist die Welt!«

49. Der Kreuzträger

Ein Bauer hatte eine gar böse Frau; die zankte vom Morgen bis zum Abend mit ihm, und wie sehr er sich Mühe gab, so konnte er ihr doch nichts recht machen. Eines Tages dachte der Arme bei sich: ›Du willst etwas versuchen!‹, und ging damit in die Stadt zu einem Maler und bat diesen, er solle ihm den Teufel malen. »Aber wozu?«, fragte der Maler verwundert. »Ach, Herr Maler«, sprach der Bauer jammernd, »ich habe daheim eine böse Frau, die zankt ewig mit mir, sodass ich es nicht länger aushalten kann; sie möchte ich nun mit dem Teufel schrecken!« – »Das hilft Euch nichts!« sagte der Maler mitleidig, »denn leider treibt ein Teufel den andern nicht aus!« – »So malet mir den Scharfrichter«, bat der Bauer wiederum. »Das wäre für Euch selbst nicht gut«, sprach der Maler, »denn sie würde sagen: ›Siehe da, der wird dich kriegen, weil du deine Frau so schlecht hältst!‹«– »So malet mir den Tod!« bat der Bauer fort, »dass sie sich fürchtet, wenn sie ihn sieht!« – »Auch das hilft Euch nichts!« sagte der Maler, »denn der Tod würde sich am Ende mehr fürchten!« – »So will ich denn«, rief der Bauer unwillig, »mir einen Strick drehen und, wenn sie zankt, zuschlagen, bis der Zankteufel ausfährt!« – »Auch damit erreicht Ihr nichts«, sagte der Maler, »denn mit jedem Schlag zieht ein neuer Teufel in Eure Frau ein!« – »Nun, Was soll ich denn tun? So ratet mir doch«, jammerte der Bauer, »ich kann ja länger nicht aushalten!« – »Euer Kreuz mit Geduld tragen!« sprach der Maler.

Hatte dieser vielleicht auch schon die traurige Erfahrung gemacht oder machte sie noch fort? Der Bauer ging sehr unbefriedigt nach Hause; doch klangen ihm die Rezeptworte in den Ohren fort, und als seine Frau gleich bei seinem Eintritt ihn wieder hart anfuhr und schalt, nahm er sie geduldig, ohne etwas zu erwidern, auf und trug sie hin und her. »Wozu das?« sprach die Frau. »Ein weiser Mann hat mich gelehrt: Ich solle mein Kreuz mit Geduld tragen!« Nun schämte sich die Frau und zankte von da an nicht mehr.

50. Die beiden Prahler und der Bescheidene

Drei Studenten, die aus einem Dorfe waren, kamen nach Hause und hielten bei dem Pfarrer um die erledigte Lehrerstelle an. Der Pfarrer aber sagte: Er müsse erst wissen, was jeder von ihnen gelernt hätte, um die

Stelle dann dem Würdigsten zu verleihen. Da sprach der erste ganz stolz: »Herr Pfarrer! Ich habe so viel gelernt, dass ich in zehn Jahren das nicht erzählen könnte, was ich weiß!« Der zweite sprach noch hochmütiger: »Das ist alles blutwenig; ich aber habe so viel gelernt, dass man's nicht niederschreiben könnte, wenn das Meer lauter Tinte und der ganze Himmel Papier wäre.« Der dritte sagte ganz bescheiden: »Herr Pfarrer! Ich habe zwar immer gelernt, aber das, was ich weiß, ist so wenig gegen das, was man wissen kann, dass es fast nichts ist!« Da antwortete der Pfarrer: »Ihr, die ihr alles gelernt habt, könnt überall in der Welt euer Fortkommen finden; es ist aber nur recht und billig, dass wir für den sorgen, der das nicht kann!«

So wurde der Bescheidene Schulmeister; die Prahler aber zogen mit Schande ab und halten noch immer in der Welt ihre Gelehrsamkeit feil.

51. Der lateinische Junge

Eine Witfrau hatte zwei Söhne; von denen hatte der eine einen »Schuss« und war nicht recht bei Trost. »Der muss mir ein Gelehrter werden!« sprach sie und brachte ihn in die Stadt zu einem Studenten, der sollte ihn in einigen Tagen die lateinische Sprache lehren. Der Student war nun ein lustiger Vogel wie die meisten; der sagte: »Kommt nur in drei Tagen wieder, so könnt Ihr Euern Sohn als Gelehrten heimführen!« Des anderen Tages ging der Student mit seinem Schüler auf die Jagd in den Wald; da sahen sie im Felde einen Stier scharren : »bikä schärrentis« zeigte der Student; der Schüler sprach es nach und wiederholte es in einem fort, damit er's nicht vergesse. Weiter sahen sie einen hohen Baum mit einem Krähennest: »hochbaumus cronästus!« sagte der Student. Der Schüler wiederholte:

»bikä schärrentis,
hochbaumus cronästus.«

Im Walde ging ein alter Mann, der trug einen Korb: »altmännus cu corbus!« sagte der Student; der Schüler wiederholte:

»bikä schärrentis,
hochbaumus cronästus,
altmännus cu corbus«;

allein es fing ihm schon an, viel zu werden, und er fragte: »Ist die lateinische Sprache noch lang?« – »Nein!« tröstete ihn der Student, »du bist bald damit fertig!« Im Walde traf er nichts zum Schießen; da ließ er sich hinunter in die Ebene an den Fluss und fand hier einige wilde Enten, die schnatterten: »änti givanti, di schnärra im flussi!« sagte leise der Student; der Schüler wiederholte:

»bikä schärrentis,
hochbaumus cronästus,
altmännus cu corbus,
änti givanti, di schnärra im flussi!«

Der Student schoss und traf eine Ente, die war aber am jenseitigen Ufer des Flusses; da warf er schnell seine Büchse auf den Rücken und sprach: »Schwämm nö biss!« und watete durch den Fluss; sein Schüler aber wiederholte:

»bikä schärrentis,
hochbaumus cronästus,
altmännus cu corbus,
änti givanti, di schnärra im flussi!
schwämm nö biss!«</>

Der Student freute sich über seine Beute und wollte schnell zu seinen Kameraden, um sie ihnen zu zeigen. Darum beendigte er den lateinischen Unterricht und sprach zu seinem Schüler: »Jetzt kannst du die lateinische Sprache; nun darfst du in acht Tagen gar nichts anders sprechen, damit du sie nicht vergissest!« Der Junge sagte sich nun den Spruch immer vor, und seine Mutter war himmelfroh, als sie nach drei Tagen ihn abholte und hörte, dass ihr Sohn ein ganzer Lateiner sei; denn auf alle ihre Fragen antwortete er nichts anders als den lateinischen Spruch, den er gelernt hatte. »Ach, was wird unser Herr Pfarrer dazu sagen!«, jubelte sie vor Freude in ihrem Mutterherzen. Sie bezahlte den Unterricht dem Studenten gut und führte ihren Sohn nach Hause und ging mit ihm zum Herrn Pfarrer und sprach: »Herr Pfarrer, mein Sohn hat die Muttersprache verlernt und ist ein Gelehrter geworden; wollt Ihr ihm nicht die Schule geben, dass er die Kinder lehrt?« – »Ich will ihn erst prüfen, was er kann«, sprach der Pfarrer freundlich und forderte den Sohn sogleich auf, er solle sagen, was er wisse. Da sagte dieser seinen Spruch, und kein Wort sonst konnte der Pfarrer aus ihm herausbringen. »Euer Sohn ist zu gelehrt!« sprach endlich der Pfarrer zur Frau, »als dass wir ihn brauchen könnten!« Da führte die Mutter ihren Sohn traurig nach Hause und sprach: »Warum hast du doch gar so viel gelernt.« Aber der Sohn sagte wieder seinen lateinischen Spruch, und das tat er noch drei Tage, bis die acht Tage um waren, wie ihm der Student, sein Lehrer, befohlen hatte. Seine Mutter war inzwischen untröstlich, weinte und klagte ihren Nachbarinnen, wie sie mit ihrem Sohn jetzt nicht einmal sprechen könne, da er nichts als lateinisch verstehe.

Da geschah es am neunten Tage, dass der gelehrte Sohn, als er in der Scheune drosch und die Schweine hinkamen, plötzlich ausrief: »Häts än de Stall!« Kaum hatte das seine Mutter gehört, so weinte und schluchzte sie vor Freuden: »Ach, meinem Sohn ist die Muttersprache wiedergekommen; Gott sei Dank, dass er kein Gelehrter mehr ist!«

bikä schärrentis,
hochbaumus cronästus,
altmännus cu corbus,
änti givanti, di schnärra im flussi!
schwämm no biss!

52. Der missratene Gelehrte

Ein Bauer schickte seinen Sohn, der nicht arbeiten wollte und immer sagte, er sei zu etwas Höherem bestimmt, auf die Hohe Schule, damit er hier etwas Ordentliches lerne; allein der Sohn dachte nicht an das Lernen, sondern lebte in einem fort lustig in den Tag hinein. Seinem Vater aber schrieb er immerfort um Geld, und der verkaufte allmählich seine Kühe und verpfändete zuletzt noch Haus und Hof. Endlich kam der teure Sohn von der Schule nach Hause und in ganz vornehmer Kleidung und stellte sich vor seinem Vater so, als habe er das ganze Buch der Weisheit in seinem Haupte. »Kannst du lateinisch, mein Sohn?« – »Und wie! Vater, freilich!« Da ward der Alte erst recht stolz, denn er dachte, wer lateinisch verstehe, könne in der ganzen Welt fortkommen und sei ein gemachter Herr. »Komme nur gleich zum Herrn Pfarrer, dass er sieht und hört, wer du bist; ich habe schon um die Schule für dich angehalten!« Jetzt wurde es dem Studenten schwül und angst; er wollte nicht recht; allein sein Vater ließ ihm keine Ruhe.

Der alte Bauer hatte dem Pfarrer schon viel von seinem gelehrten Sohne gesagt, und wie er sein Vermögen auf ihn verwendet. Sie traten ein, und er Alte grüßte und bat, der Herr Pfarrer solle mit seinem Sohne ein wenig gelehrt reden. »Sprichst du lateinisch?« – »Jeta!« antwortete der Student und war ganz verlegen, und auf alle Fragen, die der Pfarrer tat, antwortete er immer nur: »Jeta, jeta, jeta!« – »Lieber Mann!« sprach darauf der Pfarrer zum Bauer[n], »Euer Sohn ist so gelehrt – und schüttelte dabei das Haupt –, dass wir ihn nicht brauchen können!« Der Bauer merkte aber, was das sagen solle; denn er hatte gesehen und gehört, dass sein Sohn eigentlich nichts wisse; aber er hielt seinen Zorn zurück. Er führte ihn nun zum Herrn Notarius; dieser solle ihm auch auf den Zahn fühlen und sehen, ob er zum Schreiber tauge: »Kannst du Kontrakte, Schuldscheine, Quittungen und Testamente schreiben?« fragte der Notarius den Jungen. »Briefe um Geld an meinen Vater kann ich schreiben, die hat man mir oft diktiert, und Testamente schreiben, wozu? Mein Vater hat ja ein gedrucktes!« Der Notarius wusste nun genug. »Oh, lieber Mann«, sprach er zum Bauer[n], »ich bedauere sehr, aber Euern Sohn kann ich in der Schreibstube nicht brauchen!«

Der Bauer wurde jetzt fast wütend vor Zorn; allein er ließ hier nichts merken. Im Heimgehen aber sprach er bei sich: »Er ist fast zum Haarausraufen; meine schönen Kühe und mein Vermögen habe ich geopfert und soll jetzt Spott und Schande erleben!« Als er mit seinem Sohne in den Hof zurückgelangte, lud eben der Knecht Mist auf einen Wagen. Der Bauer nahm einen Stock, hob ihn jetzt drohend gegen seinen Sohn und schrie. »Kerl, jetzt sage mir gleich, wie heißt der Ochs auf lateinisch?« – »ochsus«, sagte der Sohn und zitterte am ganzen Leibe? »der Rock?« – »rockus«; »die Gabel?« – »gablistus«; »der Mist?« – »mististus«.

»Alsi, tea ochsus, zech aus de rockus en nomm de gablistus en lad af de mististus; sonst hiewen ich dese stockus en hän dich iwert Krucifixus, dat de kreischt: ach, Härr Jesus!« Mit dem Rock war auch der Student bald ausgezogen, und von nun an musste der ungeratene Gelehrte im Stalle und im Miste arbeiten, dass es eine Art hatte; – und das war recht!

53. Die drei schweigsamen Spinnerinnen

Eine Frau hatte drei Töchter, die waren sehr plauderhaft, und über dem vielen Reden blieb ihr Rocken immer voll. Da ward die Frau zornig und sprach: »Hier gebe ich einer jeden von euch einen Bund Hanf, den sollt ihr abspinnen, ohne auch nur ein einziges Wort zu sprechen; die dagegen handelt, kriegt keinen Mann, das sage ich euch!« Nun saßen die drei Töchter und spannen und spannen und wagten kaum zu atmen. Nur einmal riss der einen der Faden, und sie rief, ohne dass sie wollte, sogleich: »Fäden nätsch!« (nätsch – kindisch gesprochen: knätsch== zerrissen.) Die zweite vergaß sich auch und setzte dazu: »Näpp e Nitschen drun!« (kindisch gesprochen statt: Knäpp e Knitchen drun = Knüpfe einen Knoten dran), und die dritte lachte und rief unwillkürlich: »Ei wol geat, dät ich näst deried hun!« So hatten denn alle drei gesprochen:

»Fäden nätsch,
Näpp e Nitschen drun,
Ei wol geat, dät ich näst deried hun!«

Ob aber die Mutter ihr Wort gehalten, weiß ich nicht; wer's glaubt, zahlt einen Groschen.

54. Der König und die beiden Mädchen

Ein junger König suchte sich einmal eine Frau und hörte, dass auf zwei Edelhöfen wunderschöne Mädchen seien. Weil er sie aber nach ihrem Herzenswesen genau wollte kennenlernen, so legte er seine prächtigen Königskleider ab und hüllte sich in die Kleider eines jungen Landedelmanns. So kam er zuerst an den einen Edelhof, wo ein schönes, aber hochfahriges Mädchen war. »Gott grüße dich, du schöne Jungfrau!«, rief er beim Eintritt in den Hof. »Wer bist du?«, fragte das Mädchen barsch, denn nach den Kleidern hielt sie ihn nur für einen unbedeutenden Menschen. »Ein Edelmann!« sprach der König, »mit einem ehrlichen Namen und der sein gutes Auskommen hat!« - »Dort auf die Bank!« gebot das Fräulein. »Ich will nicht sitzen, sondern nur um etwas bitten: Möchtest du mein Weib werden?« Da wurde das Mädchen bleich vor Schrecken und Zorn und rief: »Du Unverschämter! Packe dich! Ich bin ein reiches Mädchen und warte auf einen Grafen oder Fürsten!« Der König ging weiter und kam zum andern Edelhof, da war ein schönes und bescheidenes Mädchen. »Gott grüße dich, schöne Jungfrau!« - »Schönen Dank, schönen Dank!« - »Darf ich ein wenig einsprechen?« - »Ich bitte auf diesen Stuhl!« - »Ich will nicht sitzen, sondern nur um etwas bitten: Ich bin ein armer Edelmann, aber mit einem ehrlichen Namen, möchtest du mein Weib werden?« Da wurde das Mädchen ganz rot vor Scham und konnte nicht gleich sprechen, endlich sagte es: »Wie komme ich zu der großen Ehre!«, und ihre Augen sprachen: »Ja!« Da drückte ihr der König die Hand und sprach: »Bald komme ich wieder und hole dich ab!« Nun ging der König zurück in seinen Palast und legte sein Prachtgewand und die königliche Herrlichkeit an und kam nun wieder an den ersten Edelhof. »Gott grüße dich, schöne Jungfrau!« - »Ach schönen Willkomm, Herr König, ich bitte Platz zu nehmen auf diesem Kanapee.« - »Ich habe nur eine Frage: Möchtest du mein Weib werden?« - »Ei, ja freilich, ich bin ein reiches Mädchen und habe auf einen großen Herrn gewartet!« - »Du hast mich«, sprach der König zornig , »als ehrlichen Edelmann verschmäht, nun bist du des Königs nicht wert!« Damit ließ er die stolze Edel Jungfrau stehen, ging fort und kam zum andern Mädchen: »Gott grüße dich, schöne Jungfrau!« - »O wie gnädig ist unser Herr König, ich bitte Platz zu nehmen auf diesem Stuhl!« - »Ich habe nur eine Frage: Möchtest du mein Weib werden?« - »Ach, Herr König, ich bin ja nur ein armes Mädchen, ich wünsche mir nur einen armen, ehrlichen Mann zum Gemahl, und den habe ich schon gefunden!« - »Und das bin Gott sei Dank ich, du herziges Veilchen! Du wirst nun Königin, das kann nicht anders sein!« Da ließ sich's die Arme gefallen, und nicht lange, so saß sie auf dem Königsthron, aber in ihrem Herzen blieb sie immer das bescheidene Mädchen. Die stolze Edeljungfrau aber wartet bis heute noch vergebens auf den reichen Grafen oder Fürsten, und das ist ihr recht!

55. Die Geschenke der beiden Liebhaber

Es war einmal ein schönes Mädchen, das hatte zwei Liebhaber, von denen war der eine reich, der andere arm. Jeder aber dachte bei sich und sagte zum andern: »Es wird mich lieber haben, es wird mich lieber haben!« Da beschlossen sie, jeder solle ihr ein Geschenk kaufen, und der solle sie bekommen, dessen Geschenk von ihr mehr geschätzt würde. Der Reiche kaufte nun einen schönen und teuern Rock, der Arme aber ein Paar neue Schuhe. Als am nächsten Sonntag das Mädchen in die Kirche ging, passten schon die beiden Liebhaber. Es war aber sehr kotig, und so hatte das Mädchen, wie es ja zu geschehen pflegt, bis zur Kirche sich den Rock aufgehoben, um ihn nicht zu bespritzen. Da lachte schon der Reiche im Herzen, als er sah, wie besorgt sie um sein Geschenk war. Aber vor der Kirchtüre stand das Mädchen nur einmal still, bückte sich und wischte mit dem Rocksaum den Kot von den neuen Schuhen hübsch ab. Als der Arme das sah, frohlockte er und sprach: »Ich habe gewonnen!« Der Reiche ließ die Nase hängen und machte sich fort, und so bekam jener das Mädchen. Wisst ihr nun, warum die Mädchen so lange vor der Kirchentüre stehen? Um ihren Liebhabern zu zeigen, ob ihnen ihr neuer Rock oder die neuen Schuhe besser gefallen.

57. Die beiden Lügner

Ein Zenderscher hatte einen Sohn, der log, wie er den Mund auftat, da schämte sich sein Vater, gab ihm einige Kreuzer und schickte ihn fort in die Welt. Dem Jungen war das ganz recht, und er ging und kam zu der Großalischer Mühle und sah da einen Müllerknecht stehen und in die Kokel gucksen. Er fragte ihn gleich und sprach: »Ist nicht ein Mühlstein da vorbeigeflossen?« - »Ei, ja freilich!« sagte der, »ich nahm auch meine Axt, hieb sie hinein und wollte ihn herausfischen, allein es war umsonst, das Wasser riss ihn fort.« – »Wir passen gut zueinander!« sprach der Zenderscher zum Großalischer, »komm, lasse uns miteinander dienen gehen!« So zogen sie fort und kamen bald in die Stadt und verdingten sich zu einem Herrn, und einer bediente den Herrn, der andere die Herrin.

Eines Tages ging der Herr mit seinem Diener aus, zeigte ihm den Turm und sprach: »Hast du einen so hohen Turm noch gesehen?« – »Ja, bei uns ist ein viel höherer, da reicht der Hahn bis an den Himmel und frisst Sterne!« – »Du lügst!« – »Nu fraget meinen Kameraden!« Als sie heimkamen, fragte der Herr den andern gleich, und der sagte ganz im Ernst: »Ja, das ist so und ist noch nichts, aber bei uns haben wir einen Turm! Mein Ururgroßvater hat gerade den Knopf aufgesetzt, der ist so hoch, so hoch! Na! – ich will nur dies erzählen: Mein Großvater warf eine neue Axt hinunter, als sie niederkam, war das Eisen verrostet und das Holz verfault.«

Die Herrin hatte einen großen Kuchen (Hibes) gemacht, und sie fragte ihren Knecht: »Macht deine Mutter auch einen so großen Kuchen?« – »Wie denn nicht? Noch einen weit größern; die ganze Nachbarschaft konnte einmal mit Hebbäumen den Kuchen meiner Mutter nicht von der Stelle bringen.« – »Du lügst«, sprach die Herrin. »Nu fraget meinen Kameraden.« Als der gerade eintrat, fragte ihn die Herrin sogleich, und er sagte ganz ernsthaft: »Ja, das ist so und ist noch nichts, aber meine Mutter hatte einmal einen so großen Kuchen gemacht, dass man von dem allein, was von dem Rande abgekratzt wurde, zwölf Herden Schweine mästete.«

Die Frau ging jetzt in den Garten und nahm ihren Knecht mit. »Hast du so großen Kampest je gesehen?« – »Haha, noch weit größern. Meine Mutter hat einen Garten, der ist noch einmal so groß und war darin nur ein Kampesthaupt, so hoch und breit, dass die Blätter noch über den Zaun hingen!« – »Du lügst!« – »Nu fraget meinen Kameraden.« Als sie in den Hof kamen, stand der Knecht des Herrn da, und die Herrin fragte ihn gleich. »Ja, das ist so!« sprach er ganz ernsthaft, »und ist noch nichts, aber in dem Garten meiner Mutter war ein Kampesthaupt! Wie groß das war, kann man sich kaum vorstellen. Ich will nur dies erzählen: Es kamen eine Menge Schattertzigeuner, die schlugen ihre Zelte auf dem Stiel auf und wohnten da und waren doch alle so weit, dass sie einander nicht hörten, wenn sie schmiedeten und sich mit ihren Weibern zankten.« Da konnten das der Herr und die Herrin nicht länger aushalten und schickten beide fort und sprachen: »Geht, ihr braucht nicht zu arbeiten, ihr könnt euch in der Welt durch eure Lügen fortbringen!«

58. Lügenwette

Ein Edelmann fuhr eines Tages spazieren und hatte an seinem Wagen sehr schlechte Pferde, da sah er einen Bauer[n] beim Pflug, der hatte sehr schöne. »Willst du nicht tauschen mit mir?«, rief der Edelmann; »deine Rosse passen besser an meinen Wagen und meine an deinen Pflug!« – »Das mag sein!« sprach der Bauer, »allein gebt Euch doch nur keine Mühe!« Der Edelmann aber ließ nicht nach und setzte ihm zu, endlich kamen sie überein, die Pferde des einen sollten dem von ihnen gehören, welcher am besten lügen würde.

Der Edelmann war froh und glaubte schon, er habe gewonnen, denn er dachte: Aufs Lügen hätte er doch mehr studiert. Der Bauer ließ ihm die Ehre anzufangen, da erzählte er: »Mein Vater hatte sieben Herden Stuten und so viel Milch, dass er sieben Mühlen damit treiben ließ und alles Korn im Lande mahlen konnte.« – »Das ist alles leicht möglich!« sagte der Bauer und wunderte sich gar nicht im geringsten, »aber mein Vater hatte so viele Bienenstöcke, dass er sie nicht hätte zählen können, auch wenn er fünfhundert Jahre gelebt hätte. Ich musste einmal die Bienen hüten, da geschah es, dass eine Biene abends nicht heimkehrte. Mein Vater merkte es gleich und schickte mich aus, sie zu suchen und nicht heimzukehren, bis ich sie fände. Ich ging nun überall auf der ganzen Erde herum und fand sie nicht, da machte ich mich auf und stieg in den Himmel und durchsuchte alle Räume; auch hier war sie nicht. Nun hatte ich keine Ruhe und dachte: Die kann jetzt nur in der Hölle sein, du musst zu guter Letzt auch da noch suchen! So stieg ich hinunter in die Hölle, allein es war umsonst, sie war nicht da.

Missmutig kehrte ich um und wollte nach Hause gehen und kam durch einen Wald, und siehe, da traf ich nur einmal meine Biene. Einem Manne hatte der Wolf einen Ochsen gefressen, der hatte an dessen Stelle neben den anderen Ochsen gleich die Biene eingespannt und fuhr mit einer Fuhre Holz heimwärts, ›Hoho! Guter Mann‹, rief ich sogleich, ›Ihr werdet verzeihen, dass ich Euch aufhalte, die Biene ist mein, spannt sie nur gleich aus!‹ Der Mann gehorchte, ohne ein Wort zu sprechen, denn er war froh, dass ich mit ihm so schön redete. Aber das Joch hatte meine Biene wund gerieben, ich streute nun ein wenig Erde darauf, und alsbald war es geheilt. Mein Vater hatte große Freude, wie ich ihm das verlorne Tierchen brachte, das kann man sich denken. Aber ich musste nun erzählen, was ich im Himmel und in der Hölle gesehen hatte. Im Himmel saßen an einer langen Tafel lauter Bauern und tranken süßen Wein, und in der Hölle waren lauter Edelleute, die wurden von den Teufeln am Spieß gebraten!« Da konnte sich der Edelmann nicht länger halten und schrie: »Du lügst! Du lügst!« – »Das wollte ich ja eben, und so habe ich die Wette gewonnen!« Er nahm dem Edelmann alsbald die Pferde, spannte sie statt der seinen an den Pflug, und der stolze Herr musste seinen Wagen selbst nach Hause ziehen.

59. Die drei lustigen Brüder (Sächsisches Lügenmärchen aus Schäßburg)

Es waren einmal drei Brüder; der eine war stockblind, der andere lendenlahm und der dritte splitternackt. Diese drei gingen eines Tages in den Wald, um Vogelnester auszunehmen. Als sie so im Walde hingingen, sah der Blinde plötzlich aus dem Gestrüpp einen Hasen hervorspringen. Kaum hatte er dies seinen Brüdern gesagt, war auch schon der Lahme wie der Wind hinter dem Hasen her und hielt ihn, eh' man's gedacht, an den Hinterbeinen. Nun aber wussten sie nicht, wie sie den gefangenen Hasen nach Hause schaffen sollten. Da sprach der Nackte: »Gebt ihn her!« und steckte ihn in seine Tasche. In der Freude über diesen Fang vergaßen sie, Vogelnester zu suchen, und gingen heimwärts. Auf dem Wege aber entspann sich ein Streit unter ihnen darüber, wem der Hase gehöre. Und das war nicht so leicht zu entscheiden, wie ihr denkt. »Ich habe ihn zuerst gesehen!« sprach der Blinde. »Was hilft das Sehen!« entgegnete der Lahme, »ich habe ihn gefangen, mir gehört der Hase.« – »Hätte ich ihn nicht in die Tasche gesteckt«, sagte der Nackte, »ihr hättet ihn im Walde müssen laufen lassen, der Hase gehört mir!« So stritten die drei Brüder untereinander, und keiner wollte nachgeben, endlich kamen sie auf den klugen Gedanken, den Streit durch den Richter entscheiden zu lassen; sie gingen schnurstracks zu diesem und fanden ihn auch zum großen Glück daheim. Dem musste nun jeder von den dreien den Hergang der Sache erzählen, und als der letzte mit seiner Erzählung zu Ende war, sprach der Richter: »Ihr braven Leute! Ich höre, dass ihr alle drei gut lügen könnt, wer mir von euch die dickste Lüge sagen kann, dem soll der Hase gehören.«

Da hub der Blinde an: »Mein Vater hatte einmal gar viele Schafe, die musste ich alle Tage zur Tränke treiben. Als ich sie einmal wieder austrieb an den Bach, da war dieser zugefroren. Ich stand lange ratlos am Ufer; ungetränkt durfte ich meinem Vater die Schafe nicht nach Hause bringen, und eine Axt, die Eisdecke durchzuhauen, war in der Nähe auch nicht zu finden. Ich dachte lange nach; endlich hatte ich's; ich legte mich platt aufs Eis und schlug mit meinem Kopfe eine große Lumme (en griß Leam) ins Eis, sodass alle Schafe sich satttrinken konnten. Als ich nun meine Herde heimwärts trieb, sah ich auf den Weidenbäumen, welche am Bachufer standen, Drescher, die droschen Erbsen, sodass die Körner weit umherflogen wie der Hagel. ›Gott greß ich, ir earetlich Drescher!‹ rief ich ihnen zu. ›Mer danken der, tea Ohnenhiwdijer!‹ war die Antwort. Verwundert und erschrocken griff ich mit beiden Händen nach meinem Kopfe und fühlte, dass ich keinen Kopf mehr hatte. ›Weh kann er dir nun nicht mehr tun, dachte ich; allein du kannst ihn ja vielleicht sonst noch brauchen. Wo solltest du ihn wohl gelassen haben? Sollte er dir nicht, als du damit das Loch in das Eis schlugst, heruntergefallen und in Gedanken da liegen geblieben sein?‹ Eilig (nor ni dich) kehrte ich um und sah zu meiner Freude schon von Weitem meinen Kopf neben der Lumme auf dem Eise liegen. Es hatte mir aber inzwischen eine Henne, da der Mund offengestanden, viele Eier in denselben gelegt. Schnell setzte ich mir ihn wieder auf, kehrte um und gelangte wohlbehalten mit meinen Schafen nach Hause, und mein Vater war mit mir zufrieden, und siehe da, auch etwas Merkwürdiges ereignete sich noch. Die Eier in meinem Kopfe waren durch die Wärme ausgegangen, und flogen mir aus Mund und Nase die jungen Hühnchen heraus, und wir bekamen den Hof auf einmal voll Hühner, was meiner Mutter eine große Freude war.«

Als der Blinde geendet hatte, sprach der Richter: »Wenn das alles wahr ist, so ist es eine dicke Lüge! Doch wollen wir auch die andern hören.« Der Lahme begann hierauf: »Mein Vater hatte einmal ein altes Pferd (en alt Jep); das borgten von ihm die Nachbarn, sooft sie in den Wald gingen, um Holz zu holen. Einmal waren wieder zwei Nachbarn mit meines Vaters Pferd in den Wald gezogen. Sie banden das Tier an einen Baum und hieben nun auf den Baum, um ihn zu fällen, mit ihren Äxten gewaltig ein. Da entglitt dem einen die Axt und fuhr dem Pferd in die Seite. Von jähem Schreck ergriffen, stand der Mann vor dem getroffenen Pferd und betrachtete rat- und tatlos die blutende Wunde und rief: ›Ach härrje! Wäll dät nea net ist äfhiren!‹ – ›Habe keine Angst!‹ tröstete ihn der andere: ›Wir hauen Reiser und flechten (stiewen) ihm die Wunde zu.‹ Bald hatten die beiden einen ganzen Haufen Reiser zusammengehauen und flochten damit dem Pferde die Wunde zu. Damit war zwar das Pferd kuriert; es wuchs ihm aber über Nacht in der Seite ein so großer Wald, dass bald die Zigeuner: Der Midi und der Dodi, der Tutzu und der Willa und wie sie alle heißen, kamen, um darin Holz zu stehlen, und daraus entstand meinem Vater große Not und viel Verdruss. ›So geht es‹, sprach er, ›wenn man sein Pferd ausleiht; ich will es aber nicht bald wieder tun!‹«

Also erzählte der Lahme. Der Richter aber rief: »Du hast ebenso wahr gesprochen als dein Bruder; nun wollen wir sehen, was der letzte von euch kann!« Da hüb der Nackte an; »Mein Vater hatte einmal unzählige Bienenstöcke, und alle waren voll mit Bienen; diese musste ich jeden Abend, wenn sie vom Felde heimkehrten, zählen. Eines Abends hatte ich wieder die heimkehrenden Bienen gezählt, musste aber meinem Vater melden, dass eine fehle, Zornig rief mein Vater; ›Gehe, suche die Biene, sonst geht es dir schlecht (licht).‹ Was war zu tun? Da war freilich guter Rat teuer, wohin ich mich wenden sollte. Ich lief ängstlich aufs Feld und suchte, und suchte auf sieben Hatterten, fand aber die verirrte Biene nicht. Endlich traf ich auf dem achten Hattert einen Bauer[n], der hatte eine Biene neben seinen Ochsen an den Pflug gespannt und knallte eben mit der Peitsche über das Zugvieh hin. ›Wie untersteht Ihr Euch‹, rief ich aufgebracht, ›mit fremdem Vieh zu pflügen (mät fremde Gettern ze ackern)?‹ Der Bauer bat um Verzeihung und erzählte mir, einer seiner Ochsen sei ihm gestürzt (gestäckt), da habe er zum guten Glück die Biene gesehen und gleich an die Stelle des fehlenden Ochsen eingespannt; er habe sie jedoch nicht als sein Eigentum behalten wollen, sondern nur gedacht, wozu solle sie so mir nichts, dir nichts müßig auf dem Felde herumirren; zum Danke dafür, dass er sie abends ihrem Herrn heimbrächte, könne sie ihm wohl auch einen kleinen Dienst verrichten.

Ich verzieh dem Manne zwar auf so gegründete Entschuldigung, er aber musste mir die Biene sogleich ausspannen, und ich machte ihm aufs neue Vorwürfe, als ich sie näher untersuchte und fand, dass das Joch ihren Nacken ganz wund gerieben hatte. In solchem Zustande durfte ich meinem Vater die Biene nicht nach Hause bringen, denn ich wäre ihm schön angekommen; ich ging daher auf den Rat des Mannes, der sich unserer Biene bedient hatte, zu einem Nussbaum, um ein paar Blätter desselben als schnelles Heilmittel auf den wunden Nacken der Biene zu legen. In der Eile hatte ich mit den Blättern zugleich eine Nuss vom Boden aufgerafft und dieselbe samt den Blättern der Biene auf den Nacken gebunden. Davon wuchs über Nacht auf dem Nacken der Biene ein großer Nussbaum, und als die Nüsse reif geworden, da warfen die Knaben, wie das ja zu geschehen pflegt, so oft sie an meines Vaters Garten vorüber in die Schule gingen, mit Erdschollen nach den Nüssen. Das gefiel meinem Vater, wie man sich denken kann, nicht; allein es hatte doch auch sein Gutes. Die Knaben hatten nach einiger Zeit einen so großen Haufen (Tuppes) Erde in unsern Garten geworfen, dass mein Vater sagte: ›Warum sollen wir diesen Haufen (Tuppes) nur so unbenutzt lassen? Wir pflügen ihn um und säen darauf, wenn auch nur (mehr nor) Hafer.‹ Das geschah. Als nun der Hafer reif geworden, gab mir mein Vater die Sichel in die Hand und befahl mir, den Hafer zu schneiden. Das Schneiden und insbesondere das Haferschneiden ist nun keine so leichte Sache; deshalb lassen so viele unserer Landleute durch andere schneiden; allein ich musste mich dazu bequemen, denn mein Vater war sehr streng; bei ihm galt keine Widerrede und wehe dem, der nicht aufs Wort folgte! Kaum hatte ich jedoch begonnen, als neben mir zu meiner großen Freude ein Hase aufsprang. Da dachte ich mir's leicht zu machen; sofort (an em Witz) schleuderte ich die Sichel mit solchem Geschick und Glück auf meinen Hasen, dass der Griff durchs Hinterbein ging und stecken blieb und die Schneide wie zum Schnitt gerichtet hervorstand. Der Getroffene musste mir nun das Haferfeld auf- und ablaufen, und im Nu war der Hafer bis auf den letzten Halm geschnitten!«

»War das«, fragte der Richter, »nicht derselbe Hase, den du heute in der Tasche hierher gebracht hast?«

»O ja!«, antwortete der Nackte, »gerade derselbe.« – »Nun denn«, entschied der Richter, »so war und ist er auch fürderhin unbestritten dein Eigentum; aber willst du dich gütig erweisen, so gib davon jedem deiner Brüder auch einen Strempel; sie haben ihn auch redlich verdient!«

60. Der lose Knecht

Eine Frau hatte ihren Nachbar gern, und sie wusste, wenn ihr Mann auf dem Felde war, es immer so einzurichten, dass sie mit jenem zusammenkam, und beide lebten dann gut. Hans, der lose Knecht des Mannes, wusste aber wohl darum, und eines Tages überkam ihn der Foppgeist. »Halt!«, dachte er, »du musst einmal einen Spaß haben!« Der Mann sollte, wie die Frau es bestimmt hatte, wieder einmal mit dem Hans weit ins Feld fahren, um zu pflügen; der Nachbar aber, das wusste Hans, pflügte den Tag in der Nähe des Dorfes. Als der Mann zum Dorfe hinausgefahren, hielt Hans still und sagte: »Herr Vater, sollen wir heute nicht nur in der Nähe bleiben und hier pflügen auf unserm nächsten Feld? Es ist schon spät!« – »Mir ist es recht!« sprach der Mann, und so trieb Hans gleich seitwärts und war bald auf dem Land. Sie fingen nun an zu arbeiten und waren recht fleißig; nach einer oder zwei Stunden kam die Frau und brachte Kuchen (Hibes) und Wein. Hans sah sie schon von Weitem, und da nahm er gleich seinen weißen Kotzen und breitete ihn auf sein schwarzes Ross, damit die Frau nur ja glauben sollte, es sei der Nachbar, denn er hatte ein weißgraues Pferd; er selbst aber warf sich zu Boden, dass sie ihn nicht gleich sehen konnte. Die Frau gab auch wenig acht; sie wusste ja, ihr Mann und Hans sei weit weg im Feld und als sie so überhin das weiße Pferd gesehen, ging sie in Gedanken gerade darauf los.

Als sie ganz nahe war, sprang Hans vom Boden auf und rief: »Ha, ha, Herr Vater, die Frau Mutter bringt uns Wein und warmen Kuchen; ich rieche ihn schon!« Die Frau sah auf und wurde gleich ganz rot im Gesicht; sie fasste sich jedoch schnell und sprach: »Nun, lieber Mann, hier bringe ich euch etwas zur Erquickung!« – »Aber wie kommt dies?« fragte der Mann verwundert. »Ihr habt ja sonst das nie getan? Und wie wusstet Ihr, dass wir hier waren?« Die Frau hatte nun allerlei Entschuldigungen, die recht gut waren. Der Mann ging darauf ein und ließ sich sogleich den Kuchen wohl schmecken, aß und trank und sah um sich. »Hans!«, rief er nur einmal, »wer pflügt dort?« – »Das ist ja unser Nachbar, der Husaren-Jakob!« – »So? Nun gehe hin und trage ihm auch ein Stück Kuchen.« Hans ging; auf dem Weg zerbrach er aber den Kuchen in kleine Stücke und ließ diese nach und nach einzeln fallen »Herr Nachbar!« sprach Hans, sowie er anlangte, »mein Herr Vater weiß alles; er will nur ruhig essen; dann kommt er sogleich mit dem Kultereisen, um Euch zu erschlagen!«

Der Husaren-Jakob bekam Angst, allein er konnte es doch nicht glauben, dass es Ernst sein werde. Hans eilte zurück und ging zu seinem Herrn ganz nahe und sagte ihm ins Ohr. »Unser Nachbar hat einen Schatz gefunden; er bittet Euch, mit Eurem Kultereisen sogleich zu ihm zu kommen und ihm beim Ausgraben zu helfen!« Wer konnte jetzt geschwinder sein als der Mann; er sprang rasch auf vom Boden, riss das Kultereisen vom Pflug heraus und lief in einem Atem fort. Als der Husaren-Jakob das sah, dachte er: »Das ist nicht Spaß!«, und machte lange Beine. Der Mann lief ihm lange nach, konnte ihn aber nicht einholen; endlich ward er müde und kehrte langsam um. Da bemerkte er die Kuchenstückchen, die er beim Laufen nicht gesehen hatte, und las sie einzeln auf. »Was macht mein Mann?«, fragte die Frau den Hans bestürzt. »Er sammelt Steine«, sagte Hans, »um Euch zu erwerfen, denn er weiß alles.« Da sprang die Frau husch! Auf und lief und lief in einem Atem dem Dorfe zu.

Als der Mann das sah, kam er schnell zu Hans und fragte: »Warum läuft meine Frau so entsetzlich?« – »Was weiß ich; es muss daheim Feuer ausgekommen sein!« sprach Hans. Nun lief der Mann trotz seiner Müdigkeit nach und hinter seiner Frau her und erreichte sie im Hofe. Da war sie keuchend niedergefallen und konnte keinen Schritt weiter; kaum war ihr Mann angelangt, so faltete sie die Hände und bat: »Ach lieber

Mann, nur noch einmal verzeihe mir; ich will mein Lebtag kein Wort weiter mit dem Nachbar sprechen!«

Was der Mann da für Augen gemacht und was er weiter getan habe, wird nicht erzählt; soviel aber ist bekannt, dass der lose Hans den folgenden Morgen Christtag hatte und mit Ehren aus dem Dienste entlassen wurde.

61. Die tauben Hirten

Ein tauber Geißhirt kam zu einem tauben Schafshirten und fragte ihn: »Bruder, hast du nicht meine Geiß[en] gesehen?« – »Das Dorf liegt dort hinter dem Berg, gehe nur geradeaus, so kommst du hin!« sprach der Schafshirt. Der Geißhirt lief und fand auf der andern Seite des Berges seine Geiß[en]. Er wollte sich aber dankbar beweisen und nahm sogleich eine »tschuttige« Geiß, die er hatte, denn er dachte, als Geschenk ist die schon gut genug und lief zurück zum Schafshirten. »Siehe, diese schenke ich dir«, rief er voller Atem, »weil du mir den rechten Weg gezeigt hattest; denn einen halben Tag schon hatte ich die Herde umsonst gesucht.« – »Was?« rief der Schafshirt zornig, »ich habe ihr die Hörner nicht abgehauen!« und wollte eiligst fort; der Geißhirt aber ging hinter ihm her und rief: »So nimm doch mein Geschenk! So nimm doch mein Geschenk!« Da trafen sie auf einen tauben Rosshirten, der eben auf einem gestohlenen Pferde fortritt. Der Schafshirt ging gleich auf ihn zu, fasste die Halfter des Pferdes und sprach: »Siehe, dieser meint, ich hätte seiner Geiß die Hörner abgehauen!« – »Er will mein Geschenk nicht nehmen«, schrie der Geißhirt, »und wenn er's nicht tut, so habe ich kein Glück!« – »Ich habe sie wahrlich nicht gesehen, eure Pferde!« sprach der Rosshirt und wollte fortreiten, aber der Schafshirt ließ ihn nicht aus: »Nein, sage du zuvor, bin ich schuldig oder nicht.« »Gut, wenn dies Pferd euer ist, so nehmt es; aber den Sattel lasse ich euch nicht, der ist mein!«, sagte der Rosshirt. Damit sprang er ab, nahm schnell den Sattel und rannte weg. Der Schafshirt ließ das Pferd aus; das wieherte einmal und lief dann zurück zur Herde. Der Schafshirt aber eilte hinter dem Rosshirten her und rief: »So sag' mir's doch! So sag' mir's doch!« und hinter ihm keuchte der Geißhirt mit der Geiß im Arm: »Nimm doch die Geiß, wenn sie auch ›tschuttig‹ ist; es ist eine gute Geiß!« Also liefen die drei hintereinander in einem fort bis ins Dorf. Die Leute hörten den Lärm und kamen heraus auf die Gasse, und weil sie nicht wussten, was es gebe, dachten sie, es seien Räuber, fassten alle drei ab und führten sie vor den Hannen. Da fragte sie dieser ganz zornig: »Was habt ihr das ganze Dorf so in Schrecken gesetzt? Was gibt es?« Nun glaubte jeder von den dreien, der Richter wisse schon alles; es sei am besten, ehrlich zu gestehen. »Herr«, sprach der Geißhirt, »ich will alles sagen, wie es ist. Ich habe in meinem Leben mehr als hundert Geiß[en] gestohlen und dieser einmal im Zorne die Hörner abgehauen. Nun wollte ich sie diesem Manne geben, weil er mich zu meiner Herde gewiesen hatte; allein er wollte sie nicht nehmen; ich lief ihm nach, er solle sie doch nehmen, dass ich Glück hätte!« Der Schafshirt sprach: »Ich habe mehr als tausend Schafe in meinem Leben gestohlen; aber dieser Geiß habe ich die Hörner nicht abgehauen, das ist eine Lüge; dieser Mann sollte mich freisprechen; ich hielt ihm deshalb sein Pferd an; allein er wollte nicht, sprang ab, nahm seinen Sattel und lief fort, und so musste ich ihm nach, denn ich konnte den falschen Verdacht nicht auf mir lassen!« Der Rosshirt sprach: »Ich kann die Zahl der Pferde nicht angeben, die ich in meinem Leben gestohlen habe; allein in diesem Falle bin ich unschuldig. Als der Mann da sagte, das Pferd gehöre ihm, so ließ ich es aus und nahm nur meinen Sattel!« Der Hann und die versammelten Ältesten schlugen die Hände zusammen über die wunderbare Fügung Gottes, wodurch so viele Verbrechen auf einmal ans Tageslicht kamen. Die drei ergrauten Diebe wurden gleich ins Gefängnis geworfen und bald darauf zum Galgen geführt und gehenkt, wie sie es verdient hatten.

62. Der Mann mit dem Zaubervogel

Ein alter Bauer hatte zwei Söhne und zwei Kühe. Als er sterben sollte, sprach er zu seinen Söhnen: »Ich hinterlasse jedem von euch eine Kuh; doch da keiner mit seiner Kuh allein pflügen kann, so spannt immer zusammen und helft einer dem andern brüderlich.« Der Alte starb, und die Söhne befolgten auch seinen Rat einige Zeit hindurch getreulich. Da traf es sich aber einmal, als der jüngere Bruder pflügte, dass der ältere auf das Feld kam. Die Sonne schien sehr heiß, und das Erdreich war so steinhart, dass die armen Kühe fast nicht mehr fortkonnten; weil nun der jüngere Bruder mitleidigen Herzens war, so sprach er oftmals beim Antreiben: »O ihr meine armen Kühe!« Das hörte der ältere Bruder, und es ärgerte ihn, und er sprach: »Sage nicht mehr, ihr meine armen Kühe! Sonst glauben die Leute, sie wären beide dein!« Allein der Jüngere konnte sich nicht enthalten, bald wieder auszurufen: »O ihr meine armen Kühe!« Da drohte der Ältere und sprach: »Wenn du noch einmal so sagst, so schlage ich deine Kuh tot!« Jener vergaß sich und sprach bald wieder also; und der andere nahm sogleich die Axt und schlug ihm die Kuh tot. Der Arme stand nun da und weinte und weinte, dass sich auch ein Stein hätte erbarmen müssen; erst als es Abend war, kehrte er heim; allein seinen garstigen Bruder konnte und wollte er nicht sehen; er schlief draußen in der Scheune.

Am frühen Morgen nahm er ein Messer und ging wieder zu seiner Kuh, um ihr die Haut abzuziehen; er brachte den ganzen Tag damit hin; am Abend begab er sich zum Schlafen nach Hause, ging aber wieder nur in die Scheune. Als er am andern Morgen sich aufs Feld begab, seine arme Kuh zu sehen, standen bei ihr schon eine Menge Krähen und Schalastern (aus Agalaster = Elster). »Nu wartet!« sprach er, »ihr sollt meine Kuh nicht umsonst fressen!« Er stellte sich mit einem Stecken daneben, um sie totzuschlagen, wenn sie wiederkämen; allein die Vögel kamen nicht, solange er dastand, sondern flogen nur ringsherum und sahen ungeduldig auf den fetten Bissen. Endlich erdachte er sich eine List: er nahm die Kuhhaut, kroch unter dieselbe und legte sich neben die geschundene Kuh und rührte und regte sich nicht. Die Vögel hatten nicht gesehen, wie er hineingekrochen war; als sie nichts weiter von einem Menschen bemerkten, flogen sie von allen Seiten wieder herbei, freilich anfangs nur in die Nähe, denn sie trauten doch nicht recht. Als aber alles ruhig war, wuchs ihr Mut, sie flogen endlich auch auf die Kuh und fraßen und fraßen. Nur einmal griff der Mann unter der Haut her hastig heraus und erfasste eine Schalaster; die andern Vögel flogen verscheucht davon. Jetzt war er wieder ruhig und lauerte; aber umsonst, es kam nichts mehr; darum gab er sich weiter keine Mühe und überließ jetzt den Vögeln die Kuh.

Um seine Kuhhaut gut zu verkaufen, zog er weit, weit fort in die Hauptstadt, und er nahm auch seine Schalaster mit; spät abends langte er dort an. Da er hier ganz unbekannt war und keinen Wirten hatte, so sah er sich die Häuser, in denen schon das Licht brannte, von außen etwas an: Er wollte weder bei zu armen Leuten ansprechen, denn da fällt man beschwerlich, wenn man auch gern gesehen wird; noch bei allzureichen, denn die beherbergen arme, unbekannte Leute am wenigsten. Endlich hatte er sich ein Haus ersehen, wo es ihm nicht gefehlt schien; er klopfte an. Da hörte er drinnen hin- und herrennen, poltern und rauschen. Endlich rief eine Frauenstimme: »Wer ist da?« – »Ein armer Reisender, habt Erbarmen und lasset mich ein!« – »Ach, lieber Mann, bei uns ist jetzt kein Raum, sonst würden wir Euch von Herzen gern aufnehmen!« – »Aber ein Winkel hinterm Ofen ist ja für mich gut genug, seid nicht so hartherzig!« – »Seht doch, Freund, dass Ihr anderswo eine bessere Unterkunft findet; denn ich müsste mich schämen, Euch aufzunehmen, wenn ich es Euch dann nicht bequem machen könnte!« – »O gute Frau, habt nur weiter keine Sorge; für mich ist alles gut genug; ich bin straßenmüde und werde auch hinterm Ofen wohl und gleich schlafen! Und überdies würde ich auch morgen mit meiner Kuhhaut einen schlechten Handel machen, wenn Ihr mich jetzt nicht einließet, denn wem man die erste Tür verschließt, der hat kein Glück!« Die Frau wollte nicht recht und war sehr ärgerlich; da sie aber sah, dass sich der Fremde nicht abweisen ließ und sie so lange hinhielt, so sperrte sie endlich auf und bot ihm einen sehr unfreundlichen Gruß: »Ihr Unverschämter, schnell denn herein und packt Euch hinter den Ofen, und untersteht Ihr Euch nur einmal zu mucksen bis morgen früh, so lasse ich Euch auf der Stelle durch den Hund hinaushetzen!« Der arme Gast wollte auf diese Grobheit nichts erwidern, aber in seinem Herzen wurmte es ihn; er schleppte sich mit seiner Kuhhaut und der Schalaster in die Hell hinter den Ofen, legte sich und stellte sich bald, als wenn er schliefe. Da fing die Frau sogleich an, ihr unterbrochenes Geschäft fortzusetzen: sie zog ein Spanferkel unter dem Herd hervor, das sie in der ersten Bestürzung dahin gesteckt hatte, und legte es in die Bratröhre; dann nahm sie die »Kletitenpfanne« aus der Ofenröhre und die gebackenen Kletiten (Plinsen) aus der Ofenkachel und buk dort; als sie fertig war, ging sie zum Nachbar und holte in einer Losskanne Wein; nur einmal öffnete sich die Türe, und ein trat ein hübscher, junger Mann: »Ah, Herr Kantor! Ich dachte nur, Sie würden jetzt nicht kommen!« Da wurde nun gescherzt und gelacht, und endlich machte die Frau Anstalt, die Tafel herzurichten; indem hörten sie plötzlich an die Türe klopfen, und zwar so stark, dass die Frau zu ihrem Schrecken gleich merkte, es sei ihr Mann, der vom Jahrmarkt heimkehre. Im Hui war der Kantor zur Hintertüre hinaus, und die Frau raffte vom Tisch schnell alles fort, legte das Spanferkel unter den Herd, die Kletiten in die Ofenkacheln, den Wein unter das Bett; sie warf das Bett auseinander, riss sich die Kleider vom Leibe, löschte das Licht aus, legte sich ins Bett und verhielt sich ruhig.

Dem Manne wurde das Warten vor der Türe jetzt doch zu lang; er stieß an die Türe, als wollte er sie in tausend Trümmer zerschmettern, und tobte und fluchte: »Willst du einmal aufmachen, vermaledeites Weib!« Die Frau zitterte jetzt am ganzen Leibe, stieg aus dem Bett, schlich zur Türe und öffnete. »Wie ist es auf einmal so stockfinster?«, fragte der Mann im Eintreten; »es war einige Augenblicke früher ganz hell im Zimmer, und warum lässt du mich so lange warten? Ich habe zweimal geklopft, sodass ein Toter dadurch hätte erwachen müssen!« – »Zweimal? Das ist nicht wahr!« rief die Frau trotzig. »Doch es mag sein einmal vielleicht, während ich die Gartentüre zugesperrt habe; ich habe nur dies letzte Klopfen gehört; allein bist du ein Wilder, dass du so tobst; ich bin so erschreckt worden, dass ich am ganzen Leibe zittere; du sollst die Sünde verbeten, wenn mir etwas geschieht!« Damit legte sie sich ins Bett und ließ ihren Mann im Dunkeln herumtappen; der bereute nun, dass er so heftig gewesen, ging schweigend zum Feuer, und da noch gute Glutkohlen waren, blies er's zur Flamme an, nahm ein Licht und stellte es auf den Tisch. Als er nun seine schwere Reisekleidung, Pelz und Handschuhe abgelegt hatte, ging er zum Bett und sprach mit sanfter Stimme: »Lieber Schatz, hast du nichts für mich zum Essen; ich bin so hungrig, dass ich einen Ochsen aufessen möchte!« – »Friss Brot!« schrie die Frau, »es ist gut genug für dich, Zottelbär, der du bist!« Dem Mann stieg die Galle wieder; allein er schwieg, ging zum Brotschrank, nahm sich einen angeschnittenen Laib hervor und setzte sich zum Tisch. Da zappte der Fremde hinterm Ofen, der alles gesehen und gehört hatte, was vorgegangen war, seine Schalaster am Schwanz, dass sie aufschrie. »Frau, was ist das?«, rief der Mann. »Es ist ja so ein Straßenmann, den ich bei seiner unverschämten Halsstarrigkeit nicht abweisen konnte!«

Der Mann nahm das Licht und ging damit zum Ofenwinkel, leuchtete hinein und sah den Fremden da liegen. »Was habt Ihr in der Hand?«, fragte er ihn. Der Gast sprach ganz pfiffig: »Einen Zaubervogel, der wahrsagt!« – »Einen Zaubervogel! Himmlischer Gott, so einen habe ich nie gesehen; lasset ihn doch gleich etwas wahrsagen!« Da kneipte der Fremde seine Schalaster, dass sie wieder aufkreischte. »Was sagt er denn?« – »Es sei ein gebratenes Spanferkel unterm Herd!« – »Nur zu! Das wäre mir gerade recht!« Er bückte sich gleich und sah zu seiner Verwunderung das noch dampfende Spanferkel; es wurde gleich aufgetischt, und der Fremde hinterm Ofen musste herauskommen und mitessen. Als sie damit fertig waren, sagte der Wirt: »Ei, ich habe noch Hunger, macht, dass Euer Zaubervogel noch etwas uns verschafft.« Da zwickte und zappte der Gast seine Schalaster, dass sie wieder einmal krächzte. »Was sagt er?« – »Es sei in dem Kachelofen ein Teller voll Klettiten!« – »Ei, das ist ja prächtig!« rief der Wirt, griff gleich danach und langte die Schüssel hervor, und sie waren noch warm. Sie aßen wieder zusammen, »Nun möchte ich gern auch einmal guten Wein trinken; ich habe leider keinen im Keller; machet, dass Euer Vogel uns eine Flasche herzaubert!« Der Gast kneipte wieder seine Schalaster, dass sie kreischte. »Was meint er?« – »Unter dem Bett sei eine Losskanne mit Wein.« Der Hausherr tat einen Griff und holte zu seinem Erstaunen die Kanne hervor. Jetzt aßen und tranken beide und waren vergnügt; die Frau im Bett aber verging fast vor Gift und Galle. Der Hauswirt wurde, als er mehrere Gläser getrunken hatte, sehr gesprächig; der Zaubervogel ging ihm immer im Kopf herum. »Wenn du doch so einen Vogel hättest!«, dachte er; endlich sprach er zu seinem Gaste: »Höret, Freund, wollt Ihr mir nicht Euern Vogel verkaufen? Seht, ich habe einen guten Markt gehabt, den ganzen Erlös gebe ich Euch!« – »Oh, der ist mir um keinen Preis feil!« sprach der Gast; »denn mit ihm kann ich alle vergrabenen Schätze heben.«

Nun wurde der Hausherr noch begieriger: »Freund, ich gebe Euch die Hälfte meines Vermögens! Schlaget doch ein!« – »Topp!« schlug der Fremde ein und sprach: »Gut, weil Ihr es seid, sollt Ihr um den Preis ihn haben; einem andern hätte ich ihn nicht gegeben!« Während dieser Unterhandlungen war es auch Tag geworden. Die Frau sprang voll Wut aus dem Bett und schrie: »Nein, das werde ich nicht zugeben, dass du an diesen Betrüger das halbe Vermögen verschleuderst!« – »Was? Betrüger!« rief der Fremde; »gleich soll mein Zaubervogel noch eine Probe geben!« Nun fürchtete aber die Frau, jetzt werde die Geschichte mit dem Kantor kommen, und sagte gleich ganz ruhig: »Halt meinetwegen, das halbe Vermögen sollt Ihr haben!« Sogleich lief nun der Hausherr [und] borgte noch fünftausend Gulden zu den tausend, die er vom Jahrmarkt heimgebracht, und gab sie als die Hälfte seines Vermögens schnell dem Fremden, damit nur dieser oder seine Frau den Handel nicht noch rückgängig mache. Der Fremde strich das Geld ein, gab seine Schalaster hin, nahm seine Haut auf den Rücken und wollte fortgehen. »Halt, was hast du da?«, fragte der Wirt. »Das Instrument, mit dem man die Zaubervögel fängt!« Jetzt erst fing die Gier und die Ungeduld an, in dem Manne sich zu regen. »Was hilft es dir«, dachte er bei sich, »wenn du einen Vogel hast und jenem bleibt das Instrument, womit er sich noch viele andere fängt; das musst du um jeden Preis auch haben!« – »Lieber Freund!« sprach er, »Ihr werdet vielleicht von dem Instrument nicht so rechten Gebrauch machen können als ich, verkaufet mir auch das! Ich gebe Euch die andere Hälfte meines Vermögens!«

Der Fremde schien sich lange zu bedenken; endlich schlug er dem Wirten in die Hand und sprach: »Weil Ihr es seid, einem andern hätte ich's nicht gegeben; nur schnell aber das Geld her, ich habe Eile.« Der Mann war sogleich fort, um Haus und Hof und Acker zu verkaufen. Die Frau unterdessen lief wie wahnsinnig im Zimmer auf und ab und schrie: »Schändlicher Betrüger! Warte nur!« – »Soll ich meinen Zaubervogel sprechen lassen?« sprach der Fremde und nichts weiter, und sie verstummte. Ihr Mann kam keuchend mit dem Gelde und zählte es auf. Der Fremde strich es ein und machte sich davon. Er ging nun geradewegs in seine ferne Heimat und war da bald angesehen wegen seines Reichtums.

Seinen Bruder aber quälte der Neid, und er wollte auch so reich werden, und da er gehört, wie sein Bruder es angestellt habe, so schlug er seine Kuh tot, fing eine Schalaster auf dieselbe Art und ging damit in die nächste Stadt und bot sie aus zum Verkaufe und verlangte dafür eine mächtige Summe. Da hielten ihn die Leute für einen Narren und trieben allerlei Spott und Kurzweil mit ihm. So hatte er außer dem Verlust der Kuh jetzt noch Spott und Schande.

Dem dummen Hausherrn in der Hauptstadt gingen auch bald die Augen auf; er sah, dass er keinen Zaubervogel und kein Instrument zum Zaubervogelfange, sondern eine einfältige Schalaster, wie alle sind, und eine ganz gewöhnliche Kuhhaut gekauft habe. Er musste nun mit seiner Frau betteln gehen, da sie all ihr Vermögen zum Fenster hinausgeworfen hatten. Allein die Frau hat die wahrhaftige Geschichte ihrem Manne nie erzählt; durch den Kantor ist sie allein unter die Leute gekommen; sonst würden auch wir ja nichts davon wissen.

63. Der dumme Hans

Es war einmal eine alte, alte walachische Frau, die hatte einen Enkel, der hieß Hans, der machte allerlei dumme Streiche und Possen, und die Leute im Dorfe nannten ihn nur schlechtweg den dummen Hans, und wer ihm einen Schabernack spielen konnte, der tat es, denn es gab dann immer etwas zum Lachen, allein der dumme Hans wusste sich für alles wohl bezahlt zu nehmen. Er hatte aber von seinem Vater ein steinernes Haus, in dem war nur das hintere Zimmer bewohnbar, das vordere war verfallen und hatte keine Fenster und keine Türen, und so wurde es nicht nur von Hunden, sondern auch von mutwilligen Jungen und Nachbarn ganz verunreinigt. Das sah nun der dumme Hans und lachte darüber, und wenn ihn die Leute ärgerten, sagte er: »Der Mist soll mir noch viel Geld eintragen!« Eines Tages nahm er seinen Wagen, spannte seine beiden Kühe an und fuhr vor sein Haus. In ein Fass mit eisernen Reifen brachte er den ganzen Unrat aus dem verfallenen Zimmer, goss Wasser darüber, schloss dann fest zu und strich das Fass von außen prächtig an und zog weit, weit fort, sodass man glaubte, er sei verschwunden. Nach hundert Tagen aber gelangte er spät abends an einen großen Edelhof; er ging hinein, bat um Herberge, und er sagte, er komme gerade aus dem Mohrenlande und führe in dem Fasse dem König Wasser des Lebens; wer davon trinke, werde wieder jung, und so wolle der alte König noch nicht sterben, sondern wieder jung werden. Da wurde er von dem Edelmann ehrenvoll aufgenommen und bewirtet, und man gab ihm die Versicherung, es solle ihm kein Schade geschehen.

Alle Diener des Hauses mussten in der Nacht Wache stehen; sie hatten aber gehört, was der Fremde von dem Wasser des Lebens mit seinem Herrn gesprochen hatte, und es wässerte ihnen der Mund nach demselben, und auch dem Edelmann ließ es keine Ruhe; er gab daher den Dienern den Auftrag, das Fass zu öffnen und ein wenig zu schöpfen. Es war aber das Fass so fest verschlossen, dass die Diener nur mit großer Mühe das ganze Spundholz herausziehen konnten; kaum war das geschehen, so wären fast alle beinahe davongelaufen, denn es kam ihnen ein so bekannter widerlicher Geruch in die Nase, dass sie es fast nicht aushallen konnten.

Doch was tut der Mensch nicht, um nur wieder jung zu werden, wenn er eine Möglichkeit sieht; so schöpften sie denn aus dem Schaff, in das sie ein wenig herausgelassen hatten, und tranken mutig und beherzt, trugen ein Glas voll ihrem Herrn, machten darauf das Fass zu und suchten alle Spuren zu verwischen. Als am frühen Morgen der Fremde in den Hof kam und untersuchte und es richtig so fand, wie er's sich gedacht hatte, nämlich sein Fass erbrochen, so ging er zornig zum Edelmann und sprach: »Wehe! Verruchte Hände haben in der Nacht das Fass geöffnet, und unter dem Frevel hat sich das Wasser des Lebens schrecklich verwandelt! Was wird Euch der König jetzt tun!« Da fiel der Edelmann vor ihm auf die Knie und bat, er solle doch schweigen, er werde ihm so viel Geld geben, dass er wieder um Wasser des Lebens zurückfahren könne. Da ließ sich der dumme Hans erweichen, nahm das viele Geld, das ihm der Edelmann ungezählt gab, und kehrte heim. Als er da ankam, versammelten sich die Leute im Dorfe neugierig um ihn, und er erzählte und zeigte ihnen, wie viel Geld er für den Mist in der Stadt bekommen habe. In den nächsten Tagen hatten alle, die nur Wagen und Kühe hatten, je ein oder zwei Fass mit demselben Stoff gefüllt, und wem der eigne nicht hinreichte, der suchte auf Gassen und Straßen alles zusammen, und in kurzem war das ganze Dorf so rein gefegt, dass man in dem verborgensten Winkel um teures Geld nicht einen einzigen unberufenen Wächter hätte auffinden können. Die Fässer strichen sie auch alle rot an, so wie es der dumme Hans gemacht hatte, und da man niemandem einen Vorsprung und größeren Vorteil gönnte, wurde beschlossen, dass die ganze Gemeinde zusammen in die Stadt fahren und alle um einen Preis verkaufen sollten. Es war ein großer Aufzug, als etwa zweihundert Wagen mit den angestrichenen Fässern in die Stadt einfuhren und auf dem großen Marktplatz in einer Reihe sich aufstellten. Die Städter liefen neugierig zusammen, und der große Rat, an der Spitze der Bürgermeister, begaben sich auch hin, um zu erfragen, was das gäbe. Als sie an die

Reihe kamen, fragte der Bürgermeister, was sie denn in den schönen Fässern zu verkaufen hätten. Da antwortete der erste: »Mit Verlaub, Herr Bürgermeister, was so unangenehm riecht und was man hier so gut bezahlt!« Der Bürgermeister konnte aus den Reden nicht klug werden und dachte, das müsse ein morgenländischer Trank sein; er steckte daher seinen Finger in die Kufe und kostete. Aber ihr hättet das mörderisch verdrießliche Gesicht sehen sollen und wie der Bürgermeister spuckte, da er ein wenig mit der Zunge geleckt hatte. »Etsch! Das ist ja pure Mistjauche!« Der Rat hatte hierauf nicht Lust zu kosten, sondern die einzelnen Ratsväter fragten nur fort die ganze Reihe entlang, was sie hätten, und sie erhielten alle die Antwort: »Was stinkt und was man hier so gut bezahlt!« Da wurden der Bürgermeister und der weise Rat fast außer sich, dass man sie so zum Besten haben sollte, und man beschloss, die Frevler zu strafen. Vergebens entschuldigten sie sich und sprachen, der dumme Hans habe sie dazu verleitet; jeder erhielt fünfundzwanzig Rutenstreiche aufgemessen, und dann wurden sie mit einer ernsten Verwarnung entlassen.

Als sie jetzt heimkamen, fielen sie alle über den dummen Hans her und luden die Schläge, die sie bekommen, auf ihn ab, seine Kühe aber schlugen sie tot. Nach kurzer Zeit kamen alle Hunde aus dem Dorfe über die toten Kühe und fraßen wie auf der Hochzeit. Hans aber stand von Weitem und rief: »Gut, fresset nur, aber das sage ich euch, ihr müsst sie mir bezahlen!« Die Leute, die das hörten, lachten hell auf; kaum hatten die Hunde aber alles Fleisch gefressen und die Knochen benagt, so kam der dumme Hans mit einem Stock und wollte sie eintreiben in sein verfallenes Vorzimmer, aber die meisten Hunde sprangen leicht davon, nur ein alter Fleischerhund und ein kleiner Mops konnten ihm nicht entgehen; er trieb sie hinein, verrammelte dann hinter sich die Türe mit Brettern und wandte sich darauf zu den Hunden und sprach: »Wollt ihr jetzt zahlen mit gutem?« Aber die beiden Hunde liefen ängstlich umher und heulten: »Hau, hau!« – »Nein, nein?« schrie Hans und fing gleich an, in sie zu schlagen. Der Fleischerhund nahm alle seine Kraft zusammen, um zu der hohen Fensteröffnung hinauszuspringen, und es gelang ihm endlich; der kleine Mops mühte sich aber vergebens, er kam nicht einmal bis zur Hälfte hinan. Durch das häufige Anspringen an die Mauer fielen aber, da ohnehin alles locker war, Mörtel und Steine herunter, und zuletzt stürzte ein Stück der Wand ein. Dahinter ward ein großer Kessel sichtbar. »Ah, du Kleiner, bist doch ehrlich und willst zahlen, nun gut!« damit half er ihm beim nächsten Sprunge zum Fenster hinaus. Der dumme Hans nahm sogleich den Schatz, der in der Mauer verborgen gewesen, und trat vor die Leute und zeigte ihnen den Kessel mit den Gold- und Silberstücken. Da fragten sie ihn, wie er dazu komme. »Das ist der Erlös«, sprach er, »für das Fleisch, den ich von den Hunden bekommen habe, einer hat für alle gezahlt!« Da sie alles mit ihren Augen gesehen hatten, so glaubten sie es. In kurzer Zeit waren im Dorfe keine Kühe und Rinder mehr, denn alle wurden geschlachtet und den Hunden vorgeworfen. Das war ein Leben für diese, wie sie es seit der Zeit nie mehr gehabt. Nach einigen Wochen war noch Aas in den Gassen, da die Hunde nicht so schnell alles fressen konnten.

Als der Termin kam, den man den Hunden zur Zahlung bestimmt hatte, wurden alle ins Rathaus zusammengetrieben und mit Stöcken zum Zahlen genötigt; da sie aber nicht zahlen wollten oder konnten, so wurden alle erschlagen. Nun aber sollte es über den dummen Hans gehen. Sie hielten großen Rat und sprachen: »Solange der lebt, sind wir vor seiner Dummheit nicht sicher, lasset uns ihn erschießen!« Es wurde die kommende Nacht dazu bestimmt. Der dumme Hans aber hatte von den bösen Anschlägen gehört, und wie es Abend wurde, nahm er seine Großmutter; er dachte nämlich: »Die ist ja alt und krank und muss ohnehin bald sterben«, legte sie auf sein Bett ans Fenster, wo er zu schlafen pflegte, und gab ihr seine Schlafmütze aufs Haupt; er aber legte sich in den Winkel auf das Bett seiner Großmutter und blieb wach und horchte. Als alles ruhig war und die Leute im Dorf schliefen, kamen nur einmal ein paar Kerle mit Pistolen bewaffnet leise in den Hof geschlichen und guckten durchs Fenster. »Ha, er ist da und schläft!« winkte der erste, indem er die Schlafmütze des Dummen sah. »Jetzt nur gut gezielt!« Puff! Krachten die Pistolen zugleich, und die Alte war tot; die Verbrecher stoben wie der Wind fort. Der Dumme aber kroch aus seinem Hinterhalt hervor, wickelte seine tote Großmutter in mehrere Leintücher, zuletzt nähte er ein schwarzes Gewand über das Ganze, nahm sie auf seinen Rücken und ging fort, ohne dass ihn jemand sah. Am Morgen lief alles neugierig zum Hause, um zu sehen und zu hören, wie die Sache stehe; aber wie mussten alle erstaunen, als sie weder die alte Großmutter, noch den toten Hans sahen; am Ende beruhigten sie sich, indem sie meinten, der Teufel werde gleich beide weggeführt haben.

Der dumme Hans war indessen schon weit über die Grenze und ging immer weiter fort. Am hundertsten Tage kam er gegen Abend wieder auf einen Edelhof und bat um Herberge. Er sagte, er komme geradewegs aus dem Mohrenlande und bringe aus dem Zauberschlosse die wunderschöne Prinzessin, die jetzt noch im hundertjährigen Schlafe liege; da aber die Zeit um sei, könne sie durch einen Kuss ins Leben gerufen werden; der sie nun küsse, werde der glücklichste Mann von der Welt, denn diesem schenke die Prinzessin ihre Hand; nun führe er sie aber dem König, denn der sei doch der Erste im Reiche und ihrer am meisten würdig. Der Edelmann versprach, die Prinzessin solle in der Nacht gehörig bewacht werden. Er schloss sie selbst in ein einsames Gemach unter Schloss und Riegel. In der Nacht aber konnte er nicht schlafen, denn er dachte immer an die schöne Prinzessin; zuletzt sprang er aus seinem Bett und sprach: »Was? Da wäre ich ein Narr, sie auszulassen; in solchen Fällen hat kein König ein Näherrecht.« Er nahm Schere und Messer und die Schlüssel zum Gemach, ging leise hin, schloss auf und trennte ganz sanft an der schwarzen Hülle die Naht und wickelte allmählich die Leintücher ab. Wie entsetzte er sich jedoch, als er nur einmal ein altes, von Blut und Wunden entstelltes Gesicht sah. Schnell wandte er sich ab, wickelte wieder zusammen, brachte Nadel und Zwirn und nähte zu; doch konnte er nicht alles so machen, wie es gewesen. »Wie würdest du dich rächen«, dachte er, »wenn du damit nicht deine Treulosigkeit an den Tag legen solltest!« Am frühen Morgen forderte der Dumme sein anvertrautes Kleinod heraus. Als der Leichnam herausgebracht wurde, sah er gleich daran, dass nicht alles richtig war. »Wehe!«, rief er, »was ist geschehen! Ein Unberufener hat das Tuch geöffnet und gewiss ist die Prinzessin sogleich wieder zurückversetzt worden ins Mohrenland, dafür aber ein gewöhnlicher Leichnam im Tuch.« Damit nahm er sein Messer und trennte auf, um sich zu überzeugen. »So ist es, wie ich vermutete. Das wird der König nicht ungestraft lassen!« Da fiel der Edelmann auf die Knie und bat, er solle nur schweigen, er werde ihm so viel Geld geben, dass er die Reise wieder zurückmachen könne. »Nu, Euch zuliebe will ich es darum tun«, sprach der dumme Hans, »doch wisset, diesen Leichnam müsst Ihr mir zuvor ehrenvoll begraben, solange ich noch hier bin!« Das geschah, und er freute sich, dass seine Großmutter noch schön begraben wurde; dann nahm er das Geld und kehrte heim. Die Leute trauten nicht recht, als sie ihn sahen; allein da er ihnen erzählte, wie er von ihrem Plane gehört, aber dann seine Großmutter vor das Fenster gelegt habe und diese von ihnen erschossen worden, wie er sie dann sogleich auf den Rücken genommen und in die große Stadt zum Verkaufe getragen habe, und als er ihnen nun noch die großen Schätze zeigte, die er mitgebracht, da mussten sie es glauben, denn seine früheren Schätze hatten sie ihm entwendet.

Nun kam das ganze Dorf zusammen und hielt geheimen Rat, und die Habgier trieb sie zu dem Beschluss, ihre alten Großmütter umzubringen. Das geschah denn auch, und am folgenden Tage waren an fünfzig junge

Leute auf dem Weg nach der Stadt und trugen ihre Großmütter wohl eingewickelt auf dem Rücken.

Als sie da anlangten, war alles Volk neugierig, was sie doch hätten zum Verkaufe, und sammelte sich um sie herum. Sie aber stellten sich auf den großen Marktplatz in eine Reihe. Als man sie nun nacheinander fragte, was sie zu verkaufen hätten, und einer wie der andere die Antwort gab: »Meine alte Großmutter«, da ließ der Rat sie alle einsperren. Als man die Sache untersuchte und sie dabei noch erzählten, dass sie ihre Großmütter, freilich durch den dummen Hans verleitet, selbst umgebracht hätten, da wurden sie alle zum Galgen verdammt. Allein da man in Erwägung zog, dass das Gemeinwesen fünfzig Seelen schwer verliere und dass sie die böse Tat ja nicht ganz aus eigenem Antriebe getan, so wurden sie auf hundert Rutenstreiche begnadigt, welche ihnen auch unverkürzt sogleich ausgezahlt wurden. Nachdem sie nun ihre Großmütter in der Stadt ordentlich begraben hatten, zogen sie heim voll Wut gegen den dummen Hans. Zu Hause erzählten sie, wie es ihnen ergangen, und alle Leute im Dorfe nahmen sich ihrer an, und man beschloss einstimmig, den dummen Hans ganz öffentlich aus der Welt zu schaffen, damit man endlich vor seiner Dummheit Ruhe habe. Der arme Sünder wurde auf der Stelle herbeigeschleppt, und man kam überein, ihn sogleich in einen Sack zu binden und zu ersäufen. Das war bald geschehen, und sie trugen ihn im Sack schon auf der Brücke, von der er hinabgeworfen werden sollte. »Halt«, rief der Pope, als man angelangt war; »zu einer so ernsten Sache gehört eine Vorbereitung, leget den Sack erst nieder und folget mir zuvor in die Kirche.« – »Ja, Herr Pfarrer, so ist es recht!« rief der Dorfshann und trieb alle Leute von der Brücke und folgte selbst nach; manche gingen in die rechte Kirche, allein die meisten in die Kirche, zu der man mit Gläsern läutet, und manche tranken sich, wie sie gewohnt waren, einen Rausch an.

Indes aber alle in der Kirche oder im Wirtshause waren, kam ein Edelmann in einer Kutsche mit vier schönen Hengsten dahergefahren; er sah den Sack auf der Brücke liegen und hörte daraus eine menschliche Stimme. Er ließ stillhalten und fragte: »Was ist das?« – »Ach!« sprach der Dumme, »ich will durchaus nicht Bürgermeister sein, und so wollen mich die Leute ersäufen!« Der Edelmann war etwas einfältig, aber dabei stolz und ehrgeizig, und er hätte bisher, was weiß ich, schon gerne darum gegeben, um nur ein kleines Amt zu erlangen. Das kam ihm jetzt gerade gut, und er sagte: »Freund, wenn es nur das ist, so kann dir geholfen werden; lasse mich in den Sack, ich will schon Bürgermeister sein, und nimm du meine Kutsche und mein Landgut, das hundert Meilen von hier liegt!« – »Von Herzen gern!« sprach der dumme Hans. Der Edelmann sprang ab, band den Sack auf; Hans kroch heraus, er hinein und der Sack wurde wieder fest zugebunden. Der dumme Hans setzte sich auf, und hast du nicht gesehen! War er über alle Berge. Bald kamen die Leute aus der Kirche und dem Wirtshause und waren guten Mutes. Als sie aber auf die Brücke gelangten, rief der Edelmann immerfort aus dem Sack: »Ich will sein Bürgermeister! Ich will sein Bürgermeister!« – »Na hört nur, hört!« riefen alle voll Zorn, »der will jetzt noch unser Bürgermeister werden, gleich sollst du es sein!« Damit hoben vier oder fünf schnell den Sack, und plumps lag er im Wasser und versank und wurde nicht mehr gesehen.

»Jetzt werden wir doch Ruhe haben!« sprachen sie im nach Hause gehen, »der wird uns nicht mehr narren.« Und schon fing man an, den dummen Hans zu vergessen; siehe da kam nur einmal eine schöne Kalesche mit vier Pferden dahergefahren und hinter der Kalesche trieb man eine Menge Vieh, Pferde, Schafe und Rinder. Als alles jenseits der Brücke vom Dorfe angelangt war, stieg der dumme Hans aus. Alle Leute im Dorfe grüßten ihn ehrerbietig. Da sprach er endlich zu einem, der ihn genauer ansah: »Kennt Ihr mich denn nicht mehr, Nachbar?« – »Ei, wie sollte ich dich denn nicht kennen, du bist ja der dumme Hans, den wir vor mehreren Wochen ersäuft haben; aber wie zum blauen Teufel bist du aus der Hölle entlaufen?« – »Das will ich Euch gleich erzählen!« Indem hatte das ganze Dorf sich um ihn versammelt und staunte ihn an wie ein Meerwunder oder wie einen, der von den Toten auferstanden ist. Hans aber fing an zu erzählen: »Als ich in das Wasser hinunterkam, da sank ich zuerst tief, tief durch das Dunkle hinab, an den gräulichen Seeottern und den Wasserjungfern vorbei; sie taten mir aber nichts. Da wurde es nur einmal heller und immer heller, bis ich endlich eine große Wiese sah, wo sehr viele Pferde und Rinder und Schafe weideten, aber nirgends war ein Mensch zu entdecken; deshalb machte ich mich zum Herrn der Tiere und ließ es mir da Wohlgefallen; allein nach der Zeit wurde es mir denn doch zu einsam. Ich fand in einem alten Schöpfen mehrere Kaleschen, nahm die schönste, spannte vier Pferde vor, nahm nun auch Pferde, Rinder und Schafe, soviel ich fortbringen konnte, und brachte sie auf der andern Seite der Welt, wo ein Aufgang sich findet, heraus, dingte mir da gleich einige Knechte und kam so wieder hierher, um in meiner Heimat zu sterben.«

Alle verwunderten sich sehr bei dieser Erzählung, und wie Hans fertig war, fragten alle zugleich: »Ist denn da unten noch etwas zu finden?« – »Noch genug!« sprach Hans, »Pferde Rinder, Schafe und Kaleschen!

Wenn ihr's nicht glaubt, so seht nur ins Wasser!« Damit führte er sie auf die Brücke. Er hatte aber seine Kalesche und Herde am Ufer so halten lassen, dass sie sich im Wasser abspiegelten. »Seht da unten, wie es noch wimmelt!« Der Pope setzte seinen Augenspiegel auf und sah hinein. »Ja, wahrlich, es ist so! Ich hätte es nicht geglaubt!« – »Liebe Brüder«, sprach er, »lasset uns alle hinab; unsere Frauen und Kinder bleiben indessen daheim, bis wir kommen; soviel aber, glaube ich, gebührt mir voraus, dass ich zuerst hinunter und mir das Beste von jeder Gattung auswähle, dann mögt ihr auch alle kommen und euch in das übrige teilen!« – »Ja, ja, Herr Vater, so ist es recht!« – »Noch eins!« rief der dumme Hans, »Streit darf um nichts stattfinden; ihr müsst in Eintracht euch in alles teilen, sonst kehrt ihr nicht zurück!« – »Ja, ja, wir wollen's so machen!« Damit nahm der Pope von seiner Frau Abschied und sprang hinein; sein rotes Käppchen schwamm oben fort. Da rief die Frau des Popen: »Lieber Mann, lasse dich besser hinein, sonst kommst du zu spät und es bleibt dir nichts!« Indes war er schon längst in der andern Welt; die andern aber konnten auch nicht lange warten; der Dorfshann sprang gleich nach, dann die Altschaft, dann alle Jünglinge; darauf ward es totenstill. Die Frauen und Kinder kehrten heim und warteten nun schwer auf die Ihrigen; sie warteten wochen-, monden-, jahrelang, es kam keiner zurück. Da bestürmten sie den dummen Hans und sprachen: »Was ist es, dass unsere Männer und Kinder noch immer nicht kommen; ist das Land gar so weit?« – »Ich fürchte«, sprach Hans, »sie werden nie und nimmer kommen; denn einer wird den andern haben übervorteilen wollen, und das darf dort nicht geschehen; ich habe es ihnen gesagt, dass es so kommen werde, nun kann ich nichts dafür!« Die Frauen, ob sie wollten oder nicht, mussten sich nun zufriedengeben.

Der dumme Hans aber lebte jetzt ungestört bis an sein Ende; bei sich aber dachte er: »Wer zuletzt lacht, lacht am besten!«, und lachte sich im Stillen den Bauch voll.

64. Der siebenmal Getötete

Ein Bauer hatte drei Söhne; von diesen waren die beiden ältern gescheit, der jüngste aber so, was man »tulemutig« nennt. Als der Vater starb, hinterließ er ihnen nur eine Kuh, und da sie diese nicht zerteilen konnten, so beschlossen sie, jeder solle einen Stall bauen und die Kuh solle dem gehören, in dessen Stall sie hineingehen werde. Die beiden ältern Brüder bauten jeder einen prächtigen Stall, der eine aus Steinen, der andere aus gutem Bauholz; der jüngste aber flocht nur einen aus grünen Weiden. Als am Abend die Herde heimkehrte, standen die Brüder von

Weitem und waren neugierig, in wessen Stall die Kuh gehen werde. Sie kam langsam heran, trat vor die Tür des gemauerten Stalles und sah hinein, kehrte aber um und ging zum nächsten, hölzernen Stall und sah wieder hinein, auch von hier ging sie weiter und kam zum weidenen. Hier fraß sie von dem Laubwerk an der Türöffnung und ging zuletzt: auch in den Stall. Da lief der Jüngste hin und schlug froh die Türe zu, und die Kuh war sein, die andern aber ließen die Nase hängen und ärgerten sich, dass sie umsonst sich so große Kosten gemacht hatten.

Am nächsten Donnerstag trieb der Dumme seine Kuh auf den Markt, um sie zu verkaufen. Da sahen ihn die Leute, und einige Spaßvögel nahmen sich gleich vor, ihn zu narren. »Wird man mir meine Kuh gut bezahlen?«, fragte der Dumme, als er an eine Menschengruppe anlangte. »Ja«, rief ihm einer zu, »wenn sie nur drei Füße hätte!« – »Das kann ich ja leicht machen!« erwiderte der Dumme, nahm seine Axt und hieb der Kuh einen Fuß ab, sie hinkte jetzt nur schwer auf drei Füßen ein Stück weiter. Da war eine zweite Menschengruppe, und er fragte wieder: »Wird man mir meine Kuh gut bezahlen?« – »Ja«, rief einer, »wenn sie nur zwei Füße hätte!« – »Dem lässt sich ja leicht helfen«, sprach der Dumme und nahm seine Axt und hieb ihr noch einen Fuß ab. Nun konnte die Kuh nicht weiter gehen, und er musste einen Wagen nehmen und sie führen lassen. Er kam an eine dritte Menschengruppe und fragte auch hier: »Wie gelten die Kühe am besten?« – »Wenn sie nur einen Fuß haben!« rief einer. »Das lässt sich leicht machen!« sprach der Dumme und hieb auch sogleich den dritten Fuß ab. Er fuhr weiter und gelangte wieder zu einer Menschengruppe und fragte: »Wird man mir meine Kuh gut bezahlen?« – »Ja!« rief einer, »wenn sie keinen Fuß hätte!« – »Das ist leicht zu machen!« sprach der Dumme und nahm die Axt und hieb auch den letzten Fuß ab, und darunter verblutete auch die Kuh und war bald tot. Nun zog er weiter, und als er wieder zu einem Menschenhaufen kam, fragte er, ob man ihm seine Kuh jetzt gut bezahlen würde. Da rief eine Stimme: »Fahre nur hinaus auf den Schindanger zu der dicken Eiche, die wird dir sie gut bezahlen!« Der Dumme führte seine tote Kuh hinaus und lud sie unter der Eiche ab und sprach: »Wann soll ich nach dem Geld kommen?« Die Eiche aber antwortete nichts. Da rief er drohend: »Sage mir gleich, willst du zahlen? Sonst hole ich die Axt und haue dich nieder!« Es wehte aber gerade ein heftiger Wind durch die Wipfel, sodass die Eiche knurrte: krrz! Der Dumme aber glaubte, sie habe geantwortet: »Morgen!« – »Gut denn, morgen komme ich mit dem Wagen, aber das sage ich dir, ich bringe auch die Axt mit, zahlst du nicht, so haue ich dich nieder!« Damit kehlte er heimwärts. Am andern

Morgen nahm er sich einen Wagen zu leihen und fuhr hinaus, ohne jemandem etwas zu sagen. Es war aber das Wetter sehr schön, und kein Lüftchen regte sich. Dreimal fragte er die Eiche, ob sie nun zahlen wolle, allein sie antwortete nichts. Da nahm er seine Axt und hieb zu, dass die Späne weit flogen. Nur einmal sah er, als er wieder einen derben Hieb geführt hatte, zu einer Öffnung eine Menge Gold- und Silberstücke herausfallen. »Aha, du hast dich anders bedacht und willst zahlen! Es ist mir auch recht, es soll dir weiter nichts geschehen, nur zu!« Nun fielen in einem fort immer Geldstücke heraus, bis keine weiter im Baum waren, es lag aber ein großer Haufen ringsherum. Der Dumme lud nun alles auf und machte seinen Wagen voll, oben aber legte er Späne, damit niemand wüsste, was er auf dem Wagen habe. Als er daheim anlangte, rief er seine Brüder herbei und sprach: »Seht da, was ich für die Kuh bekommen habe!«, und zeigte ihnen die vielen Geldstücke. »Die wollen wir redlich teilen«, sprach er, »allein, wo bekommen wir jetzt ein Viertel?« – »Gehe nur gleich zu unserm Nachbar, dem Popen, allein sage nicht, dass wir Geld messen und teilen sollen!« – »Es ist schon gut!« rief der Jüngste und lief gleich hin und sprach: »Gebt mir doch ein wenig Euer Viertel, wir sollen nicht Geld messen!« Der Pope gab's, allein er war doch neugierig und ging dem Dummen nach und stellte sich ans Fenster und guckte verstohlen hinein. Als aber die Brüder den Dummen mit dem Viertel kommen sahen und auch gleich den Popen am Fenster erblickten, fragten sie: »Wie hast du gefragt?« Er erzählte es. »Nu merkst du's, dass er schon am Fenster ist!« – »Wartet, ich will ihn gleich gucken lehren!« Damit ging er hinaus, nahm eine Axt und kam wieder herein und stellte sich ans Fenster.

Als nun der Pope wieder guckte, schlug der Dumme durchs Fenster ihn aufs Haupt, dass er gleich tot war. »O weh, was hast du getan!« sprachen seine Brüder. »Schweigt nur, das soll mir noch Geld einbringen!« Damit lief er hinaus, nahm den Toten und trug ihn zum Edelmann in die Dreschtenne und legte ihn ins »Gereg«. Es geschah aber, dass der Edelmann in den Hof kam und sehen wollte, wie viel die Drescher, die eben bei Tische saßen, gearbeitet hätten. Als er in die Tenne trat und hier den Popen liegen sah, ward er zornig: »Ha, du bist der Dieb!« hob seinen Stock und versetzte ihm eins aufs Haupt. Der Pope regte und rührte sich nicht. »Aha, Ihr habt den Popen totgeschlagen!«, rief der Dumme von der Gasse. »Schweig«, sprach der Edelmann, »ich gebe dir hundert Gulden, wenn du ihn auf der Stelle fortschaffst!« Der Dumme nahm die hundert Gulden und lief sogleich zum Popen in den Stall, brachte dessen Ross, ohne dass es jemand merkte, in den Hof zum Edelmann, setzte den toten Popen aufs Ross, band ihm einen Stock in die Hand und führte darauf das Ross hinaus auf die Wiese. Als der Dumme zurückkam, lag gerade die Frau vom Popen im Fenster und fragte: »Hast du nicht meinen Mann gesehen?« – »Ei, ja freilich, er reitet draußen auf der Wiese müßig herum!« Da läutete die Frau dem Kantor und schickte ihn gleich hinaus nach ihrem Mann. Der Kantor lief hinaus, als er hier den Pfarrer hin- und herreiten sah mit erhobenem Stock, konnte er sich des Lachens nicht enthalten und rief: »Herr Pfarrer, sind Sie vielleicht närrisch?« Kaum hatte das Ross die Stimme des Kantors gehört, so wieherte es und lief auf ihn zu, der aber machte schnell »Kehrtum« und lief, dass ihm der Atem fast ausging, denn er dachte nicht anders, der Pfarrer wolle ihm für seine lose Rede den Rücken mit dem Stock bearbeiten. Er lief aber fort bis zur Schule, hier öffnete er die Gassentüre, konnte sie jedoch nicht gleich schließen, das Ross mit dem Popen kam im Galopp nachgerannt, und da dieser sich nicht bückte, schlug er an das Querholz mit dem Haupte an und stürzte vom Ross herab. Da erschrak der Kantor nicht wenig, als er sah, dass der Pope tot war, er war aber klug genug und nahm ihn gleich in seine Stube und versteckte ihn.

Um Mitternacht, als alles still war, stand er auf und trug den Toten ans Wirtshaus, lehnte ihn an die Türe und rief mit verstellter Stimme, als wenn er der Pope wäre: »Mache auf und gib mir um einen Kreuzer Branntwein, ich sterbe gleich!« – »Das fehlt mir gerade!« rief der Wirt, »dass ich um einen Kreuzer aufstehe!« Der Kantor schlich sich fort und ließ den Toten da. Als der Wirt am frühen Morgen aufstand, um die Kühe auszutreiben, öffnete er ein wenig die Türe, um zu sehen, ob es bald Tag sei, indem fiel ihm der tote Pope entgegen. »O Gott!«, seufzte er, »an dessen Tod bist du schuld!« Er war aber klug, nahm ihn schnell und trug ihn unterhalb der Gemeinde, stellte ihn hier an eine Zaunstütze, setzte ihm ein Puschken (Sträußchen) auf den Hut und gab ihm eine Geißel in die Hand. Als nicht lange darauf der Hirt mit seiner Herde dahin kam, wurde das Vieh »scheuch« und lief in die Kreuz und die Quer. Der Hirte hatte seine Not, und als er den Mann mit dem Puschken auf dem Hut und der Geißel in der Hand sah, merkte er die Ursache und wollte sein Gift an ihm auslassen. Er nahm einen Stein und warf ihn so, dass der alsbald zu Boden fiel. Der Hirt lief hin und sah, dass er tot war. »Ach, wie wird es dir jetzt gehen!«, dachte er. Indem sah er weit vor sich einen Wagen, der fuhr zur Mühle. Sogleich nahm er den Toten und lief und lief, dass ihm der Schweiß vor Anstrengung und Angst troff, und weil er »Opintschen« anhatte, hörte man ihn nicht; er erreichte den Wagen und legte den Toten auf die Säcke, ohne dass es der Fuhrmann merkte, und lief alsbald zurück.

Der Weg aber war »schwer und gram«, und der Wagen wollte fast nicht fort. Nur einmal sah der Fuhrmann um sich und bemerkte den Fremden auf seinem Wagen. Da stieg ihm die Galle gleich, dass der Kerl so mir nichts, dir nichts ganz verstohlen sich aufgesetzt hatte; er nahm seinen dicken Geißelstock und versetzte ihm eins aus allen Kräften. Der aber regte und rührte sich nicht. Jetzt bekam der Mann Angst; er untersuchte ihn und fand, dass er tot war, und glaubte nicht anders, als dass er dies verschuldet. Er dachte nun lange hin und her, wie er sich gut freimachen könnte; indem sah er im Mühlengraben einen leeren Kahn angebunden. Sogleich nahm er den Toten, setzte ihn hinein und band ihm eine Schaufel in die Hand und ließ den Kahn stromab fließen; der kam an eine sumpfige und rohrige Stelle und »blieb halten«. Nicht lange so schlich in dem Rohr ein Jäger gebückt heran. Nur einmal sah er da, wo er die wilden Enten zu finden hoffte, den Mann mit dem Kahn. In seinem Ärger legte er gleich an und schoss, und der Mann mit der Schaufel fiel alsbald ins Wasser, und das trug ihn fort. Dem Jäger standen nach der Tat die Haare zu Berge; er warf seine Büchse weg und floh in die Welt, und kein Mensch hat ihn mehr gesehen. Der Dumme aber verzehrte sein Geld mit seinen Brüdern in Frieden, und auch die andern Mörder verloren allmählich die Angst aus ihrem Gewissen.

65. Die törichte Liese

Ein Mann hatte sich eine junge Frau genommen, die war von Gesicht zwar schön, aber nicht sehr witzig von Reden und nichts weniger als geschickt und erfinderisch in Arbeiten. Als nun die Hochzeit vorüber war und man das Werktagskleid anlegte, fragte sie ihren Mann und sprach: »Was soll ich arbeiten?« Der Mann wurde ein wenig stutzig und dachte: »Das fängt gut an; wenn ihr Witz nicht so weit reicht, dass sie sich eine Arbeit im Hause zu suchen versteht, so werde ich mit ihr meine Not haben!« Allein er verbarg seinen Unmut und sprach zu ihr schön und freundlich, wie das ja in den ersten Tagen zu geschehen pflegt: »Gehe nur zur Nachbarin, mein Kind, und sieh, was die macht, und tue also!« Damit nahm er die Türe in die Hand und fuhr ins Holz. Die junge Frau ging sogleich zur Nachbarin, um zu sehen, was sie arbeite. Diese hatte eben ihren alten Ofen abgebrochen und war im Begriff, einen neuen aufzusetzen. Eilig ging die junge Frau nach Hause, brach ihren neuen Ofen gleichfalls ab und versuchte ihn dann wieder aufzusetzen; allein da sie nie dergleichen gesehen, so arbeitete sie ganz verkehrt und konnte es zu nichts bringen. Als ihr Mann nach Hause kam und sah, was seine junge Frau tat, schüttelte er nur das Haupt und sprach: »Aber Weib, was hast du gemacht?« – »Nu, wie du mich gelehrt hast, was die Nachbarin machte!« Er merkte, dass viel Reden hier nicht am Orte sei. Mit Mühe brachte er den Ofen wieder zusammen; es war aber nur Flickwerk, denn sie hatte die Ziegeln zerschlagen. Den andern Tag rühr der Mann wieder ins Holz, und da seine Frau nicht wusste, was sie arbeiten sollte, und ihn fragte, so sagte er ihr wieder, sie solle sehen, was die Nachbarin mache. Die Nachbarin aber hatte gerade Wäsche in der »Boche« und goss heiße Lauge darüber.

Die junge Frau nahm zu Hause auch einen Boding und legte, da sie keine Wäsche hatte, Pelz und Stiefel ihres Mannes in den Boding und goss heiße Lauge darüber, also dass die Haare abgingen und das Leder verbrannte. Als sie die Sachen gewinnen wollte, so zerfielen sie ihr in der Hand. Der Mann kam am Abend spät nach Hause, da sah er mit Schrecken, was seine Frau getan. Er schüttelte unmutig das Haupt: »O Weib, Weib, das ist ja nicht gut! Was hast du gemacht!« – »Na, was die Nachbarin gemacht hat, wie du mir sagtest!« Weil das Geschehene nicht zu ändern war, so schwieg er; allein er dachte bei sich: »Wohin wird das kommen, die Dummheit deiner Frau ist doch unvergleichlich!« Den andern Tag suchte er schnell fortzukommen, denn er war missmutig. Seine Frau aber schrie ihm nach: »Mann, was soll ich arbeiten?« – »Nichts, nichts! Doch« – da fiel ihm ein, die Nachbarin werde ja nicht immer Ofen abbrechen und »böchen« – »siehe, was die Nachbarin macht!« Die junge Frau lief hin, und die Nachbarin kochte eben Kraut, auf dem ein Schnittchen Speck lag. Die törichte Liese eilte nach Hause zurück, weil sie aber in keinem Topfe Kraut fand, so nahm sie einen »Bachen« (zwei verbundene Speckseiten), zerschnitt ihn in kleine Stückchen, nahm diese, ging in den Garten und legte auf jeden Krautkopf ein Stückchen Speck. Ihr Haushund Karo freute sich dessen und machte sich dran, ein Stückchen nach dem anderen zu verschlingen. Als die törichte Liese das sah, sprach sie: »Ho, ho, das geht nicht«, packte den Hund am Halsband, schleppte ihn hinein und band ihn im Keller an den Hahn am Weinfass an; indes aber waren die Hunde der beiden Nachbarn über den Zaunfrieden gesprungen und hatten die Speckstückchen alle zu sich genommen und unsichtbar gemacht. Der arme Karo aber hatte auch großen Appetit darnach, da er sie einmal gekostet; er riss und zog; nur einmal kam der Hahn aus dem Fass; der Hund sprang aus dem Keller hinaus und schleppte den Hahn am Seil fort in den Garten. Jetzt sah die Frau, wie der Wein aus dem Fasse herauskam, und schlug die Hände zusammen und rief: »Ach, wenn das nur einmal aufhörte zu fließen!« Das floss aber immer fort, bis kein Tropfen im Fasse war.

Da ward es ihr leichter ums Herz, und sie sprach: »Gott sei Dank, dass nichts mehr herauskommt!« Aber wie sollte sie jetzt den nassen Boden trockenlegen? Das machte ihr Gedanken. Da fielen ihr glücklicherweise die zwei Säcke Mehl ein, die man ihnen gestern aus der Mühle gebracht. Schnell leerte sie dieselben, indem sie das Mehl ausstreute, und der Boden war trocken. »Dein Mann kann froh sein, dass er eine so kluge Frau hat!« sprach sie bei sich selbst und war seelenvergnügt. Als ihr Mann abends hungrig nach Hause kam und wieder hörte, was geschehen war, da standen ihm eine Zeit lang die Gedanken still; endlich schöpfte er wieder einmal langen Atem und sprach: »Frau, Frau, wie bist du so überaus witzig, das kann ich nun bald nicht mehr aushalten, ich bin ja in kurzem ein ruinierter Mann!« Am folgenden Tage machte er sich frühe davon. »Was soll ich machen?«, schrie ihm die Frau nach. Der Mann war in großer Verlegenheit. »Nichts«, wollte er nicht sagen, denn da würde sie, dachte er, am Ende noch auf größere Torheiten verfallen; auf die Nachbarin wollte er sie auch nicht mehr verweisen, denn daraus hatte er immer nur Unheil gesehen. »Siehe«, sprach er, »hinter dem Ofen ist ein Topf mit Kürbiskernen, sorge darauf, dass sie nicht verloren gehen!« – »Schon gut, schon gut!« sprach sie. Der Mann ging wieder ins Holz. Er hatte aber im Topfe sein ganzes ererbtes und erspartes Vermögen in lauter blanken Dukaten, und nur oben lagen Kürbiskerne; er dachte: Da suchen es die Diebe am wenigsten, und Kürbiskerne wird keiner nehmen, solange er Besseres findet.

Da geschah es aber, dass ein Szekler mit Palukestöpfen und dergleichen irdenem Geschirre in das Dorf kam und seine Töpfe zum Tauschhandel ausstellte. Da eilten die Dorffrauen von allen Seiten herbei, eine mit Korn, eine andere mit Roggen, eine andere mit Welschkorn u. dgl. und füllten dem Szekler für je einen Topf denselben zur Hälfte oder ganz oder zweimal, je nachdem man übereinkam und nachdem man bessere oder schlechtere Frucht zu geben hatte. Die junge Frau lief auch hin und sah, wie ihre Nachbarinnen kauften; sie hätte auch gern etwas erhandelt, allein sie hatte keine Frucht zu Hause. Da fielen ihr die Kürbiskerne ein; sie fragte den Szekler in wehmütigem Tone, ob er nicht auch gegen Kürbiskerne Töpfe gebe. Zuerst sprach er: »Nein!« Als sie ihm aber fort und fort in den Ohren lag, sagte er endlich: »So bringt sie einmal her!« Er gedachte damit seinen Kindern eine Freude zu machen, und da sie ihm angetragen wurden, hoffte er, sie leichten Kaufes zu bekommen. In vollem Laufe war die junge Frau nach Hause geeilt und war auch bald wieder mit ihren Kürbiskernen da. Der Szekler wühlte ein wenig mit der Hand in den Kernen, um zu fühlen, ob sie trocken und gesund seien; da sah er die Goldfüchse hervorschimmern. »Topp!« schlug er gleich der Frau in die Hand, »die Kerne gefallen mir gut, und ich gebe Euch meine ganze Ware.« Wer konnte jetzt glücklicher sein als die junge Frau. Sie wollte nach Hause, um einen großen Korb zu holen. »Es ist nicht nötig!« sprach der Szekler freundlich, »ich komme mit dem Wagen hin und führe Euch alles nach Hause.« – »Oh, Ihr seid ein guter Mann!« rief sie entzückt, »ich will, bis Ihr kommt, zu Hause aufräumen!« und damit lief sie fort. Der Szekler strich sich den Schnurrbart und lachte in seinem Herzen, wie wenn er zehn Sonntage hintereinander zu feiern hätte, denn so einen Handel hatte er in seinem Leben nicht gemacht und gewiss auch keiner seiner Brüder, solange sie im Sachsenlande ihre Palukestöpfe vertauschhandeln. Er spannte schnell seine mageren kleinen Pferde an, fuhr zu dem Hause der Frau, lud alles ab und war wie der Wind alsbald über alle Berge; denn dass die Frau da oben nicht ganz bei Trost sei, hatte er gemerkt, und er fürchtete mit Recht, dass ihr Mann, wenn er noch dazukomme, den Tausch aufheben würde.

Die Frau in ihrem Glücke aber nahm die einzelnen Töpfe und hing sie an die Rahmen und machte die ganze Wand voll; zuletzt blieb ihr noch ein kleines Töpfchen in der Hand, und da kein Nagel mehr leer war, rief sie den andern Töpfen zu: »Macht ein wenig Platz diesem armen Kleinen!« Aber die Töpfe hörten auf die wiederholte Aufforderung nicht. Da ward sie zornig, nahm einen Stock und schlug alle herunter, hing das kleine Töpfchen sofort auf und tanzte froh auf dem Boden herum: »Da habt ihr's nun! So geht es, wenn man nicht folgt! Das kleine soll es dafür nun gut haben!«

Als sie noch so mit sich und den zerschellten Töpfen sprach, kam ihr Mann nach Hause. Ganz froh erzählte sie ihm, wie sie um die schlechten Kürbiskerne Töpfe erhandelt und diese dann, weil sie nicht gefolgt und dem armen kleinen da nicht Platz gemacht hätten, bestraft habe. »Weib, Weib!«, schrie der Mann, »das ist zum Wahnsinnigwerden! O weh, mein sauer erworbenes und ererbtes Gut ist hin! Wowärts ist der Mann gefahren?« – »Dawärts!« zeigte die Frau. »Wowärts?« – »Dawärts!« rief sie wieder und zeigte nach einer anderen Richtung »Wowärts?« – »Dawärts!« und zeigte auch jetzt anderswohin. »Ach, sage mir doch bestimmt, wowärts?« – »Dawärts!« und zeigte auch diesmal nach einer anderen Gegend. Dem armen Manne war's, als sollte die Erde unter ihm einsinken; es brannte unter seinen Füßen, er wäre gern dem Szekler nach, aber welchen Weg sollte er einschlagen? »Komme mit, dass wir den Mann suchen!«, rief er seiner Frau und lief, wohin ihn seine Nase und Augen führten, und seine Frau hinter ihm her. Auf dem nächsten Berge wandte er sich einmal um und rief seiner Frau entgegen: »Eile zurück, die Türe ist ja offengeblieben, sperre zu, sonst kommen wir nachgerade um all unser Gut!« Die Frau ging; allein da sie den Schlüssel immer verkehrt einstecken wollte und nicht zusperren konnte, nahm sie zuletzt die ganze Türe auf den Rücken und lief keuchend ihrem Manne nach, sodass ihr unter der Last der Schweiß troff. Als sie ihren Mann von Weitem sah, rief sie ihm zu: »Warte doch, lieber Mann, und sperre die Türe zu, denn ich verstehe das nicht!« Da konnte sich der Unglückliche nicht mehr bezwingen, seine Ungeduld war aufs Höchste gestiegen. »Gehe, du törichter Mensch!« sprach er, »wohin du willst, ich will nichts mehr von dir wissen!« – »Ja, nun glaube ich!« sprach er zu sich, »dass es wahr ist, was mein Großvater immer sagte: Ein törichtes Weib ist wie die Pest und kann mehr Unheil anrichten als Wasser und Feuer! Der Himmel bewahre einen jeden vor solchem Unglück!«

Damit lief er in einem fort, um von seinem törichten Weibe frei zu werden; diese aber lief ihm nach mit der Türe auf dem Rücken und läuft bis heute noch, wenn sie nicht bei den klugen Frauen, die stets Wasser im Sieb zur Küche tragen, um das Feuer damit anzuzünden, in Dummliesendorf angelangt ist und sich da sesshaft niedergelassen hat.

66. Der törichte Hans

Eine Frau hatte endlich erlangt, was sie lange vergeblich sich gewünscht: einen Mann; aber das war ein Mann, um den sie keine andere Frau beneiden durfte. In der Wirtschaft im Hause war er zu gar nichts zu gebrauchen, denn alles stellte er verkehrt und töricht an. Da dachte die Frau, sie wolle ihn wenigstens auf den Markt schicken, um eines und das andere durch ihn einkaufen zu lassen, während sie daheim das Hauswesen besorgte. Am nächsten Donnerstag schickte sie ihn aus, um eine Stecknadel zu kaufen. Hans – so hieß der Mann – lief auf den Markt und fragte jeden, der ihm begegnete, ob er ihm nicht eine Nadel verkaufen wolle, und zeigte dabei seinen Groschen. Endlich verkaufte ihm ein verschmitzter Armenier eine große und schlechte Nadel, die nicht einen Kreuzer wert war, um den Groschen. Hans war sehr froh, nahm sie zwischen beide Hände und rieb diese immerfort und lief heimwärts. Es war aber sehr kalt und ihn fror an die Finger; da kam ihm ein gescheiter Gedanke ein; vor ihm fuhr ein Wagen mit Stroh zum Schweineabsengen, auf diesen warf er seine Nadel und lief hinterher. Als der Wagen an seiner Wohnung angelangt war, rief er dem Fuhrmann zu: »Ho! Ho!« (im

Regner Dialekt heißt Ho auch Heu). Der Fuhrmann blickte zurück, und als er den törichten Hans sah, sprach er: »Ei, warum nicht gar, Stroh, Stroh!« und fuhr weiter. »O weh, meine Nadel, meine Nadel, halte doch still!« Nun erzählte Hans, wie er die Nadel ihm auf das Stroh geladen; der Fuhrmann war aber nicht dazu aufgelegt, sein Stroh herabzuwerfen und die Nadel zu suchen und fuhr lachend von dannen, und Hans lief weinend hinein und klagte das Unglück seiner Frau. »Oh, du törichter Mensch!«, rief sie, »wenn man so etwas kauft, steckt man's hübsch auf den Hut.« – »Nu warte, jetzt weiß ich's, ich will es das nächste Mal gewiss so machen!«

Am folgenden Donnerstag ging er auf den Markt und kaufte zwei Eisenschienen zum Radbeschlagen, steckte sie mit großer Mühe auf seinen Hut und band sie mit einem Seil fest; dann setzte er den Hut auf und ging; aber die schweren Stangen zogen ihm den Kopf bald nasen-, bald nackenwärts, bald rechts, bald links, und er taumelte fort wie ein Betrunkener und musste mit beiden Händen den Hut am Kopfe festhalten. Die Leute, die zum Markte gingen und vom Markte kamen, standen still und lachten, und die Kinder, die aus der Schule heimkehrten, liefen dem Hans nach und verlachten und verspotteten ihn. Dem war der Nacken aber zuletzt krumm und steif geworden, und er konnte es kaum länger aushalten. Als er endlich daheim anlangte und ins Zimmer trat, seufzte er: »Nu, Frau, du hast mich schön gelehrt! Da hat man's!« – »Oh, du törichter Mensch; wenn man so etwas kauft, so bindet man's an ein Seil und zieht es hinter sich nach!« – »Nu warte, jetzt weiß ich's; das nächste Mal will ich's so machen!« Am folgenden Donnerstag schickte ihn seine Frau wieder auf den Markt, er solle einen Bachen (zwei ungetrennte Speckseiten) kaufen. Das tat er auch und band an das Kopfstück (»den Zanjderleng«) ein langes Seil und zog den Bachen hinter sich her. Das machte aber Staub und Geräusch, und die Hunde liefen hinterher und zerrten sich Stücke herunter, und als Hans zu Hause anlangte, war nur das Kopfstück noch am Seil. Die Leute und Schulkinder hatten aber wieder etwas zum Lachen gehabt.

Als er zu seiner Frau kam, sprach er: »Nu, du hast mich wieder schön gelehrt! Die Hunde haben mir fast alles gefressen.« – »Oh, du törichter Mensch, wenn man so etwas kauft, bindet man einen Strang vorn und hängt es sich auf den Rücken!« – »Nu warte, jetzt weiß ich's; das nächste Mal will ich's so machen.« Am folgenden Donnerstag wurde er wieder auf den Markt geschickt; er kaufte jetzt ein kleines Kalb, band ihm den Strang um den Hals und nahm es auf den Rücken; dieses aber reckte bald die Zunge heraus und war tot. »Du armes Kalb, du bist hungrig!«, dachte Hans in seinem Herzen, denn er war zu seinem Zeichen sonst sehr mitleidig, »warte nur, du sollst zu Hause gleich fressen!« Als er nach Hause ankam, war er froh und sprach: »Nu, Frau, jetzt wirst du nichts zu tadeln finden!«- »Oh, du törichter Mensch!« rief sie, »du hast ja das arme Kalb erwürgt! Wenn man so etwas kauft, bindet man ein Seil an den Hals und führt es schön neben sich her und streichelt es sanft und bindet es daheim in den Stall an die Krippe und legt ihm Gras und Grummet vor!« - »Jetzt weiß ich's genau, warte nur, ich will es zum nächsten Mal so machen!« Am nächsten Donnerstag ging er wieder auf den Markt und kaufte einen Windhund; dem band er denn ein Seil um den Hals, führte ihn schön nach Hause, band ihn in den Stall an die Krippe und legte ihm Gras und Grummet vor. Als aber seine Frau dazukam, schlug sie die Hände übereinander und rief: »Oh, du törichter Mensch, was hast du gekauft? Das ist ja ein Jagdhund, wer mit dem geht, ruft: ›Haihai! Haihai!‹, dann läuft der Hund und fängt den Hasen; aber der gehört nicht in den Stall, sondern in die Stube, und der frisst nichts von Gras und Grummet sondern Brotkrumen und Knochen!« Damit schnitt sie den Hund frei und brachte ihn in ihr Zimmer und gab ihm zu fressen. Weil er aber so dünn und schmal war, nannte sie ihn Petersilie.

Von jetzt an wollte sie aber ihren Mann nicht mehr zum Einkaufen schicken: Denn er hatte ja die Sache immer verkehrt gemacht und ihrem Hauswesen großen Schaden zugefügt. Am nächsten Donnerstag ging sie denn wieder selbst auf den Markt, wie sie es anfangs getan hatte. Ihrem Mann aber sagte sie: »Sorge du auf das Kind in der Wiege, dass es ruhig schläft und lege in den Topf beim Feuer Petersilie.« - »Ich weiß es jetzt, ich will es schon gut machen!« sprach Hans. Kaum war seine Frau fort, so ließ er die Wiege stehen, ging hinaus, nahm die Axt und zerhieb den Hund in kleine Stücke und legte davon in den Topf. Als er aber ins Zimmer trat, schrie das Kind und ward unruhig. Da fing er an, die Wiege zu schwingen, allein es schrie noch ärger, denn es war hungrig; da merkte Hans, dass dem Kinde der Scheitel zuckte, das waren aber die Weichen, die bei der Aufregung des Kindes erzitterten. Hans aber dachte, das sei eine bösartige Blase, nahm eine große Nadel und stach sie durch und durch; das Kind zuckte nur einige Mal und war tot; Hans war froh und dachte, es schlafe.

Als seine Frau nach Hause kam, erzählte er ihr, dass er den Petersilie nicht ganz in den Topf habe stecken können und zeigte ihr noch einige Stücke vom Windhund, ferner wie das Kind nur einmal laut geschrien und wie er es endlich zum Schweigen gebracht, dass es dann immer wie jetzt geschlafen habe. Als die Frau ihr Kind in der Wiege erblickte, so entsetzte sie sich, denn sie sah, dass es tot war. »Wehe, wehe!«, rief sie, »du törichter Mensch, was hast du getan?« Sie rang in ihrem Schmerze die Hände und konnte sich lange nicht fassen und trösten; endlich sprach sie zu ihrem Manne: »Gehe hinaus und siehe nach Brettern, dass wir einen Sarg machen lassen!« Hans lief fort und sah überall nach Brettern hin und fand keine; zuletzt kam er an eine Plankenumfriedung, da steckte er seinen Kopf in eine große Öffnung zwischen zwei Brettern, um die obern Bretter herauszuheben; allein wie diese bewegt wurden, fielen sie bei ihrer Schwere ihm in den Nacken und zwängten ihn ein, und er konnte den Kopf gar nicht herausziehen und war daran zu erwürgen. Da sahen ihn einige Knaben, die meldeten es seiner Frau, und diese kam mit Hilfe herbei und zog ihn heraus. »O du törichter Mensch, gehe nach Hause, ich will schon Bretter schaffen!« Da bestellte sie den Sarg und ordnete das Leichenbegängnis an. Weil sie aber fürchtete, dass ihr Mann durch seine Torheit die ernste Leichenfeier stören könnte, so versteckte sie ihm seinen Hut, damit er gezwungen sei, daheimzubleiben. Kaum war aber der Leichenzug vom Hause fort, so nahm Hans, als er seinen Hut lange vergebens gesucht, statt des Hutes ein langes, hutähnliches Buttergefäß, setzte es auf, sperrte die Türe zu und lief hinterher. Als die Leute in solchem Aufzug ihn sahen, konnten sie sich des Lachens nicht erwehren; Hans aber lief zu seiner Frau und rief ganz fröhlich: »Ich komme doch mit, siehst du es, du wolltest gut, ich solle nichts sehen und zu Hause bleiben!« – »Hans, kehre schnell um, das Haus brennt l« rief seine Frau und wollte ihn auf so feine Art heimschicken. Er aber rief: »O du närrisches Weib, das kann ja nicht sein, ich habe ja den Schlüssel in meiner Tasche!« Jetzt war der Frau der lange Geduldsfaden gerade ausgegangen und riss kurz ab: »Gehe mir aus den Augen, du törichter Mann, dass ich dich nimmer sehe!« Hans ließ sich das nicht zweimal sagen und lief fort.

Als aber die Frau ihr Kind begraben hatte und nun einsam in ihre Wohnung zurückkehrte, sprach sie: »Es ist besser, sich einen Mühlstein an den Hals zu hängen und ins Wasser zu springen, als so einen Toren zum Manne zu haben; wehe der Frau, über welche unser Herrgott eine solche Strafe verhängt!«

Der törichte Mann aber lief in die Welt mit dem Butterfässchen auf dem Kopfe, damit ihn seine Frau nicht sehe, und läuft noch immerfort, wenn er nicht bei den klugen Männern, die stets Licht und Luft in Säcken zusammentragen, um Glasscheiben an ihren Fenstern daraus zu machen, in Dummhannesdorf angelangt ist und sich da sesshaft niedergelassen hat.

68. Wie soll ich denn sagen?

Ein Mann, der zu seinem Zeichen dumm war, mehr als es recht ist und sich schickt, sprach einmal zu seiner Frau: »Ich möchte gern die Welt besehen, gib mir einen Spruch auf den Weg!« – »Daraus wird nichts!« sagte diese ganz kurz, denn sie fürchtete, er werde ihr draußen nur Schande machen. Der Mann aber glaubte, das sei der Spruch, lief fort und sprach immer vor sich hin: »Daraus wird nichts! Daraus wird nichts!«

Indem kam er an ein Ackerfeld, da waren Leute, die säten Korn und sprachen untereinander: »Das kann eine gute Ernte geben!« – »Daraus wird nichts!« rief der Dumme jetzt, indem er seinen Spruch etwas laut sagte. Alsbald nahmen jene ihre Prügel und fielen über ihn her und durchwalkten ihn tüchtig. »Wie soll ich denn sagen, wenn das nicht recht ist?«, seufzte er. »Herr, gib mehr!« sprachen sie. Da lief er weiter und sprach immer: »Herr, gib mehr, Herr, gib mehr!« Da kam er zu zweien, die lagen sich in den Haaren und schlugen sich mit den Fäusten, »Herr, gib mehr!« rief der Dumme. Gleich ließen die einander aus und kamen über den Fremden und stießen und schlugen ihn, dass es eine Art hatte. »Wie soll ich denn sagen, wenn das nicht recht ist?« – »Gott scheide euch!« sprachen sie. Nun lief er weiter und murmelte immer vor sich hin: »Gott scheide euch, Gott scheide euch!« Indem kam er zu einem verliebten Paar, die taten sich gerade schön. »Gott scheide euch!«, rief der Dumme seinen Spruch. Da fielen beide über ihn her; der Jüngling »knufeite« und zerstieß ihn, die Jungfer zerzauste und zerkratzte ihn rechtschaffen. »Wie soll ich denn sagen, wenn das nicht recht ist«, heulte er vor Schmerz. »Neiget euch zu und küsst einander!« sprachen sie. Nun ging er wieder weiter und sagte seinen Spruch vor sich hin. Da kam er bei einigen vorbei, die hockten unter einem Zaun und misteten gerade. »Neiget euch zu und küsst einander!«, rief der Dumme seinen Spruch. Da wurden jene ärgerlich, sprangen auf und fielen über den Spötter und zerarbeiteten ihm den Rücken. »Wie soll ich denn sagen, wenn das nicht recht ist?« – »Lasst's liegen, es stinkt!« sprachen sie. Nun lief er weiter und rief immer vor sich hin: »Lasst's liegen, es stinkt!« So kam er an eine Fleischbank, wo viele Leute herumstanden und Fleisch begehrten. »Lasst's liegen, es stinkt!«, rief der Dumme seinen Spruch. Da wurden die Fleischhauer wütend, fielen über ihn her und ließen mit ihren derben Fäusten einen Hagel von welschen Nüssen auf sein Haupt und seinen Rücken herabfahren, dass ihm darunter das Hören und Sehen verging. »Wie soll ich denn sagen, wenn das nicht recht ist?«, fragte er jammernd. »Nehmt ein Stück und bratet's!« sprachen sie.

Nun lief er weiter und murmelte vor sich seinen Spruch, und so kam er zu einem, der stand um seine tote Kuh und sprach: »Ich armer geschlagener Mann, was soll ich jetzt machen?« – »Nehmt ein Stück und bratet's!« rief der Dumme. Da fiel jener über ihn her und schlug ihn mit beiden Fäusten, dass er zu Boden sank. »Sollst du in meinem Unglück mich noch verspotten?« – »Aber wie soll ich denn sagen, wenn das nicht recht ist?« – »Gott behüt dich vor Unglück!« sprach jener. Also lief nun der Dumme weiter und kam mit diesem Spruch überall unangefochten in der Welt durch, endlich zog er wieder nach Hause. Seine Frau hatte ihn schon lange vergessen und war von Grund ihres Herzens froh, dass sie seiner los war. Da ging die Türe auf, und ihr Mann trat ein und rief freudig: »Gott behüt dich vor Unglück!« Sogleich lief diese ins Vorhaus, holte den langen Backofenwisch, schlug auf ihn und schrie: »So fahre denn zum Teufel, du lebendiges Unglück!« Da lief er in einem fort bis in die Hölle. Die Teufel erbarmten sich seiner Dummheit, nahmen ihn auf und machten ihn zum Feuerschürer, und das ist er bis auf den heutigen Tag; wer's nicht glaubt, kann hingehen und sich überzeugen.

69. Suche nur, es gibt noch Dümmere

Zwei Bauernfamilien, Vater und Sohn, wohnten einträchtig in einem Hause und hatten eine Wirtschaft. Es geschah aber, dass gerade zur Erntezeit die junge Frau des Sohnes in den Wochen war, und die alte Schwiegermutter blieb bei ihr, die andern gingen mit dem Gesinde ins Feld. Die Alte aber sollte daheim Brot backen und dann frische Hanklich und weiches Brot den Arbeitern aufs Feld hinaustragen; sie hatte den Teig schon geknetet, und die junge Schnur heizte draußen den Ofen, jetzt kam auch die Alte hin, die junge Frau aber ging hinein, um das Kind, das zu schreien anfing, zu stillen und zu säugen, und als sie neben der Wiege kniete, blickte sie einmal auf und sah über sich den Wetzstein, welchen ihr Mann dahin auf den Balken gelegt hatte. »Ach! Ach!« fing sie nur einmal an zu jammern und zu klagen, »wenn der Stein herunterfällt, so schlägt er mein Kind tot!« Als die Alte draußen das Gejammer hörte, ging sie schnell hinein und fragte nach der Ursache, und als sie von der großen Gefahr hörte, fing sie auch an zu weinen; indem fing das Kind in der Wiege, erschreckt, durch das Gewimmer, auch an zu schreien. Dies Klagegeheul dauerte fort, der Teig stieg indes aus den Trögen heraus, das Feuer im Backofen brannte nieder und erlosch, der Mittag war da, keine Hanklich und kein weiches Brot kam aufs Feld. Der Alte ging nach Hause, um zu sehen, was es wäre; da hörte er auch die traurige Geschichte: Wenn der Stein aufs Kind falle, so werde er's totschlagen, da musste er freilich mitweinen. Der junge Sohn und das Gesinde auf dem Felde konnten aber vor Hunger nicht mehr aushalten. »Weiß auch der sichtliche Teufel, was die zu Hause machen, ich muss nun selbst nachsehen!« Als er eintrat und alle weinen sah und jammern hörte und sie ihm die Geschichte erzählten, rief er voll Unmut: »O ihr Narren, so nehmt doch den Stein fort, so wird ihm nichts geschehen!« Er tat es selbst, und da war nun alles in der Ordnung. Nun wurde schnell eine lange Suppe gemacht und den Arbeitern aufs Feld geschickt, die daheim mussten fasten. Der Sohn aber dachte und sprach bei sich: »Ich hätte doch nicht geglaubt, dass deine Leute so dumm wären, du musst einmal in die Welt gehen und forschen, ob es noch so dumme Menschen gibt?«

Er sattelte sein Pferd und ritt fort; da kam er in ein Dorf und sah hier etwas, worüber er lachen musste. Eine Frau stand unter einem Schöpfen und hielt ein Paar Gatchenhosen, der Mann stand auf dem Schöpfen und versuchte, mit beiden Füßen zugleich hineinzuspringen, allein es misslang ihm immerfort. »Ihr Narren!«, rief endlich der Fremde, »das macht man ja so und so!« und zeigte es. Der Mann war himmelfroh, dass er die Kunst gelernt, und beschenkte den Fremden; der ritt lachend weiter und tröstete sich und sprach: »Die sind nicht gescheiter als deine Leute!«

Nach einiger Zeit kam er in einen Wald und sah hier etwas, worüber er wieder lachen musste. Ein Mann saß auf einem hohen Baum und hieb an dem Ast, auf dem er saß, und war mit dem Gesicht gegen den Baum gekehrt und musste herunterfallen, sowie der Ast brach. »Halt, Törichter! Was machst du?« rief er ihm, »du wirst gleich herunterfallen!« – »Nu ja, nicht dass ich!« sprach der und hieb weiter. Der Fremde war aber nur ein kleines Stückchen fortgegangen, plumps! Hörte und sah er nur einmal, dass jener schon am Boden lag; er hatte sich glücklicherweise das Genick nicht gebrochen. Er raffte sich aber gleich auf und lief dem Fremden nach und rief: »Lieber Mann, jetzt sehe ich, dass Ihr ein Prophet seid, saget mir doch, wie lange werde ich leben?« – »Macht Euch nur schnell auf nach Hause, denn bis Euer Pferd dreimal von hinten bläst, seid Ihr tot!« Der Arme geriet in nicht geringe Angst, band schnell sein Pferd vom. Baum, schwang sich darauf und trieb es mit den Sporen heftig an. Das aber ließ gleich in der Angst einen Pumps. »Ach, das ist schon einmal!«, rief er und trieb es noch ärger an. Bald ließ es wieder einen. »Das ist schon zweimal!« sprach er bestürzt, und die Haare standen ihm zu Berge. Er spornte sein Pferd noch mehr, da ließ es den dritten. »Das ist dreimal!« sprach er, »ach, jetzt bist du tot!« Er stieg ruhig ab und legte sich nieder an den Weg.

Der Fremde aber hatte ihm aus der Ferne zugesehen. Da kam er zu ihm und sprach: »Was ist mit Euch, was macht Ihr?« – »Ach Gott, ach Gott, ich bin tot und muss jetzt hier liegen und bin so hungrig! Seid so gut, lieber Mann, und geht und sagt meiner Frau, sie solle mir zu essen bringen, denn das wird sie doch einsehen, dass ich Toter nicht nach Hause kommen kann!« Der Mann dachte: »Der ist noch viel dümmer als deine Leute daheim!«, und ritt weiter seines Weges.

Jener aber lag noch lange da, und es kam ihm keine Hilfe, nur Krähen und Adler flogen um ihn herum, da rief er ihnen zu: »Hesch! Hesch! Ei wenn ihr nur tot wäret wie ich, so würdet ihr gewiss nicht herumfliegen!« Indem kam auch ein Zigeuner des Weges, der sah den Mann da liegen und das Pferd auf der Wiese allein, er glaubte, der Mann schlafe und benutzte die Gelegenheit, schwang sich aufs Pferd und ritt davon. »Ha!«, schrie jener auf dem Boden und ballte seine Faust, »wenn ich nicht tot wäre, solltest du es bekommen, Räuber!«

Endlich wurde sein Hunger zu groß, und er konnte es nicht mehr aushalten, sprang zornig auf und rief: »Der Teufel soll tot sein, aber nicht ich, man kann ja dabei vor Hunger umkommen!« Er ging jetzt zu Fuß, so schnell er konnte, nach Hause. Der Fremde aber fand noch unzählige Dumme in der Welt, endlich dachte er: »Du weißt nun genug, alle kannst du doch nicht aufsuchen!«, und ritt nach Hause und war froh und getröstet, dass seine Leute nicht zu den Dümmsten gehörten.

70. Die faule Kathrin

Es war einmal eine Frau, die hieß Kathrin und war faul wie ein Klumpen Blei; sie ging aber jeden Tag, um nicht zu Hause arbeiten zu müssen, in den Weinberg; hier tat sie gar nichts, sondern nahm nur ihre Haue, schlug in die Erde und sprach: »Jetzt grabe, Haue!« Dann legte sie sich nieder und schlief bis zur Essenszeit. Wenn sie der Hunger weckte, erhob sie sich ein wenig, aß gehörig und kehrte sich dann auf die andere Seite und schlief, bis es Abend und Zeit war zum Heimgehen. Dann nahm sie ihre Haue, ging schnell nach Hause und stellte sich, als ob sie von der Arbeit so schwitze, und aß auch wieder gut zum Nachtmahl. Eines Tages ging ihr Mann heimlich ihr nach in den Weingarten, um zu sehen, was sie vorgebe; aber da sah er weder etwas von Arbeit noch seine Frau; endlich fand er sie unter dem dicken Nussbaum schlafen. »Ha«, dachte er, »vielleicht kannst du auf eine kluge Art von dem faulen Tier frei werden.« Er schlich leise zu ihr hin, nahm seine Hippe, schnitt ihr den langen Zopf ab, ohne dass sie es merkte, nahm dann die Haue und ging nach Hause. Hier sagte er seinen Kindern, die noch klein waren: »Wenn eine Frau kommt ohne Zopf und ohne Haue und fragt: ›Ist eure Mutter zu Hause?‹so sagt nur: ›Ja!‹«Damit ging er fort in die Mühle und schloss hinter sich die Türe zu.

Als die Frau im Weingarten gegen Mittag erwachte, rieb sie sich die Augen und schüttelte den Kopf. Da fand sie ihn so ungewöhnlich leicht; sie griff nach ihrem Zopf, allein der war nicht da. »Am Ende bin nicht ich es!«, dachte sie, »denn, als ich mich schlafen legte, hatte ich doch einen Zopf; du willst dich aber gleich überzeugen, du hattest ja auch eine Haue mit!« Als sie die Haue nicht fand, erstaunte sie und rief: »Nein, wahrlich, das bin ich nicht! Du willst dich aber noch besser überzeugen, bevor du aburteilst!«

Damit ging sie so schnell oder so langsam, als nur eine faule, verschlafene Frau, wenn man sie nicht sieht, zu gehen pflegt, nach Hause. Im Gehen aber sprach sie immer vor sich hin: »Bin ich es oder bin ich es nicht!« Weil sie aber daheim die Türe zugesperrt fand, so ging sie ans Fenster und klopfte. Die Kinder sprangen gleich hin und sahen die Frau ohne Zopf und ohne Haue, wie sie ihr Vater beschrieben hatte, und als diese nun fragte: »Ist eure Mutter zu Hause?« so sagten sie: »Ja, ja!« – »Jetzt«, sprach sie bei sich, »ist es klar, dass nicht ich es bin; ich will aber gehen und mich suchen; am langen Zopf und an der Haue im Weinberg und an der Mutter, die nicht zu Hause ist, bin ich leicht zu erkennen!« So ging sie nun in die weite Welt, um sich zu suchen, und geht bis heute noch und kann sich nimmer finden.

Als aber ihr Mann abends aus der Mühle nach Hause kam und hörte, dass eine Frau so und so da gewesen und fortgegangen sei, sprach er vergnügt; »Gelobt sei Gott, der mich erlöst hat! Denn ich will tausendmal lieber allein im Schweiße meines Angesichts mich und meine Kinder ernähren, als so ein faules Aas in meinem Hause länger erhalten.«

72. Die Mär vom roten Hahn (Foppmärchen)

»Liebe Großi, erzählt uns doch eine Mär!«

»Nun gut; habt ihr gehört die Mär vom roten Hahn? Das ist eine wunderschöne Geschichte.«

»So erzählt sie uns!«

»Ich sage ja nicht, ›so erzählt sie uns!‹, sondern, ›habt ihr gehört die Mär vom roten Hahn?‹«

»Nun ja, das habt Ihr gesagt!«

»Ei, so hab ich nicht gesagt: ›Nun ja, das habt Ihr gesagt‹, sondern: ›Habt ihr gehört die Mär vom roten Hahn?‹«

»Nein, wir haben sie nicht gehört, erzählt sie doch!«

»Wer sagt denn: .Nein, wir haben sie nicht gehört, erzählt sie doch!‹ Ich sagte: ›Habt ihr gehört die Mär vom roten Hahn?‹«

»O Gott, wir wissen nicht, was Ihr sagt und fragt und was wir hören und nicht hören sollen!«

»So sagte ich doch nicht: ›O Gott, wir wissen nicht, was Ihr sagt und fragt und was wir hören und nicht hören sollen!‹, sondern: ›Habt ihr gehört die Mär vom roten Hahn?‹«

»Habt ihr gehört die Mär vom roten Hahn? Habt ihr gehört die Mär vom roten Hahn?«

»So ist es; nun wisst ihr, was ich euch bisher erzählt habe; merket jetzt auch das Ende der traurigen Geschichte:

Der Hahn war rot,
Meine Mär ist tot!«

»Aber Großi, war das eine Mär?«

73. Vom alten Bauer[n], der hinter den Ofen ackern fuhr

Es war einmal ein alter Bauer, der nahm seinen Pflug und fuhr hinter den Ofen ackern; er ackerte lange, lange; da fand er nur einmal eine große Truhe. »Was wird darinnen sein?«, dachte er; er hätte das gerne gewusst. Die Truhe aber war zu und hatte ein dickes Schloss; er ging nun und holte einen Schlosser mit vielen Schlüsseln. Dieser nahm den größten Schlüssel, der passte gerade und schloss auf. Was sehen sie: In der Truhe war noch eine Truhe und diese auch geschlossen; der Schlosser nahm den zweiten Schlüssel und sperrte auf. Da fanden sie wieder eine Lade, und [so] ging es nun noch lange fort; in der Lade wieder eine Lade, und immer eine schöner wie die andre; zuletzt kamen sie auch auf ein kleines goldnes Lädchen, aber nun hatte der Schlosser keine Schlüssel mehr; er nahm eine goldne Stecknadel, machte daraus ein Schlüsselchen und sperrte auf. Nun sahen sie endlich das große Wunder: Da war ein kleines goldnes Kälbchen, das hatte den Schwanz sich abgenagt, bis auf ein kleines winziges Stümpfchen. Wäre das Stümpfchen länger gewest, so wäre auch mein Verzählchen länger gewest!

74. Die Mär von den fünf Zehen

Weißt du, warum diese Zehe (die dicke) hier so fett ist und die andern so mager aussehen? Ich will dir die Geschichte erzählen: Diese (die kleine Zehe) ist einmal in den Wald gegangen, diese (die nächste an der kleinen) hat einen Hasen gefangen, diese (die dritte von der kleinen) hat ihn nach Hause gebracht, diese (die vierte von der kleinen) hat ihn gebraten, und dieser dicke garstige Buta (die große Zehe) hat ihn ganz und allein gegessen. War das schön? Gewiss nicht. Darum können ihn die anderen bis auf den heutigen Tag nicht recht leiden.

75. Die Mär von den fünf Fingern

Der Picki (Zeigefinger), der Licki (Mittelfinger), der Tschicki (Goldfinger) und der kleine Micki (kleine Finger) gingen einmal ins Feld und ließen ihren Bruder Tocki (den Daumen) zu Hause. Dieser sagte ihnen umsonst, sie sollten ohne ihn nicht ausgehen, sie würden in Gefahr kommen; sie gingen aber doch. Der Picki sprach: »Ich will den Weg weisen«; der Licki, als der größte: »Ich will vorstehen und befehlen«; der Tschiki: »Ich will die Schätze nachtragen«; der kleine Micki: »Ich will mit klugem Rat helfen!« So gingen sie: der Picki voran, dann kam der Licki, dann folgte mit Ringlein beladen der Tschicki, und den Schluss machte der kleine Micki; sie gelangten nach gar nicht langer Zeit an ein Wasser, aber da war die Brücke weggerissen. Nun standen sie eine gute Weile und warteten, das Wasser solle abfließen, allein das floss immer fort und sah nicht darnach aus, als wolle es aufhören.

Da sprach der kleine Micki zum Licki: »Du Großhans mit den langen Beinen, gehe du am Ufer auf und ab und sieh, ob du nicht den Weg und Steg über den Fluss findest; indes wollen wir andern einen Kahn bauen!« Da gingen die drei Kleinen und suchten Holz zu einem Kahn; glücklicherweise fanden sie eine große welsche Nuss. »Wenn wir die nur aufmachen könnten!« sprach der kleine Micki, »so hätten wir den Kahn gleich fertig!« Da mussten der Picki und Tschicki die Nuss an beiden Flügeln anpacken, und siehe, wie sie einmal alle ihre ganze Kraft anstrengten und rissen, ging die Nuss auseinander; sie nahmen gleich eine Schale, höhlten sie gut aus und trugen sie zum Fluss; indem kam auch der Licki und sprach: »Kein Weg und Steg ist zu finden!« – »Es ist jetzt auch nicht mehr nötig!« sprach der kleine Micki. Sie setzten sich alle in die Nussschale; der Kleine lenkte, die andern ruderten, und so kamen sie glücklich ans andere Ufer. Sie stiegen aus und wanderten weiter fort und kamen nur einmal an einen großen Garten; sie traten gleich hinein und sahen da ein großes Schaff voll Honig; der Picki langte ins Schaff und kostete, und weil es so süß schmeckte, so langte er immer wieder hinein und leckte fort. Die andern wurden endlich sehr unwillig und wollten weitergehen; allein der Picki wollte nicht kommen und den Weg weisen; der Licki befahl umsonst; der Tschicki fürchtete sich vor Räubern, und der kleine Micki sprach; »Der Picki tut seine Schuldigkeit schlecht, es wird uns übel ergehen!« Da kam, ehe sie sich's versahen, der große garstige Bär, der brummte erschrecklich: »Ha, ihr Diebsgesichter, jetzt habe ich euch! Wartet, ich will euch Honig geben! Gleich fresse ich euch alle!«

Da waren die Kleinen so erschrocken, dass sie nicht »eins« sagen konnten; endlich kam ihnen die Sprache wieder; sie fielen vor dem Bären nieder und baten um Gnade; sie hätten ja nicht gewusst, dass dieser Honiggarten ihm gehöre! Aber das war alles umsonst; der Bär wollte schon dran, eins nach dem andern zu verschlucken. Indem kam dem kleinen Micki ein kluger Einfall: »Lieber Bär!« sprach er, »wir sind fünf Brüder; unser ältester Bruder, Tocki, ist zu Hause, wenn wir denn einmal sterben sollen, so wartet, dass ich ihn auch hierher rufe, dass wir alle miteinander sterben!« Das gefiel dem lüsternen Bären, und er hatte nichts dawider, dass er einen guten Bissen mehr bekommen sollte. Also lief der kleine Stubedinzi nach Hause und rief den Tocki zu Hilfe. Dieser war anfangs sehr zornig und sprach: »Warum seid ihr ausgegangen, habe ich euch's nicht gesagt? Jetzt könnt ihr zappeln!« Aber der Kleine bat so sehr, dass er sich endlich erbarmte, eine große Keule nahm und mitging. Als er mit dem Kleinen im Honiggarten ankam, fielen alle über den Bären her, und der dicke Tocki schlug ihn mit seiner Keule tot. Dann gingen alle nach Hause und waren froh.

Von da an zogen die vier andern Finger nie ohne den starken Tocki aus, und es ist ihnen auch weiter kein Unglück zugestoßen. Der Licki aber blieb immer in der Mitte, und deshalb heißt man ihn auch Mittelfinger; der dicke Tocki und der kleine Micki gehen als Wächter an beiden Enden; jener, weil er durch seine Kraft, dieser, weil er durch seine Pfiffigkeit die andern beschützt. Der Kleine wird noch immer zurate gezogen, wenn man etwas Gescheites anstellen will, und deshalb spricht man noch heute, wenn jemand einen klugen Einfall hat: »Das hat ihm sein kleiner Finger gesagt!«

76. Die Büffelkuh und das Fischlein

Einmal kam eine große, große Büffelkuh an ein kleines Bächlein, um zu trinken; sie hatte einen unersättlichen Durst und soff ohne Aufhören. In dem Bächlein aber wohnte ein klein winziges Fischlein, das war immer sehr lustig, hüpfte und sprang und spielte mit den glitzerigen Steinchen. Es fürchtete nun, die Büffelkuh werde ihm das Wasser alles saufen und rief ihr zu: »Warum säufst du so viel? Soll ich hier auf trockenem Sande bleiben und umkommen? Höre auf, nicht dass ich über dich komme!« Aber die Büffelkuh spottete und brummte: »Boah! Du kleiner Schnips, ich werde mich gleich vor dir fürchten! Sorge, dass ich dich nicht verschlinge!« und soff fort und fort, bis kein Wasser im Bächlein war. Da ward das Fischlein sehr, sehr zornig, sprang heraus und verschlang mit einem Mal das ganze große Tier.

Nicht wahr, es geschah der Büffelkuh recht? Warum hat sie dem armen Pischlein alles Wasser gesoffen und hat es dazu noch verspottet?

77. Tod des Hühnchens

Hähnchen und Hühnchen scharrten auf dem Mist; da fand Hähnchen ein Weizenkörnchen und Hühnchen eine Erbse. Hähnchen schluckte das Körnchen leicht hinunter, dem Hühnchen aber blieb die Erbse in der Kehle stecken und es wollte würgi, würgi machen (erwürgen). Da sah Hähnchen, wenn es nicht gleich Wasser bringe, müsste das Hühnchen ersticken; es lief also gleich zur Jungfer und sprach: »Jungfer, mir Wasser gib, Hühnchen will würgi, würgi machen!« Jungfer sprach: »Bring mir Schuh vom Schuster!« Hähnchen lief zum Schuster und sprach:

»Schuster, mir Schuh gib,
Schuh ich der Jungfer gebe,
Jungfer mir soll Wasser geben,
Wasser ich dem Hühnchen gebe,
Hühnchen, das will würgi, würgi machen!«

Schuster sprach: »Bring mir vom Schwein die Borsten!« Hähnchen lief zum Schwein und sprach:

»Schwein, mir Borsten gib,
Borsten ich dem Schuster gebe,
Schuster mir soll Schuh geben,
Schuh ich der Jungfer gebe,
Jungfer mir soll Wasser geben,
Wasser ich dem Hühnchen gebe,
Hühnchen, das will würgi, würgi machen!«

Schwein sprach: »Bring mir Mehl vom Müller!« Hähnchen lief zum Müller und sprach:

»Müller, mir Mehl gib,
Mehl ich dem Schwein gebe,
Schwein mir soll Borsten geben,
Borsten ich dem Schuster gebe,
Schuster mir soll Schuh geben,
Schuh ich der Jungfer gebe,
Jungfer mir soll Wasser geben,
Wasser ich dem Hühnchen gebe,
Hühnchen, das will würgi, würgi machen!«

Müller sprach: »Bring mir Korn vom Acker!« Hähnchen lief zum Acker und sprach:

»Acker, mir Korn gib,
Korn ich dem Müller gebe,
Müller mir soll Mehl geben,
Mehl ich dem Schwein gebe,
Schwein mir soll Borsten geben,
Borsten ich dem Schuster gebe,
Schuster mir soll Schuh geben,
Schuh ich der Jungfer gebe,
Jungfer mir soll Wasser geben,
Wasser ich dem Hühnchen gebe,
Hühnchen, das will würgi, würgi machen!«

Acker sprach: »Bring mir vom Hofe Mist!« Hähnchen lief zum Hof und sprach:

»Hof, mir Mist gib,
Mist ich dem Acker gebe,
Acker mir soll Korn geben,
Korn ich dem Müller gebe,
Müller mir soll Mehl geben,
Mehl ich dem Schwein gebe,
Schwein mir soll Borsten geben,
Borsten ich dem Schuster gebe,
Schuster mir soll Schuh geben,
Schuh ich der Jungfer gebe,
Jungfer mir soll Wasser geben,

Wasser ich dem Hühnchen gebe,
Hühnchen, das will würgi, würgi machen!«

Da gab Hof Mist:

Hähnchen Mist dem Acker,
Acker Korn dem Hähnchen,
Hähnchen Korn dem Müller,
Müller Mehl dem Hähnchen,
Hähnchen Mehl dem Schweine,
Schwein Borsten dem Hähnchen,
Hähnchen Borsten dem Schuster,
Schuster Schuh dem Hähnchen,
Hähnchen Schuh der Jungfer,
Jungfer Wasser dem Hähnchen,
Hähnchen Wasser dem Hühnchen.

Da war aber das Hühnchen schon erstickt und mausetot.

78. Begräbnis des Hühnchens

Das Wasser kam zu spät; das Hühnchen hatte sich an der Erbse schon zu Tode geschluckt, da machte das Hähnchen einen Wagen aus Eierschalen, legte das tote Hühnchen darauf, spannte zwei Läuschen und zwei Mäuschen an und fuhr hübsch langsam zu Grabe und trieb immer:

»Tschã, Läusker,
Uidä, Mäusker,
Hejd u mir,
Mårn un dir!«

Als nun das Hühnchen begraben worden war, kehrte das Hähnchen traurig wieder heim und fuhr ganz langsam. Kam der Bär und fragte das Hähnchen, warum es so traurig sei, und wie er hörte, dass das Hühnchen gestorben und jetzt begraben wäre, so fing er an zu weinen, und das Hähnchen weinte noch mehr und schluchzte. Sprach der Bär: »Willst du mich nicht aufsitzen lassen?« Rief das Hähnchen:

»Hopp hånjden åf,
Dåt de Rãdcher kerzeln.
Dåt de Mäusker kråtzen
Und de Läusker påtzen!
Tschä, Läusker,

Uidä, Mäusker,
Hejd u mir,
Mårn un dir!«

Als sie nun ein Stückchen weiterfuhren, kam der Wolf und fragte, warum sie so traurig wären, und wie er hörte, dass das Hühnchen gestorben und begraben wäre, so war er auch untröstlich und fing an zu weinen, und weinten nun das Hähnchen, der Bär und der Wolf. Sprach der Wolf: »Darf ich nicht auch aufsitzen?« Sagte das Hähnchen:

»Hopp hånjden åf,
Dåt de Rãdcher kerzeln.
Dåt de Mäusker kråtzen
Und de Läusker påtzen!
Tschä, Läusker,
Uidä, Mäusker,
Hejd u mir,
Mårn un dir!«

Und wie sie nun weiterfuhren, kam auch der Fuchs, der Krebs, das Ei, die Nähnadel und die Stecknadel und der Mühlstein, und alle weinten, wie sie hörten, dass das Hühnchen gestorben wäre, und da noch Platz war, ließ das Hähnchen sie alle aufsitzen. Sie fuhren aber immerfort, bis sie die Nacht überfiel, da suchten sie Herberge in einem Wirtshaus, das lag an der Straße. Der Wirt aber war ein grober und hartherziger Mensch, und wie sie ihm ihren Jammer erzählten und ihre Not klagten, dass das Hühnchen gestorben sei, so lachte er sie aus, spottete ihrer und peitschte sie fort in die dunkle Nacht. Da wurden alle sehr zornig und sprachen untereinander: »Das können wir nicht ungestraft lassen!« Und nun sagte ein jedes, was es dem bösen Wirten antun wolle. Der Bär sprach: »Ich will seinen Kuhstall heimsuchen«, der Wolf: »Ich seinen Schafstall«, der Fuchs: »Ich seinen Gänse- und Hühnerstall«, der Krebs: »Ich will mich unvermerkt in das Wasserschaff hineinschleichen«, das Ei: »Und ich in den Glinster (glühende Asche)«, die Nähnadel: »Und ich in den Sorgenstuhl«, die Stecknadel: »Und ich ins Handtuch«, der Mühlstein: »Und ich über die Haustüre«, der Hahn: »Und ich als Wächter auf den Hahnenbalken!« Als nun der Wirt eingeschlafen war und schon schnarchte, gingen alle auf ihren Posten. Der Bär, Wolf und Fuchs hielten in kurzem mit den Kühen, Schafen, Gänsen und Hühnern so Hochzeit, dass nichts am Leben blieb.

Als der Wirt am frühen Morgen erwachte, ging er zum Feuer, um es anzublasen: da spritzte ihm das Ei glühende Asche in Augen und Gesicht; er fluchte und lief gleich zum Wasserschaff; als er die Hand hineinlangte, kneipte ihn der Krebs, dass er nur schnell herauszog, als habe er sich auch da verbrannt. Wie er mit dem Handtuch sich abtrocknen wollte, stach ihn die Stecknadel, dass ihm gleich das Blut rann. Er wusste nicht, was heute mit ihm geschah, und ließ sich im Zorn in seinen Sorgenstuhl nieder, aber im Hui sprang er auf kerzengrade: Die Nähnadel hatte das Ihrige getan und ihn unsanft im dicken Fleisch gekitzelt. »Ist denn der Teufel los? Himmeldonnerwetter!« fluchte er wütend und wollte zur Tür hinausstürzen. Da fiel der Mühlstein auf ihn herunter und schlug ihn tot. Als das der Hahn sah, rief er: »Recht geschehen, recht geschehen!« Es wurde aber gerade Tag, und der Hahn fing an zu krähen: »Kikeriki! Auf, auf! Und lasset uns weiterziehn!« Nun kamen alle herbei und erzählten ein jedes, was es ausgerichtet, der Mühlstein aber erhielt das größte Lob. Dann zogen sie fort, und der Hahn trieb:

»Tschã, Läusker,
Uidä, Mäusker,
Hejd u mir,
Mårn un dir!«

und so fahren sie noch heute in der Welt herum, und wo sie einen groben und hartherzigen Wirten treffen, da spielen sie ihr Stückchen.

79. Die Reise des Enteleins

Das Entelein (sächs. Schnådderintchen) wackelte fort und wollte eine Reise in die Welt machen, kam das Hutzelbein (der Frosch, sächs. Hïpertïperchen) und sprach:

»Wohin, Entelein?«
»In die Welt hinein!«
Sagte Entelein.
»Darf ich mit, Entelein?«
Fragte Hutzelbein.
»Sitz auf mein Schwänzelein!«
Sprach das Entelein,

Da setzte es sich auf, und nun zogen beide fort; kam der dicke Mühlstein und sprach:

»Wohin, Entelein, Hutzelbein?«
»In die Welt hinein!«

Sprach Entelein, Hutzelbein.
»Darf ich mit, Entelein, Hutzelbein?«
Fragte der dicke Mühlstein.
»Sitz auf mein Schwänzelein!«
Sprach das Hutzelbein.

Der dicke Mühlstein setzte sich auf, und so ging's langsam fort; kam die Kohle mit den roten Backen (sächs. rït Påtzerchen) und sprach:

»Wohin, Entelein, Hutzelbein, dicker Mühlstein?«
»In die Welt hinein!«
Sprach Entelein, Hutzelbein, der dicke Mühlstein.
»Darf ich mit, Entelein, Hutzelbein, dicker Mühlstein?«
Fragte das rote Kohliglein.
»Sitz auf mein Schwänzelein!«
Sprach der Mühlstein.

Da setzte sich das Köhlchen mit den roten Backen auf und war sehr lustig und froh, dass es die Welt sehen sollte. So zogen sie weiter fort und kamen an den Fluss (den Mieresch). Das Entelein schwamm hinein, und als es in der Mitte war, sprach es: »Nun haltet euch, ich soll einmal tunken und mir ein Fischchen erschnappen!« O weh, da war's um den Mühlstein und die Kohle geschehen; sie stürzten hinab ins Wasser, der Mühlstein ging zu Grund und wurde nicht mehr gesehen, die Kohle blieb zwar oben, aber sie verlor gleich ihre roten Backen und wurde schwarz wie der Tod und floss ins Meer.

Nur das Entelein und Hutzelbein blieben am Leben, weil sie schwimmen können, und lachten sich die Bäuche voll, und so lachen sie noch fort bis auf den heutigen Tag. Die Leute aber, welche diese Geschichte nicht wissen, sagen nur: »Sie schnattern und quaken!«

80. Von dem Jungen, der immer schnupperte

Es war einmal ein kleiner Junge, gerade so groß, wie du bist, der ging, wenn seine Mutter auf dem Markt war, immer über die Sauermilch und schnupperte. Da sagte seine Mutter: »Wenn du noch einmal schnupperst, so gebe ich dich dem garstigen Bären!« Kaum war sie wieder fort, husch! Lief der Junge gleich zum Topf und schnupperte und schnupperte so lange, bis keine Sauermilch mehr im Topfe war. Jetzt aber fing er an, sich zu fürchten vor seiner Mutter, und in der Angst lief er fort und kam in den Wald. Als er da war, gedachte er an die wilden Tiere, die im Wald wohnen, die würden jetzt kommen und ihn zerreißen. Was sollte er anfangen? Nun sah er einen dicken Baum. »Du willst da hinaufkriechen, da bist du sicher!«, dachte er. Der Baum aber war hohl, und wie er oben war, fiel er hinein, und da war gerade ein Bärennest, und die jungen Bärchen rannten durcheinander, denn sie hatten sich erschreckt. Bald kam auch der alte Bär und brachte Futter und fing an zu brummen: »Boboborou!«, und die Kleinen brummten freudig: »Bebebereu!« Nun kannst du dir vorstellen, wie sich der kleine Junge fürchten musste. Als aber der Bär oben am Loche stand und die Augen des Jungen sah, so dachte er: »Jetzt ist es aus mit dir!« denn er meinte, es sei die Katze oder die Schlange drinnen, die fresse erst seine Jungen, dann werde es an ihn kommen. Schnell drehte er sich um; dabei kam dem Knaben der Schwanz des Bären über das Gesicht; in der Angst fasste er nach ihm, ohne dass er's wusste, und wie der Bär fortsprang, so zog er den Knaben mit hinaus. Der Bär aber glaubte, die Katze habe ihn am Schwanz und sei ihm nachgesprungen und wolle ihn fressen. Da riss er sich schnell wieder los und sprang ins Nest zurück und blieb ganz ruhig. Er hatte so gerissen, dass dem Jungen der Schwanz in der Hand geblieben war, und seitdem hat der Bär einen Stumpfschwanz. Der Junge hatte aber nicht weniger Angst gehabt, das kannst du dir denken. Er lief schnell nach Hause und sprach: »Liebe Mutter, nur einmal noch verzeiht mir, ich will nicht mehr schnuppern.« Da erzählte er jetzt, wie es ihm gegangen sei. »Weil ich fürchtete«, sprach er zu seiner Mutter, »Ihr würdet mich schlagen, lief ich in den Wald; da dachte ich an die wilden Tiere, die im Wald wohnen; ich stieg auf einen Baum, um mich zu verstecken, und da fiel ich gerade in das Bärennest; es waren aber nur die Jungen zu Hause, die sahen mich so garstig an und brummten immer: ›Jetzt fressen wir dich!‹ Zuletzt kam der alte Bär und brummte: ›Habt ihr ihn?‹, und die Bärchen brummten wieder: ›Ja, wir haben ihn!‹ Jetzt kam der Fürchterliche ans Loch und machte so feurige Augen, dass ich dachte: ›Nun ist es aus mit dir‹; aber der gute Bär warf mich nur hinaus und schenkte mir's noch einmal, drückte mir dies Haarbüschel in die Hand, sprang in sein Nest und ließ mich fortlaufen. So, Mutter, der Bär bekommt mich nicht, wenn ich nicht mehr schnuppere?«

81. Die kluge Meise und der Fuchs

Der Fuchs hatte lange nichts gefressen und kam heißhungrig an einen Baum, wo eine Meise ihr Nest hatte. »Gib deine Jungen gleich her!«, rief er der alten Meise zu, »sonst schlage ich mit meinem Schwanz den Baum um und fresse dich!« Die Meise erschrak sehr und konnte lange kein Wort sprechen; endlich, als sie sich erholt hatte, sagte sie: »Aber, lieber Fuchs, lasse mir meine Jungen, sie sind ja so winzig klein, dass du an ihnen deinen Hunger doch nicht stillen kannst; willst du mir folgen, so verschaffe ich dir reichliche Speise!« – »Lass sehen!« sprach der Fuchs. Die Meise flog nun an die Landstraße, der Fuchs folgte von Weitem nach. Da saßen zwei Frauen, die hatten neben sich Körbe mit Backwerk. Die Meise flog in die Nähe und hüpfte hin und her, als ob sie nicht recht fliegen könne. Die Frauen bekamen Lust, das kleine Vöglein zu fangen, um ihren Kindern damit eine Freude zu machen; sie standen auf und eilten demselben nach, um es zu erhaschen; doch das hüpfte immer weiter fort. Der Fuchs schlich indes zu den Körben heran, fraß alles, was drinnen war, und wurde satt. Als das die Meise gesehen hatte, hob sie sich hoch in die Luft und flog zu ihrem Nest; die beiden Frauen machten lange Gesichter, und als sie ihre Körbe umgeworfen und leer fanden, da erst ärgerten sie sich über ihre Torheit.

Der Fuchs aber kam zum Baum und rief der Meise zu: »Hoho! Du bist noch nicht frei, schaffe mir nun auch zu trinken!« – »So folge mir!« sprach die Meise und flog wieder an die Landstraße; da fuhr eben ein Mann und hatte auf dem Wagen ein Fass voll Wein. Die Meise setzte sich seitwärts auf das Fass und fing an zu picken. Der Mann schlug nach ihr mit der Geißel; allein sie huschte glücklich weg und war gleich wieder da. Nun ward er zornig, nahm seine Axt und wollte sie totschlagen; aber die Meise entkam, und er schlug das Fass ein, und der Wein strömte zu Boden. Als er weiter gefahren, kam der Fuchs heran und soff sich voll. »Bist du jetzt zufrieden?«, fragte die Meise. »Hoho! Noch nicht!« rief der Fuchs, »jetzt will ich auch einmal lachen!« – »So folge mir!« sprach die Meise zum Fuchs, und sie flog zu einer sächsischen Tenne; der Fuchs schlich heran und kroch auf den Hahnenbalken; da droschen zwei ungarische Drescher, ein junger und ein alter mit einem Kahlkopf. Die Meise setzte sich nun dem Alten auf die Glatze; vergebens griff und schlug er nach ihr; sie huschte flink fort, und wie er anfing zu dreschen, saß sie ihm wieder auf der Glatze. Da ward er ärgerlich und rief seinem jungen Kameraden zu: »Üset, Pista!« (ungarisch: Schlage, Stefan!) Der schlug mit dem Dreschflegel nach der Meise; allein die entkam glücklich, und er traf den Alten auf die Glatze, dass der gleich zu Boden fiel. Da lachte der Fuchs oben auf dem Hahnenbalken so gewaltig, dass er sich nicht mehr halten konnte; er plumpste hinab in die Tenne, und der Pista, nicht faul, klopfte ihm mit dem Dreschflegel den Pelz aus, dass ihm das Lachen verging. Nur mit genauer Not kam er davon; die Meise aber flog vergnügt zu ihrem Nest.

82. Vom Kater Mitzpuf

Eine arme Frau hatte nichts als eine Katze; das war ein Kater, den nannte sie Mitzpuf. Da sie ihm nun nichts mehr zu essen geben konnte, sprach sie: »Mein lieber Mitzpuf, es zerschneidet mir das Herz, wenn ich sehe, wie du so mager wirst, und ich kann dir nicht helfen; gehe du in den Wald und suche dir zu essen.« Mitzpuf ließ sich das nicht zweimal sagen, denn er war sehr hungrig und wollte auch gerne einmal den Wald sehen. Als er nun in den Wald kam, lag da ein totes Pferd, und sogleich sprang er auf das Pferd und fing an zu reißen und zu beißen. Es währte nicht lange, siehe, da zeigte sich der Fuchs von Weitem. Als er die Katze erblickte, entsetzte er sich sehr, kehrte still um, nahm den Zagel zwischen die Beine und ging zuerst langsam, und als er glaubte, dass man ihn nicht mehr sehe, lief er in einem fort wie der Wind, sodass er ganz außer Atem kam. Da begegnete ihm der Bär. »Gevatter, was ist Euch? Warum macht Ihr so lange Beine?« – »Fraget nicht lange, kommt nur schnell mit«, rief der Fuchs, »wenn Euch Euer Leben lieb ist! Dort sitzt ein kleines Ungeheuer auf einem dreimal größeren Wesen, als Ihr seid, hat es umgebracht und frisst es!« – »Das muss ich doch sehen!« sprach der Bär neugierig, brummte sich Mut in den Bart und ging langsam näher; der Fuchs blieb jetzt stehen und sah zu. Bald kam der Bär in vollem Lauf zurück. »Nur fort!«, rief er zum Fuchs, »es ist die höchste Gefahr!« Beide liefen nun, dass ihnen Sehen und Hören verging. Da trafen sie auf den Wolf. »Was gibt es denn, warum so eilig? Was zappt und schnappt ihr so ängstig?« fragte der Wolf. Da sprachen der Fuchs und der Bär: »Unglücklicher, fraget nicht, rettet Euch mit uns, wenn Euch Euer Leben lieb ist. Dort sitzt ein kleines Ungeheuer auf einem fünfmal größeren Wesen, als Ihr seid, hat es umgebracht und frisst es!« – »Was, ich mich fürchten?« sprach trotzig der Wolf, »das soll man von mir nicht sagen!« und lief nach der bezeichneten Gegend. Der Fuchs und der Bär standen und sahen. Plötzlich kam der Wolf wie ein abgeschossener Pfeil hergerannt und hatte kein Leben. »Nur schnell, rettet euch, wie ihr wisst und könnt!«, rief er.

Nun liefen alle drei wie in die Wette. Da stießen sie auf das Wildschwein. »Was ist das? Was ist das? Habt ihr Feuer unterm Zagel?« fragte dieses. »Fraget nicht lange, rettet Euch mit uns, wenn Euch Euer Leben lieb ist; dort sitzt ein kleines Ungeheuer auf einem fünfmal größeren Wesen, als Ihr seid, hat es umgebracht und frisst es!« – »Ihr feigen Memmen!« schrie das Wildschwein, »gleich will ich es umbringen«, schnaubte fürchterlich ro, ro und rannte blindlings auf das tote Pferd los und stieß mit seinen Hauern ihm in den Bauch, noch ehe sich die Katze versehen konnte. Diese war nicht wenig erschreckt, machte einen großen Buckel, sträubte die Haare, schnurrte und sah mit wilden Augen das Schwein an. Dieses konnte nicht gleich mit seinen Hauern frei werden und glaubte jetzt, der Kater Mitzpuf habe es gepackt; endlich kam es los, kehrte um und schoss wie der Blitz von dannen. Die Katze war mutig geworden und lief ihm nach. Das Schwein war bald bei den andern: »Es kommt das grausige Ungeheuer, wehe uns, wir sind verloren, rette sich jedes, wie es kann!« Da lag ein dicker Baumstamm, der war hohl; das Wildschwein rannte hinein und barg sich; nur die Zagelspitze reichte heraus; der Bär, Fuchs und Wolf hatten sich schnell auf je einen Baum geflüchtet.

Der Kater Mitzpuf kam lustig herbeigesprungen, hüpfte auf den Baumstamm und packte die hervorstehende Zagelspitze vom Wildschwein. »Jetzt frisst es dich!«, dachte dieses und grunzte einmal in seiner Todesangst so fürchterlich, dass jene vor Schrecken vom Baum herunterplumpsten. Dem Fuchs war nichts geschehen; er lief leicht fort; der Bär hatte sich ein Bein gebrochen und hinkte nach; der Wolf aber war in ein spitzes Holz gefallen und hatte sich gespießt; sein Rachen stand weit offen und wies die Zähne. Das sah der Fuchs: »Ei, Gevatter, warum lacht Ihr uns aus? Das Laufen ist doch keine Schande, wenn es gilt, das Leben zu retten!« Aber der Wolf antwortete nicht, denn er war schon steif und starr. Das Wildschwein getraute sich vor Angst nicht herauszukommen und verreckte in dem Baumstamm. Der Fuchs und der Bär aber laufen noch immer, und aus ist es auch mit ihnen, wenn der Kater Mitzpuf sie bekommt; er zerreißt und zerbeißt ihnen den Bauch wie dem toten Pferd.

83. Die Geiß mit ihren zehn Zicklein und der Bär

Es war einmal eine alte Geiß, die hatte zehn kleine, kleine Zicklein, die waren wie die Orgelpfeifen: immer eines kleiner wie das andere, und das kleinste war nur so groß wie ein kleiner Finger. Nun traf es sich einmal, dass die alte Geiß sagte: »Meine Kinderchen, hört, was ich euch sage; ich gehe auf den Markt einkaufen Salat und Kraut, und ich bringe euch was mit, Milch im Zitz und weiches, weißes Brot; schließet die Türe nur gleich zu hinter mir und niemanden lasset herein, der nicht eine feine Stimme und weiße Hände hat; das aber bin ich; sonst kommt der garstige Bär und frisst euch alle, wenn ihr ihn hereinlasset.« – »Nein, nein, Mutter, wir wollen gut folgen und niemanden hereinlassen, bis Ihr nicht kommt«, sprachen die Zicklein. Nun nahm die Geißmutter den Quersack und ging. Die Zicklein schlössen zu und tanzten auf dem Fußboden herum und waren gar lustig. Als aber die Geiß durch den Wald ging, sah sie der Bär und dachte gleich: »Aha! Nun kannst du die Zicklein leicht bekommen und fressen!« Wie jene vorbeigegangen war, lief er gleich vor die Stube der Geiß, stieß in die Türe und brummte und murmelte gar erschrecklich: »Macht mir auf, macht mir auf!« Die kleinen armen Zicklein stäubten ganz verblüfft, dass sie kein Leben hatten, auseinander und verkrochen sich, wohin sie konnten, eines unter die große Mulde, eines unter den Waschtrog, eines unter den Milchnapf, eines in die Uhr, eines in die Ofenröhre usw. und das kleinste in die Asche. Wie nun der Bär draußen brummte und lärmte, aber doch nicht hineinkonnte, nahmen sich die neun größten Zicklein ein Herz und sagten: »Unsere Mutter sagte, wir sollen niemanden hereinlassen, der nicht eine feine Stimme und weiße Händchen habe.« Nun fingen sie [an] auch zu spotten - aber das hätten sie können bleiben lassen - und sagten: »Herr Gevatter Bär, nicht wahr, das Zickleinfleisch schmeckt gut? Nun, kommt doch herein durch das Schlüsselloch; Ihr denkt ja, Ihr wäret der Stärkste und Klügste und könntet alles!« Da wurde der Bär giftig und lief weg und dachte: »Nun wartet, ich will euch schon bekommen!« Die Zicklein aber bekamen Courage; wie sie merkten, dass der Bär nicht vor der Türe war, sprangen sie hervor aus dem Winkel und tanzten wieder und waren lustig. Nur der Aschenputtel jammerte:

»Was habt ihr getan?
Wie wird es uns gehn?
Der Bär ist zornig,
Der Bär ist stark.«

Der Bär lief stracks zu einem Schleifer und sprach: »Gleich schleife mir meine Zunge, dass ich auch so fein reden kann wie die alte Geiß.« Der Schleifer musste es tun, denn der Bär wollte ihn sonst fressen. Dann ging der Bär wettergallig auf die Zickleinstube los; wie er ganz nahe war, ging er leise und brummte nicht mehr wie ein Bär und kam vor das Schlüsselloch und schrie ganz fein wie die alte Geiß: »Macht mir auf!« Die Zicklein schreckten zusammen, hörten auf vom Tanzen, blieben aber in der Stelle stehn; nur der Aschenputtel war gleich in der Asche. Nach einer Weile, wie der Bär wieder rief, fragte eines: »Bist du unsere Mutter?« - »Ja, ja!« sagte der Bär. »Nun, lasse sehen deine Hände!« Der Bär aber hatte vergessen, seine schwarzen, garstigen Pratzen weiß zu machen. Wie er sie nun zeigte, sahen die Zicklein, dass es der Bär war, und fingen wieder wie früherhin an zu spotten. Der Bär kochte vor Zorn und brummte bei sich im Weglaufen: »Nun wartet, ihr sollt mir dieses bezahlen!« Die Zicklein tanzten und sprangen wieder herum und waren lustig.

Der Bär aber lief geradezu in die Mühle und rief dem Müller: »Mache du mir meine Pratzen so weiß als die der alten Geiß!« Der Müller musste es tun, denn sonst wollte ihn der Bär fressen. Als es geschehen war, eilte der Bär wieder zu den Zicklein und ging ganz leise, wie er in der Nähe war, und rief dann vor dem Schlüsselloch ganz fein wie die alte Geiß: »Ihr meine Kinderchen, Kinderchen, macht mir auf!« Die Zicklein wurden wieder ganz stutzig, hörten auf vom Tanzen, blieben aber in der Stelle stehn, nur der kleine Aschenputtel war gleich in der Asche. »Bist du unsere Mutter?«, fragten die anderen: »Ja, ja!«, sagte der Bär. »Nun weiset die Hände!« Da zeigte der Bär seine weißgemachten Pratzen, und nun glaubten sie er wäre ihre Mutter, und waren froh und sprangen und wollten gerne sehn, was sie ihnen gebracht hätte, und schlossen die Türe auf. O Schrecken, da sahen sie den garstigen Bären. Nun hättet ihr sehen sollen, wie sie durcheinanderliefen! Allein das half alles nichts; der Bär sah, wohin sie alle liefen, fing eines nach dem andern und schluckte sie alle ein. Der Aschenputtel aber zitterte in der Asche, und fürchtete sich, der Bär werde ihn auch finden; allein er hatte es nicht gesehen, und so dachte er, er wäre fertig, und ging weg und war froh.

Wie er an den Berg und den Wald kam, so sah er die Geiß; die kam eben vom Markte heim und brachte allerhand Einkäufnis auf dem Rücken. Er fragte sie ganz lustig: »Nun, woher kommt Ihr, Gevatterin?« – »Nun, vom Markt!« antwortete sie höflich – denn sie dachte, es ist immer besser, man tut freundlich –, »man muss ja zuweilen etwas einkaufen!« Aber es war ihr gar nicht recht, dass der Schreckliche so spaßhaft war. »Nun, ich komme von der Hochzeit und habe gar gut gelebt«, sagte der Bär. Die Geiß ging schnell weiter und lief heim und wollte sehn, ob ihre Kinder vor dem Garstigen ruhig geblieben wären. Aber wie wurde es ihr, als sie die Türe angelweit offen und in der Stube alles umgedreht sah und alles mäuschenstill war! »Meine Kinderchen, meine Kinderchen, wo seid ihr, kommt doch hervor!« Aber es ließ sich lange nichts hören. Der Aschenputtel zitterte und fürchtete, es wäre wieder der Bär und er hätte sich nur verstellt. Endlich guckte er ein wenig aus der Asche heraus und sah nun, dass es seine leibhaftige Mutter war, und sprang heraus und erzählte nun alles, wie es gekommen war. Da wurde die alte Geißmutter zornig über den Bären und sagte: »Nun warte, ich will ihm's gleich bezahlen! Bleibe du, mein Aschenputtelchen, nur hübsch zu Hause, bis ich dich rufe.« Sie wollte gerade zu dem Bären aufs Gebäude ; aber als sie an den Wald kam, war er noch da, wo sie miteinander geredet hatten, und lag an einem Rain und sonnte sich. Nun kam die Geiß zu ihm und sagte: »Wie habt Ihr es doch, lieber Gevatter, auf der Hochzeit so gut gehabt;

wie gut werdet Ihr nun schlafen; soll ich Euch nicht ein wenig lausen?« – »Wie gut wird das sein; ei wahrlich, tut das, Gevatterin.« Nun fing sie an ihn zu lausen, und er schlief darunter bald ein.

Schnell lief sie nun nach Hause und rief ihrem Jüngsten: »Komme mit, bringe die Nadel, den Zwirn und auch die Schere; ich soll den Mühlstein tragen.« So eilten sie zum Bären, der aber schleppte Klötze (schnarchte), dass es eine Freude war. Die Geiß nahm die Schere und schlitzte dem Bären den Bauch auf. Sogleich sprangen die neun Zicklein alle heraus und waren froh, wie sie ihre Mutter sahen und dass sie wieder im Lichten waren; denn im Bären ist es, wie im Ochsen, ganz dunkel. Ihre Mutter aber klopfte sich auf den Mund und winkte ihnen, sie sollten ganz still sein und nach Hause gehen; nur der Aschenputtel blieb da und war zur Hand. Nun nahm sie den Mühlstein und tat ihn dem Bären in den Bauch und nähte ihn wieder zu; er aber schlief noch fest und merkte nichts. Als er bald darauf erwachte, reckte er sich und rieb sich die Augen. Der Aschenputtel verkroch sich hinter einen Strauch. »Weh!«, seufzte der Bär, »es liegt mir wie ein Stein im Magen.« – »So geht es, wenn man zu gut lebt!« sprach die Geiß; »allein, nicht lasset Euch, seid frisch, seht, wie munter ich bin!« Und die Geiß sprang und war lustig. Aber der Bär sah garstig und war verdrießlich und konnte sich mit Mühe von der Stelle rühren. »Nun, Ihr seid ein elender Kerl!«, sagte die Geiß, »Ihr könnt nicht einmal über diesen Brunnen springen; sehet mir einmal zu!« Im Nu war die Geiß drüben. Der Bär wollte nicht recht, aber er schämte sich zu sagen: »Nein, das kann ich nicht!«, denn er dachte, er wäre der Größte und könnte alles. Er ging einige Mal um den Brunnen herum und wollte und wollte auch nicht; endlich nahm er sich einen Anlauf und sprang, aber der Mühlstein zog ihn in den Brunnen. Die Geiß aber rief ihm fröhlich nach:

»Rumple, rumple, Mühlenstein,
Meine zehn Zicklein sind alle daheim!«

Der Aschenputtel lief nach Hause und rief auch die andern. Nun kamen sie alle und sprangen um den Brunnen und sangen:

»Gevatter Bär, Gevatter Bär,
So seht doch nur ein wenig her;
Ihr denkt, Ihr hättet Zicklein im Bauch,
Es ist Knochigers noch, Ihr alter Gauch;
Nun sauft gut auf den Mühlenstein
Und bleibt ein andermal hübsch daheim!«

So musste der Bär elendig ertrinken, und das war ihm recht.

84. Der Fuchs und der Bär

Der Fuchs und der Bär hatten einmal großen Durst. Da sprach der Fuchs: »Ich weiß in einem Keller guten Wein, willst du, so gehen wir in der Abenddämmerung hin und holen ihn.« Dem Bären war das ganz recht, und als es Abend wurde, gingen sie hin. Damals aber hatte dieser auch einen so langen, ja noch einen längeren Schwanz als der Fuchs – und warum sollte er ihn auch nicht gehabt haben, er ist ja größer und stärker? – »Gevatter, Ihr seid stark!« sprach der Fuchs, »lasset Euren Zagel zum Kellerfenster hinein, dann keule ich die Spitze fest ins Fassloch ein und Ihr zieht das Fass hinaus!« So geschah es; als aber der Fuchs fertig war, rief er: »Nun wartet, bis ich hinauskomme, dass ich auch ziehen helfe«, und sprang hinaus. »Nun drauflos jetzt, Gevatter!« Der Bär zog, dass er kein Leben hatte, doch das Kellerfenster war zu klein, und das Fass ging nicht hinaus, aber bei seiner gewaltigen Kraft brach der Bär die Mauer mit dem Fasse durch. Das gab ein fürchterliches Gerumpel. Der Wirt im Hause erwachte, sah hinaus und rief seine Leute gleich zusammen; sie eilten mit Stangen und Stöcken hinaus dem Bären und Fuchs nach, diese waren schon im Feld, der Fuchs voran, der Bär mit dem Fass Wein am Zagel hinterher. Als er aber über einen Graben sprang, fiel das schwere Fass hinunter und nahm ihm ein Stück vom Zagel mit, doch war er froh, dass er vor den Nacheilenden in den nahen Wald entkommen konnte. Seit der Zeit hat der Bär einen Stumpfschwanz.

85. Der Wolf und die alte Geiß

Der Wolf traf einmal auf die alte Geiß mit ihren zehn Zicklein. »Aha! Jetzt fresse ich euch!« sprach er. Da trat ihm die alte Geiß drohend entgegen und rief: »Kennst du den Büß? Schnell, packe dich, sonst erschieße ich dich mit meiner Pistole!« und zeigte dabei auf ihren stumpfen Zagel. Der Wolf erschrak hierüber so sehr, dass er sich umwandte und in den Wald fortlief, um sich da zu verstecken. Wenn man dich nun fragt: »Kennst du den Büß?« so weißt du, was das heißt.

86. Der Wolf und das Menschenkind

Der Wolf rühmte sich einmal gegen den Fuchs, er sei der Stärkste auf Erden, er fürchte sich vor niemand. Da sprach der Fuchs: »Ich kenne doch wohl einen, der stärker ist, das ist das Menschenkind.« – »Was?« rief der Wolf, »dem möcht ich doch alle Knochen zerknatschen und zerbeißen, wenn ich es sähe!« – »Ich will dich zu einem hinführen«, sagte der Fuchs. Als sie so hingingen, kam ein alter Mann ganz krumm und gebückt. »Ist das ein Mensch?«, rief der Wolf. »Das war einer!«, sagte der Fuchs. Sie gingen ein wenig weiter, da spielte ein Kind im Felde. »Ist das ein Mensch?« – »Das wird einer!« sagte der Fuchs. Sie machten nur einige Schritte, da trat der Jäger aus dem Wald hervor. »Nun, das ist ein Mensch«, sprach der Fuchs ängstig und schlich auf der Stelle seitwärts. Der Wolf aber war ganz wild und trotzig, ging auf den Jäger los und sprach: »Dem will ich bald die Nieren prüfen!« Der Jäger stand ruhig und wartete; als der Wolf schussgerecht war, zielte er und drückte los. Der Wolf stutzte über das Krachen, und sogleich kitzelte ihn etwas so unangenehm ins Gesicht, und das Blut rann ihm von der Stirne. Er ging aber dennoch auf den Jäger zu; der griff nach dem Hirschfänger, und als der Wolf ihn packen wollte, stocherte er ihm einige Male in die Seite, dass diesem die Lust dazu verging und er laut heulte und fortlief. Der Fuchs lachte sich in den Bauch, als er den Wolf kommen sah. »Nun, wer ist stärker, Gevatter?« – »Der Teufel!« sprach der Wolf, »das war mir so ein Kerl, der hatte ein langes, krummes Holz, hinten rauchte es und vorne fuhr das Donnerwetter heraus, dann nahm er eine Handvoll Steinchen und warf mir ins Gesicht, und zuletzt zog er eine Rippe aus seiner Seite und stocherte mir in den Magen, das war noch das ärgste. Ja, so einen habe ich nicht mehr gesehen!«

87. Der Wolf als König, der Fuchs sein Minister

Der König der Waldtiere war gestorben; da sprachen diese untereinander: »Es ist am besten, wir machen den Wolf zum König; da wird er immer daheimsitzen und Recht sprechen, und wir haben indes vor ihm Ruhe.« So geschah es auch, dass sie ihn wählten. Der Wolf freute sich über die große Ehre, die ihm angetan wurde, und damit es ihm an klugem Rat nie fehle, machte er den Fuchs zu seinem Minister. Wehe aber den armen Tieren, die vor dem Gerichtshof des neuen Königs erschienen; keines kam lebendig davon; was der König nicht selbst gewaltsam tötete, das starb durch die Hinterlist seines Ministers. So ging es z. B. dem Hasen.

Die Geschichte ist diese: Der Hase ging an einem Felsblock vorüber; da sah er eine Schlange liegen, auf die ein mächtiger Stein gerollt war. Die Schlange bat ihn, er möchte den Stein von ihr wegheben. Der Hase, mitleidig von Natur, bedachte sich nicht lange und hob den Stein fort. Kaum war die Schlange frei, so wollte sie den Hasen verschlingen. »Wie, ist das der Dank?«, rief dieser. »Ja, so geht es in diesen Zeiten«, sprach die

Schlange, »Undank ist der Welt Lohn!« - »So lasse wenigstens einen andern Recht sprechen!« sagte der Hase. Die Schlange war das zufrieden. Da fiel dem Hasen ein Stein vom Herzen. Sie gingen nun weiter und sahen zwei Raben; diesen legten sie die Sache vor. »Er soll sterben!« sprachen die Raben, »denn Undank ist der Welt Lohn!« - »Was, sollen Räuber meine Richter sein?« sprach der Hase, »noch füge ich mich nicht, gehen wir zum König.« Die Schlange ließ auch das geschehen.

Als sie vor dem König waren und ihm die Sache vortrugen, sprach der zornig: »Der Hase hat auf keinen Fall recht, weil er der Schwächere ist; ob aber die Schlange recht hat, soll mein Minister untersuchen.« Da kamen sie vor den Fuchs und trugen ihm die Geschichte vor. Der schüttelte bedenklich den Kopf und sprach: »So ein verwickelter Fall ist mir noch nicht vorgekommen.« Er ließ sich zum Stein hinführen. Da sagte er zu der Schlange: »So lege du dich an die Stelle, wo du warst, und du, Hase, wälze den Stein hin, wie er war.« Als das geschehen, sprach der Fuchs das Urteil: »So soll es auch bleiben!« Den Hasen packte er gleich und würgte ihn, indem er sagte: »Dich hat mein König verurteilt, du darfst der gerechten Strafe nicht entgehen.«

Ob der Wolf noch immer König ist von den Tieren im Walde und der Fuchs sein Minister, weiß ich nicht; frage seinen Herrn Vetter im gelbkrausen Mente, der wird es wissen.

88. Der Bauer, der Bär und der Fuchs

Ein armer Bauer kam aus dem Wald mit einer Fuhre Holz; siehe, da trat ihm plötzlich der Bär in den Weg und rief: »Halt, einen Ochsen her, ich will Euch mein grünes Haus verwüsten lehren!« Der Bauer war sehr erschrocken und bat demütig um Verzeihung: Er habe ja nicht gewusst, dass der Wald ihm gehöre; allein es half ihm nicht, der Bär blieb dabei. Endlich sagte der Bauer: »Lieber Herr Bär, ich gebe Euch gerne beide Ochsen, lasset mich nur dieses Holz nach Hause führen, dass meine armen Kinder sich wärmen können.«

Der Bär dachte: »Zwei Ochsen sind besser als einer«, und spielte Erbarmen. »Nun, es sei Eurer Kinder wegen so, wie Ihr wünschet; morgen um diese Zeit sollt Ihr aber mit den zwei Ochsen hier sein, schwöret mir darauf!« Da schwur der Bauer einen heiligen Eid. Darauf entfernte sich der Bär, und der Bauer fuhr seines Weges. Der Fuchs aber war nicht weit im Versteck gewesen und hatte alles gesehen und gehört. Als der Bär fort war, lief er dem Bauer[n] nach; dieser weinte und jammerte schon um seine schönen und einzigen Ochsen. Da rief ihm der Fuchs zu: »Armer Mann, ich weiß, was Euch fehlt; ich habe alles gehört, was gebt Ihr mir, wenn ich Euch beide Ochsen rette?« Wer war froher als der Bauer: »Nun, was soll ich Euch geben? Verlangt etwas, ich tue es gerne!« – »So lasset mich dreimal unter Eurem Kreuz lecken.« Das schien dem Bauer[n] eine sonderbare Forderung, und er wollte nicht recht, aber – was tut ein Bauer nicht, um seine Ochsen zu behalten? – er willigte zuletzt doch ein. Da sprach der Fuchs: »Kommet nur morgen zu der bestimmten Zeit, wie Ihr geeidet habt, in den Wald, und wenn nun der Bär erscheint, will ich Euch aus der Ferne rufen mit der Stimme des Jägers; dann müsst Ihr nur dem Bären sagen, ich sei der Jäger, das Übrige wird sich von selbst geben!«

Da fuhr der Bauer getröstet nach Hause, und am andern Tag war er zur bestimmten Zeit und am bestimmten Ort mit seinem Wagen in dem Wald. Nicht lange, so kam auch der Bär und freute sich, dass der Bauer so ehrlich sei und Wort gehalten; er war aber nur eben an den Wagen gelangt, so rief eine Stimme aus der Ferne: »Bruder, hast du nichts Wildes gesehen?« – »Wer ist das?« fragte der Bär ganz leise und beängstigt und duckte sich gleich neben dem Wagen auf die Erde. »Der Jäger«, sprach der Bauer. »Der Jäger?«, rief der Bär stutzig, und der Atem blieb ihm stehen. »Sage, du habest nichts gesehen.« – »Ich habe nichts gesehen«, schrie der Bauer. Der Fuchs rief wieder: »Was liegt denn so Schwarzes neben deinem Wagen?« Der Bär, leise: »Sage, ein gebrannter Klotz.« Der Bauer, laut: »Ein gebrannter Klotz.« Der Fuchs: »Kannst du ihn allein aufladen? Ich will dir helfen!« Der Bär, leise: »Sage ja, ja; ich will mich selbst hinaufziehen, dass es dir leicht wird.« Der Bauer, laut: »Ja, ja!« Der Fuchs: »Dass ich sehe, kannst du ihn auch allein festbinden? Sonst will ich dir beistehen!« Der Bär, leise: »Sage ja; ich will stillhalten.« Der Bauer, laut: »Ja.« Der Fuchs: »Nun schlage einmal, wie es recht ist, die Axt hinein, dass ich sehe, kannst du?« Der Bär: »So schlage einmal zum Schein.« Der Bauer erhob seine Axt und schlug aber einen ehrlichen Schlag und machte den Bären auf einmal tot. Nun kam der Fuchs herbeigelaufen und verlangte seinen Lohn. Der Bauer hatte nicht wenig Angst; was sollte er aber tun, er musste sich anschicken. Wie nun der Fuchs sich bückte, entging dem Bauer[n] aus Angst einer. »Was war das? Was ist das?« rief der Fuchs bestürzt. »Ach, ein Windhund«, sprach der Bauer, »ist mir entlaufen.« – »Ein Windhund?« fragte der Fuchs, und es standen ihm die Haare zu Berge. »Hast du deren noch mehr?« – »Noch zwei oder drei!« sprach der Bauer. »Halte an, halte an (zoper, zoper) ein wenig, dass sie nicht auch frei werden!«, bat der Fuchs. Damit husch! Hast du nicht gesehen! War er verschwunden. Als er sich in Sicherheit glaubte, sprach er bei sich: »Es ist wahr, du verstehst auch deine Künste, allein der Bauer ist des Teufels!«

89. Der Zigeuner, der Wolf, der Fuchs und der Esel in der Wolfsgrube

Ein Zigeuner kam bei der Nacht vom Medwischer Margrethi-Jahrmarkt (am 13. Juli) und war lustig und guter Dinge und taumelte auf der Landstraße fort und fiedelte dazu. Als er aber einen Seitenweg durch den Wald einschlug, verirrte er sich und geriet in eine Wolfsgrube. Er krabbelte lange hin und her, um herauszukommen, allein die Wände waren zu hoch, es war umsonst. Da ergab er sich in sein Schicksal, setzte sich in eine Ecke und war ruhig. Nach einer Weile kam auch der Wolf und plumpste hinein; der erschrak nicht wenig, als er das schwarze Ungeheuer mit den roten Augen und den weißen Zähnen sah; er zog sich in eine andere Ecke und verhielt sich ruhig. Nicht lange, so kam auch der Fuchs die Straße und fiel hinein; der sah auch in der Ecke das schwarze Ungeheuer mit den roten Augen und den weißen Zähnen und dachte: »Das ist der leibhaftige Teufel!« Die Angst ließ ihn nicht recht sehen, wer in der andern Ecke sei; er zog sich in die dritte Ecke und blieb ruhig. Da kam letztlich auch der Esel diesen Weg und plumps! Rumpelte er auch hinein. Da sah er gleich das schwarze Ungeheuer mit den roten Augen und den weißen Zähnen und erschrak nicht wenig; er schlich in die vierte Ecke. Der Zigeuner zitterte vor Furcht; um diese zu bemeistern, nahm er seine Geige und fiedelte. Das aber kann weder der Wolf noch der Fuchs noch der Esel recht vertragen. Der Wolf heulte entsetzlich, der Fuchs bellte, der Esel iahte. »Ach, seid Ihr es, Gevatter?«, rief der Fuchs zum Wolf und Esel; »wir sind verloren, wenn ihr nicht meinen Rat befolgt. Ihr, Gevatter Esel, stellt Euch auf die Hinterbeine an die Wand, dann klettere ich und der Wolf über Euch hinaus, und wir ziehen Euch dann empor!« Der Esel tat so, wie ihn der Fuchs geheißen; da sprang dieser und der Wolf sogleich hinaus; sie dachten aber gar nicht daran, den Esel hinaufzuziehen, sondern waren froh, dass sie der Gefahr entronnen. »Helfe Euch Gott!«, riefen sie dem Esel zu und machten sich aus dem Staub. Nun war der Zigeuner nicht minder froh, als er den Esel allein da sah, den er jetzt wohl kannte; er hörte auf vom Spielen und sprach: »Fürchte dich nicht, Grauchen, ich bin ja der Midi vom Graben, der deine Schuhe beschlagen hat!« Da ließ auch der Esel seine Angst, und so schliefen beide ruhig bis an den Morgen.

90. Der Bär, der Wolf, der Fuchs und der Hase auf dem Medwischer Margrethi

Der Bär, der Wolf, der Fuchs und der Hase saßen einmal vergnügt im grünen Waldhaus beisammen. Da sprach der Fuchs: »Wie wäre es, wenn wir auch einmal auf den Medwischer Margrethi gingen; es soll dort gar lustig zugehen!« Da antwortete der Bär: »Ich bin schon alt und schwach, wenn aber der Wolf mitgeht und uns schützen will, so ist es mir recht; denn das Menschenkind ist falsch und uns aufsässig!« – »Was? Ich fürchte mich nicht!« schrie der Wolf trotzig, »ich gehe mit, und ihr sollt weder Schaden noch Schande haben!« – »Auch ich will mit, auch ich!« rief froh der Hase. »Halt's Maul, Junge, du bist noch zu dumm«, sprach der Fuchs; »du würdest überallhin gaffen und große Augen machen und uns nur in Not bringen!« Da schmiegte sich der Hase an den Wolf, als wenn er sagen wollte: »Macht, dass ich auch mitgehe!« Dem Wolf gefiel das, und er sprach: »Das Häschen muss auch mit!« und streichelte ihm übers Gesicht. »Aber wofür sollen wir uns ausgeben?«, fragte der Bär, »es muss doch jedermann etwas vorstellen, der auf den Margrethi geht.« – »Ach was, das ist leicht!« sprach der Wolf, »für Schüler (Studenten). Ihr singt den Bass, der Fuchs den Alt, der Hase Diskant; ich will Kantor sein und die Melodie leiten und halten!«

Als sie alles gehörig besprochen hatten, machte jeder seinen Pelz rein – denn man muss auf dem Margrethi geputzt erscheinen –, und dann brachen sie auf. Sie getrauten sich aber doch nicht recht, am hellen Tage in die Stadt zu gehen und warteten, bis die Dämmerung einbrach. Da kamen sie auf den Zehen ganz leise in die Vorstadt; sie gingen aber hintereinander, wie die Hunde nach Blasendorf gehen, der Wolf zuerst, dann folgte der Fuchs, dann der Bär, zuletzt der Hase. In der Vorstadt ist das große Wirtshaus, wie ihr wisst; der Wirt hatte gerade Schweine geschlachtet, und es roch die frische Wurst ihnen entgegen. »Da müssen wir hinein«, sprach der Wolf, »und uns gütlich tun! Da kennt man uns nicht!« Der Fuchs wollte nicht recht und sah sich zuerst die Gelegenheit genau an; es sah ihm gefährlich aus. »Gevatter seid nicht so hitzig!« Der Wolf aber roch nur die Wurst, hörte nichts und klinkte gleich die Türe auf. »Nur herein, willkommen!« sprach der Wirt. Da gingen alle hinein. »Frische Wurst und Wein her!«, schrie der Wolf, »aber viel!« Der Kellner brachte; sie setzten sich und aßen und tranken, und wie nur etwas auf den Tisch kam, gleich war es verschwunden, der Kellner konnte nicht genug bringen.

Endlich waren sie satt. Da kam der Wirt mit der Kreide und sprach: »Zahlen!« Ja, ja, da fing ihre Not an. Der Wolf allein hatte den Mut zu reden und sprach: »Wir sind Schüler (Studenten) und wollen uns morgen durch Ansingen etwas verdienen und dann zahlen!« – »Das ist alles recht schön!« sagte der Wirt, »lasset indessen nur euere Mäntel zum Pfande!« Der Wirt aber hatte gleich beim Eintreten der Gäste ihnen angesehen, was für Zahler sie seien, und hatte im Stillen den Kürschner herbeikommen lassen. »Mein Freund da, der Kürschner, wird das Ausziehen besorgen!« Als sie den Namen Kürschner hörten, sprangen alle voll Entsetzen auf und eilten zur Türe, die war jedoch wohl verschlossen. Der Kürschner und der Wirt suchten nun einen nach dem andern zu packen und zu binden. Der Bär brummte, der Wolf heulte, der Fuchs bellte, nur der Hase war vor Furcht stumm und starr, und die Augen standen ihm heraus, der Diskant versagte ihm, und bis heute hat er die Stimme nicht zurückerhalten. Ja, das war einmal ein Gesang!

Der Wolf und Fuchs sprangen dem Kürschner und Wirten immer zwischen den Händen durch. Da fingen sie zuerst den Hasen, und das war leicht, denn der regte und rührte sich ja nicht von der Stelle, und nagelten ihn am Zagel an die Wand, dann machten sie sich über den Bären; den überwältigten sie auch ohne große Mühe, denn er war alt und schwerfällig, nagelten ihn auch am Schwanz an die Wand. Jetzt, Wolf und Fuchs, haltet euch! Die sprangen unter Geheul und Gebell wild herum, auf und ab, bald an die Türe, bald an das Fenster. In der äußersten Angst und Not sprang der Wolf mit aller Kraft noch einmal wider den Fensterladen, der plumpste hinaus, der Wolf mit; er brach ein Bein, aber er raffte sich dennoch auf und lief unter Jammergeheul davon. Als der Fuchs das Fenster offen sah, sprang er sogleich nach, die Wirtin aber, die Milchrahm zu Butter rühren sollte, hatte gerade den rahmigen Löffel in der Hand und stand an der Fensteröffnung. Als sie den Fuchs springen sah, schlug sie mit dem Löffel nach ihm, traf aber nur die Zagelspitze, und die ist bis auf den heutigen Tag rahmig.

Der Kürschner und der Wirt waren hinausgeeilt, um den Wolf noch zu fangen und den Fensterladen wieder anzumachen, damit der Fuchs nicht hinaus könne, indessen war dieser auch schon über alle Berge. Auch der Bär war aber jetzt nicht müßig, als er die Öffnung sah und wie der Wolf und Fuchs glücklich entwischt waren; er zog, er riss, er wand sich – Schubski! Ward er los, aber der Zagel hing an der Wand. Und auch dem Hasen war auf einmal der verlorene Mut wiedergekommen, er machte es wie der Bär, er ließ seinen Zagel an der Wand und hast du nicht gesehen!

War er davon, und nicht leicht konnte etwas schneller sein als er; er lief in einem Atem, ohne umzuschauen, bis in den Wald.

Noch heute hat weder der Bär noch der Hase seinen Zagel eingelöst; du kannst sie bei dem Medwischer Wirten oder wenn dort nicht bei dem Kürschner (d. h. bei jenem Medwischer Kürschner, wenn er noch lebt, denn ein anderer Kürschner zeigt bloß einen Fuchsschwanz, und der Fuchs hatte doch seinen Zagel nicht verloren!) sehen, und seit der Zeit sind der Bär, Wolf, Fuchs und Hase weder zusammen noch allein je auf dem Medwischer Margrethi gewesen. Es hatte ihnen nicht wohl angeschlagen; der schlechte Fuchs war noch am besten durchgekommen.

91. Der Bär, der Wolf und der Fuchs

Der Bär, der Wolf und der Fuchs schlossen miteinander einen Bund; sie wollten gemeinschaftlich auf Beute ausgehen und gleichmäßig teilen. Da fingen sie zuerst ein junges Kalb, und der Bär sollte teilen. Er teilte so, dass der Fuchs nichts erhielt. Bald darauf erbeuteten sie ein Schwein; nun teilte der Wolf, und der Fuchs bekam wieder nichts. Zum dritten Mal brachten sie ein Füllen ein; der Fuchs teilte und machte drei gleiche Teile. Da wurden der Bär und der Wolf zornig und nahmen ihm seinen Teil weg. Weinend lief der Fuchs fort und drohte: »Nun wartet, ihr sollt mir bald für eure Ungerechtigkeit büßen!« Nicht lange danach kam er mit einer Katze, einem lahmen Hund und einem Hahn zurück. Als der Bär und Wolf diese sahen, entsetzten sie sich. »Das sind furchtbare Krieger!«, rief der Wolf, »der eine trägt eine feurige Krone und eine Menge Säbel (der Hahn mit seinem Kamm und den schimmernden bewegten Federn des Schweifes), der andere eine Standarte (die Katze mit dem Zagel in der Höhe), der dritte sammelt immerfort Steine (der hinkende Hund, der im Gehen sich stets nach der einen Seite neigt), um uns zu erwerfen.« Beide flohen auf einen Baum, fielen aber bald vor Angst herunter; der Wolf brach den Hals, der Bär lief mit gebrochenem Fuß davon. Die Sieger aber machten sich über den Rest der Beute und waren lustig und guter Dinge.

92. Die Füchse, der Wolf und der Bär

Die Füchse sprachen einmal: »Es ist am besten, wir halten alle zusammen, so können wir uns leicht Nahrung verschaffen!« Sie gingen nun aus, fielen über eine Kuh und töteten sie. Aber sie wussten nun nicht recht, wie sie dieselbe teilen sollten, dass keiner mehr, keiner weniger bekäme. Sie gingen zum Wolf und baten ihn, er solle ihr Teilherr sein.

Der tat das gerne, gab jedem ein kleines Stück, hieß sie dann nach Hause gehen und den folgenden Tag wiederkommen; er aber fraß den Rest ganz auf. Als sie am andern Morgen kamen, sprach der Wolf, seine Frau sei krank, er könne ihnen nicht nachgehen, sie sollten ein andermal kommen. Als sie am dritten Morgen erschienen, war er zornig und sprach: »Meint ihr denn, ich hätte nichts Wichtigeres zu tun, als euch Teilherr zu sein; packt euch und kommt mir nicht wieder, sonst will ich anders anfangen«!

Nun liefen die Füchse zum Bären und klagten über den Wolf. Der Bär wurde sehr aufgebracht über den Wolf und sprach: »Kommet mit, ich will ihn lehren!« Als sie vor dessen Burg kamen, rief ihn der Bär heraus und setzte ihn zur Rede. Da sprach der Wolf: »Herr König, wie könnt Ihr so gemeinem Volk glauben? Ich habe Klage zu führen; seht, sie kamen über mein Haus und wollten mich bestehlen!« – »Ja, ist die Sache so?« rief der Bär verwundert, »sie haben mich übel berichtet; gleich sollen sie es büßen« und wollte den ersten besten packen; aber die Füchse warteten nicht, sondern nahmen nach allen Seiten Reißaus. Seit der Zeit suchen sie nicht leicht beim Wolf oder Bären ihr Recht, sondern sie tragen ihre Streitigkeiten selbst untereinander aus, wenn auch mancher von ihnen dabei oft zu kurz kommt.

93. Der Johannistag der Wölfe

Die Wölfe hielten bei einem Freunde zusammen Johannistag, schmausten und zechten viel, waren lustig und guter Dinge. Inzwischen waren die alte Katze, die man hatte ersäufen wollen, weil sie keine Mäuse mehr fing, das alte, ausgediente Pferd, das man dem Schinder überliefern sollte, weil es zu nichts mehr tauge, und der Hahn, den man schlachten wollte, ihren Herren entlaufen, hatten sich zusammengefunden und gemeinschaftlich von dem leer stehenden Hause eines Wolfes Besitz genommen. Als dieser spät in der Nacht betrunken heimkehrte, sah er die grässlichen Gestalten. Er lief gleich zurück und rief alle Wölfe hin. Keiner wagte es, hineinzugehen. Da zwangen sie einen alten, lahmen Wolf, sein Leben zu wagen, das sei ja ohnehin am wenigsten wert. Voll Angst ging dieser hinein, kam aber bald übel zugerichtet herausgestürzt und erzählte: »Eine Zigeunerin (die Katze) kratzte mit einer langzähnigen Hanfhechel mich ins Gesicht; ihr Mann (das Pferd) schlug mich mit einem dicken Schmiedehammer in die Herzgegend; ein Drache mit feuriger Säge (der Hahn) schlug mit Säbeln um sich und rief: ›Nicht dass ich über dich komme!‹«Kein Wolf wagte es weiter hineinzugehen; die Katze, das Pferd und der Hahn blieben drinnen und wohnten da bis an ihr Ende; der Hahn kehrte das Zimmer und den Hof, das Pferd spaltete Holz, die Katze kochte.

94. Der Wolf und der Fuchs beim Kürschner in der Beize

Fuchs: Nicht wahr, Gevatter, es liegt sich hier so sanft, so ruhig; wir müssen im Paradiese sein! Aber saget mir, wie kommt Ihr denn her? ***Wolf:*** Weiß der blaue Teufel! Ich hatte meinen Hunger, lief damit in die Schafherde, packte mir ein schönes, junges Lämmchen und eilte fort. Da fielen die Hunde über mich her; doch erwehrte ich mich ihrer, biss zwei zusammen und kam glücklich in den Wald. Jetzt glaubte ich an keine Gefahr mehr; siehe, da blies nur einmal einer in ein Rohr, dass es rauchte; sogleich kitzelte es mich auch in dem Kopfe, ich bekam Schwindel, verlor das Bewusstsein, und von der Zeit an bis jetzt weiß ich nicht mehr, was mit mir geschehen. Aber wie kommt Ihr denn her? Lasset hören! ***Fuchs:*** Weiß Gott, durch die Falschheit und Undankbarkeit eines Bauern. Es waren auf einem Hofe zwölf schöne Hühner; neun hatte ich mir davon geholt. Der böse Bauer hatte umsonst seine Hunde auf die Wache gestellt und mir Fußeisen gelegt; er bekam mich nicht. Ich wollte mir jetzt nur noch das zehnte Huhn holen; zwei wollte ich bei Gott dem Bauern lassen, den Hahn und eine Henne, dass er Nachzucht hätte. Aber siehe da, der Boshafte und Undankbare; er hatte sich selbst - o der Bauer ist des Teufels! -, denket Euch nur, in den Hühnerstall auf die Lauer gestellt und die Hunde und Fallen entfernt. Ich Törichter gehe bis zum Stalle behutsam fort und spüre und lausche hin und her und sehe keinen Hund, keine Falle. Als ich glücklich bis an die Öffnung zum Hühnerstall gekommen, war ich weiter sorglos und springe blind hinein und - dem Kukelure (Passauf) gerade in die Arme. Nur einmal fühlte ich meine Kehle beengt wie bei einer bösen Halsentzündung und verlor sogleich die Besinnung. Was weiter bis jetzt mit mir geschehen, weiß ich nicht. ***Wolf:*** Euch ist nur recht geschehen; Ihr leidet für Eure Sünden; aber was hatte ich denn jenem Manne im Walde getan? ***Fuchs:*** Schweiget, Ihr Vielfraß, Nimmersatt; Euch ist recht geschehen; Ihr seid ja der große Mörder, Dieb! - aber ich Unschuldiger! -

Der Streit wäre jetzt arg geworden und bald hätten sie sich derb die Wahrheit gesagt und einander zerzaust. Da trat der Kürschner zum Glück ein - und beide verstummten.

95. Der Fuchs verschafft dem Wolf das Fleisch von zwei Schweinen aus des Buschwirten Kammer

Eines Morgens ganz früh kam der Wolf vor die Burg des Fuchses und rief: »Gevatter, seid Ihr zu Hause?« – »Jawohl!« antwortete der Fuchs, »aber was stört Ihr mich denn in meiner Ruhe?« – »Oh, Gevatter, erbarmt Euch meiner Not; zwei Tage habe ich nichts gegessen; mein Magen packt mir schon die Rippen, und suche ich ihm nicht bald ein ehrliches Stück Fleisch, so verzehrt er mich ganz. Wisst Ihr keinen Rat?« – »Ei, ich könnte Euch wohl zu dem Buschwirtshaus führen, wo gestern zwei Schweine geschlachtet wurden, und zu der Kammer, wo das Fleisch hängt; ich habe mir die Gelegenheit genau besehen; allein ich denke damit in diesen langen Wintertagen, wenn die Not am höchsten ist, für mich, meine Frau und Kinder zu sorgen.« – »Aber Gevatter, glaubt Ihr denn, ich sei ein Vielfraß und wolle alles haben? Verschafft mir nur einen Schinken, so bin ich zufrieden und Ihr seid Euch bewusst, mich dem Tode entrissen zu haben; das übrige viele Fleisch könnt ihr dann mit Euerer Frau und Eueren Kindern in Frieden genießen!« Der Fuchs ließ sich erweichen, stand auf von seinem Lager, putzte sein Mente (verbrämter langer Rock), wichste seinen Schnurrbart, und wie er reisefertig war, ging er hinaus und führte den Wolf zu des Buschwirten Wohnung und kroch da durch ein enges Loch in die Kammer, wo das frische Schweinefleisch hing. Er nahm einen Schinken und schob ihn dem Wolf hinaus; der verschluckte ihn gleich; der Fuchs wollte nun fort, doch der Wolf stand vor dem Loch und versperrte es. »Gevatter habt Ihr je gehört, dass ein Wolf nur einen Schinken gegessen habe? Wo der eine ist, dahin gehört auch der andere.« Der Fuchs wusste, dass mit Vorstellungen beim Wolf nichts anzufangen sei und fürchtete, der Buschwirt könne über dem Wortstreit erwachen und ihn ertappen; er nahm den zweiten Schinken und schob ihn dem Wolf hinaus. Gleich war auch der verschlungen, aber der Wolf stand noch immer vor dem Loch und ließ den Fuchs nicht heraus. »Wo die Schinken sind, dahin gehören auch die Hammchen!« Dem Fuchs wurde es immer schwüler vor Angst; er widerredete gar nicht und schob auch die Hammchen hinaus; sogleich waren sie im Magenabgrund des Wolfes verschwunden, und der rief weiter: »Wo das Fußgestell ist, dahin gehört auch der Leib.« Der Fuchs schob ohne weiters die beiden Rippen und alles Fleisch hinaus; auch das war schnell ins Dunkle gebracht. »Wo der Leib ist, dahin gehört auch das Haupt!« Auch das Kopfstück schob der Fuchs schnell hinaus. Der Wolf machte es ebenfalls gleich unsichtbar. Nun hoffte der Fuchs, doch hinauszukommen; denn ein ganzes Schwein hatte er ja dem Nimmersatt hinausgeschafft. Aber der stieß ihn zurück und rief: »Mitnichten! Wo ein Schwein ist, dahin gehört auch das andere; die armen dürfen nicht voneinander getrennt werden!« Ihr könnt euch die peinliche Lage des armen Fuchses vorstellen; immer mehr wuchsen in ihm der Grimm gegen der Wolf und die Furcht vor dem Buschwirten; aber die Furcht war größer und bemeisterte den Grimm. Ohne Widerrede schob er vom zweiten Schwein ein Stück Fleisch nach dem anderen hinaus und ohne zu warten, bis der Wolf es verlangte, damit er nur schnell hinauskomme. Wie er zuletzt das Kopfstück hinausgelangt, trat der Wolf vom Loch zurück und sprach großmütig: »Leicht wäre es mir gewesen, einen Baumstamm vorzuwälzen; aber ich tat es nicht, damit Ihr sehet meine Freundschaft und Treue gegen Euch.« Der Fuchs war himmelfroh, als er wieder das helle, freie Tageslicht sah; er verhehlte seinen Grimm, aber er sann auf Rache.

96. Der Fuchs überredet den Wolf, über den Köhlerbrunnen zu springen

Der Wolf hatte sich so vollgefressen, dass er rund war wie eine Kufe und sich nur langsam und wackelnd fortbewegen konnte; der Fuchs aber begleitete ihn. Da kamen sie an den großen Köhlerbrunnen im Wald. Der Wolf sprach: »Gevatter, ich kann nicht weiter, ich bin so müde.« – »Schämt Euch!« sprach der Fuchs, »Ihr solltet jetzt immer lustig sein, denn wann habt Ihr je ein besseres Mahl genossen. Man rühmt Ihr wäret der weiseste Mann; ich aber glaube es nicht, bis Ihr nicht einen Beweis ablegt; so springet einmal über diesen Brunnen.« Ehrenwütig und lobestoll, wie nur der Wolf ist, trat er gleich an den Brunnenrand und rief: »Elender, gleich wirst du sehen, dass man Wahrheit spricht«, und sprang, aber einen so jämmerlichen Sprung – ganz natürlich, denn zwei Schweine wiegen und ziehen etwas, und die Mattigkeit ist auch kein Flügel, sondern ein Bleischuh –, dass er plumps hineintrümmerte. »Gevatter!«, rief der Fuchs von oben, »auf ein gutes Frühstück gehört auch ein guter Trunk; doch rate ich Euch, trinkt nicht zu viel!« und lief damit stracks auf die Kohlenbrennerei.

Als die Köhler ihn sahen, kamen sie mit Holzscheiten auf ihn; er kehrte um und lief langsam dem Brunnen zu, die Köhler hinter ihm her. Da hörten sie den Wolf im Brunnen heulen; sie ließen jetzt den Fuchs, und der lief vergnügt heim, und machten sich dran, den Wolf herauszuziehen. Dem hatte aber die Todesangst nicht nur den Schweiß, sondern auch alles Essen ausgepresst. Als er nun emporkam, erhielt er noch seinen Teil von den Köhlern, und ganz blutig entging er noch mit genauer Not den mörderischen Schlägen.

97. Der Fuchs führt den Wolf in die Schafmeierei

Der Fuchs lag eben vor seiner Burg und leckte sich den Schnurrbart, als der geschlagene Wolf mit blutigen Malen herbeikam. »Gevatter, wie seht Ihr doch so abgehärmt aus? Hat Euch der Trunk schlecht bekommen? Ihr wäret doch kurz zuvor so schön, und wo habt Ihr die roten Zeichen Euch verdient?« – »Daran ist deine Untreue und Bosheit schuld, Verräter; doch warte, du sollst mir noch alles bezahlen!« – »Euere Vorwürfe sind ungerecht, denn kann ich dafür, dass Ihr ein Tor und kein Weiser seid? Aber verderbt mir jetzt nicht den Nachgeschmack von meinem vortrefflichen Frühstück.« – »Was habt Ihr denn gefrühstückt?« fragte der Wolf begierig. »Ich esse jetzt«, sprach der Fuchs, »jeden Morgen mit meiner Frau und meinen Kindern ein Schaf, solang es dauern wird; es sind aber noch gegen hundert Stück in der Meierei, die ich wohl kenne.« – »Gevatter, Ihr wisst, ich esse Schafe für mein Leben gern, wollt Ihr mich hinführen, dass ich mir auch nur eins nehme, so soll alles vergessen sein, was Ihr mir getan habt.« – »So kommt denn, dass ich Treue und Freundschaft für Undank Euch erweise!« Wer war froher als der Wolf. Es war aber um die Meierei ein hoher und fester Frieden und nur ein einziges kleines Loch bei der Wasserrinne zu finden; dahin führte der Fuchs den Wolf, und der zwängte sich mühsam hinein. »Aber haltet jetzt Wort«, sprach der Fuchs, »und esset nicht mehr als ein Schaf und denket an mich, mein Weib und meine Kinder, für die eigentlich diese Schafe bestimmt sind.« – »Sorget nicht, Gevatter, ich weiß schon, was ich meiner Ehre schuldig bin.« Damit schlich er zu den Schafen, packte und würgte das erste beste, schleppte es auf die Seite und verschlang es. »Das war doch gar zu klein, das willst du nicht zählen«, sprach er bei sich selbst, ging hin, würgte ein zweites und verschlang es gleichfalls. »Auch das war noch keines!« sprach er wieder, »denn wie könnte ich sonst noch so großen Hunger haben?« Er ging hin und packte ein drittes und verzehrte es. »Ich weiß nicht«, sprach er, »träume ich nur, dass ich Schafe esse; ich spüre in meinem Magen noch nichts davon«; er ging und würgte ein viertes, ein fünftes, sechstes und endlich zehntes. »Das ist nun eines«, sprach er, denn jetzt war er so vollkommen satt und so vollgefressen, dass ihm das Fleisch in den Schlund hinaufreichte. Er wollte nun wieder hinaus; allein es war, als solle eine mächtige Kufe Weins zu einem Kellerfenster hinein oder hinaus, so dick war er geworden gegen die kleine Öffnung. Er zwängte den Kopf hinein und konnte nun weder vorwärts noch rückwärts. Der Fuchs stand aber draußen. »Gevatter«, sprach der Wolf ganz leise, »sagt mir, wie komme ich hinaus?« – »Sagte ich's Euch«, rief der Fuchs ganz laut, »Ihr solltet nur ein Schaf essen.« – »Nun ja, und das habe ich auch getan; die neun ersten waren so klein, dass ich sie gar nicht gezählt habe; nur das zehnte war ein Schaf, denn davon wurde ich satt.« – »Es gibt kein anderes Mittel«, sprach der Fuchs, »Ihr müsst nun so lange warten, bis Ihr wieder so dünn werdet als damals, als Ihr hineinkröchet« und lief damit fort. Bald aber kamen die Schäferhunde, die hatten den Wolf gewittert und die Stimme des Fuchses gehört; sie rissen ihm den Bauch herein, dass alles genossene Fleisch aus dem Magen herausfiel und die Gedärme ihm heraushingen. Er zog sich mühsam hindurch und entkam in den Wald; der schlimme Fuchs lag vor seiner Wohnung und sonnte sich. »Gevatter, wozu schleppt Ihr soviel Seil mit Euch? Wollt Ihr Euch denn erhängen?« Der Wolf sah, dass der Fuchs im Sichern war, er erwiderte nichts und lief nach seiner Burg, um sich zu heilen; aber in seinem Herzen kochte er Rache für die Schmach, die ihm der Fuchs angetan.

98. Der Fuchs überredet den Wolf, ins verlassene Räuberhaus zu gehen

Nach einigen Tagen war der Wolf wieder geheilt, und sein unendlicher Hunger erwachte; da er sich nun nicht zu raten wusste, hielt er seine Rachegedanken gegen den Fuchs in sich verschlossen und ging wieder vor dessen Burg und rief: »Gevatter, wisst Ihr nirgends was zum Beißen, ich habe so große Not, dass ich schier verderbe.« – »Ei, jawohl weiß ich Speise genug beisammen, aber wie kann ich Euch noch trauen, da Ihr mich in des Buschwirten Haus und in der Schafmeierei so schändlich betrogen?« – »Gevatter«, sprach der Wolf, »gedenkt doch, wie ich dafür gebüßt habe und traget mir's nicht weiter nach, Ihr könnt Euch jetzt großen Dank verdienen.« Der Fuchs aber dachte; »Warte, Schalk, ich will dir einen guten Braten verschaffen.« Als er von seinem Tagesausflug heimgekehrt war, hatte er eben vier Wandersburschen den Ochsen, den Esel, die Katze, den Hahn, gesprochen, die auf dem Wege nach Blasendorf in der verlassenen Räuberhütte übernachten wollten. »Gevatter«, sprach er, »es ist eine Hütte im Wald, da haben die Räuber große Schätze von Wein und Fleisch zusammengehäuft. Sie sind vor einiger Zeit allesamt fort und haben niemanden zurückgelassen als Wache, sondern durch einen Fluch nur böse Geister hingebannt. Nun weiß ich freilich nicht, wie es mit Eurem Mute steht, ob Ihr vor Geistern Euch fürchtet, ich zum Beispiel würde es nicht wagen hinzugehen!« – »Was, elender Feigling«, rief der Wolf trotzig, »bin ich denn Euresgleichen? Ich kenne keine Furcht, und auch mein Vater, mein Großvater und Urgroßvater hat sie nicht gekannt, zeigt mir nur den Weg!« Es war eben Abend und so halb dunkel geworden. Der Fuchs führte den Wolf und zeigte ihm von ferne die Hütte; hier aber hatten sich jene Reisenden also gelagert: Die Katze saß auf dem Herd und schnurrte, der Esel stand vor der Haustür, der Ochs vor der Gassentür, der Hahn über der Gassentüre. Der Wolf kam still heran, allein es war ihm nicht ganz recht; seine Angst stieg, je mehr er sich näherte, aber umkehren durfte er nicht; er fürchtete den Spott des Fuchses, der von ferne zusah. Die Türen waren offen, und der Ochs und der Esel und der Hahn schliefen; sie schienen ihm scheußliche Ungeheuer; er schlich allmählich ins Zimmer, hier war aber die Katze noch wach, schnurrte und machte feurige Augen; der Wolf entsetzte sich bei ihrem Anblick, kaum aber hatte ihn die Katze bemerkt, so war sie mit einem Satze ihm auf dem Haupt und kratzte ihm nach den Augen, da erhob er ein fürchterliches Geheul und wollte hinaus, darüber erwachten die anderen; der Esel gab ihm einen gewaltigen Stoß mit seinem Hinterfuße, der Ochs nahm ihn auf seine Hörner und schleuderte ihn hoch in die Luft, und der Hahn schrie: »Kikeriku! Kikeriku!« So lange Beine hat kein Wolf je gemacht, er stürmte an dem Fuchs vorbei, ohne ihn zu sehen. »Gevatter, was ist Euch, habt Ihr Feuer unterm Zagel?«, rief dieser ihm nach. »Wenn Euch Euer Leben lieb ist, so fliehet mit mir und fraget nicht.« Der Fuchs ging nun hinterher ganz gemächlich bis zur Burg des Wolfes, der in einem Atem bis dahin gelaufen war. »So erzählet denn, Gevatter was ist Euch begegnet?« – »Ja, jetzt glaube ich auch an Geister!« sprach der Wolf noch zitternd vor Angst, »denkt Euch nur, da saß drinnen auf dem Herd eine alte Hexe mit feurigen Augen und brummte: ›Dich fresse ich! Dich fresse ich;‹und sprang mir auch sogleich auf das Haupt und fing an zu beißen, da zog ich heulend fort; vor der Haustüre stand einer mit einer mächtigen Keule, der versetzte mir eins in die Magengegend, dass ich glaubte, ich brauche nichts mehr, das sei mein jüngster Tag; vor der Hoftüre stand einer mit einer gewaltigen Gabel, der nahm mich auf und schleuderte mich in die Höhe; da stand über der Hoftüre einer mit brennender Strahlenkrone, der schrie; ›Herauf mit ihm, ich mach ihm den Garaus.‹«Der Fuchs lachte sich in seinen Bauch und sprach: »Gevatter, nehmt Euch daraus eine Lehre und spottet nicht über die Furcht anderer, denn Ihr könnt den Hasenfuß auch vortrefflich spielen.«

99. Der Fuchs betrügt den Bauern um die Fische, der Wolf frisst sie

Inzwischen war der Hunger des Wolfes mit verdoppelter Stärke wieder erwacht. Er sprang auf den Fuchs, packte ihn und sprach: »Gevatter, schafft Ihr mir nicht gleich was zum Beißen, so müsst Ihr durch meinen Hohlweg fahren ins dunkle Tal!« – »Seid ruhig, Gevatter, gleich sollt Ihr Speise die Fülle haben, folget mir nur nach, aber wartet dann, bis ich komme, dass wir teilen.« – »Schon gut, schon gut«, sprach der Wolf. Es fuhr aber gerade ein Bauer mit Fischen zur Stadt; der Fuchs lief auf einem Seitenweg an die Landstraße voraus, legte sich hin und stellte sich tot. Als der Bauer herankam und den Fuchs da liegen sah, sprang er gleich ab, nahm den Fuchs und warf ihn zurück auf seinen Wagen und freute sich schon im Herzen, wie er seinen Kirchenpelz verbrämen sollte. Der Fuchs aber regte ganz leise seinen Zagel und schob damit einen Fisch nach dem andern hinunter. Als er glaubte, es seien genug, schlüpfte er vom Wagen, ohne dass es der Bauer bemerkte. Der Wolf war indes nachgefolgt und hatte alle Fische aufgefressen bis auf die Gräten. »Was ist das, Gevatter?«, fragte der Fuchs, »haben wir's so ausgemacht?« – »Deine Hälfte ist dir geblieben«, sprach der Wolf höhnisch und wies auf die Gräten, »ist das nicht Freundschaft genug!« Der Fuchs schwieg und verkochte seinen Groll in sich: »Das sollst du mir doch alles bezahlen!« sagte er sich im Stillen zum Troste.

100. Der Fuchs und der Wolf im Dorfbrunnen

Der Bauch war dem Wolf von den Fischen angeschwollen, und er bekam einen rasenden Durst – ihr wisst ja, dass Fische überhaupt schwimmen wollen! – »Fuchs schaffst du mir nicht gleich zu trinken, so muss ich den roten Wein dir abzapfen!« – »Das hat keine Not, Gevatter, lasset das nur schön bleiben, ich weiß noch Rat.« Es war aber am Ende des Dorfes ein tiefer Brunnen, dahin rührte der Fuchs den Wolf: »Nun, Gevatter, steiget nur da hinunter, so könnt Dir auf zeitlebens Euch satt trinken.« Der Wolf erinnerte sich an den Köhlerbrunnen und hatte böse Ahnungen, als aber der Fuchs fortfuhr: »Damit Ihr sehet, wie gut ich es mit Euch meine, will ich Euch zeigen, wie Ihr es anstellen sollt«, da verlor er alle Angst. Der Brunnen hatte zwei Eimer, der Fuchs setzte sich in den einen und sank darin hinab, dann rief er: »Gevatter, setzet Euch jetzt in den andern Eimer.« Der Wolf tat es und rollte hinab, da kam ihm der Fuchs entgegen, »Gevatter«, sprach der Wolf, »warum wartet Ihr nicht unten auf mich?« – »Der Anstand fordert von mir, Euch entgegenzukommen!« In den Bart aber brummte er sich: »Die einen steigen, die andern fallen.« Als er oben war, sprang er aus dem Eimer. Da hörte er den Wolf ins Wasser plumpsen. »Gevatter trinkt nicht zu viel, es könnte Euch schaden«, und lief damit ein Stück ins Dorf hinein. Da kamen die Hunde und Bauern auf ihn los, er kehrte um und lief an dem Brunnen vorbei.

Die Bauern hörten das Wolfsgeheul im Brunnen, sie ließen den Fuchs laufen und rollten schnell das Seil auf; der Wolf hielt sich am Eimer und wurde herausgezogen. Da schlugen sie auf ihn mit Dreschflegeln und Mistgabeln und klopften ihm das Wasser aus dem Pelz. Mit genauer Not entkam er noch und schleppte sich dann mühselig in sein Waldhaus fort. »Zweimal«, sprach er voll Verwünschung, »war ich im Brunnen, zum dritten Mal bringt mich keiner hinein!«

101. Der Fuchs lehrt den Wolf fischen

Einige Tage konnte der Wolf nicht ausgehen, so sehr war er zerschlagen worden; aber nun überfiel ihn wieder sein entsetzlicher Hunger und zwang ihn dazu. »Hättest du nur die Hälfte der Fische, die du zum vorigen Mal zu viel gegessen, wie würdest du jetzt zufrieden sein. Doch wozu dies? Zehn Hättich geben doch kein Hab ich.« Da dachte er auch an seinen Gevatter Fuchs, und sein Grimm wurde glühend. »Gleich musst du zu ihm und ihn züchtigen!« Als er vor die Wohnung desselben kam, lag dieser gerade vor seiner Türe und aß an einem Aal, den er den Fischern entwendet hatte. Er sah aber den grimmigen Wolf kommen und zog sich in sein Haus etwas zurück. Da der Wolf merkte, dass er ihm nichts anhaben könne, sprach er freundlich: »Was esset Ihr denn da, Gevatter?« – »Einen köstlichen Aal«, sprach der Fuchs, »den ich mir gefangen habe.« Nun erwachte bei dem Wolf der Hunger mit unwiderstehlicher Gewalt, und er erinnerte sich auch, wie vortrefflich ihm zuletzt die Fische geschmeckt hatten. »Ei, wenn ich doch nur auch fischen könnte; wollt Ihr mich lehren?« – »Gevatter, bei Euch ist kein Dank zu verdienen, das habe ich nun genug erfahren; aber bei meiner Treue, ich möchte Euch fischen lehren, und Ihr solltet so viele Aale fangen, dass Ihr lange genug hättet, wenn Ihr mir einen heiligen Eid schwöret, dass Ihr keine Bosheit im Schilde führt.« – »So schwöre ich«, fiel der Wolf ein, »beim Auge der Nacht, dass Euch durch mich kein Leid widerfahren soll.« Darauf kam der Fuchs hervor und fühlte den Wolf auf das Eis, wo am Abend kurz zuvor die Fischer ein Loch gehauen hatten. »Nun lasset Euren Zagel hier ganz hinein, dann werden sich allmählich eine Menge Fische daran fangen; aber Ihr müsst stille halten, bis recht viele dran sind, sonst verscheucht Ihr sie.« Der Wolf tat so, wie ihn der Fuchs lehrte. Es war aber eine kalte Mondnacht; das Loch im Eise fror bald zu. Da fragte nach einiger Zeit der Fuchs: »Gevatter, habt Ihr schon einige?« Der Wolf zog ein wenig an. »Jawohl, ich fühle schon etwas.« – »Haltet nur still, Gevatter, dass sie nicht fortziehen«, sprach der Fuchs. Der Wolf tat das gerne, denn er wünschte einen guten Fang zu machen und fürchtete nur, nicht genug zu bekommen. Nach langer, langer Zeit sprach der Fuchs wieder: »Nun, Gevatter, lasset es jetzt genug sein, Ihr werdet sonst nicht wissen, was anfangen mit den unzähligen Fischen, und Ihr wisset ja: Zu viel ist ungesund.« Der Wolf zog - und freute sich anfangs, dass es so schwer ging, und glaubte, das komme von den vielen Fischen. Aber wie sehr er sich auch anstrengte, der Zagel regte und rührte sich nicht. »Ich will gleich Hilfe schaffen«, sprach der Fuchs und lief an die Holzstätte. Als die Holzknechte den Fuchs sahen, ergriffen sie Stangen und Hebbäume und gingen auf ihn los; der aber kehrte um und lief dahin, wo der Wolf war. »Gevatter, die Holzknechte kommen, um die Fische Euch gewinnen zu helfen; aber ich rate Euch, esset dann nicht zu viel.« Damit - hast du nicht gesehen - war er gleich fort. Der arme Wolf wurde bald von allen Seiten angegriffen, dass er sich nicht erwehren konnte. Da nahm er seine ganze Kraft zusammen und riss und riss - endlich wurde er los, aber sein Zagel war im Eis zurückgeblieben.

102. Der Fuchs macht dem Wolf einen Zagel aus Hanf und Pech

Der Fuchs hatte von Weitem zugesehen; nur einmal kam der Wolf und hatte ihn, noch ehe er in seine Wohnung entrinnen konnte, am Kragen. »Halt, Treuloser, dein Leben hast du verwirkt; aber bevor ich dir's antue, musst du mir meinen Zagel schaffen oder ich will dich mit tausend Martern zu Tode peinigen. O ich Unglückseliger«, jammerte er fort, »wie ist nun meine schöne Gestalt so geschändet!« - »Gevatter«, sprach der Fuchs, »wie tut Ihr mir doch so unrecht; sagte ich Euch nicht, Ihr solltet nicht zu viele Fische fangen? Doch ich bin ja gewohnt, von Euch Unrecht zu leiden, und Ihr seid imstande und brechet auch den heiligen Eid! Für Euren Verlust weiß ich aber wohl Rat. Ich will Euch einen Zagel machen, wie nicht ein zweiter ist in der Welt, dass Ihr stolz sein werdet darauf, von siebenfacher Länge, wenn Ihr wollt, und viel buschiger!« Das hörte der Wolf mit Freuden und war, wie immer, wenn man ihm eine Ehre anstößt, gleich sanfter gestimmt. »So schaffet ihn nur bald, Gevatter!« Da lief der Fuchs ins Dorf und schlich auf den Aufboden eines Bauernhauses, wo er schon oft gewesen war, und nahm ein Bündel gehechelten Hanfs und brachte ihn dahin, wo der Wolf war, flocht daraus einen langen und dicken Zagel; dann lief er zum Dorfschuster und stahl ein Stück Pech; mit diesem befestigte er den Zagel an seine Stelle und schmierte ihn ein, dass er glänzte. »So«, sprach der Fuchs, als er fertig war, »niemand kann sich jetzt rühmen, dass er einen längeren Zagel nachschleppe als Ihr.« Der Wolf freute sich dieser Ehre und hatte darüber der Schläge und seines grimmigen Hungers beinahe vergessen. Endlich erwachte dieser wieder. »Gevatter Fuchs, wenn Ihr mir nicht bald etwas zum Beißen schafft, so werde ich Euch mit meinen Zähnen küssen.« – »Geduldet Euch nur bis zur Abenddämmerung, dann sollt Ihr einmal essen wie noch nie in Eurem Leben. Der alte Andreas am Eck gibt morgen seinem Sohne Hochzeit; er nimmt die Tochter von Tini Hanni Misch; heute Abend ist Sträußchenbinden. Wenn die nun im Hause oben lustig sind, gehen wir in den Keller, und da ist Brot und Fleisch und Wein die Menge; ich kenne Weg und Steg dahin ganz genau.«

103. Der Fuchs und der Wolf gehen durchs Feuer

Der Wolf unterdrückte bei dieser Aussicht seinen gewaltigen Hunger. »Aber was sollen wir bis zu der Zeit vorgeben?« sprach er, »denn die Sonne steht noch kaum auf zwei!« – »Wir machen uns«, erwiderte der Fuchs, »an das Ende des Waldes und warten da, bis sie hinter den Berg geht.« Der Wolf war's zufrieden. Aber wie sie nun durch die Dornsträucher gingen und darüber sprangen, blieb der Wolf mit seinem Hanfzagel überall hängen, denn er konnte ihn nicht, wie der Fuchs den seinen auf den Rücken oder auf die Seite schwingen – und hatte so seiner Ehren große Not. Endlich waren sie im Freien. Da sprach der Fuchs: »Es kann nicht schaden, wenn wir uns hier ein Feuer anmachen, denn es ist verteufelt kalt.« Er brachte schnell Blätter und Reisig zusammen; dann rieb er sich so lange den Bart, bis es Funken gab; die fing er in den Blättern auf, und bald loderte hell und lustig die Flamme. Da überkam ihn sein böser Mutwille. »Gevatter, ich möchte doch gerne wissen, wer von uns ein reines Unschuldskind ist; man sagt, der sei es, wer unversehrt durch die Flammen gehen könne; versuchen wir's einmal.« Der Wolf wollte nicht recht, allein er durfte den Verdacht nicht auf sich kommen und sitzen lassen, als sei er ein Sünder, und willigte ein. Der Fuchs ging zuerst durch die Flamme, und da er seinen Zagel rasch auf den Rücken schwang, geschah ihm nichts. Als aber der Wolf nachfolgte, blieb sein schleppiger, langer Zagel voll von klebendem und Feuer liebendem Pech an den dornigen Bränden hängen, fing Flamme und verbrannte nicht nur ganz, sondern das Feuer versengte auch an seiner Wurzel die lebendige Haut. Da heulte er laut auf vor Schmerz und packte den Fuchs und wollte ihn erwürgen. Doch fiel ihm noch zurzeit ein, dass er dann um den Hochzeitsschmaus käme, denn er selbst wusste ja den Weg nicht zum Bauernhause. »Gnade für Recht will ich über dich ergehen lassen; deine Strafe sollst du erst morgen empfangen!« – »Aber Gevatter«, sprach der Fuchs, »jetzt zeigt es sich wieder, wie ungerecht Ihr seid. Bin ich denn an

Euerm Unglück schuld? Was kann ich dafür, dass Ihr ein so großer Sünder seid?«

104. Der Fuchs und der Wolf auf der Bauernhochzeit

Endlich sank die Sonne hinter den Berg, und kaum fing die Dämmerung an, so machten sie sich auf den Weg, der Fuchs voran; sie gelangten ungefährdet bis zum Hochzeitshause, denn die Hunde sind bei der Gelegenheit auch nicht so wachsam als sonst, sie schnuppern meist in der Küche herum. Der Fuchs sprang zuerst zum Kellerloch hinein und winkte dem Wolf, ihm zu folgen. Wenn ein Vielfraß und Nimmersatt einmal zu viel Speise beisammen sieht, so ist das ihm eine höllische Qual und Ärgernis, dass er nicht alles zu sich nehmen kann. Da war das Fleisch von einer ganzen Kuh und eine solche Masse von gerupften Hühnern, Schweinefleisch, Fett, Honig, Met und Wein, dass er jammerte, es nicht alles verschlingen zu können. Er fing aber an, hastig einzupacken, und verschlang mächtige Stücke Fleisch auf einmal und trank Wein und Met ganze Kannen und Schärfer. Der Fuchs fraß nur zwei junge Hühner, allein er hatte keine Ruhe, er sprang öfter zum Kellerloch hinaus und probierte, ob er noch hinaus könne und nicht zu viel habe. Der Wolf sah das und rief: »Was machst du? Bist du närrisch?« – »Ich sehe, ob niemand kommt«, antwortete der Fuchs. »Da sieht man, was für ein Hasenfuß du bist!« sprach der Wolf und fraß und trank gierig fort und füllte seinen Wanst, aber wenn er sieben Magen gehabt hätte, es wäre doch umsonst gewesen, so viel Speise und Trank war da beisammen. Als er voll und satt war, stieg ihm der Wein in den Kopf und er wurde ausgelassen fröhlich. »Gevatter«, rief er zum Fuchs, »es kommt mir so zu singen, lasset uns einmal singen!« – »Ich habe den Schnupfen!« sprach der Fuchs, »ich kann nicht, aber lasset auch Ihr jetzt das Singen!« – »Nein, Gevatter, ich muss singen, ich kann meine Freude nicht länger bändigen und zurückhalten« und fing an fürchterlich zu heulen: »Ullulluh! Jujujuh!« wie ja die Wölfe singen. Da hörten das die Hochzeitsleute oben, merkten gleich, was es war, nahmen mächtige Holzscheite und eilten in den Keller. Als der Fuchs sie kommen hörte, sprach er: »Nun, Gevatter, könnt Ihr gleich singen nach Herzenslust, da kommen welche, um den Takt zu schlagen« und schlüpfte damit zum Kellerloch hinaus. Der Wolf versuchte auch, aber er war so schwer und voll, dass er nicht hindurchkommen konnte. Die Bauern aber und jungen Knechte schlugen aus allen Kräften auf den Wolf; der hatte seinen Kopf durchs Kellerloch gesteckt und konnte jetzt weder vor- noch rückwärts, da drückte und zwängte er in dieser Not aus Leibeskräften, endlich, endlich gelang es ihm, aber viel Haare und Haut und fast alles, was er gefressen, musste er im Keller lassen; das Kreuz und die »Haxen« zerschlagen, am ganzen Körper zerzaust, gelangte er todmüde ins Freie, wo er nicht mehr verfolgt wurde und wieder etwas aufatmen konnte. So viel hat kein Wolf je ausgestanden. Da erblickte er den Fuchs. »Ha«, dachte er, »dem sollst du es doch bezahlen, denn der ist an deinem Unglück schuld!« Der Fuchs aber merkte gleich, was der Wolf im Schilde führe, und schleppte sich zum Scheine ganz mühsam zu ihm heran. Er hatte aber im Keller seinen Zagel in ein Honigfass getaucht und sich damit am Leibe bestrichen und war während der Zeit, dass man dem Wolf den Pelz ausgeklopft, unter dem Schöpfen ruhig in den Ahnen gelegen; er hatte sich aber darin herumgewälzt, sodass viele Ahnen an ihm hingen. »Wie ist es Euch ergangen, Gevatter?« sprach er zum Wolf ächzend und kaum hörbar. »Schlecht genug«, rief dieser trotzig, »das habe ich dir zu verdanken, du sollst mir's aber noch mit deinem Blut bezahlen!« – »Lasset, Gevatter«, seufzte der Fuchs, »jetzt die grausamen Gedanken, ich verdiene eher Euern Dank, ich habe mehr gelitten als Ihr, seht da, wie meine Knochen herausstehen! Das habe ich von den Hunden, die ich aus Schonung für Euch auf mich lockte, während Ihr's mit den Bauern zu tun hattet. Wenn Ihr mich nicht weiter traget, so muss ich hier liegen bleiben und sterben.« – »Gut«, sprach der Wolf, »eine Strecke will ich Euch tragen, aber dann sollt Ihr mich tragen!« – »Das ist nur recht und billig!« sprach der Fuchs. Da nahm ihn der Wolf auf seine Schultern und wankte schweißtriefend weiter. Der Fuchs aber sprach im Fortgehen so vor sich hin: »Der Geschlagene trägt den Ungeschlagenen!« – »Was sagst du, Kerl?« schrie der Wolf. »Ach nichts, ich rede nur so in der Fieberhitze.« Kaum war der Wolf einige Schritte weitergegangen, sagte der Fuchs wieder: »Der Geschlagene trägt den Ungeschlagenen.« – »Was sprichst du?« schrie der Wolf abermals. »Ach, Ihr wisst ja schon, ich rede nur so irre«, und so geschah es bald zum dritten Male, der Wolf fuhr nochmals auf. »Ach, nicht mehr greint«, sprach der Fuchs, »ich habe Euch ja gesagt, dass ich krank bin.« Der Wolf konnte nun fast nicht weiter vor Schweiß und Ermüdung. »Jetzt ist es an Euch!« sprach er zum Fuchs. »Nur ein kleines Stückchen noch!«, sagte dieser, und so geschah das einige Mal, »dann trage ich Euch.« Der Wolf ließ sich immerfort betören. Als sie nun an der Wohnung des Fuchses waren, sprang der geschwind ab und schlüpfte in seine Höhle: »Habt Dank, Herr Gevatter!« – »Halt, halt!« schrie der Wolf außer sich vor Zorn, »wir haben nicht so gesprochen«, setzte ihm nach und packte ihn am Zagel, der aus der Öffnung heraushing: »Ich habe dich!« – »Ha, ha!« lachte der Fuchs, »Ihr habt eine Baumwurzel.« Da ließ der Wolf, ohne viel zu sehen, aus und packte nun eine wirkliche Baumwurzel. Der Fuchs aber zog sich nun tiefer in seine Wohnung und reizte und foppte den Wolf; der zerrte und zauste an der Baumwurzel, dass ihm der Schweiß rann, »O weh, o weh!« jammerte der Fuchs, sich verstellend, »mein Zagel!« Endlich lachte er hell auf und rief dem Wolf zum Abschied zu: »Geht nach Hause, Herr Gevatter, mit Euch will ich mein Lebtag nichts mehr zu schaffen haben, und erzählt Euerer Frau, was für ein Dummkopf, Nimmersatt und großer Sünder Ihr seid!« Der Wolf spie Feuer und Flammen vor Gift, er hätte den Fuchs jetzt in tausend Stücke zerrissen, wäre er seiner habhaft geworden, aber das war alles umsonst, der war drinnen wohlgeborgen und lachte und spottete seiner Wut und höhnte ihn auf alle Weise. »Wenn Euch Euer Weib fragt, durch wen Ihr Euern Schmuck verloren, so sagt ihr, durch den Gevatter Fuchs, wie er Euch das Fischen gelehrt!«

Seit der Zeit trägt der Wolf auf den Fuchs einen ewigen Hass, und wenn dieser jenen sieht, nimmt er den Zagel zwischen die Beine und flieht eiligst in seine Burg.

105. Der Wolf und die zwei Bauern

Der Wolf musste mit Schaden und Schande von der Wohnung des Fuchses abziehen, aber heimkehren wollte er nicht eher, als bis ihm sein Schmuck, der Zagel, gewachsen wäre. Nun ging er allein auf Abenteuer aus, sobald ihn sein unbändiger Hunger dazu trieb; das war aber nicht sehr lange, denn von dem Hochzeitsschmause war ja fast nichts in seinem Bauche geblieben. »Das ist wahr«, sprach er bei sich, »der schlimme Fuchs hat dir manchen guten Bissen verschafft, doch was, ich werde mir schon auch ohne ihn helfen, habe ich doch die Schliche und Mittelchen ihm abgelernt!«

Da sah er zwei Bauern auf einem Wagen, die rührten Säcke in die Mühle. »Ha!«, dachte er, »das sind Fische, du willst es jetzt gleich so machen wie der Fuchs!« Er lief auf einem Seitenweg dem Wagen voran und legte sich wie tot an die Landstraße. Als der Wagen heranfuhr, sahen die Bauern den Wolf, und sie schnallten sofort ihre Hosenriemen fester und sprangen vom Wagen ab. Einer aber war gerade derjenige, der vom Fuchs geprellt worden, der winkte dem andern mit den Augen und dem Kopf und zeigte mit den Armen, er solle die Axt nehmen; er selbst nahm sich eine Wagenleiste. Sie traten leise hinzu: Als sie nahe waren, führten sie zuerst einige gelinde Schläge. »Denn ist er tot«, dachten sie, »können wir den Pelz unversehrt haben.« Der Wolf ließ anfangs nichts merken und meinte. »Die wollen gewiss nur versuchen, ob du wirklich tot bist!« Als aber der eine sah, wie der Wolf mit den Augen zwink[er]te und

Atem von sich ließ, erhob er die Axt und versetzte ihm einen Schlag auf das Haupt, dass gleich das Blut hervorströmte; jetzt fühlte der Wolf, das sei kein Spaß, sprang heulend auf und rannte wie besessen davon.

106. Der Wolf und die Stute

Die Wunde, welche der Wolf empfangen, war nicht gefährlich; er steckte seinen Kopf in einen Haufen Sand, dadurch hörte das Blut auf zu fließen, und bald war der Hunger im Magen größer als der Schmerz im Haupte. Da sah er an einem Bergabhang einsam eine Stute mit ihrem Füllen weiden. Stracks lief er drauf los, und noch ehe sich die Stute versehen und retten konnte, war er bei ihr. »Ertappe ich Euch einmal auf verbotener Weide; ich bin hier Torbesvater (Feldhüteraufseher), Euer Kind nehme ich mit zum Pfande!« Es half der Stute nichts, dass sie sich aufs Bitten verlegte. »Ach!«, seufzte sie, »mein armes unmündiges Kind würde sich in der Gefangenschaft zu Tode grämen!« – »Wie alt ist denn Euer Kind?« fragte der Wolf trotzig. »Ach, ich weiß es nicht mehr so ganz genau«, sprach die Stute, »sein Geburtstag ist aber mit seinem Namen bei der Taufe in meinen rechten Fuß eingeschrieben [worden], Ihr könnt doch wohl lesen? Ja, ja, wie kann ich so einfältig fragen, da Ihr Torbesvater seid, müsst Ihr ja auch lesen und schreiben können.« Der Wolf wollte jetzt nicht sagen: »Nein, das kann ich nicht!« Sein Ehrgeiz ließ das nicht zu. »Zeigt her einmal Euern Fuß!«, rief er barsch. Da hob die Stute den rechten und versetzte dem Wolf eins wider den Gehirnkasten, dass ihm gleich Sehen und Hören verging und er sich hinstreckte, wie lang er war; indes gewann die Stute Zeit, mit ihrem Pullen sich heimzutrollen.

107. Der Wolf und die beiden Böcke

Lange Zeit lag der Wolf wie in Ohnmacht; aber er hatte nicht himmlische, sondern wirre Träume; endlich erwachte er und damit auch sein gewaltiger Hunger. Wie er nun seine Blicke hin und her wandte, sah er im Tal zwei Böcke gegeneinander laufen. »Aha!«, rief er freudig, »da hast du gleich doppelte Beute! Die sind jetzt blind in ihrem Grimm und in ihrer Wut, die kannst du leicht haben.« Er lief sturmstracks hinab auf sie los; die Böcke aber hatten den Wolf gesehen, noch ehe er an ihnen war. »Lassen wir jetzt unsern Streit«, sprachen sie, »und sehen, wie wir uns vor dem Wolf schützen, denn der hat Böses im Schilde.« – »Ha!« schrie der Wolf, als er angelangt war, »darf man so die Gemeindeweide zertreten?« – »Aber lieber Wolf!« sprachen sie, »wie könnt Ihr das sagen? Sehet nur recht, das ist ja nicht Gemeindegrund; wir sind hier auf unserm väterlichen Erbe und wollten es uns teilen. Da Ihr aber so aussehet wie ein weiser Teilherr, so müsst Ihr die Sache besser verstehen als wir; helfet uns daher lieber den Streit austragen.« Der Wolf wollte nicht sagen: »Was verstehe denn ich von Teilung!«, da man ihm einmal die Ehre angetan, und sprach: »Nun, so ist es mir recht, fahret also fort, dann will ich entscheiden!« – »Lieber Wolf!« sprachen die Böcke, »stellet Euch denn in die Mitte des Grundstückes, dann geht jeder von uns an ein Ende. Wer nun zuerst im Laufe zu Euch gelangt, soll der künftige rechtmäßige Besitzer sein!« – »So soll es sein!« sprach der Wolf. Da rannten die Böcke gleichmäßig wie der Blitz von beiden entgegengesetzten Seiten heran und bohrten dem Wolf ihre Homer durch die Weichen so tief, dass der Mond in den leeren Magen hineinscheinen konnte; er sank bewusstlos zu Boden; die Böcke aber liefen schnell nach Hause und wollten nicht abwarten, bis der Grimmige sich erklaube.

108. Der Wolf und die Sau mit den zwölf Ferkeln

Als der Wolf wieder zur Besinnung kam, quälte ihn gleich auch sein entsetzlicher Hunger. »Ich bin zu einer unglücklichen Stunde geboren; ich habe kein Glück!«, klagte er, »was ich immer unternehme misslingt, und ich gewinne davon nur Schläge; solange ich mit dem Fuchs gut war, kriegte ich zwar auch Schläge, aber ich stillte doch meinen Hunger; dieser ist nun riesengroß und wächst immerfort!« Weit und breit im Felde war nun nichts mehr zu sehen, das er als Beute hätte eintreiben können. Da gedachte er, wie seine Vorfahren in Zeiten der Not von Wurzeln gelebt hätten; er griff auch jetzt zu diesem Mittel; allein schon nach einigen Tagen war er ihrer satt, verwünschte sie und rief: »Der Teufel soll weiterhin Wurzeln fressen; ich bin es einmal von meiner Jugend an besser gewohnt, das ist keine Speise für einen ehrlichen Wolf; ich muss mir jetzt, woher immer Fleisch verschaffen!« Was war zu tun? In Feld und Wald war nichts zu finden; da musste er zu den gefahrvollen Unternehmungen ins Dorf sich entschließen. Oft hatte er sich den Gartenzäunen glücklich genähert, da rochen ihn aber die Hunde und vertrieben und verfolgten ihn ins weite Feld. Einmal traf es sich, dass der Müller in der Stadt auf dem Jahrmarkt war und seine Hunde mitgenommen hatte. Der Wolf hatte sich unbemerkt herangeschlichen und traf des Müllers Sau mit ihren zwölf Ferkeln, die wühlten unbesorgt oberhalb der Mühle am Mühlengraben. »Ha!« jauchzte der Wolf, »zwölf Ferkel sind keine magere Kost; da kannst du dich einmal für alle Not entschädigen.« Er lief im Sturm auf die Sau los und schrie: »Aha! Habe ich Euch einmal! Ihr seid es mit Euerer Sippschaft, die Ihr mein Kartoffelfeld verwühlt habt; Eure Kinder als Pfand her!«

Die Sau stutzte; sie dachte anfangs den Wolf gleich zu packen, als sie aber seine grimmigen Hungerzähne sah, fürchtete sie, es könne bei dem Kampfe eines ihrer Kinder in Gefahr kommen; sie sprach: »So? Ich entsinne mich nicht, dass ich mit meinen Kindern je auf Euerem Kartoffelfeld gewesen, doch nehmt sie hin, wenn Ihr uns durchaus für strafbar haltet; um eines nur bitte ich Euch: Die Armen sind noch Heiden; ich fand bis jetzt noch keinen Priester, um sie taufen zu lassen; doch sehe ich an Euerem Rock, dass Ihr ein ›würdiger‹ Herr sein müsset; Ihr könnt gewiss taufen!« Der Wolf wollte nicht sagen: »Nein, das verstehe ich nicht«, denn das schmeichelte seinem Ehrgeiz, dass man ihn für einen Pfarrer hielt. »Ja, ja!« sprach er, »gleich will ich sie taufen!« Da ging er ans Mühlengerinne, bückte sich hinunter, benetzte seine Rechte und taufte der Reihe nach alle Ferkel. Als er am letzten war und sich wieder zum Wasser bückte, gab ihm die Sau mit ihrer Schnauze einen tüchtigen Schub; er plumpste hinein und musste saufen, aber nun kam er auch unters Rad und wurde hier gut gewalkt und zerquetscht; endlich fiel er durch, tunkte noch einmal im scharfen Wasser unter und kam »plutschnass« und ganz matt wieder aufs Trockene. Da dachte er voll Grimm an die Sau und wollte über sie herfallen, die war aber indes mit ihren Ferkeln in die Mühle gelaufen und hatte sich geborgen; bald kam auch der Müller mit seinen Hunden heim. Jetzt ging die Not für den Wolf aufs Neue an, und er hatte von Glück zu sagen, dass er mit dem Leben elendiglich davonkam.

109. Der Wolf und die Geiß mit ihren zehn Zicklein

Der Hunger nagte bald wieder in den Eingeweiden des Wolfes, die Wurzeln verfluchte er, denn die hatten ihm nur allen Geschmack am Guten und Schönen verdorben, und er hatte einen Eid getan, keine in seinem Leben mehr zu berühren und sollte er des entsetzlichsten Hungertodes sterben. Das Abenteuer mit der Sau war ihm im frischen Gedächtnis, und er ward fast toll vor Ärgernis. »Die prächtigen Ferkel, ha! Und die boshafte Treulosigkeit ihrer Mutter; soll man da nicht den Glauben an die Ehrlichkeit in der Welt verlieren?«

Unter solchen Gedanken hatte er sich wieder dem Dorfe genähert, und wunderbar, es sah in den Gassen so aus, als wäre alles tot. Er fing an, mit der Vorsehung sich auszusöhnen. »Das scheint sich jetzt doch einmal gut zu machen«, sprach er bei sich. Die Leute im Dorf hielten nämlich gerade

Richttag, tanzten in den Häusern und waren lustig, und die Hunde trieben sich, wie es bei derlei Gelegenheiten geschieht, auch immer in der Küche herum. Da sah der Wolf am Ende des Dorfes die alte Geiß mit ihren zehn Zicklein, die waren wie immer fröhlich und sprangen sorglos um den Backofen herum. »Die hast du jetzt sicher!«, dachte er und war schnell an ihnen. »Ha!«, rief er, »da habe ich Euch einmal; Ihr seid es, die das Laub und die Blüten in meinem Baumgarten gefressen habt, folgt mir nur gleich als meine Gefangenen!« – »Aber lieber Wolf«, sprach die Geiß flehend, »wie könnt Ihr uns so arg beschuldigen, wir haben uns ja nicht von dieser Stelle gerührt!« – »Ach was!« sprach der Wolf, »das ist nun einmal so, das lasse ich mir nicht nehmen; nur kein langes Gerede mehr!« Als die Geiß sah, dass mit Vorstellungen wider Unrecht hier nichts anzufangen sei, sprach sie: »Lieber Wolf, ich weiß, Ihr könnt so gut singen, Ihr seid ja der beste Kantor, singt uns doch einmal vor, wir singen für unser Leben gern. Wenn wir dann gesungen haben, mögt Ihr uns führen, wohin Ihr wollt!« Der Wolf war stolz darauf, dass man ihn für einen guten Sänger hielt, daher konnte er die Bitte nicht abschlagen. »Es sei!« sprach er. Da schickte die alte Geiß ihre zehn Zicklein in den Backofen, sie selbst sprang auf den Backofen und bat den Wolf, er möge auf das Backbrett steigen, das sei der Ehrenplatz für ihn. Als sie aufgestellt waren, schlug der Wolf den Takt und fing an sein Lied, das er auf der Hochzeit gesungen: »Ullulluh! Jujujuhl« Die Geiß und die Zicklein machten ihr »Meck, meck!« Als die Leute auf dem Richttag den wilden Gesang hörten, sahen sie zum Fenster hinaus und erblickten den Wolf; alles lief hinaus, Männer und Frauen, mit Holzscheiten, Ofengabeln, Besen, was jeder zuerst in die Hand bekam und – hallo! Auf den Wolf los; auch die Hunde aus der Küche waren nun flink. Als der Wolf sie kommen sah, sprang er eilig von seinem Kantorstuhl hinab und nahm die Flucht. Das war eine Hetze! Man verfolgte ihn weit ins Feld; dann kehrten die Menschen zurück; die Hunde bellten ihm noch eine Weile nach, dann eilten auch sie abermals zum fröhlichen Feste. Der Geiß aber und den kleinen Zicklein zitterte noch der Bart von der Furcht, die sie ausgestanden. Da gab man ihnen einige Hoffmannstropfen ein, und bald waren sie wieder lustig und hüpften und sprangen herum wie ehedem.

110. Der Wolf kehrt heim in sein Waldhaus und wird ein Büßer

Voll Gram und Missmut eilte der Wolf dem Walde zu. Er verfluchte das Schicksal, das ihn ganz nur dem Unglück geweiht habe.

»Kampf und Not
Sind dein täglich Brot!«

seufzte er, »steter Hunger und keine Sättigung, keine Ehre und keine Freude! Meine Voreltern hatten es besser als ich, sie hatten die fettesten Bissen vollauf, aber jetzt, ach, sind die Füllen rar!« Also haderte er lange mit Ungestüm gegen die Vorsehung. Zuletzt aber kam er auf wahrhaft reumütige Gedanken. »Wenn du's recht überlegst«, sprach er bei sich selbst, »so bist eigentlich doch nur du an allem deinem Unglück schuld: Du wolltest Schauspieler sein und den Fuchs nachmachen, du wolltest Torbesvater (Feldhüteraufseher), Teilherr, Schulmeister, Pfarrer und Kantor sein, und weder hat dein Vater, noch Großvater, noch Urgroßvater von jenen Künsten etwas verstanden: Du stolzer Einfalt wolltest klüger sein als sie und die Verstellerei, Leserei, Feldteilerei, Tauferei und Singerei gar aus dem Grunde verstehen. Ja, du bist wert, dass unser Herrgott seine feurigen Pfeile auf dich herabschleudert!« Indem war er in den Wald gekommen, und ein Zigeuner, der ihn gesehen, hatte sich aus Furcht schnell auf einen Baum geflüchtet. Eben lief er unter dem Baum dahin, als er die feurigen Pfeile unseres Herrgotts auf sich herabwünschte; da ließ der Zigeuner in der höchsten Angst gerade seine Axt herabfallen, die traf den Wolf. »O Gott«, seufzte er, »du erhörst doch gar zu schnell; ich hatte es ja nicht so gemeint!«

Er war aber so zerknirscht, dass er sich vornahm, sein bisheriges Leben ganz zu ändern; zudem überfiel ihn auch die Mutterkrankheit (das Heimweh), und so nahm er sich vor, heimzukehren, obgleich ihm sein Zagel noch nicht wieder gewachsen war. Er wollte seinem Weibe daheim alle Liebe und Treue erweisen und seine Kinder ordentlich erziehen und ihnen an sich ein warnendes Beispiel vorhalten. Auch wollte er allen Fleischspeisen entsagen und hinfort bloß mit unschuldigen Waldbeeren und Eicheln das Leben fristen; nur Wurzeln sollten nicht mehr über seine Lippen kommen. Ferner wollte er sich täglich dreimal geißeln und auf alle Weise fromm tun. So hoffte er für seine Sünden damit genug zu büßen, und einst selig zu sterben.

Weiter ist nichts bekannt vom Wolf als so viel, dass ihm der Zagel wieder gewachsen. Aber auch seine stolze Wolfsnatur muss damit zurückgekehrt und die Erziehung seiner Kinder muss ganz missraten sein, denn alle Sprossen seines Geschlechts sind bis auf den heutigen Tag Diebe, Mörder und Waldräuber.

111. Der Fuchs heilt des Raben Kinder von der Krätze

»Deinen Gevatter Wolf hast du für alle Zeit dir vom Halse geschafft«, sprach der Fuchs zu sich ganz wohlgefällig und streichelte sich den Bart; »er wird das Latein, das du ihm zuletzt gegeben, nie vergessen. Es war ja aber auch länger nicht zum Aushalten; ich sollte immer nur sein Kappennarr sein und ihn zu vollen Tafeln führen; freilich kam ihn keine Mahlzeit umsonst; er hat jede mir immer teuer bezahlen müssen; doch nun bin ich für mich mein eigener Herr und will meine übrigen Tage erst recht genießen und immer lustig sein.« Eine Zeit lang ging es dem Fuchs auch wirklich recht gut, er fand mit wenig Mühe und Gefahr köstliche Nahrung vollauf. Bald aber erschienen auch für ihn die Tage der Not, wo er sich fast nie satt aß und oft zwei, drei Tage und Nächte des Hungers Pein ertragen musste. So hatte er wieder einmal großen Hunger; lange hatte er umsonst gespürt und nichts gefunden. Da lief er wie wahnsinnig im Walde hin und her und sah nach allen Seiten, ob er nicht etwas entdecke. Nur einmal kam ein Mutterrabe, der hatte schon lange einen Arzt gesucht für seine Kinder, die mit einem bösen Ausschlag behaftet waren; der freute sich, als er den Fuchs erblickte, denn er dachte: »Der im gelben Mente ist gewiss ein Doktor.« Er flog zu ihm und klagte ihm seine Not und bat um Hilfe. Der Fuchs schüttelte bedenklich den Kopf und sprach: »Das ist eine gefährliche Krankheit, doch führt mich hin, dass ich die Kranken sehe.« Der Rabe tat das gerne, und als der Fuchs das volle Nest mit sieben ziemlich erwachsenen Jungen sah, lachte er im Herzen. Er fühlte allen den Puls. Da sperrten sie den Mund auf und schrien und schluchzten vor Angst. »Wie die Armen husten; sie haben den Eselshusten; es gibt kein besseres Mittel«, sprach er, »sie zu heilen, als ein recht warmes Lager; sie sollen alsbald genesen, denn ich will sie recht warm betten.« Damit verschlang er eins nach dem andern, und die Mutter musste froh sein, dass sie mit heiler Haut den Klauen des Arztes entrinnen konnte.

112. Der Fuchs und die Schnecke

Wenn der Zigeuner satt ist, so ist er ausgelassen fröhlich, und so auch der Fuchs. Als er die sieben jungen Raben im Bauch hatte, lief er mutwillig spielend auf einer Wiese herum und machte allerhand lustige Sprünge. Da sah er im Grase eine Schnecke kriechen und fing laut an zu lachen und zu spotten: »Na, du kleines Ding, wie du laufen kannst, das hätte ich nicht gedacht; willst du nicht mit mir in die Wette laufen?« Die Schnecke streckte ihre vier Hörner aus, sah um sich und maß den Fuchs mit ihren vier Augen: »Warum nicht?« antwortete sie, »mit dir kann ich es immer aufnehmen!« Sie setzten zum Ziel das Ufer des Flusses, das einige Hundert Schritte entfernt war. »Ich will dir eine Körperlänge noch vorgeben!« sprach die Schnecke, »und doch werde ich dich überholen!« Das schien dem Fuchs wunderlich und unmöglich; allein er nahm es an. Da klebte sich die Schnecke an die äußerste Zagelspitze des Fuchses und rief dann: »Ich bin fertig, schicke dich, ich will abzählen.« Der Fuchs nahm Stellung, und kaum hatte die Schnecke eins, zwei, drei gezählt, so flog er wie der Wind fort und war alsbald am Ziel. Jetzt schwenkte er rasch um, damit er sehe, wo die Schnecke sei und ob sie nachkomme; beim Schwenken aber hatte er sie von seinem Zagel auf das jenseitige Ufer geschnellt. »Kommst du bald?«, rief er, »du Langsamschleicher?« – »Ich bin schon«, antwortete die Schnecke vom jenseitigen Ufer, »seit einer Viertelstunde hier; aus Langeweile ging ich dann noch über den Fluss.« Der Fuchs zog beschämt den Zagel ein und sprach: »Dass dich der Donner! Das kleine Ding kann mehr als du«, ließ die Schnecke drüben stehen und ging von dannen.

113. Der Fuchs überlistet den Haushahn

Bald nach diesem Wettlauf bekam der Fuchs wieder Hunger. Er wusste aber auf einem Hofe zwölf Hühner; die bewachte ein Hahn, der war auf dem rechten Auge blind. Eben sah er einen Stoßvogel (Hühnerhabicht) über dem Hofe kreisen. »Der schnappt dir den Braten weg, wenn du nicht gleich ihm zuvorkommst«, dachte der Fuchs und lief eiligst hinzu. Der Haushahn hörte und sah ihn kommen, rief seinen Hühnern und warnte sie. »Du hast nicht Ursache, mein lieber Zeitbemerker, vor mir zu warnen, ich komme zu eurer Rettung, siehe einmal hinauf mit deinem linken Auge, so wirst du den Weltgucker erblicken, wie er sich anschickt, euch zu verschlingen.« Der Hahn sah hinauf und erschrak so sehr, wie er den Stoßvogel über sich erblickte, dass er kaum das Zeichen geben konnte zur Flucht. »Jetzt siehst du, wie ich es mit euch gut meine. Aber ich möchte dir noch einen Beweis meiner Freundschaft geben. Mit zwei Augen sieht man besser als mit einem, wenn du wolltest, möchte ich dir den Star am rechten Auge heilen, dann würdest du den Weltgucker jederzeit sehen und dich und deine Leute vor Gefahr schützen können. Es braucht einfach einen Kuss von mir – denn ich bin ja ein Gottesmann –, so ist dein Auge gesund.« Der Hahn wusste, man dürfe dem Zaunumschleicher nie recht trauen, allein er war jetzt so betört durch die Aussicht auf ein vollkommenes Gesicht, dass er hinging und das Auge zum Kusse darbot. Der Fuchs aber packte den Hals, würgte den Hahn, und da die Hühner nun schutzlos waren, holte er sich nun eins nach dem andern ab.

114. Der Fuchs wird von den Gänsen überlistet

Nach einiger Zeit, als alle Hühner aufgezehrt waren und sich die Not des Hungers wieder einstellte, traf der Fuchs nach langem Suchen auf einer Wiese eine Schar von hundert Gänsen. »Das ist einmal ein gefundenes Fressen«, sprach er bei sich, und ehe sie fliehen konnten, war er bei ihnen. »Aha! Habe ich euch! Was verwüstet ihr meines Vaters Land? Ihr seid alle dem Tode verfallen!« Da zitterten die Gänse und wehklagten, dass sie ihr junges Leben verlieren sollten; es war aber auch kein Spaß. Endlich fasste sich eine und sprach: »Lieber Herr Fuchs, wir bitten nicht um unser Leben, sondern um eine kleine Gnade, die Ihr uns gewähren möget, aber gelobet es eidlich; lasset uns der Reihe nach noch einmal beten, und wenn wir ausgebetet haben, dann machet mit uns, was Ihr wollt.« Die Bitte deuchte ihm gering. »Ich gelobe und schwöre es, sie zu gewähren.« Da fing die erste an: »Gigagagagagagaga, gigagagagagagaga!« usw. Die zweite konnte das Ende nicht erwarten und fing auch an »Gigaga«, aber noch waren achtundneunzig zurück, und schon riss dem Fuchs die Geduld. »Bis die alle ausbeten, kannst du zehnmal des Hungertodes sterben«, rief er ärgerlich. Da er aber einen feierlichen Eid abgelegt, durfte er ihnen nichts anhaben, unter Fluchen und Schelten lief er fort.

115. Der Fuchs macht den Hasen zu seinem Leibeigenen

In seinem Missmut traf der Fuchs auf den Hasen, der war gesättigt und sprang fröhlich herum wie eine Geiß. »Halt, halt!«, rief der Fuchs, »ich mag es nicht leiden, dass so ein Kerl immer lustig ist und sich gebärdet als unsereiner. Gleich sollst du mit mir kämpfen, und da will ich sehen, ob du mit Ehren in der Welt fortleben kannst; unterliegst du, so bist du mein eigen mit Haut und Haar!« Da zitterte der Hase nach seiner Natur schon im Voraus, und als es zum Gefechte kam, da ward er leicht überwunden. »Das Ehrenzeichen gebührt dir nicht«, sprach der Fuchs und biss dem Hasen den Zagel ab und fügte ihn an den seinen – darum hat der Hase einen Stumpfschwanz und der Fuchs einen so langen Zagel und kommt das Weiße an der Spitze vom Schwanze des Hasen –; der Hase aber lief eiligst fort. »Du bist dennoch mein eigen«, rief ihm der Fuchs nach, »denn wessen der Zagel ist, dem gehört auch, was dran gehangen.« Deshalb betrachtet der Fuchs den Hasen bis heute als seinen vollkommenen Leibeigenen und tötet ihn geradezu, wo er ihn findet.

116. Der Fuchs und der Igel

Für diesmal war ihm auch der Hase entgangen; sein Hunger war bald unbändig. Da lief er irr und wirr in einem frisch geackerten Felde herum und spürte im Ärger auf Mäuse. Da traf er auf einen Igel, der saß ruhig neben einem Mausnest und fing gerade an zu fressen. »Räuber!«, schrie der Fuchs, »ist das eine Speise für so ein Erdschwein!« Er nahm es ihm kurzweg fort und verschlang die Mäuse. »Ei, du verfluchter Schollentreter, dass du daran erwürgen solltest!« tobte der Igel. Der Fuchs lachte über den ohnmächtigen Zorn. Das war nun für ihn zwar sehr wenig Speise, aber doch etwas, und er wurde drauf sogar gemütlich. »Aber sage mir«, sprach er zum Igel, »wozu hast du die vielen Lattnägel auf deinem Pelz?« – »Das ist meine einzige Waffe«, entgegnete der Igel, »gegen Hunde und andere Feinde; du kannst auch versuchen, wenn du willst!« – »Armes Tier«, sprach hohnlachend der Fuchs, »dich hat die Natur stiefmütterlich behandelt, du scheinst auch sonst mit Dummheit gesegnet zu sein. Ich, Gott sei Dank, brauche eigentlich keine Waffen, durch meine List kann ich immer und überall durchkommen!« Indem hörte man: »Hallo, hallo!« Zwei Windhunde zeigten sich. Der Igel rollte sich schnell in eine Kugel; der Fuchs nahm Reißaus. Die Hunde schnupperten ein wenig an dem Igel; allein da sie sich daran blutig stachen, ließen sie ihn und eilten dem Fuchs nach; dieser zog seine ganze List zu Rat, lief hin und her im Zickzack um die Heuschober und machte allerlei Sprünge; allein es half ihm nichts, die Hunde erreichten ihn endlich doch; jeder packte ihn an einem Ohr, und so führten sie ihn zu ihrem Herrn, dem Jäger.

117. Der Fuchs verliert seinen Pelz und bereut dabei seine Sünden

Der Jäger freute sich, als er seine Hunde mit dem Fuchs kommen sah. »Ah, schlechter Kerl, du also bist es, der meine Hasen frisst? Deinen Rock her zum Pfand!«

Er hatte aber seinen Kürschner mit, zu dem sagte er: »Tut an dem Fuchs, wie sich's gebührt!«, und jagte selbst mit seinen Hunden weiter. Der Kürschner hatte den Fuchs gleich an den Baum gehängt und schickte sich an, ihm den Pelz auszuziehen; er war aber ein lustiger Kerl, wie viele Kürschner sind, und sprach zum Fuchs: »Lieber Fuchs, wie schmeckt Euch das Sterben?« – »Ach, es ist ein bitteres Kraut, der Tod!«

seufzte der Fuchs und zappelte hin und her und hoffte loszuwerden. »Bereuet schnell Euere Sünden, wenn Ihr in den Himmel kommen wollt!«, sagte der Kürschner wieder. »Meiner Sünden«, beichtete der Fuchs, »sind viel, ich bereue sie! Um eines bitte ich Euch, grausamer Mann: Mantel und Mütze mögt Ihr mir nehmen, lasset mir nur die Handschuhe; ich bin es nicht gewohnt ohne sie!« – »Es sei!« sprach der Kürschner gnädig und wetzte eifrig sein Messer; der Fuchs wurde darüber sehr unruhig. »Was denkt Ihr, lieber Fuchs?«, fragte der Kürschner. »Ei, ich möchte jetzt lieber Kürschner als Fuchs sein!« Nun machte der Kürschner rasch und lachend einige Messerstriche, wie es rech ist; dann packte er den Zagel und zog das Fell herab; als es über die Ohren ging, fragte er wieder: »Wie ist Euch zumute, lieber Fuchs, was denkt Ihr jetzt?« – »Es hat alles einen Übergang!« sprach der Fuchs todesmutig. Als es geschehen war, nahm der Kürschner das »Fussmente« und sagte: »Nun tröste Euch Gott, lieber Fuchs, im letzten Kampfe, wo Eure Seele vom Leibe scheidet«, und ging damit seinem Herrn, dem Jäger nach.

118. Der Fuchs hängt geschunden am Baum und wird vom Hasen geneckt

Es wehte ein leiser Wind und bewegte den Fuchs, wie er so am Baum hing, hin und her. Da kam der Hase des Weges und sah den Fuchs. »Aha!«, dachte er, »vor dem hast du wohl Ruhe, der wird bald selig«, und hegte boshafte Freude. Er ging zu ihm hin und sprach:

»Aber lieber Fuchs, was macht Ihr da?«

»Ich lerne fliegen.«

»Aber lieber Fuchs, warum ist so rot Eure Haut?«

»Ich habe rote Kohlen gefressen.«

»Aber lieber Fuchs, wonach strebt Ihr so sehr?«

»Nach dem Irdischen.«

»Aber lieber Fuchs, was wünschet Ihr jetzt am meisten?«

»Ei, dass du hier hingest.«

Der Hase lachte sich in den Bauch, und da er nichts weiter zu fragen wusste, denn der Hase ist gar dumm, zog er heim und jubelte, dass sein Todfeind nun in den letzten Zügen sei; aber er sollte noch bitter erfahren, dass seine Freude umsonst und voreilig gewesen.

119. Der Fuchs wird durch einen Sturmwind vom Baume los

Der Fuchs am Baume hatte keine Ruhe. »Wie musst du«, sprach er bei sich, »diese Schmach so ungerächt über dich ergehen lassen! So werden noch andere kommen und fragen! Wenn du doch nur loskämest, dann wärst du gerettet!« Er wusste nämlich eine Quelle; wenn man darin badete, so erhielt man wieder, was man am Körper verloren. Aber alles Sinnen und Denken und Versuchen waren [um]sonst; vom Baum konnte er sich nicht freimachen. Siehe, da blies nur einmal ein Sturmwind so heftig, dass der Baumast herunterbrach und der Strick los wurde. Sogleich sprang der Fuchs auf, lief zu der Quelle, und in kurzer Zeit hatte er einen neuen Pelz; nur war der etwas dünner und das Rote schien noch stark durch. So läuft denn der Fuchs bis diesen Tag in der Welt herum, und wehe dem armen Hasen, wenn er ihn einmal bekommt!

www.ingramcontent.com/pod-product-compliance
Lightning Source LLC
Chambersburg PA
CBHW060806310726
48980CB00002B/256

* 9 7 8 3 8 4 6 0 8 4 6 1 8 *